한강

조정래 대하소설

9

제3부 불신시대

해냄

차례

한강

제3부 불신시대

9권

30

또 새로운 나라로

문태복은 또 설핏 들었던 풋잠을 깼다. 꼬마전구의 불그스레한 불빛이 어렴풋하게나마 방 안을 밝히고 있었다. 문태복은 맞은편 벽으로 눈길을 보냈다. 둥근 벽시계는 새벽 5시를 향해 긴 바늘을 9자 위로 밀어올리고 있었다.

문태복은 한 시간 반쯤 잔 것을 알았다. 벌써 몇 번째 깨는 것인지 몰랐다. 이렇게 선잠을 잔 것은 전에 전혀 없던 일이었다. 한번 잠들었다 하면 아침까지 푹 잤고, 더구나 그 관계를 하고 나면 늦잠 자기가 일쑤였다. 월남을 가기 전날 밤에도 기분을 낸다고 여자와 잠자리를 함께했다가 늦잠을 자는 바람에 얼마나 허둥댔는지 모른다. 그런데 오늘 밤은 어찌 된 것인지 그 일을 치르고도 잠이 깨고, 또 치르고도 잠이 깨고……, 자신이 갑자기 색골이 된 것인지 어쩐지 알 수가 없었다.

문태복은 돌아누우며 아내를 바라보았다. 벽을 향해 옆으로 누운 아내는 알몸인 상체를 드러낸 채 잠들어 있었다. 그는 이불을 확 걷었다. 아내의 알몸이 남김없이 드러났다. 불그스름한 불빛 아래 드러난 아내의 알몸은 더욱 날씬하고 탄력 있게 보였다. 집에서 보던 것과는 사뭇 달리서 그는 잠자리를 옮기기 잘했다는 생각을 또 했다.

이 날씬한 몸을 1년 동안 품지 못하게 되다니…….

문태복은 이 생각과 함께 다시 마음이 동하는 것을 느꼈다. 그와 동시에 저 아래서 힘이 뻗쳐올랐다. 벌써 몇 차례 일을 치러 뻐근하면서도 그것은 기를 세웠다.

그는 뒤에서 아내를 껴안았다. 탱탱한 탄력을 지닌 크도 작도 않은 유방이 손 안을 가득 채웠다. 그는 전신이 짜릿거리는 자극 속에서 자신의 알몸을 아내의 알몸에 밀착시켰다. 자신의 그것이 아내의 거기에 닿았다. 그는 전신을 떨며 아내의 몸을 더듬어내렸다. 배꼽을 지나 거웃이 잡혔다.

"으응……, 왜 이래요……."

그의 아내가 잠에 취한 소리를 흘렸다.

그는 거웃을 쓸고 아래를 거세게 흔들어대는 것으로 대답을 대신했다. 이미 거칠어진 숨소리도 그녀의 귓전에 뜨겁고 세찬 바람을 일으키고 있었다.

"어머, 당신……."

고개를 돌리는 그녀의 목소리에는 잠기운이 묻어 있지 않았다.

"……."

그의 뜨겁고 딱딱한 그것은 아내의 그 부분을 압박하며 몸부림치고 있었다.

"당신 어쩔려고 이래요. 이번이 네 번째라구요."

그녀가 몸을 바로 눕히며 그의 가슴을 떠밀듯 했다.

"걱정 마, 걱정 마!"

아내의 몸에 몸을 포개며 그가 토해낸 뜨거운 말이었다.

"어머, 당신 장사로군요. 알고 보니 장사예요."

그녀가 그의 목을 얼싸안으며 그를 받아들일 자세를 취했다.

장사라고 감탄하는 아내의 달뜬 말에 자극되어 그의 그것은 더 굳세게 기를 세웠다. 그것이 크다는 감탄을 들었을 때와 똑같은 만족감과 자신감이 팽창하고 있었다.

"아으……, 으흥……, 여보, 여보……, 장사야, 장사야……, 으으흥……."

그의 격렬한 동작에 맞추어 그녀는 비릿하고 끈끈한 콧소리 장단을 맞추고 있었다. 그 장단은 그를 더욱 질주하는 준마로 만들고 있었다.

그래, 즐겨라. 맘껏 즐겨라. 1년 것 오늘 다 즐겨라. 그래, 난 장사다, 장사야. 너를 꼼짝 못하게 하는 장사야. 이 장사를 믿고……, 이 장사를 믿고 얌전하게, 얌전하게 기다려. 내가 호강시켜 줄 테니까. 암, 호강시켜 주지…….

"으흐, 으흐, 으흐……."

그는 전신이 간드러지는 자극에 휘말리며 절정에서 떨고, 그녀는 돌덩이처럼 굳어진 그의 엉덩이를 싸잡은 채 경련해 댔다.

그가 땀범벅인 채 그녀 위에 허물어졌다.

"당신, 어쩔려고 이래요."

그녀가 긴 숨을 내쉬며 그의 등을 쓰다듬어내렸다. 그는 죽은 듯 아무 반응이 없었다.

"편히 누워요, 힘든데."

그는 그녀의 조심스러운 손짓대로 요 위에 몸을 부렸다. 그는 몸이 녹아내리고 잦아드는 것 같으면서도 아직도 모자라는 것 같은 아쉬움을 느끼고 있었다. 그러나 내심으로는 무척 만족을 느끼기도 했다. 하룻밤에 네 번이나 했다는 것은 스스로도 놀랄 만한 일이었다. 스물한두 살 그 무렵을 지나고는 처음 있는 일이었다. 결혼하고 많아야 두 번이었으니 아내가 장사라고 감탄하고 놀랄 만도 했다.

숨을 고른 그는 몸을 일으켜 물을 마시고 담배에 불을 붙였다.

"빨리 자요. 내일 피곤해서 어쩔려고."

그의 아내가 이불을 더 끌어올려 젖가슴을 덮으며 말했다.

"괜찮아. 비행기에선 자는 일밖에 없으니까."

"비행기요? 비행기 많이 타본 사람처럼 말하네."

그녀가 킥 웃었다.

"아니, 내가 비행기 첨 타는 줄 알어? 이래 뵈도 월남을 비행기로 왔다리 갔다리 하신 분이야. 군인 장교들도 배 타고 열흘씩이나 삘

삘 고생하는 판에 말야."

"아, 그렇구나. 월남 갔다 왔댔지."

그녀가 고개를 끄덕끄덕했다.

"이리 와. 날이 샐라면 얼마 안 남았네."

문태복은 한 손에 담배를 든 채 다른 팔을 아내의 고개 밑으로 넣었다. 그 팔놀림을 따라 그녀는 남편의 품에 안겨왔다.

"1년이나 혼자 살 자신 있어?"

"그럼요. 당신이 더운 나라에 가서 돈 벌려고 고생하는데 나야 돈 차곡차곡 모으면서 알뜰하게 살아야지요. 아무 걱정 마세요."

"그래, 야무지게 돈 간수 잘해야 해. 그나저나 당신이 애나 하나 낳았으면 좋겠다. 내가 없는 동안에 임신해서 애를 낳으면 꼭 공짜 같을 거 아냐."

"어머, 그래서 그랬어요?"

그녀는 남편을 꼭 끌어안으며 쿡쿡거리고 웃었다.

"뭐 꼭 그런 건 아니고……."

문태복은 어물거리며 담배를 빨았다. 그러나 아내의 말을 듣고 보니 그런 마음이 없었던 것도 아닌 듯했다.

아내하고 이별해야 한다는 것이 묘하게도 자신도 모를 힘을 솟게 만들었다. 막상 헤어져야 할 날이 닥치니까 가기 싫어지고 아내가 꼭 첫날밤처럼 새로워졌다. 그리고 오래 외로울 아내에게 남편다운 선물을 주고 가고 싶은 욕심도 있었다. 거기다가 임신까지 된다면 그보다 더 좋은 일은 없을 거였다.

"그래요, 애를 낳게 되면 참 좋겠어요. 그럼 정말 공짜 같을 텐데. 그치만 돈 벌 밑천 장만하기 전에 애가 돈을 까먹는 것두 걱정이라구요."

"흥, 제까짓 게 까먹으면 얼마나 까먹겠어. 아, 피곤해."

"눠요. 어서 눠서 한숨 자세요. 아직 잘 시간 남았잖아요."

그녀는 서둘러 남편의 품에서 빠져나오며 이불을 끌어 남편을 덮었다.

문태복은 아내가 여러 차례 흔들어 깨워서야 가까스로 눈을 떴다.

"지금 몇 시야? 어! 9시잖아. 진작 깨웠어야지 이게 뭐야, 이게!"

눈을 비비며 벽시계를 올려다보던 문태복은 벌컥 화를 냈다.

"8시부터 얼마나 깨웠다구요. 괜찮다며 짜증만 부리구선. 자아, 빨리 서둘러요. 빨리하면 되잖아요. 난 옷 다 입었다구요."

문태복은 다시 솟는 화를 꾹 눌렀다. 다른 때 같지 않게 아내가 참는 눈치였고, 멋들어지게 장사의 모습을 보여준 남편의 위신을 그대로 지켜야 했던 것이다.

"그래, 빨리하면 괜찮아. 나 세수만 하고 금방 나올게."

문태복은 불안한 얼굴로 서 있는 아내의 엉덩이를 철썩 치며 일어났다. 그런데 화장실로 걸어가며 그는 이상한 것을 느꼈다. 머리가 어지러운 것 같은가 하면 다리가 후들거리며 헛놓이는 것 같은 기분이기도 했다. 그는 잠이 덜 깼나 생각하며 화장실로 들어갔다.

그는 소변을 보려다가 '어!' 소리를 입에 물었다. 소변이 나오려는 순간 그것이 막힌 듯 터질 듯 뻑쩍지근함과 동시에 저 속의 그 뿌리를 긴 쇠꼬챙이로 찌르는 것처럼 화끈하게 아팠다. 그는 반사적으로 그것을 내려다보았다. 반 발기 상태인 그것은 다른 때와 달리 붉은 기운을 띠고 있었다.

헤, 수고 많이 하신 표가 나네.

그는 픽 웃으며 힘을 썼다. 그리고 오줌이 나오기 시작하자 아까의 어질거림과 휘청거린 느낌이 무슨 까닭인지 깨달았다.

"내가 말야 하룻밤에 여덟 번을 하고 아침에 여관을 나오니까 큰길 전봇대가 다 흔들리고 다리가 휘청휘청하는 게 걷는 것 같지가 않더라니까."

황동일이 월남에서 한 말이었다. '하룻밤에 여덟 번'이라는 그의 말을 믿는 사람은 아무도 없었다.

문태복은 세수를 하다가 또 이상한 느낌이 들어 손을 멈추었다. 코에서 비릿한 피 냄새가 났다. 코를 큼큼거려 보니 그 냄새는 더 나지 않았다. 코피가 나는가 싶어 새끼손가락으로 콧속을 더듬어 빼보아도 아무렇지도 않았다. 이것도 그 탓인가 생각하며 그는 낯을 씻었다.

여관을 나온 문태복은 곰탕집을 찾아갔다. 마음 같아서는 일류 호텔에서 이별의 밤을 멋들어지게 장식하고 싶었지만 돈이 마땅치 않아 괜찮은 여관을 골랐던 것이다. 아내는 괜히 아까운 돈 버린다고 했지만 깨끗한 이불 속에 들어서는 흡족해했다.

문태복은 곰탕을 떠넣고 있었지만 평소와 달리 영 맛이 없었다. 배는 고픈데도 입안이 깔깔한 게 입맛이 돌지 않았다. 그리고 눈이 쓸벅거리고 몸이 묵지그리하고 찌뿌드드한 게 눕고만 싶었다. 그러나 아내한테 그런 눈치를 보여서는 안 되어 그는 맛있는 척 곰탕을 먹어댈 수밖에 없었다.

"많이 드세요."

그의 이내는 고기를 건져 그의 그릇에 옮겨넣었다.

"아니야, 당신 먹어. 사우디에 가면 매끼 고기가 나온대."

문태복은 애써 짜증을 참아냈다.

집에 돌아와 회사에서 받아온 제복을 갈아입은 문태복은 허둥지둥 택시를 잡아탔다. 공항 집결시간까지는 빠듯했다. 그는 몸이 달면서도 몰려드는 잠을 참지 못해 공항에 도착할 때까지 아내한테 몸을 부리고 줄곧 잤다.

택시에서 내린 문태복은 큰 가방을 들고 뛰기 시작했다. 그의 하얀 안전모를 든 그의 아내도 뒤따라 뛰고 있었다.

회사 깃발이 높게 세워진 주위에는 수백 명의 사람들이 운집해 와글와글하며 시끌벅적한 분위기를 조성하고 있었다. 그 사람들은 그냥 떼지어 떠들어대고 있는 것이 아니었다. 하얀 안전모에 제복을 입은 한 사람을 대여섯 사람씩이 에워싸듯 하고 끼리끼리 이야기들을 나누고 있었다. 그런데 아무데서나 목소리 큰 한국사람들이 많이 모이다 보니 왁자지껄 소란스러워지고, 그 시끌시끌함을 이기려고 서로 목청을 높이다 보니 소란은 더욱더 부풀어오르고 있었다.

아직 늦지 않은 것을 확인한 문태복은 숨을 헐떡거리며 뛰기를 멈추었다. 그의 얼굴은 핏기 없이 창백해져 있었다.

"사람들이 엄청 많이 배웅 나왔네요. 한 사람 앞에 열 명씩은 되겠어요. 우리도 잘못했어요. 친정식구들 다 나오게 할걸. 당신이 괜히 못 나오게 해갖구선……."

그의 아내가 들끓는 사람들을 바라보며 남편을 원망하듯 말했다.

"시끄릿! 회사에서는 한 명 이상 못 나오게 했다니까. 촌것들이 비행기 첨 타니까 다 촌티 내느라고 저 지랄들이지."

문태복은 거칠게 쏴질렀다. 그는 견디기 어려운 현기증과 피곤에 휘둘리며 더는 짜증을 참아내지 못했다.

"여보, 화내지 말아요. 먼길 떠나면서."

그의 아내가 곧 울 것처럼 말했다.

"알았어. 저따위 것 하나도 부러워하지 말어. 다 촌놈들이 하는 유치한 짓거리야."

문태복은 곧 감정을 수습하며 아내의 어깨를 다독거렸다.

"당신 너무 피곤하지요?"

그녀는 미안한 듯 후회스러운 듯 남편을 곁눈질했다.

"아니야. 나 거뜬해."

속마음을 들킨 것 같아 문태복은 움찔하며 두 팔을 휘둘러댔다.

"여러분, 여러분! 다들 조용히 하세요. 지금부터 내 말 잘못 들어 마음대로 행동하다가 비행기 못 타는 건 본인 책임이니까 알아서들 하세요."

의자 위에 올라선 젊은 사람이 외쳐댔다. 안전모에 제복을 입은 그 사람은 군대식 지휘봉을 말에 맞추어 흔들었다. 그의 군대식 어투에 겁먹은 것인지 그렇게도 소란을 피우던 사람들이 일시에 조용해졌다.

"여러분, 지금부터 정렬을 하겠습니다. 인원은 많고 시간이 없으니까 모두 신속하게 행동을 취하기 바랍니다. 가족들은 전부 뒤로 물러나 주시고, 근로자들은 각자의 짐을 가지고 5열 종대로 정렬합니다. 근로자! 5열 종대로 정렬한다. 실시!"

젊은 사람이 지휘봉을 내려치며 명령했다.

"자아, 갑니다."

"건강해라. 편지 자주 하고."

"밤에 문단속 잘해."

"예, 걱정 말고 몸조심하세요."

"애들 병 안 나게 해."

"알았어요. 날마다 편지 보낼게요."

이런 말들이 한꺼번에 뒤엉키며 다시 와자지껄 소란해졌다.

"가족들 뒤로 물러나요, 뒤로! 이봐, 빨리빨리 정렬시켜."

지휘봉의 지시를 따라 네 사람이 나서서 가족들을 양쪽으로 밀어내기 시작하고, 큰 가방을 든 근로자들이 가운데로 몰려나와 줄을 서나갔다.

"5열 종대, 5열! 동작 그것밖에 못 취해?"

젊은 사람은 지휘봉을 휘둘러대며 계속 외쳤다. 그 기세가 점점 드세지고 있었다. 그러나 근로자들은 제각기 든 가방 때문인지 군대식 호령이 마땅찮은 때문인지 행동이 민첩하지 못했다.

"근로자들, 내 말 똑똑히 들어라. 본 호송관의 명령을 제때제때 따르지 않으면 바로 열외시켜 비행기를 못 타게 할 것이다. 이게 공갈인지 두고 봐라. 자아, 지금부터 앞줄부터 뒤로 앉아번호를 실시한다. 이봐, 보조원! 데데하게 구는 자들은 당장당장 끌어내버려. 근로자들, 앞줄부터 앉아번호를 실시한다. 실시!"

"하나!"

첫 줄 다섯 명이 일시에 앉으며 목소리 크게 외쳐댔다.

"둘!"

"셋!"

다섯 명씩이 착착 앉으며 외침이 뒤로 뒤로 넘겨졌다. 그러나 열 번째 줄에 이르기 전에 다섯 명의 행동이 일치하지 않고 목소리들도 작고 흐트러졌다.

"동작 그만! 다들 비행기 안 타도 좋다 그거야? 그래, 안 타도 좋아. 이따위로 개판 치면 내가 안 태워. 앉아번호 제대로 할 때까지 100번이고 200번이고 시킬 거고, 그러다가 비행기 떠나버리면 그만이야. 누가 피 보는지 알아서 해. 군대밥 안 먹은 자들 하나도 없으니까 잘 알지? 교관 말 잘 안 들으면 누가 손핸지. 전체 일어어섯! 다시 앉아번호를 실시한다. 실시!"

"하나!"

"둘!"

"셋!"

아까보다 동작이 한결 빠르고 외침들도 커졌다. 그러나 열다섯을 넘지 못하고 또 행동 통일이 이루어지지 않았다.

"동작 그만! 전체 일어어섯! 앉아번호 다시!"

"하나!"

"둘!"

"셋!"

아까보다 훨씬 재빠르게 동작과 외침이 뒤로 뒤로 물결쳐 나갔다. 그러나 이번에는 스물다섯쯤에서 제동이 걸렸다.

"동작 그만!"

"야, 뒤에 있는 새끼들, 뭐 하고 자빠졌냐!"

대열 앞쪽에서 누군가가 외쳐댔고,

"이새끼들아, 똑바로 해!"

다른 목소리가 또 터졌다.

"전체 일어어섯! 다시 앉아번호!"

"하나!"

"둘!"

"셋!"

군인 대열 뺨치도록 질서정연한 행동 통일이 이루어져 나아가고 있었다.

"서른!"

마지막 줄이 앉으며 외쳐댔다.

"좋아. 총원 150명. 다시 한 번 확인한다. 전체 일어어섯! 앉아번호!"

젊은 사람은 지휘봉으로 왼손바닥을 치며 질서정연하게 움직이는 대열을 만족스럽게 바라보고 있었다.

"서른!"

"좋아, 지금부터 탑승 수속을 실시한다. 여러분들은 비행기를 탈 때까지 절대로 이 대열을 이탈해서는 안 된다. 이탈자는 비행기를 못 탈 것을 각오하라. 전체, 짐을 들고 오와 열을 맞춰 나를 따른다. 전체에, 차려우왓! 앞으로오 갓!"

젊은 사람은 목에 힘줄이 불거지도록 구령을 붙이고는 의자에서 뛰어내렸다.

"저거 좀 너무하는 것 아니오? 군대도 아닌데."

"글쎄 말이에요. 가족들 보는 앞에서 저러면 사우디 가선 얼마나 더 심하겠어요. 속상해서 눈물이 다 나려고 해요."

"그렇지도 않아요. 저 많은 사람들 다루려면 군대식밖에 없어요. 저렇게 안 하면 정말 비행기 아무도 못 타요."

"하긴 그래요. 그냥 좋은 말로 했다간 오늘 밤새도록 해도 안 될 수도 있어요. 다 군대물 먹었으니까 군대식이 효과 만점이긴 해요."

"그렇지만 저 젊은 사람이 자기보다 나이 많은 사람들도 많은데 이래라, 저래라, 막말하는 건 너무한다구요."

"아주머니, 그까짓 것 속상해할 것 없어요. 저 젊은 사람이 저래 뵈도 장교 출신일 거라구요. 아까, 교관 말 잘 안 들으면 누가 손핸지 아느냐고 했잖아요. 군대 갔다 온 사람들은 그까짓 것 아무렇지도 않게 생각해요."

"맞아요. 장교 출신이 틀림없어요. 사우디에 나간 회사들이 ROTC 장교나 중·상사 출신들을 특채하고 있다는 말을 들었어요."

"그래요. 저 많은 사람들을 그 먼 나라까지 무사하게 데려가려면 그런 사람들이 나서서 질서정연하게 통솔해야 할 거요. 무슨 사고라도 생기면 안 되니까."

"그래도 그렇지. 민간인들을……."

근로자들의 대열을 따라가는 가족들 사이에서 오가는 말이었다.

근로자들은 다섯 명씩 탑승 수속과 함께 짐을 맡기기 시작했다.

"아 글쎄 참아요. 수속하고 나가면 그쪽에 또 변소가 있어요."

"아니 곧 싸겠다니까요."

"괜찮아요. 비행기 첨 타는 사람들은 다 그래요. 괜히 긴장하지 말고 맘 푹 놔요."

"아니라니까요. 곧 터질 것 같아요."

"이런, 변소 언제 갔다 왔소?"

"아까 집합하기 전에요."

"엣끼 여보시오, 그건 정말 공갈 오줌이오. 아직 30분도 못 됐는데 또 마려운 오줌이 어딨소. 비행기 안 떨어지니까 긴장 말고 참아요. 안 그러면 짐 들고 집으로 가든가."

대열을 지키며 오가는 호송 보조원들과 근로자들 사이에서 일어나는 실랑이었다. 소변이 급하다고 호소하는 근로자들은 한둘이 아니었지만 그들은 다 퇴짜를 맞았다. 호송 보조원들의 말마따나 그들의 방뇨증은 다분히 심리적인 것이기도 했다.

탑승 수속을 마친 근로자들은 사복을 입은 회사 직원들의 안내를 받아 출국 수속장으로 나가기 시작했다.

"만길아, 건강해라."

"진혜 아빠, 더위 먹지 마세요."

"아빠, 건강하게 다녀오세요. 편지 많이많이 할게요."

거기까지 따라온 가족들이 마지막 작별 인사를 외치며 손을 흔들어댔다.

출국 수속대를 통과한 근로자들은 아까와 똑같이 줄을 맞춰 앉아나갔다.

"화장실 다녀올 사람은 다녀오도록. 질서를 지키기 위해 앞에서부터 두 줄씩 시간 없으니까 뒷사람들을 위해서 신속하게 행동해."

지휘봉을 든 젊은 사람은 아까보다 더 당당한 기세로 근로자들을 휘둘러보았다. 그 사람과는 반대로 근로자들은 한결 더 풀죽고 주눅든 모습이었다.

각종 기능공과 잡역부로 이루어진 그들은 평소부터 기를 펴고 살아본 사람들이 아니었다. 가난한 데다가 배운 것도 별로 없었다. 그런데 회사에서 기능공 심사를 할 때 대졸은 0점, 고졸은 5점, 중졸은 10점, 국졸은 20점을 매겼다. 기능공으로 대졸짜리를 찾기도 어렵겠지만 혹시 있다고 해도 아예 뽑지 않겠다는 심산이었다. 따지기 좋아하고 다루기 힘든 대졸짜리를 데려다가 골치 아플 필요가 없었던 것이다.

문태복은 일곱 번째로 화장실을 갔다. 소변을 보고 머리가 띵해 세수를 하고 싶었다. 얼굴을 문지르는데 아침처럼 또 코에서 피 냄새가 났다. 그런데 아침보다 그 냄새가 더 진하고 콧속이 서늘한 듯한 느낌이었다. 이상해서 그는 고개를 들었다. 거울에 비친 자신을 보는 순간 그는 섬뜩 놀랐다. 왼쪽 콧구멍에서 피가 흘러내리고 있었다.

그는 고개를 뒤로 젖히며 바지 뒷주머니에서 손수건을 꺼냈다.

제기럴, 결국 코피가 터지고 마네. 그나마 마누라 안 보는 데서 터져 다행인가. 빌어먹을…….

피가 목으로 넘어가려는 것을 막아내며 그는 쓰게 웃고 있었다.

"형씨, 어젯밤에 꼬질대질 너무 하셨구만 그랴. 여자 없는 땅에 간다고 1년치 몽땅 해치우는 건 좋은데, 그러다가 영 가는 수가 있으니 조심하셔야지. 흐흐흐……."

"무슨 소리. 나도 저리 될 때까지 해봤으면 소원이 없겠네."

두 남자가 뒤에서 키득거렸지만 문태복은 못 들은 척 뒷목만 자근자근 두들기고 있었다.

근로자들은 비행기를 타면서도 정연하게 줄을 맞추었다. 줄을 선 대로 좌석이 배치되어 있어서 150명은 아무 소란 없이 자리를 잡을 수 있었다. 그들이 모두 자리를 잡자 보조원 두 명이 앞에서부터 안전벨트를 매고 푸는 법을 일일이 가르쳐주기 시작했다. 다른 두 명은 비행기를 타지 않았는지 보이지 않았다.

문태복은 미리 안전벨트를 매고 눈을 감았다.

"아니, 형씨는 비행기 타보셨소?"

옆사람이 놀라는 기색으로 물었다.

"그렇소. 나 월남물 진작 먹었시다."

문태복은 귀찮다는 듯 눈을 뜨며 일부러 불량기 풍기는 어조로 대꾸했다. 그는 벌써부터 사내들의 기세 싸움을 시작하는 셈이었다. 그의 왼쪽 콧구멍은 그때까지도 뭉쳐넣은 종이로 막혀 있었다.

"아, 그러세요? 비행기 이거 무섭지 않아요?"

"촌스럽게 겁먹을 것 없수다. 뜨고 내릴 때 좀 이상할 뿐이지 공중을 날아갈 때는 안방만큼 편해요."

"멀미는 안 나나요?"

"이런 참, 이게 배요? 멀미나게."

"아니, 나는 버스만 좀 오래 타도 멀미가 나서요. 그나저나 참 믿을 수가 없어요. 쇠로 된 그 큰 배가 바다에 뜨고, 쇠로 만든 비행기가 이리 많은 사람들을 태우고도 하늘을 날아간다는게. 형씨는 이상하지 않아요?"

"원 참, 그 촌스러운 소리 작작 좀 하슈. 다 뜨게 돼 있으니까 뜨고, 날게 돼 있으니까 나는 거지."

문태복은 퉁명스럽게 내지르며 그 사람을 멸시하듯 쳐다보았다.

"하긴 그렇지요."

그 남자는 눈길을 떨구며 무르춤해졌다.

문태복은 다시 눈을 감으며, 넌 내 밥이다, 생각하며 적이 만족감을 느끼고 있었다. 그는 얼굴보다 몸이 더 예쁜 아내가 울던 것을 생각하고, 이번에는 꼭 한밑천 잡아야 한다는 다짐을 하고……, 그러면서도 시름시름 잠 속으로 젖어들고 있었다.

문태복은 옆사람이 깨워서야 부스스 눈을 떴다. 비행기는 이미 이륙해서 기내식이 나오고 있었다.

"형씨는 어찌 그리 잘 잡니까? 난 비행기가 뜨는데 불알이 막 오그라드는 것 같고, 오줌이 찔끔거리는 것 같아 혼났어요."

옆의 남자가 아직도 겁이 난다는 듯 고개를 저으며 어눌하게 말했다.

"첨엔 다 그래요. 근데 뜨는 건 아무것도 아니오. 내릴 땐 몸이 막 앞으로 쏠리면서 귀가 먹먹한 게 아무 소리도 안 들리고, 더 심할 때는 고막이 찢어지는 것처럼 아파요."

문태복은 기를 죽이는 김에 더 죽이려고 과장된 어조로 말했다.

"그래요? 그러다가 정말 고막이 찢어지면 어쩌지요?"

그 남자는 더 겁을 먹으며 엉덩이를 들었다가 놓았다.

"나만 믿고 걱정 마시오. 내가 고막 안 터지게 하는 방법을 가르쳐줄 테니까. 근데, 형씨는 무슨 기술이오?"

문태복은 슬그머니 궁금증을 드러냈다.

"예, 뭐 기술이랄 것도 없지요. 트럭 몰고 고속도로 뛰었어요. 이거 다 인연인데 인사드리지요. 박창식이라고 합니다."

그는 고개를 꾸벅했다.

"아, 그 황야의 무법자. 난 포크레인 조정이오. 나 문태복이오."

문태복은 운전이라는 흔한 말보다는 더 근사하게 여겨지는 '조정'이라는 말을 쓰며 손을 내밀었다.

"아이구, 사우디서 최고로 쳐준다는 광땡 기술을 가지셨군요. 앞으로 잘 지냈으면 합니다."

박창식은 문태복의 손을 두 손으로 싸잡으며 고개를 숙였다.

"그럽시다. 근데 그 트럭은 고속도로에서 몰면 무슨 재미가 있소? 빤히 뚫린 길에서 싱겁고 졸립기만 하지. 적어도 월남 전선 같은 데서 M16을 옆에 끼고 베트콩 지역을 몰아대야 스릴과 샤쓰빤스가 있는 법이지."

공포영화의 광고 문구로 흔히 등장하는 '스릴과 샤스팬스'는 극장 주변의 건달들의 입에서 '샤쓰빤스'로 변하기 시작해 중·고등학생들의 입에까지 번진 유행이었다.

"아니 그럼, 형씨는 월남에서는 그리 위험한 트럭 운전도 했어요?"

박창식은 문태복이 흡족할 정도로 놀라움을 드러냈다.

"말도 마슈. 운전하다 말고 M16을 갈겨대며 죽을 고비 수없이 넘겼으니까. 월남전에 참전했다고 폼잡으려고 하는 애들 보면 하품 나와요. 월남에 있으면서도 베트콩 콧배기도 구경 못한 군인놈들이 수두룩하니까."

"예에, 그러시군요. 실은 나도 월남엘 가고 싶었지만 전쟁이 무서워 못 갔어요. 우리 아버지가 6·25 때 돌아가셨거든요."

"나야 기름밥 먹으면서 안 해본 게 없소. 서울 시내서 택시도 몰았으니까. 근데 이놈에 기름밥이란 게 좆같아서 있는 놈들한테 빨리고 뜯기기만 했지 팔자가 피질 않는단 말이오."

"그렇지요. 나도 고속도로 백날 뛰어봤자 차주 좋은 일만 다 시키지 풀리는 게 없어서 큰맘 먹고 사우디로 나선 건데, 어떻게 될지 모르겠어요. 형씨처럼 포크레인도 아니고……."

박창식은 문태복이 노리는 대로 완전히 기죽고 풀죽어서 말했다.

그때 외국 스튜어디스가 그들에게 기내식 쟁반을 내밀었다. 문태복은 박창식에게 시범을 보이듯 앞좌석 등받이에서 장난감 같은 식탁을 펼쳐냈다.

음식은 닭고기였다. 박창식은 문태복이 하는 대로 눈치껏 따라 하며 식사를 하기 시작했다.

문태복은 오랜만에 양식을 먹으며 월남을 생각하고 있었다. 그때 노름에 손대지 말았어야 했는데……, 큰돈이 잡힐 듯 잡힐 듯 그때의 안타까움이 월남의 하얀 햇빛과 함께 되살아올랐다. 지워지지도 씻겨지지도 않는 아쉬움이고 후회였다.

"배가 고파 먹기는 했는데 양식 이거 참 별거 아니네요. 심심하고 느끼하고……, 김치 생각만 나게 만들어요. 이런 게 뭐가 좋다고 사람들은 양식, 양식 하는지 모르겠는데요."

박창식은 포크를 던지듯 하며 떫은 입맛을 다셨다.

"그게 다 양코배기들 것이야 하면 사족을 못 쓰고 허겁지겁하는 골빈당들이 하는 짓거리요. 우리 입에야 김치에 된장찌개가 최고지."

문태복이 고개를 끄덕였다.

그들은 숭늉 대신 별로 즐기지 않은 커피를 마셨다. 그리고 담배를 피운 다음 누가 먼저라고 할 것 없이 잠이 들었다.

문태복은 박창식이 깨워서 꿈을 꾸다가 눈을 떴다.

"곧 비행기가 내린대요."

박창식이 긴장한 얼굴로 안전벨트를 단속하며 말했다.

"뭐요? 벌써 다 왔단 말이오?"

문태복이 어리둥절해서 눈을 비볐다.

"그건 잘 모르겠는데 인솔자들이, 곧 비행기가 내리니까 이걸 단단히 매라고 했어요."

"이상하네, 아직도 멀었을 텐데. 열대여섯 시간이 걸린다고 했는데."

문태복은 사방을 두리번거렸다.

"저어……, 귀가 먹먹해지면 어떻게 하면 되지요?"

박창식은 새끼손가락으로 귀를 후비며 물었다.

"아, 그거요? 비행기에 따라서 괜찮을 때도 있는데, 귀가 먹먹해지기 시작하면 귀를 막거나 후비지 말고 침을 삼켰다가 입을 벌리고, 또 침을 삼켰다가 입을 벌리고 해요. 그럼 먹먹한 게 덜해져요."

얼마 지나지 않아 문태복은 귀가 이상해지는 것을 느꼈다. 그는 박창식을 곁눈질했다. 굳어진 것처럼 똑바로 앉은 박창식은 벌써 목을 늘여 침을 삼키고는 입을 쫙 벌리고는 했다. 문태복은 픽 웃음이 터지려는 것을 겨우 참아냈다.

점점 귀가 먹먹해지기 시작하면서 비행기가 아래로 내려가고 있는 느낌이 몸으로 느껴졌다. 문태복도 침을 삼키고 입을 벌리기 시작했다. 조금 더 지나자 비행기가 낮아지는 느낌이 완연해지면서 몸이 앞으로 쏠리는 것 같았다.

"으으으……."

옆에서 나는 이상한 소리에 문태복은 고개를 돌렸다. 박창식은 눈을 질끈 감은 채 손으로는 의자 팔받침을 꽉 틀어잡고 있었다. 그러나 그뿐이 아니었다. 그는 왼쪽다리를 쭉 내뻗었는데, 그 발은 무엇인가를 힘껏 밟고 있는 모양을 하고 있었다. 그건 바로 자동차의 브레이크를 급히 밟아대는 폼이었다.

"이봐요, 지금 뭘 하고 있는 거요?"

문태복은 또 웃음이 터지려는 것을 참으며 말했다. 그러나 박창식은 말을 알아듣지 못하고 계속 브레이크 밟는 몸짓을 하고 있었다. 그때 덜커덩 비행기가 울리며 몸이 앞으로 확 쏠렸다가 뒤로 밀쳐지는 느낌이 왔다.

"브레크 그만 잡아요. 비행기 다 내렸으니까."

문태복은 웃으며 박창식의 왼쪽다리를 툭 찼다.

"예? 예?"

박창식은 잔뜩 겁에 질린 얼굴로 사방을 두리번거렸다.

"당신이 그렇게 브레크 잡는다고 비행기가 당신 말을 들을 것 같소?"

"브레크요? 누가 브레크를 잡아요?"

박창식은 무슨 소리 하느냐는 얼굴이었다.

"됐소. 귀도 먹먹한데 담에 말합시다."

문태복은 피식 웃으며 손을 저었다.

비행기가 완전히 멈추자 자칭 호송관이라고 했던 그 젊은 사람이 지휘봉을 들고 나타났다.

"여러분, 여기 주목하시오. 이 비행기는 지금 홍콩공항에 착륙했소. 딴 손님들이 내리고 타는 동안 여러분들은 절대 떠들지 말고, 자리를 이동하지도 말고 모두 제자리에 앉아 있으시오. 이건 외국 비행기이기 때문에 여러분이 잘못하면 그대로 대한민국을 망신시키게 된다는 것을 명심하시오. 이 비행기는 앞으로 방콕과 베이루트 공항을 거쳐 사우디아라비아에 도착하게 될 거요. 피곤한데 다들 자도록 하시오. 자는 게 제일 좋소."

공항에서보다 더 당당해진 그의 위세 앞에서 근로자들은 부모 곁을 떠난 아동들처럼 주눅들고 눈치 살피며 조용하기만 했다.

"저게 무슨 소리지요? 비행기가 앞으로도 방 어디하고 또 어디를 내렸다 떴다 한다 그런 거지요?"

호송관이 사라지자 박창식이 낮은 소리로 물었다.

"다 알면서 왜 묻소."

문태복은 짜증스럽게 내쏘며 코를 찡등그렸다. 오줌이 마려운데 비행기가 이렇게 뜨지 않고 있을 때 화장실에 가도 되는지 어쩐지 알 수가 없었던 것이다.

"이거 참 사람 죽이네. 앞으로도 세 번이나 간 떨어지게 생겼으니……."

박창식은 혼자 구시렁거렸다.

문태복은 잠을 자려고 눈을 감았다. 그러나 오줌은 더 마렵기만 했다. 월남을 오갈 때는 이렇게 중간에서 쉰 일이 없었다. 그는 눈을 뜨고 인솔 보조원들을 찾아보았다. 아무리 살펴보아도 똑같은 제복들만 보일 뿐 그들은 어디에 앉아 있는지 알 수가 없었다.

"박 씨, 소변 안 마려워요?"

문태복은 당해도 혼자 당하는 것을 피하려고 박창식을 생각해 수는 적 물었다.

"왜요. 오줌보 곧 터질 것 같은걸요."

박창식이 사타구니를 거머잡으며 얼굴을 찡그렸다.

"이런, 진작 말할 것이지. 갑시다."

문태복은 몸을 벌떡 일으키다가 도로 주저앉았다. 그때까지 줄곧 안전벨트를 매고 있었다는 것을 그는 그제야 깨달았다.

문태복은 먼저 화장실로 들어갔다. 그는 그것을 꺼내며 자연스럽게 눈길이 아래로 내려갔다. 그것은 볼품없이 줄어들어 다소곳하게 처져 있었다. 그러나 어젯밤에 애쓴 붉은 기는 아직도 남아 있었다. 어떻게 하룻밤에 네 번이나 할 수 있었는지 믿어지지 않고 스스로가 신통하기만 했다. 그리고 이 볼품없이 작고 보들보들한 것이 어떻게 그리도 크고 딱딱하게 변하는 것인지 생각할수록 신기하고 희한하기만 했다. 아내의 날씬한 알몸을 떠올려보았지만 이제 아무런 느낌도 들지 않았다. 양껏 밥을 먹고 난 다음처럼 더는 그 생각이 나지 않을 것 같은 기분이었다. 아내도 자기와 같은 기분이기를 바랐다. 여자니까 자기보다 더 그러리라 생각했다. 끝단속을 참 잘하고 왔다는 생각에 만족을 느끼며 그는 소변을 마쳤다.

"저 소변은 다 어떻게 하지요? 비행기가 날아갈 때 공중에 뿌리는 것도 아닐 거고."

박창식이 자리에 앉으며 아까와는 달리 여유롭게 입을 열었다.

"참 궁금한 것도 많소. 기다리시오. 내가 비행기 만든 사람한테 전화 걸어보고 알려줄 테니까."

문태복이 눈을 흘기며 웃었다.

"비행기에 변소가 있고, 이 많은 사람들의 오줌을 받아내는 오줌통을 비행기가 싣고 다닌다는 게 영 이상하거든요."

박창식이 멋쩍게 웃었다.

그들이 변소를 다녀오자 다른 근로자들도 줄을 잇기 시작했다.

비행기는 두 시간이 다 되어 다시 떠올랐다. 근로자들은 또 나눠주는 음식을 받아먹고, 시름시름 잠이 들었다가 깨고, 비행기 뒤쪽이 안개가 낀 것처럼 담배를 피워대고, 어디인지 모를 창밖의 하늘과 구름바다를 구경하고, 옆사람과 이야기하다가 싫증나 졸고, 새로 나온 양식에 입맛을 잃으며 지쳐가고 있었다.

"여러분, 마침내 기다리고 기다리던 사우디에 도착했소. 모두 안전벨트를 매고 곧 내릴 마음의 준비들을 하시오."

호송관이 다시 나타나 마치 자기가 비행기를 몰고 오기라도 한 것처럼 거만스러운 웃음을 띤 채 근로자들을 휘둘러보았다.

그 말이 끝나기 바쁘게 앞에 앉아 있던 근로자 하나가 재빨리 일어나 비행기 천장에 붙은 짐칸에서 안전모를 꺼내 썼다. 마치 그것이 시범이라도 되는 것처럼 근로자들은 앞다투어 일어나 안전모를 꺼내 쓰기에 바빴다. 호송관은 그런 근로자들을 바라보며 묘하게 웃고 있었다.

"월남이 우리나라 한여름만큼 더운가요?"

박창식이 안전모를 고쳐쓰며 물었다.

"그보다 더 더울 때가 많소."

문태복은 박창식의 마음을 얼른 알아차리고 이렇게 대꾸했다.

"예에……? 그런 데서 어떻게 일을 했지요?"

박창식은 눈이 휘둥그레졌다.

"그러니까 파월 근로자들은 파월 군인들에 못지않는 애국자들이고, 경제건설의 역군들이라고 하지 않소."

"그럼 사우디는 월남하고 어떨까요?"

"글쎄요, 더 더우면 더웠지 덜하지 않을 거요."

"하 이거 큰일났네. 왜 그렇지요?"

"월남은 덥지만 하루에 한 번씩 꼭 스콜이라고 소나기가 내려요. 그게 한바탕씩 쏟아지고 나면 후끈후끈 열을 뿜어내던 땅이 식고, 숨막히던 공기도 물기를 품어 좀 시원해진 느낌이 들어 한숨 돌릴 수 있어요. 근데 사우디에는 스콜이 있다는 말을 듣지 못했어요. 그러니 그 더위가 어떻겠소."

"그거 그렇겠는데요. 그런데 겁나지 않으세요?"

"죽기야 하겠소? 거기서 평생 사는 사람들도 있는데. 그저 죽었다 복창하고 돈만 생각하시오. 돈 많이 버는 것만 생각하면 그까짓 더위쯤 다 이겨낼 수 있으니까."

"그래요. 그놈에 돈이라는 게 뭔지."

박창식이 푹 한숨을 쉬었다.

다시 귀가 먹먹해지기 시작했다. 조금 있다가 몸이 앞으로 쏠리는 것 같은 기미가 느껴졌다. 문태복의 눈길은 박창식의 다리로 옮겨졌다. 그런데 박창식은 어느새 익숙해져 더는 브레이크 밟은 시늉을 하지 않았다.

비행기에서 내릴 때도 탔던 순서대로 줄을 맞추었다. 비행기를 나서는 순간 화끈 끼쳐오는 열기에 근로자들마다 당황하고 놀라는 기색을 드러내고는 했다. 그러나 그들은 묵묵히 트랩을 밟아 내려가고 있었다.

입국 수속을 다 마친 그들은 각자의 짐을 가지고 공항 한쪽에 집합했다.

"지금부터 인원 점검을 실시한다. 앞줄부터 앉아번호!"

호송관이 우렁차게 외쳤다.

"하나!"

"둘!"

"셋!"

"동작 그만! 행동 이따위로밖에 못 취해? 여긴 이제 김포공항이 아니야. 데데하게 굴면 쪼인트 까지는 수가 있어. 다들 정신 똑바로 차려. 전체 차려우왓! 다시 앉아번호!"

"하나!"

"둘!"

"셋!"

다섯 명씩이 그야말로 일사불란하게 번호를 외치며 매스게임 펼치듯 하고 있는 동안에 하얀 옷을 길게 입은 사우디아라비아 남자들과 검정 옷을 두른 여자들이 멀찌감치 서서 그 모습을 지켜보고 있었다. 그런데 그들은 서로 수군수군하거나 고개를 갸웃거리고 있었다. 그 반응은 이색적인 구경거리를 신기하고 흥미롭게 구경하고 있는 것이 아니라 무언가 이상하게 생각하고 의심쩍어하는 기색을 보이고 있었다.

똑같은 안전모, 똑같은 제복, 똑같은 작업화, 그리고 안전모와 왼쪽팔에 붙은 초록색 십자(+) 마크와, 그 밑에 적힌 빨간색의 '안전제일'이란 글씨, 그뿐만 아니라 군대식 구령과 일사불란한 행동. 그런 것들을 처음 대하는 사람들의 눈에는 이상하게 보이기 십상이었다.

"다들 똑똑히 들어라. 여러분들은 마침내 사우디의 다란공항에 내렸다. 여러분은 지금 이 시간부터 확실하고 분명하게 한 가지 명심할 사실이 있다. 그게 무엇인고 하면, 여러분은 오늘부터 대한민국 국민이 아니라 사우디아라비아 국민이 된 것이다. 이게 무슨 말이냐 하면, 여러분이 사우디를 떠나는 그 순간까지는 사우디의 국민들과 똑같이 사우디의 법을 철저하게 지켜야 된다는 것이다. 당장 오늘부터 지켜야 하는 가장 중요한 법 한 가지를 알려주겠다. 사우디는 삼무(三無)의 나라다. 술이 없고, 몸 파는 여자가 없고, 이슬람교 외에는 다른 종교가 없다. 그런데 여러분들이 가장 쉽게 어길 수 있는 법이 여자문제다. 다들 똑똑히 들어라! 여러분은 길에서 오가는 여자들을 절대로 쳐다보아서는 안 된다. 또한 여자들 사진을 찍어서도 안 된다. 이걸 위반할 때는 종교경찰에게 체포되어 가차없이 처벌을 받게 된다. 이 나라의 처벌은 굉장히 엄해서 도둑놈은 무조건 손목을 자르는 공개처형을 하고, 여자를 쳐다보다가 걸리면 회초리 100대를 맞을 각오를 해야 한다. 더 심하면 바로 추방을 당할 수도 있다. 자아 여러분, 지금 말하는 세 가지를 똑똑히 기억해 두기 바란다. 길을 가다가 여자와 마주치게 되었다. 그때는 첫째, 재빨리 골목으로 들어가라. 둘째, 바로 길을 건너가라. 셋째, 그도저도 안 되면 신속하게 돌아서라. 다시 한 번 더 일러둔다. 첫째, 골목으로 들어가라. 둘째, 길을 건너가라. 셋째, 그도저도 안 되면 돌아서라. 사우디의 법만 잘 지키면 사우디는 인심 후하고 도둑 없고 참 좋은 나라다. 모두 일 열심히 해서 돈 많이 벌기 바란다. 지금부터 버스로 이동한다. 전체 일어어섯!"

호송관이 마치 훈련소의 숙달된 교관처럼 막힘없이 풀어낸 훈시였다.

근로자들은 공항을 나섰다. 후끈후끈한 열기가 그들을 맞이했다. 햇빛은 눈이 시도록 강렬하게 쏟아지고 있었다.

아이고, 이게 뭐냐. 월남하고는 영 다르네.

문태복은 실눈을 뜨고 더위를 돌이키면서 암담해지고 있었다. 각오는 했지만 이런 더위 속에서 1년을 견뎌내야 한다는 것이 까마득하기만 했다.

버스까지는 50미터 정도였다. 그 거리를 걷는데 벌써 사람들은 더위를 타며 손부채를 부치거나 숨쉬기를 거북해했다.

"아유, 한증탕이 따로 없네요. 사람 기 팍 죽이는데요."

박창식이 버스에 앉으며 정말 겁먹은 소리로 말했다.

"별수 있겠소. 또 한 번 군대생활 하는 셈치고 죽었다 복창해야지. 어기선 그래도 돈이 생기니까……."

문태복이 서글픈 웃음을 지으며 얼굴을 훔쳤다.

"그래요, 어쩔 수 없지요. 목돈 아무데서나 만질 수 있는 게 아니니……."

박창식은 백광 가득한 창밖을 내다보며 한숨을 쉬었다.

곧 도시를 벗어난 버스는 허허벌판을 줄기차게 달리고 있었다. 끝이 아득하게 먼 벌판에는 나무는커녕 풀도 제대로 나지 않고 메말라 있었다. 산이라고는 없고 가끔 모래언덕이 나타났다 사라지곤 해서 더욱 끝도 한도 없이 넓게 보이는 그 황량한 벌판은 하늘과 맞닿으며 아스라이 지평선을 이루어내고 있었다. 그런데 아무것도 살 것 같지 않은 그 불볕만 들끓어 눈이 부신 벌판에 등 굽은 짐승들이 멀리서 아주 느리게 움직이고 있었다. 그건 낙타들이었다.

버스는 두 시간 넘게 달려 그 벌판 어딘가에 그들을 내려놓았다. 그곳은 현장 캠프였다. 군대 막사 형태의 건물들이 스무 채 넘게 자리잡고 있는 캠프 안에는 빈터도 많아 그 규모가 아주 컸다. 그들은 호송관의 명령에 따라 한 막사 앞의 빈터에 도열했다. 앉아번호를 할 것도 없이 그들의 동작은 민첩했고, 오와 열도 군인들 못지않게 반듯반듯했다.

"저는 현장소장 송현우입니다. 먼길 오시느라고 수고들 하셨습니다. 여러분이 우리 회사 사우디 현장에 오신 걸 환영합니다. 더우니까 긴말할 것 없고, 우선 한마디만 하겠습니다. 앞으로 현장의 규정을 철저하게 지키면서 각자가 맡은 바 임무를 충실히 해주기 바란다는 것입니다. 규정을 어겨 중도에서 귀국당하는 불미스러운 일이 벌어지지 않게 되기를 바랍니다. 곧 숙소를 배정할 테니 오늘은 편히 쉬고, 작업은 내일부터 시작합니다. 미리 한 가지 주의사항을 알립니다. 아무리 급하더라도 숙소에 들어가서 바로 샤워를 해서는 안 됩니다. 왜냐하면 물탱크의 물이 햇볕에 너무 뜨거워져 있어서 몸을 델 위험이 있기 때문입니다. 샤워는 해가 넘어가고 물이 좀 식은 다음 밤에 해야 합니다. 이상입니다."

총무과 직원들이 신속하게 숙소를 배정하기 시작했다. 근로자들은 한 막사에 마흔 명씩 배정되었다. 그들은 인솔자가 지정하는 대로 군대식 2층침대에 차례로 가방을 올려놓았다.

"저녁 식사는 이따가 7시입니다. 편히 쉬다가 종을 치면 바로 식당으로들 오세요."

훈련소의 조교들이 그렇듯 거만기를 풍기는 총무과 직원이 무표정하게 말하고는 돌아섰다.

문태복은 침대를 아래로 배정받은 것을 다행으로 여기며 침대에 주저앉았다. 그러나 박창식과 한 막사가 안 된 것이 적이 서운했다.

"어허, 이제 좀 살겠네. 그늘에 들어오니 훨씬 덜 더운데 그래."

누군가가 쿠렁하게 큰소리로 말하고는 늘어지는 소리로 기지개를 켰다.

"그러게 사람은 다 그럭저럭 살게 마련이라. 그나저나 여자 없는 거야 어찌 적당히 해결하겠지만 술 없는 건 참 드러운데 이거. 살다 가 별난 나라도 다 보겠어. 아아, 무교동 청진동이 눈앞에 삼삼하다."

어떤 남자가 반죽을 맞추었다.

식당은 숙소보다 훨씬 더 넓었다. 근로자들은 줄을 서서 식판에 배식을 받았다. 무뚝뚝한 얼굴로 배식을 하고 있는 것은 전부 남자 들이었다.

쌀밥, 미역국, 닭다리볶음, 나물, 멸치볶음, 김치가 식판을 채우고 있었다. 그런데 김치가 이상했다. 그건 한국 배추가 아니라 양배추 비슷해서 김치 시늉만 하고 있었다.

새로 온 근로자들은 저녁을 먹으면서 이곳에 자기네보다 먼저 온 근로자들이 있다는 것을 알았다. 도로공사를 하고 있는 그들은 자그마치 250명이었다.

저녁을 먹고 나서 어둑발이 퍼지는 속에서 작업조를 편성했다. 해가 지자 꼭 거짓말처럼 더위가 빠르게 가시고 있었다.

"거 참, 해가 무섭기는 무섭네."

"그러게 말이오. 해가 아무것도 아닌 줄 알았는데."

사람들은 새삼스럽게 하늘을 쳐다보고는 했다.

샤워 꼭지를 튼 문태복은 깜짝 놀랐다. 쏟아져내리는 물줄기가 뜨끈뜨끈했던 것이다. 그건 한국 목욕탕의 물보다 더 뜨거운 것 같 았다.

"야 이거, 식었다는 게 이 정도야?"

"살 덴다는 게 공갈인 줄 알았는데 그게 아니네."

"이거 사람 미치겠네. 1년 내내 시원한 찬물 샤워 한번 못하게 생겼잖아."

"뜨거운 물이 피로 회복에 좋시다."

물줄기 쏟아지는 소리와 함께 여기저기서 터져나오는 소리들이었다.

10시에 취침이었다. 문태복은 아내의 발가벗은 몸을 생각하다가 시름시름 잠이 들었다.

"기상! 기상!"

총무과 직원이 막대기로 침대 기둥을 치고 돌아다니며 외쳐댔다.

"새벽종이 울렸네 새아침이 밝았네.

너도 나도 일어나……."

밖에서는 〈새마을노래〉가 쩌렁쩌렁 울려퍼지고 있었다.

침대에서 일어나던 문태복은 코밑이 선뜻해서 반사적으로 손으로 훔쳤다. 손에 묻어난 것은 피였다.

"어, 형씨 코피 나요, 코피."

저쪽에서 들리는 소리였다.

"어, 어, 왜 코피가 터지고 이러지?"

다른 쪽에서 들리는 소리였다.

"그거 별거 아니오. 날씨가 건조해서 그러는 거요. 그게 사우디 신고식이니까, 2~3일 그러다 보면 다 적응돼요. 빨리빨리 해요, 빨리빨리!"

직원은 이렇게 대꾸하며 밖으로 뛰어나갔다.

〈새마을노래〉는 계속 울리고 있었다.

31

시멘트 시대

기승을 부리는 무더위와는 달리 새마을호 특실은 한기가 느껴질 정도로 냉방시설이 잘 되어 있었다. 그런데다 승객이 절반쯤 띄엄띄엄 자리잡고 있어서 그 분위기는 더없이 쾌적했다. 새마을호는 고속버스와 맞먹을 만큼 빠른 데다 시설도 제일이라서 서민들은 감히 탈 엄두를 내지 못했다. 그 특급 기차에서 특실은 더 비쌌다.

강기수는 뒤로 젖힌 의자에 살찐 몸을 부려 한없이 편안한 자세를 취하고 있었다. 앞의자에 달린 발판에 올려진 그의 두 발은 구두만이 아니라 양말도 벗어버려 맨발을 드러내고 있었다.

그런데 편안한 자세와는 달리 그의 심기는 편안하지 않았다. 그는 가끔 몸을 굼뜨게 움직이며 긴 한숨을 내쉬고는 했다. 턱살이 두 겹으로 겹치는 얼굴도 침울했다.

강기수는 최영찬 의원의 갑작스러운 죽음에서 놓여나지 못하고 있었다. 뇌졸중으로 쓰러져 며칠 만에 저세상으로 가버린 것도 충격이었지만, 그가 자신보다 한 살이 아래인 것이 더 큰 충격이었다. 술을 좋아하는 것만큼 여자를 좋아했던 최 의원은 팔십까지 국회의원 자리를 지킬 수 있다고 장담했던 건강체였다. 팔십까지 잘해보자며 술자리에서 서로 격려하고는 했던 사람이 그리도 허망하게 저승길을 가버린 것이다. 그의 죽음을 더 허망하게 하는 것은 그가 떠나자마자 공시된 그의 지역구 보궐선거였다. 사무적으로 처리해야 하는 국회의 조치는 어쩔 수 없이 그렇다 치더라도 지역구의 반응은 기가 막힐 지경이었다. 마치 최 의원이 저세상으로 뜨기를 빌고 있었던 것처럼 입후보자가 자그마치 여덟이나 난립을 했다. 최 의원의 아들까지 합치면 아홉이었다. 최 의원이 살았을 때는 많아야 최 의원을 합해서 셋이었다.

선거전은 초반부터 치열하게 불붙고 있었다. 터줏대감이 없어진 기회에 권력을 잡아보겠다는 욕심들이 뒤엉키고 있는 판이었다. 최 의원의 아들은 상주 노릇도 제대로 할 겨를이 없이 그 싸움판에 뛰어들지 않을 수가 없었다.

"망할 자식들, 다 지난 과거지사 가지고 이제 와서 친일파 타령은 무슨 빌어먹을 친일파 타령이야."

강기수는 끄응 힘을 쓰며 투덜거렸다. 그는 자기가 아닌 그 누가 친일파라는 공격을 당해도 가슴이 섬뜩해지며 살의가 곤두서고는 했다.

당에서는 당연한 것처럼 최 의원 아들에게 공천을 주었고, 최 의원과 친했던 의원들 몇이 격려차 내려갔었다. 그런데 최 의원의 아들은 악질 친일파의 자식으로 집중포화를 당하고 있었다. 젊은 후보들일수록 그 공격은 심했다.

"저걸 어쩌면 좋지요? 아버지가 계실 때보다 더 심하니 말입니다. 참 이상해요. 세월이 지나고, 당사자가 없으면 저런 말이 안 나올 줄 알았는데 오히려 더 심해지니 말입니다."

최 의원의 아들은 못내 불안해하고 의기소침해져 있었다.

"그거 신경 쓸 거 없어. 그럴수록 힘차게 몰아치며 덤벼야 해. 무슨 싸움이든 다 그렇지만 선거전은 특히 기세 싸움이야. 한번 밀리고 꺾이기 시작하면 걷잡을 수 없이 무너지게 돼. 저놈들이 권력 잡을 욕심으로 무슨 소리를 못해. 저놈들이 떠들수록 자넨 더 큰 소리로 당의 힘을 과시하고, 그동안 부친께서 이 지역 발전을 위해 세운 공을 강조하는 거야. 그리고 뒤로는 자금을 부친 때보다 두 배 이상 풀어. 그 효과는 직방이고, 이번 선거는 자네 일생을 좌우하는 거니까. 이번에 이기면 그 다음부터는 순풍에 돛 다는 거야. 알겠나!"

강기수는 이렇게 힘주어 말했다.

그러나 최 의원의 아들이 영 미덥지 못했다. 자신이 보기에 최 의원의 아들이 친일파의 자식이라고 협공당하는 것보다 더 큰 약점은 아무런 준비 없이 선거전에 부닥치게 된 것이었다. 최 의원은 팔십까지를 장담했던 것처럼 그동안 아들한테 정치훈련을 시킨 것이 아무것도 없었다. 사업체를 맡겨놓고 편히 살게 하면서 선거 때 구경이나 시킨 것이 고작이었다.

강기수는 둔하게 몸을 일으키며 의자를 세웠다. 그리고 담배에
불을 붙여 연기를 한숨으로 내뿜었다. 최 의원의 아들 문제는 바로
자신의 문제였던 것이다. 자신도 최 의원의 장담에 맞장구를 치며
아들을 그냥 놓아머렸을 뿐이다. 그런데 최 의원의 아들에 비혜 지
신의 아들은 한 가지가 더 처지는 게 있었다. 최 의원의 아들은 나
이나마 마흔에 가까운데 자신은 아들이 늦어 아직 서른다섯도 못
되었다. 그러나 자신이 앞으로 한 번 더 해먹는 동안에 잡도리를 해
대면 마흔이 찰 거였다. 그런데 그보다 더 문제는 아들이 과연 국회
의원 자리를 거머쥘 만큼 배짱과 능력이 있느냐 하는 것이었다.

강기수는 최 의원이 당하는 것을 보고 마음이 급해져 내려가면
서도 아들을 생각하면 그만 속이 상하고 우울해졌다. 공부가 싫으
면 사내답기나 해야 할 텐데 어떻게 된 것이 배포도 없고 강단도
없었다. 그렇다면 비위 좋은 사교성이 있거나 보통이나마 언변이
있어야 하는데 그런 것도 영 마음에 차지 않았다.

에이 빌어먹을, 돈이나 헤프게 써댈 줄 알았지…… . 그놈이 못난
제 에미를 닮아서 그 꼴이라니까. 날 반만이라도 닮았어 봐.

강기수는 울화가 치밀어 담배연기를 마구 내뿜으며 혀를 차댔다.

"아빠 왜 그렇게 길천이를 어린애 취급만 하면서 무시하고 그러
세요? 여든인 아버지가 예순 살 먹은 아들보고 차 조심하라고 하
더라고, 부모들 눈에는 자식들이 영원히 어린애로 보인다는 것은
알아요. 그렇지만 그게 옳은 게 아니잖아요. 부모가 자식을 제일

잘 아는 것 같아도 사실은 가장 모르고 있다는 말 아세요? 아빠 생각을 바꾸고 길천이를 어른 대접해서 무슨 일이든 맡기고 책임을 지게 하세요. 그리고 좀 실수를 하더라도 야단을 치지 말고 그때마다 요령을 가르쳐주세요. 실수나 실패도 좋은 인생 경험이라고 하잖아요. 언제 아빠가 그렇게 해본 적이 있으세요?"

딸 숙자의 공박이었다. 숙자는 공부를 싫어했던 것에 비해 아는 것이 많고 야무졌다. 판사 남편을 휘어잡고 알뜰하고 화목하게 살아가는 것을 보면 신기하고 기특하기 이를 데 없었다. 아들놈이 숙자만 같아도 더 바랄 게 없을 것 같았다.

숙자의 말에 사위도 동조하는 바람에 다 망해먹어도 좋다 하는 마음으로 사업체를 하나 차려줄 수밖에 없었다. 건재상을 겸한 그 시멘트 제품공장은 땅 짚고 헤엄치기 사업일 뿐만 아니라 지역구를 자세히 파악하고 관공서사람들과 낯익히기에 딱 안성맞춤이었다.

"이 사업을 해서 돈을 벌라는 것이 아니다. 이 애비는 늙어가고, 장차 지역구를 누가 물려받아야 되겠냐? 이 사업에서 번 돈을 장차 네 발판을 만들 지역구 관리에 쓰도록 해라. 선거란 애비의 빽이나 조직만 가지고는 안 되고 당자인 네가 능력이 있다는 것을 지역구민들에게 꾸준하게 보여주어야 하고, 인심도 얻어야 한다. 만약 네가 국회의원에 뜻이 없다면 이 사업을 안 해도 괜찮다. 지역구야 매형한테 넘겨주면 더없이 고마워하고 잘해나갈 테니까 말야."

"아버님, 그건 안 돼요. 사위는 아들하고 다르잖아요. 이이가 잘해낼 거예요. 그리고 저도 옆에서 힘껏 돕겠어요. 믿어주세요."

아들보다 며느리가 먼저 몸달아 나섰다.

"넌 가만있거라. 지방으로 내려가야 하는 일이니까 아범 말이 더 중요하다."

"예, 해보겠어요."

"자신 있냐?"

며느리의 태도에 비해 아들의 대답이 영 신통찮아 다시 묻지 않을 수 없었다.

"열심히 해봐야지요."

며느리가 '믿어주세요' 한 것처럼 아들도 야무지고 속시원하게 한마디했으면 좋으련만 두 번째 대답도 마음에 차지 않았다. 그나마 며느리가 당찬 데가 있어서 다행이다 싶었다.

관공서사람들에게 돈 쓰는 것을 아까워하지 말아라. 특히 실무자들에게는 건수마다 돈을 줘라. 돈은 아무도 모르게 주고, 그 비밀을 꼭 지켜라. 그들과 술을 마시지 말고, 더구나 값비싼 술은 절대 마시지 마라. 술을 마시면 실수하기 쉽고, 아무리 호화판으로 술을 사줘도 현찰에 비해 고마워하지도 않고 효과도 별로 없다. 돈은 한꺼번에 많이 주는 것보다 자주 주는 것이 좋다. 말은 적게 하되 유식한 말을 많이 쓰고, 속을 감추는 동시에 친밀감을 갖게 하기 위해 농담을 적절하게 사용하라. 간부들에게는 무조건 겸손하게 머리를 숙이고, 명절 때마다 값나가는 선물하는 것을 잊지 마라. 업무상 관계가 없다 해도 경조사에는 그 누구에게든 성의를 표시해라. 그 다음이 일반 유권자들을 대하는 것인데, 노인네들과 아이들에게 특히 잘해야 한다. 차를 타고 가다가 무거운 것을 이고 가는 할머니들을 보면 꼭 태워다 주고, 할아버지들이 장기판을 벌이고 있으면 살붙게 인사하고 소주병을 사주는 것을 잊지 말아라. 싸우는 아이들을 보면 뜯어말려 사탕을 사주고, 어떤 때는 모여 노는 아이들에게 공책이나 연필도 사줘라. 그리고 동네 잔치를 만나게 되면 돼지 한 마리쯤 잡도록 해줘라. 그렇게 해서 인심 피지 않을 곳 없고, 그렇게 다져진 인심 이길 장사 없다.

아들 내외를 광주로 내려보내며 다짐한 말이었다. 그런데 그동안 얼마나 실행에 옮기고 있는지 모를 일이었다. 지난 2년 동안 하루도 빤할 날 없이 유신 반대로 시끌시끌해 여당의원들치고 그 누구나 지역구에 신경 쓸 겨를이 없이 지나가고 말았다. 자신도 지구당 사무실의 전화 보고만 받다 보니 아들의 일도 별 탈 없는 것으로 넘기고 말았다.

"아버님, 이이가 일에 재미를 붙이고 있어요."

"아버님, 이이를 웅변학원에도 다니라고 했어요."

명절 때 만나면 며느리가 하는 말이었다. 그게 눈치 빠른 며느리가 자신을 안심시키려는 것 같기만 했지 아들은 여전히 신용하기가 어려웠다. 다만 그런 일 더 못하겠다고 걷어치우고 올라오지 않은 것만을 다행으로 여겼다.

기차가 곧 광주역에 도착한다는 안내방송이 나왔다. 강기수는 양말을 신으며 내릴 채비를 했다.

기차가 멈추는가 싶었는데 한 사내가 강기수 옆에 나타나 깊은 절을 하며 말했다.

"의원님, 무사히 오셨습니까."

"음, 자네 왔군. 가지."

강기수가 뚱뚱한 몸을 무거운 듯 일으켰고, 그 사내는 선반에 놓인 007가방을 잽싸게 내렸다. 영회 〈007 시리즈〉가 선풍을 일으키면서 영화 속의 가방이 덩달아 유행상품으로 값비싼 호사를 하고 있었다.

강기수를 호위하며 나가는 그 사내는 자가용으로 고속도로를 달려온 그의 비서였다. 세상을 떠난 최영찬이 그랬듯 강기수도 고향을 찾아갈 때 고속도로를 이용하지 않았다. 고속도로에서 빈번하게 일어나는 교통사고를 피하기 위해서였다. 그의 비서는 그를 서울역까지 모신 다음 부랴부랴 고속도로를 달려 광주역에서 영접하고는 했다. 자가용은 광주에서부터 고향까지 행차에 필요했던 것이다.

강기수는 아들네 집으로 가지 않고 강진 쪽의 변두리에 있는 공장으로 직행했다. 암행 효과를 내기 위해서였다.

시내를 벗어나자 곧 진초록으로 물든 논들이 나타났다. 벼들이 무성하게 자라고 있는 논 위로 제비들이 날렵하고도 매끈한 자태로 날며 아름다운 여름 풍광을 이루어내고 있었다. 들마을은 야트막한 야산을 등지고 남향받이로 자리잡고 있었다. 그런데 마을의 집들은 초가지붕이 하나도 없었다. 빨강, 파랑, 주황, 초록 등의 색깔이 전혀 조화되지 않게 칠해져 유치하고 촌스럽기 이를 데 없을 뿐만 아니라 고유한 우리의 농촌 분위기는 완전히 파괴되어 있었다.

아아, 멋지군, 멋져. 여긴 큰 도시 변두리라 벌써 지붕 개량을 다완료했군. 새마을운동은 과연 위대해. 아니지, 위대한 건 각하시지. 새마을운동을 총지휘하시는 건 각하시니까. 각하께서 추진하셔서 안 되는 일은 없어. 그런데 왜 몇 안 되는 지식인이란 것들은 그렇게 각하를 반대하고 나서나. 불순한 대학 교수놈들을 지난번에 대청소해 댔는데도 대학생놈들이 데모를 계속해 대는 건 뭐지? 교수놈들이 쫓겨나서도 뒤에서 계속 충동질해 대는 건가? 아이고, 그거 생각하면 골치만 아퍼. 중정에서도 그 뿌리를 도려내지 못하는데 내가 더 생각한다고 무슨 뾰족한 수가 있어야 말이지. 어쨌거나 새마을운동으로 나야 재미보고 있으면 된 거지. 제놈들이 까불어봐야 물러날 각하도 아니고, 각하가 아니면 이 나라 누가 끌고 간다는 거야. 그만한 인물이 없잖아, 그만한 인물이!

강기수는 들마을의 울긋불긋한 지붕들을 바라보며 이런 생각을 하고 있었다.

"의원님, 다 왔습니다."

차가 멈추며 앞자리의 비서가 말했다.

강기수가 끄응 힘을 쓰며 등받이에서 등을 뗐다. 잽싸게 차에서 내린 비서가 뒷문을 열었다. 강기수는 천천히 차에서 내려 공장을 둘러보았다.

철조망을 둘러친 야산 옆의 공장은 학교 운동장보다 더 넓어 보였다. 출입문 옆에 단층짜리 건물이 하나 있었고, 그 옆으로 농촌에서 흔히 볼 수 있는 쌀창고 크기의 창고가 있을 뿐이었다. 나머지 넓은 터에서는 열 명쯤 되는 인부들이 뙤약볕 아래서 부지런히 무엇인가를 만들고 있었다. 그리고 빈터 한쪽으로는 널빤지 모양의 시멘드 제품들이 산더미로 쌓여 있었다. 새로 만들어지고 있는 그 제품들은 넓은 터에 줄지어 눕혀져 나아가고 있었다. 그건 새마을운동에서 지붕 개량과 함께 추진하고 있는 담 개량에 쓰이는 조립식 시멘트 담이었다.

"아버님, 어쩐 일이세요. 미리 연락도 안 주시고."

단층 건물에서 황급히 뛰어나온 여자가 강기수 앞에 두 손을 모아잡으며 공손히 절을 했다.

"아니, 네가 여기 어쩐 일이냐? 길천이는 어찌 되고? 무슨 사고 생겼냐?"

연달아 묻는 강기수의 얼굴이 찡그려지며 노기가 드러났다.

"아아니요. 그이는 아침에 물건 싣고 강진에 갔어요."

며느리가 '아니오'에 유난히 힘을 주며 상그레 웃음지었다.

"아니, 길천이가 직접 짐차를 타고 물건을 배달한단 말이냐? 그러다 사고나면 어쩌려고?"

거짓말처럼 강기수의 얼굴은 금방 풀리며 목소리에도 정이 담뿍 실려 있었다.

"걱정하지 마세요, 아버님. 직접 짐차를 타고 간 게 아니구요, 그이는 따로 찝차를 타고 갔어요. 수금 날도 되고 해서 겸사겸사, 그이 아주 열성이에요. 더우신데 그만 안으로 들어가시지요."

며느리는 남편을 두둔하는 한마디를 살짝 끼워넣으며 방글방글 웃었다.

"응, 그럼 됐다. 헌데 넌 여기 어쩐 일이냐?"

강기수는 새삼스럽게 며느리를 쳐다보았다.

"네에, 그이 없을 때는 제가 대신 공장을 지키거든요. 자재 들어오는 것도 봐야 하고……, 그이나 제가 없으면 다 게으름을 피우거든요."

"허, 그것 참!" 강기수는 고개를 끄덕이며 흡족하게 웃고는, "애들은 어쩌고?" 며느리에게 다정한 눈길을 보냈다.

"네, 식모아주머니가 잘 봐주니까 걱정 마세요. 집 오래 비우는 것도 아니구요."

"그래, 애들 탈 안 나게 잘 보살펴야 한다. 허고, 자재들은 제때제때 잘 들어오고 있냐?"

"네, 돈 잘 주니까 속 썩이는 일 없이 잘되고 있어요. 다 아버님 덕이지요 뭐."

며느리는 연방 방실거렸다.

"그거 다행이다. 세멘트가 모자란다고 야단들인데. 어디 창고 좀 보자."

"괜찮으실까요, 아버님? 창고 안이 굉장히 더운데요."

"괜찮다. 이까짓 더위쯤."

강기수는 넥타이를 느슨하게 풀며 말했다. 뚱뚱한 몸에 더위는 참기 어려웠지만 일부러 그 정도의 관심은 보이고자 했다.

"공장장 아저씨, 빨리 와서 창고 문 좀 여세요. 빨리요, 빨리."

며느리가 일하는 인부들 쪽에다 대고 소리쳤다.

후끈거리는 더위가 가득찬 창고 안에는 시멘트와 슬레이트가 산더미로 쌓여 있었다. 한쪽으로는 페인트 통들과 가는 철근들도 자리를 차지하고 있었다. 그런 것들이 잘 정돈되어 있는 것을 둘러보며 강기수는 적이 마음이 흐뭇해지고 있었다. 아들은 생각했던 것보다 일을 잘 추슬러나가고 있는 것 같았다.

"어떠냐, 돈 버는 재미가?"

강기수는 창고를 나서며 며느리에게 물었다.

"네, 아주 좋아요. 아버님. 돈은 많이 못 모았어도 인심은 많이 얻었거든요."

며느리가 눈치 빠르게 대답했다.

"그래? 그거 참 듣던 중 반가운 소리다. 암, 그래야지."

강기수는 감정을 감추지 못하고 너털웃음을 터뜨렸다.

사무실에서 선풍기바람을 잠깐 쐰 강기수는 곧 일어났다.

"아버님, 어디 가시게요? 그이가 돌아올 시간이 얼마 안 남은 것 같은데요."

"응, 나 이 길로 강진 좀 갔다 올 테니까 아범은 내일 점심때 보잔다고 일러라."

"네, 그럼 점심 준비하겠어요."

"아니다, 아니다. 더운데 그럴 것 없다. 너도 고생하고 애 많이 쓰는데 내가 맛있는 것 사주마. 그럼 수고하거라."

강기수는 웃음 넘치는 얼굴로 차에 올랐다.

차가 달리기 시작하자 차창으로 몰려드는 바람이 세지면서 좀 시원해졌다. 강기수는 바람에 몸을 맡긴 채 아들한테 그 일을 시킨 게 잘한 것 같아 기분이 꽤나 좋았다. 그렇다고 며느리의 말을 다 믿는 것은 아니었다. 가재는 게 편이라고 제 남편을 싸고돌 수도 있는 일이었다. 어디까지나 현지의 반응을 확인할 필요가 있었다. 그러나 한 가지 분명한 것은, 그 일을 지금까지 싫증내지 않고 꾸준하게 해오고 있다는 사실이었다. 그건 곧 '중단 없는 전진'을 계속하고 있는 새마을운동 사업에 차질 없이 물자들을 대왔다는 것이었다. 그것만으로도 기대 밖의 큰 성과였다. 며느리의 성화에 못 이겨 그랬건, 며느리의 닦달에 어쩔 수 없이 끌려서 그랬건 간에 중도에 작파하지 않은 것만도 대견하기 그지없었다. 더구나 그 일을 하면서 웅변학원까지 다닌다니 그것 참 가상하지 않을 수 없었다.

사람 열 번 된다더니 그놈이 내 피를 받기는 받은 모양이라!

강기수는 제물에 마음이 흔쾌해져 담배에 불을 붙였다.

그 일을 시킨 건 새마을운동으로 농촌의 지붕과 담을 개량하는 데 맞춘 거였다. 그 대대적인 사업에 물자를 대는 것은 그야말로 땅 짚고 헤엄치기 돈벌이였다. 다른 지역에는 눈 돌리지 않더라도 자신의 선거구만 장악해도 그건 보통 노다지가 아니었다. 전화 몇 통화로 해결될 일을 놓고 괜히 남의 밥이 되게 방치할 이유가 없었다. 그러나 남들의 입방아를 피하기 위해 공장은 멀찍하게 광주 변두리에다 차리게 했다. 잡다한 구설수도 피해야 했지만 자재들 공급을 원활하게 하기 위해서도 강진은 마땅치 않았다. 그리고 서울 맛이 들린 아들과 며느리를 묶어두는 데도 5대 도시 중에 하나인 광주가 필요했다.

"아, 아드님 말씀인가요? 예의 바르고, 겸손하고, 똑똑하고, 나무랄 데라고는 없습니다."

군수의 말이었다.

"괜히 듣기 좋으라고 하시는 말씀이지요."

강기수는 그냥 흘려듣는 시늉을 했다.

"아닙니다, 아닙니다. 철따라 꼭꼭 예의를 갖추고, 어떻게 생일까지 알아 선물을 다 하고 해서 기관장들이 모여앉으면 칭찬이 자자합니다. 권력 높은 집 자식 같지 않고, 강 의원님 자식 교육 잘 시켰고, 아들 하나 잘 됐다고 말입니다. 그리고 군민들한테도 아주 인기가 좋습니다. 노인네들한테나 아이들한테 잘하는 것은 진작 소문이 났고, 운동회 때는 학교마다 공책이며 연필 같은 상품들을 푸짐하게 기부해서 학생이고 부모들이고 얼마나 좋아하는지 모릅니다. 제 말이 믿기 어려우면 사람을 풀어 한번 알아보셔도 좋습니다. 역시 의원님 아드님이라 다릅니다."

군수만이 아니라 경찰서장도 마찬가지로 칭찬하기에 바빴다. 강기수는 그런 말들을 다 믿을 수 없도록 어리벙벙한 기분이었고, 너무나 기쁘고 들떠 그들을 요정으로 불러 흐드러진 술판을 벌였다. 아들은 자신이 가르쳐준 것보다 한술 더 뜨고 있으니 그 기특함과 흡족함은 말로 다 할 수가 없을 지경이었다.

다음날 아침 강기수는 사무장을 데리고 선거구를 대충 둘러보았다. 그의 관심은 지붕과 담이 얼마나 개량되었는지에 쏠려 있었다. 읍내에서 가까운 마을들은 거의 다 울긋불긋한 슬레이트 지붕으로 바뀌어 있었고, 그 흔한 탱자나무 울타리도 사라지고 조립식 시멘트 담이 둘러쳐져 있었다.

"저 개량사업은 얼마나 진척됐지?"

창밖을 내다보고 있던 강기수는 사무장에게 불쑥 물었다.

"예에, 거 머시냐, 교통 나쁜 산골 쪽으로 한 3할 남었다고 허드만요."

"음, 3할이라……, 그동안 일들 많이 했군."

강기수는 건성으로 중얼거리며 속으로는 아들이 그 일에서 손을 떼야 할 날도 얼마 남지 않았음을 계산하고 있었다.

"근디 저어……, 의원 각하께서 민심을 아셔야 될 것이 있는디요."

사무장이 눈치를 살피며 더듬거리듯 조심스럽게 말했다.

"민심?"

"예, 저 개량사업을 가난헌 사람덜언 덜 좋아라 허능마요. 관에서는 막 몰아붙여대고요."

"덜 좋아하다니? 나라에서 비용의 절반이나 보조해 주고, 나머지는 저리로 10년 동안 상환하는 융자를 해주는데 그게 무슨 소리지?"

강기수의 기색이 변했다.

"예, 가난헌 사람덜 입장에서는 그 융자가 바로 빚이라 는께 개량사업을 안 반기는구만이라. 빚 없이 그작저작 사는 것이 더 낫다고 험서."

"이런 놈의 일을 봤나. 해마다 지붕 가는 수고 없애주고, 뱀에다 굼벵이, 그 냄새 고약한 노래기까지 없애 편하고 신식으로 살라고 니리가 돈끼지 대주는데 그 무슨 배은망덕한 소리들이야. 군 직원들이나 자넨 그런 좋은 점들을 선전 안 했나?"

강기수의 말끝에 노기가 묻어났다.

"아, 아니, 혔구만이라. 근디도 원체로 가난해 논께 그런 빚 갚기도 감퍼서……."

사무장은 잔뜩 움츠러들었다.

"에이, 쯧쯧쯧……. 차 돌려라."

강기수는 짜증스럽게 담배에 불을 붙였다.

"새마을사업이란 농민을 잘살게 하기 위해서 각하께서 진두지휘하시는 가장 중대한 사업인데 가난한 사람들이 그런 불평을 한다는 것은 있을 수 없는 배은망덕이오. 그건 새마을운동의 목적과 이점에 대해 일선 공무원들이 선전과 설득을 열성적으로 하지 않은 결과일 거요. 지난 4월에 왜 반상회가 생겼소. 빨리 반상회를 이용해서 그런 불경스런 민심이 조성되지 않도록 해야 되겠소. 조속히 해결하도록 하시오."

강기수는 군수에게 이 말을 남겨놓고 고향을 떠났다.

다음날로 군청 회의실에는 새마을지도자들이 소집되었다.

"……우리 군이 새마을운동의 모범 군으로 뽑혀도 시원찮을 판인데 강 의원님께 그런 지적을 당했으니 이게 도대체 있을 수 있는 일입니까! 강 의원님께서 아실 정도로 이런 사태가 발생한 것이 누구의 책임입니까. 첫째는 일선 공무원들의 책임이고, 둘째는 새마을운동에 앞장서고 있는 지도자 여러분의 책임입니다. 공무원들에게는 어제 당장 불호령을 내렸습니다. 여러분들도 오늘 즉시 관할 공무원들과 긴밀히 협조하여 비건설적인 불평불만을 일소시키고 가일층 새마을사업을 신속하게 추진시키는 데 총력을 다해주기 바랍니다. 여러분들 중에서 새마을지도자 자리를 원치 않는 사람이 있으면 당장 물러나세요. 열심히 일할 지원자들은 얼마든지 있습니다. 여러분들의 분발을 바랍니다."

군수는 강 의원에게 지적당한 화풀이라도 하듯 새마을지도자들을 몰아붙였다. 새마을지도자들은 하나같이 눈길을 떨군 채 주눅 들어 있었다.

"워따, 강 의원님 살은 넘덜 두 배로 쪄서 둔허기가 새끼 스무 마리 밴 요크사(서양 품종 돼지) 저리 가라 험스로도 귀는 워찌 그리 볽댜?"

"아, 긍께 말이여. 번개썹 허디끼 반나절 후딱 훑고 감스로도 워찌 그리 못된 소리만 콕 찍어 듣는 기술이 있는지 몰르겄어."

"아, 군대서 검열받음서 안 당해봤어? 좆나게 씰고 딲고 문대고 혀도 사단장은 영축없이 잘못된 디만 찾아내딜 안혀? 국회의원이 공연시 국회의원이간디. 워디가 달라도 달븐 것이제."

"어허, 그런 생뚱헌 소리허딜 말어. 국회의원 귀라고 머 나발통

맹키로 크가니? 어떤 놈덜이 달근마시 허니라고 그런 말만 골라서 쏘삭쏘삭헌 것이제."

"잉, 그려. 그 말이 맞을 성부른디. 어떤 지에미 붙어묵을 놈덜이 그 지랄을 혔을꼬?"

"워째, 누군지 알면 그 주딩이럴 바숴놀 것이여, 쌧바닥을 빼놀 것이여? 고것이 누군지 갤차줘?"

"그야 보나마나 뻔허덜 안혀? 선거철도 아니겄다 날이날마동 헐 일 읎어 늘어진 붕알이나 만지작임서 흘룽할룽허든 지구당놈덜이 상전 납신 이때에 무신 공이나 한나 세우자 허고 고런 주딩이 방정맞게 놀린 것이제."

"허, 쪽찝게 무당 따로 읎네. 워쩼그나 있지도 않은 소리 꾸며낸 것이 아닝께 콩이야 퐅이야 헐 것 읎는 것이여. 싸게싸게 지붕 갈고 담 바꾸게 허는 수밖에는. 군수 영감 똥줄 타게 생겼응께 그 화 안 뒤집어쓸라면 다 눈치껏 알아서들 혀."

"근디, 살림 에로운 것 뻔허니 암스로도 니 빚 떠안아라 허고 몰아대기가 영판 고약시럽단 말이여."

"아 긍께 군수 영감이 뭐려. 못해묵겄으면 당장 자리 내노라고 안 혀?"

"와따, 좆 뽀는 소리 잘도 허고 앉었네. 즈그 동네는 싹 다 끝냈다고 그리 말허는 것이 아니여. 사람이 의리는 읎어도 염치는 있어야제."

"워쩼그나 새마을운동도 읎이 사는 사람덜헌티는 복이 아니라

화고, 반가운 것이 아니라 근심이여."

군청을 나온 새마을지도자들이 우리도 입 달렸다는 듯 한바탕 말잔치를 이루었다.

송동주는 실눈과 빈대코를 데리고 다방으로 들어갔다. 그는 강 의원을 만나지 못한 것이 은근히 배아프고 서운했다. 만나보아야 말 한마디 하지 못하고 구석에서 인사나 하는 것이 고작이었지만 그래도 그것이 친구들 앞에서 으스댈 수 있는 힘이었다. 선거 때는 몸달아 불러대면서도 이런 때는 따돌리고 마는 지구당놈들에게 부아가 치밀었다.

"강 의원님은 무신 일로 그리 번갯불에 콩 볶아 묵디끼 왔다 감서 이리 불란을 지기고 그냐?"

빈대코가 코를 큼큼거리며 송동주를 쳐다보았다.

"아들 뒤따라 온 것 보면 알쪼 아니여. 우리 아들 일 척척 잘 돌아가게 느그가 다 알아서 혀라 허고 겁먹일 판이었겄제."

송동주의 말은 비꼬인 심사를 그대로 드러내고 있었다.

"이, 그럴 법헌디. 글먼 아까 그 야그럴 지구당놈덜이 헌 것이 아니고 그 아들이 헌 것이 아닐끄나?"

실눈이 더 가늘게 뜬 눈을 깜박거리며 송동주를 살폈다.

"그랬을랑가도 몰르제. 지 돈벌이허고 직방으로 통허는 문젠께로."

송동주의 대꾸에는 아까보다 더 가시가 돋혀 있었다.

"지기럴, 부모 팔자가 반팔자드라고 그 강 머시기가 참말로 부럽고도 부럽다. 애비 빽이 턱허니 받쳐준께로 손 안 대고 코 풀고 말이여. 그 자석이 이적지 몰아잡은 돈이 굉장허겠지야?"

빈대코가 푹 한숨을 쉬었다.

"쨔석, 자다가 봉창 뚜딜기고 앉었네. 시방 돈 얼매 벌었냐가 문제냐? 강 머시기 노는 가닥지럴 보면 돈이 문제가 아니라 지 애비 물림받어 국회의원 해묵을라고 뜸딜이는 것 몰라서 그런 새 날아가는 소리여? 젊은 놈이 애비 덕에 국회의원 되면 그보담 더 부러운 팔자가 워디 또 있었어. 근디 여그서 나스면 그리 될랑가?"

실눈이 송동주에게 묻듯이 하며 담배를 빼들었다.

"요런 촌놈으 새끼덜, 헛짐 빠지게 부러운 것도 많다. 이새끼덜아, 고런 것이야 우리허고는 천리 밖에 있는 일잉께 말도 꺼내덜 말고, 느그는 그저 발등에 떨어진 불이나 끌 생각허는 것이 실속 채리는 일이여. 느그덜 동네는 멫 집썩이나 남은 기여?"

송동주는 쥐어박듯 하는 어투로 그들을 현실로 끌어왔다.

"우리는 대여섯 집 되는디……, 근디 원체로 찢어지게 가난혀서 원……."

실눈이 상을 찌푸렸고,

"우리도 얼추 그런디……, 입에 풀칠허기도 에로운 사람들만 남은 심인디, 그런 사정 다 암스로 워찌 빚지는 일 허라고 잡지제?"

빈대코가 혀를 찼다.

"요놈들아, 지붕이고 담이고 공짜로 갈아대고, 농약도 꽁짜로 받아묵을 적에는 그 맛이 달고 꼬셨지야? 고런 것이 다 요런 때 써묵자고 준 쥐약이제 이 시상에 꽁짜가 워디 있나?"

송동주가 포개올린 다리를 까딱거리며 커피잔을 들었다.

"허 참, 지놈은 하나또 안 받아묵은 것맨치로 말허고 자빠졌네. 우리보담 한술 더 뜨고 나스는 놈이."

빈대코가 어처구니없다는 표정을 지었다.

"아이고, 쥐약이든 양잿물이든 꽁짜라면 얼매든지 더 줘도 좋겄고, 우리사 군수님 엄명 믿고 인정사정없이 몰아대야제 달리 방도가 있가디."

실눈이 콧등을 찡그리며 주먹으로 손바닥을 쳤다.

"그려, 나라가 허는 일에 안 따라올 장사 없는 법잉께. 근디 말이여, 우리가 아무리 발싸심혀 봤자 사람들이 무서와허덜 안헝께 자꼬 면서기고 이장얼 앞으로 내세우란 말이여. 시방 실적 올리니라고 애타는 것은 면서기고, 사람들도 면서기헌테는 미움 살라고 안헝께. 눈치껏 코치껏 동네사람들헌테 손꾸락질 안 당허는 것이 질인께로."

"그려, 우리야 서울로 돈벌이 갈 몸이 아닝께."

"하면, 서울 간 놈덜 꼬라지 봐라. 용 꼬랑댕이보담 뱀 대가리가 나슨 법 아니여. 우리도 요런 식으로 자리잡음서 10년 잘 지내면 턱허니 유지 된다 고것이여."

실눈과 빈대코는 송동주의 말에 맞장구를 치며 고개를 끄덕였다.

다음날부터 새마을모자를 쓴 면직원들이 자전거를 타고 동네마다 쏘다니기 시작했다.

"아 글씨, 지붕을 스레이트로 갈면 좋은 것이 워디 한두 가지요?

해마동 지붕 갈아 이니라고 심 안 들고 편혀서 좋제, 참새새끼덜
파고들 디 없응께로 참새 잡아묵을라고 뱀 안 탄께 좋제, 그 징헌
굼벵이 안 쓸어 좋제, 장마가 아무리 들어도 그 냄새 고약헌 노래
기 안 기나와서 좋제. 그라고 서양집맹키로 그 멋지기가 또 얼매요.
요리도 좋고 존 깃이 많은디 워째 그리 말을 안 듣소. 돈이 없어서
그런다는 것은 말이 안 된다 그것이오. 당장 돈을 내라는 것이 아
니고 절반은 나라에서 대주고 남치기 절반은 싸디싼 이자로 10년
동안 차차로 갚아나가라는 것 아니오. 그 돈 갚는 디는 쬐깐만 부
지런허면 된단 말이오. 돼지럴 한 마리썩 쳐서 폴아도 되고, 닭 댓
마리만 쳐서 계란을 폴아도 된다 그것이오. 새마을운동이 먼지 아
시오? 부지런허니 일혀서 잘살자 허는 것이오. 그 정신에 맞춰서
부지런허니 살면 다 해결이 난께 더 여러 말 말고 당장 지붕이고
담장 고치씨요."
　이장과 새마을지도자를 거느린 면직원들은 이렇게 답치고 들었다.
　"음마, 말 한분 청산유수로 해뿌요 이. 근디 면서기들은 고래등
겉은 기와집에만 살아서 긍가 어쩐가 워째서 한나만 알고 둘은 몰
르는 소리만 허고 그래쌓소. 지붕 갈면 참새고 구렝이고 굼벵이고
노래기 없어지는 것만 알았제 그놈으 스레튼지 신식 양철인지 허
는 지붕이 삼동에는 사람 고드름 맹글게 외풍이 일어 춥고, 삼복
에는 사람 숨맥히고 쩜쪄 죽게 후꾼후꾼 더운 것 워째 몰르시오.
고것이 보기만 뺀드르르혔제 사람 잡는단 말이오. 사람이 삼동에
는 뜨뜻허니, 삼복에는 시언허게 살아야 몸도 풀리고 일도 지대로

되고 허는 법인디, 공연시 그 존 초가지붕 걷어내고 쌩돈 딜여감시 그 못쓸 스레트로 바꾸라고 물이 못 나게 잡져대니 요것이 무신 얄랑궂인 일이다요? 글고, 저 생생헌 탱자나무 울타리가 우리 살림을 가난허게 맹그는 것도 아니겄고, 무신 손해를 입히는 것도 아닌디 워째 싹 쳐내뿔고 그 멋대가리 없는 쎄멘트 담으로 바꾸라고 욱대기고 그래싼다요. 저것도 다 살아 있는 목심인디. 워디 그뿐이 당게라? 철따라 잎 피고 꽃피고 탱자 익어가는 운치가 꽃밭이 따로 없고, 잘 익은 탱자는 아그덜 입맛 돌게도 허고 한약방에 약재로 폴기도 안 허요. 근디 쎄멘트 담은 주는 것이 머시가 있소. 나라에서 우리 농민 잘살게 헐라고 새마을운동인가 헌마을운동인가 헐라면 암시랑토 않은 지붕이고 담 뜯어고침서 아까운 쎙돈 바수지 말고 그 돈으로 송아지나 한 마리씩 사주먼 아이고메 아즘찮이 허겄소. 그요, 안 그요?"

여자들은 이런 식으로 공박하고 들었다.

"어허, 나라에서 다 잘되라고 시키는 일이면 그냥 따라서 헐 일이제 워째 그리 새살을 까고 그래쌓소."

이장이 말막음을 하고 들었고,

"우리가 새 기술로 농사짓게 되면 니나 나나 다 잘살게 된께 그까진 빚 갚기는 뉘서 떡 묵기요. 아무 걱정 마씨요."

새마을지도자가 거들고 나섰다.

"아이고, 나도 몰르겄소. 지붕을 엎어묵든 담을 뒤집어묵든 당신네덜 맘대로 허씨요. 난중에 빚 못 갚으면 배야 쩰랍디여."

사람들은 결국 항복을 하고 말았다.

송동주는 자기 동네의 지붕과 담 개량을 완료시킨 보고를 하고 군청을 나서며 휘파람을 불었다. 그는 휘파람의 경쾌한 가락에 맞추어 어깨를 건들거리며 길을 건넜다. 그때 골목에서 나오던 한 남자가 송동주를 보고 반색을 했다.

"어이 동주, 워쩔 것인가?"

남자는 나긋하게 감겨드는 남도 특유의 사정조로 말하며 그 어조에 어울리는 정답고 부드러운 웃음을 지어냈다.

"아이고메, 만낼 때마동 그놈으 소리 그만 좀 허씨요. 사람 징해서 못살겠소."

송동주는 정말 징그러운 것을 피하듯 과장되게 어깨를 떨었다.

"어이 동주, 워쩔 것인가?"

그 남자는 더 끈적한 애원조로 말하며 송동주의 팔을 붙들었다.

"와따, 징허당께 워째 이러시오. 나 죽어도 맘에 없어라."

송동주는 고개를 내두르며 팔을 뿌리쳤다.

"어허, 타에 모범이 될 새마을지도자가 이래서 쓰가디? 그것도 새마을운동 일환잉께 자네가 딱 시범을 보이란 말이시."

그 남자는 송동주의 팔을 더 꽉 붙들고 늘었다.

"아이고 소장님, 공무원들이나 잡지제 워째 우리럴 고자 맹글라고 그래쌓소."

송동주는 또 팔을 뿌리치려고 했다.

"거 무신 소리여. 마흔다섯 안쪽 공무원들은 싹 다 수술 끝냈어.

글고 말이시, 나가 그리 말혀도 못 알아묵겠는가? 그것이 고자되
는 것이 아니랑께로. 고자야 붕알이 없어져부러 그것이 스지도 않
고 재미도 못 보는 것이고, 이 수술이야 있을 것 다 있음시로 재미
볼 것 다 보고 애기만 안 낳게 허는 것이랑께. 요것이 을매나 좋고
존 것이여 글씨."

"아, 붕알은 이리 까나 저리 까나 까기로는 매일반인디, 고것이
고자가 아니면 머시다요. 글고, 붕알을 까불면 그것이 슨다고 혀도
지대로 슬 리가 없고, 재미도 워디 예전 같을랍디여. 그 수술헌 뒤
로 정력이 떨어진다는 소문 듣지도 못했소?"

"어허, 그 무신 말도 안 되는 소리여? 그것이야 다 나가 보장헌당
께로. 나가 발써 3년이 넘덜 안혔어? 근디도 잘만 스고 재미도 하
나또 달라지지 않고 예전 그대로란 말이시. 어이, 글고 말이시, 또
기맥힌 이문이 있네. 그 어떤 여자허고 혀도 애럴 안 밴께 바람을
맘놓고 피울 수 있다 그것이여. 어쩐가, 아조 멋떨어지덜 안혀? 긍
께로 더 뭉기적이지 말고 오늘 해치우세."

보건소장은 송동주를 잡아끌었다.

"아이고메, 소장님 실적 올릴 생각에만 정신없고 젊은 놈 신세 조
지는 것은 안 생각허시오? 우리야 마누래가 요롷타게 피임 잘허고
있응께 나는 그놈으 정관수술 평생 안 받을라요. 나 바빠서 가요."

송동주는 몸을 획 돌려 걷기 시작했다. 그 기세에 보건소장은
송동주의 팔을 놓지 않을 수 없었다.

"참말로 촌놈들 상대로 일 못해묵겠네 이거. 사내 꼭지라고 생긴

것들은 워째 이놈이고 저놈이고 정력이야 허먼 사족을 못 쓰고 요런디야."

별명이 '워쩔 것인가'가 되어버린 보건소장은 쩝쩝 입맛을 다시며 빈 하늘만 바라보았다.

그때 한 남자가 저쪽 골목에서 나타났다.

"어이 춘삼이, 나 잠 보드라고. 자네 워쩔 것인가?"

보건소장은 허둥거리며 길을 건너가고 있었다.

32

새 길을 찾아서

"우린 신원조회에 걸려 등록허가가 안 나오니까 이 문제부터 해결해야 사무실도 계약할 수 있소. 사무실이 있어야 구비서류를 꾸밀 수 있으니까."

원병균이 서류를 이상재 앞으로 밀어놓았다.

"우리가 노출되지 않고 신원조회를 무사히 통과하려면 집안사람이나 친척들이 아닌 완전한 제3자라야 되겠지요?"

이상재가 서류를 집어들며 물었다.

"그래서 그런 사람 구하기가 쉽지 않소. 다음에 경영권이나 재산권을 가지고 시비하거나 말썽을 부릴 사람은 안 되니까 말이오."

"그렇기도 하군요. 취직한 사람은 아예 안 되고……."

이상재는 커피잔을 들며 생각에 잠겼다. 원병균도 담배에 불을 붙이며 생각 깊은 얼굴이 되었다. 그동안 그들의 얼굴은 많이 수척해지고 지쳐 보였다.

"저어……, 여자면 안 될까요?"

이상재가 한참만에 입을 열었다.

"아니, 그건 상관없소."

원병균의 얼굴이 밝아졌다.

"그럼 아주 적당한 여자가 있어요."

"……?"

원병균은 그게 누구냐는 눈길로 이상재를 쳐다보았다.

"예, 자세한 건 아실 것 없구요, 저를 믿듯 믿으면 됩니다. 제가
틀림없이 믿고 있는 여자니까요. 아니, 한 가지는 밝혀야 되겠군요.
저하고 아주 친한 고등학교 동창의 여동생이에요."

"그렇게 믿을 수 있으면……, 그럼 혼자 살고 있소?"

"참, 형사가 따로 없다니까요. 더는 물을 생각 마세요."

비식 웃는 것과는 다르게 이상재의 목소리는 통명스러웠다.

"알았소. 그럼 며칠 새로 사무실 계약을 할 수 있게 서두릅시다.
신원조회 서류 작성부터 하게 하고."

"예. 그런데 임 선배님과 조 선배님이 잡지사를 그만뒀다는 말이
들리는데, 사실인가요?"

"그리 됐소. 아주 철저한 고사작전이오. 이 형이 당했던 것처럼."

원병균은 담배연기를 내뿜으며 쓰디쓰게 웃었다.

"제가 당한 거야 경험을 쌓기 위한 임시직이었으니까 상관없지
만 두 선배님은 생계가 달린 직장이었는데……. 참 얼마나 오래 해

먹을려고 그러는지 피도 눈물도 없이 몰아대는군요."

"적은 완전히 말살하고 말겠다는 독재자의 전형 아니겠소. 내가 만약 장인 영감의 회사에 취직했더라도 결국 쫓겨나고 말았을 거요. 중정에서 세무감사 하겠다고 으름장을 놓으면 우리 장인인들 당해낼 재간이 있었겠소. 내가 미리 알아 장인 영감 체면 세워준 셈이지."

"그럼 두 선배님은 이제 어쩌지요? 무슨 장사로 나설 수도 없는 일이고, 학교 다니는 애들도 있을 텐데."

"임 선배가 나더러 어서 출판사 차려 빨리빨리 베스트셀러를 쏘아대라고 합디다. 맘놓고 식객 노릇이나 좀 하게."

원병균이 허하게 웃었다.

"그렇게 되기만 하면 좋지요. 그런데 출판사 차리고 나면 괜찮을까요? 즈네들 속이고 등록했다고 트집 잡고 어떻게 하든 출판사를 못하게 하려고 들지도 모를 일이거든요."

"그건 그때 가서 부딪힐 수밖에 없소. 우리 팀이 이런저런 장사를 하고 나서는 건 자영업이니까 어쩔 수 없이 방치하잖소. 물론 출판사가 옷장사나 과일장사와 똑같이 취급받지는 못할지 모르지만 우리도 그 차원에서 대응할 수밖에 없어요. 그리고 트집 안 잡히도록 책 선정에 신경 써야 될 거고."

"그래서 10만 부짜리 베스트셀러를 포기했어요. 가슴 쓰리지만."

"10만 부짜리? 그게 뭐요?"

원병균이 눈을 크게 떴다.

"들으시면 맥만 빠지실걸요."

이상재가 담배를 뽑으며 떫게 웃었다.

"말이나 해보시오. 10만 부짜리가 되는지, 안 되는지나 보게. 10만 부짜리면 모든 출판인들이 꾸고 있는 꿈 아니오."

"실망하진 마세요." 이상재는 담배를 깊이 빨았다가 연기를 내뿜고는, "장준하, 그 의문의 죽음의 진상" 해놓고 그는 원병균을 빤히 쳐다보았다.

원병균은 얼굴이 굳어진 채 한참 있다가 입을 열었다.

"10만 부짜리가 되긴 하겠소. 허나 초판 찍어놓고 우린 남산에 끌려가 반 죽게 골병들고, 그 다음엔 사형 선골 거요. 어쨌거나 이 형의 착상도 출판인답고, 포기한 것도 출판인답소. 앞으로 그런 감각과 판단으로 잘해나갑시다."

"괜히 허황된 생각을 해본 거지요."

"아니오. 그게 대중성에 밀착되어 있다는 측면에서는 출판인에게 꼭 필요한 감각 아니겠소. 그나저나 그분이 돌아가신 지 벌써 2년이나 지나갔소. 그 의문이 밝혀지지도 않은 채 세상사람들은 차츰 잊어가고. 참 무섭고 끔찍한 세상이오."

원병균이 침울하게 말하며 담배를 뽑아들었다.

"저는 그럼 그 여자를 만나러 가야 되겠는데요."

"그럽시다. 난 사무실을 좀더 알아봐야 되겠소."

그들은 함께 다방을 나섰다.

이상재는 길을 건너면서 무의식 중에 뒤를 돌아다보았다. 행인들이 무심하게 지나가고 있을 뿐 자신을 뒤따르고 있는 사람은 없는 것 같았다. 출판사를 그만두고 난 다음부터 생긴 버릇이었다.

"이거 참, 뭐라고 말씀드려야 할지……. 자세한 것은 서경혜 씨한테 말해 놓겠습니다. 미안하지만 내 입장을 이해해 주시기 바랍니다."

임시직으로 나간 지 4개월 만에 출판사 사장이 한 말이었다.

자신은 아무 말도 하지 못하고 다음날로 출판사에 발길을 끊어야 했다. 사장은 '그만두라'는 말을 피해 모호하고 막연하게 에둘렀다. 그런데도 자신은 그 말뜻을 정확하게 알아들었던 것이다. 그건 자신이 남다르게 눈치가 빨라서가 아니었다. 그 누구나 그런 말을 알아들을 정도로 공포 정치는 세상 곳곳에 퍼져 독 품은 뱀처럼 꿈틀거리고 있었다.

"다 아시죠? 난처한 이 사장님 입장을 이해해 주세요."

그 출판사를 소개했던 서경혜가 한 말은 이것이 전부였다. 사장은, 자세한 것은 서경혜에게 말하겠다고 했다. 자세한 사장의 말을 서경혜가 생략해 버린 것인지, 사장은 서경혜한테도 눈치껏 알아듣게 얼버무린 것인지 알 수가 없었다. 그러나 자신은 굳이 그것을 알고 싶지 않아 그저 고개를 끄덕이고 말았다.

"이건 너무 지나친 처사 아니에요? 계속 이런 식이면 앞으로 어떡하시죠?"

"괜찮아요. 일표가 당해온 것에 비하면 난 아무것도 아니니까요. 정 아무 일도 못하게 막고 다니면 그땐 나도 일표 밑에 가서 넝마나 줍지요 뭐."

자신은 유일표의 좌절감과 고통이 얼마나 컸을 것인지 새삼스럽게 생각하지 않을 수 없었다.

"참 해도 너무해요. 수많은 사람들을 이런 식으로 다 원수 만들어가지고 어쩔려고 그러죠? 소문만 듣다가 실제로 당해보니 정말 소름끼쳐요. 지기도 자식들 키우면서……."

"권력에 미치면 다 그리 돼요. 어쨌든 서경혜 씨 덕에 출판에 대한 건 많이 알았어요. 책 제작이며 거래처, 영업까지 어차피 한두 달 뒤에는 그만둘 예정이었으니까 전혀 신경 쓰지 마세요."

"네, 어쨌든 출판사를 잘하셔야 할 텐데요. 처음엔 안정성 있는 번역물을 해보도록 하세요. 인세가 안 나가니까 그만큼 부담이 적거든요. 국내 작가들 것 했다가, 인세는 다 줬는데 팔리지 않고 반품 들어오기 시작하면 그건 참 큰일이거든요. 필요하면 언제든지 제가 조금씩은 도움을 드릴 수 있어요. 잘 팔릴 책이 뭔지는 모르지만, 안 팔릴 책이 뭔지는 알거든요."

"예, 책 정할 때마다 미리 연락드리지요. 그런 도움만 받아도 얼마나 큰 건데요."

"어쨌든 여러모로 조심하세요. 긴조시대가 무섭다는 말 다시금 실감하겠어요. 그렇게 샅샅이 감시하고 직장생활까지 못하게 만들 줄은 몰랐어요. 너무 잔인하고 야비해요."

서경혜가 말한 '긴조시대'란 긴급조치시대의 준말이었다. 그 말은 유언비어를 단속하는 시대에 은밀하게 유행어가 되어 있었다.

어렵사리 구한 직장에서 내몰린 사람은 임 기자와 조 기자만이 아니었다. 권 기자는 학원 영어강사를 하다가 쫓겨나야 했고, 김 기자는 기업의 홍보지를 편집하다가 그만두지 않을 수 없었다. 그런 사태는 이미 작년부터 예고된 일이기도 했다.

신문사에서 강제 퇴직을 당한 기자들은 서너 달이 지나면서 생활난에 직면하기 시작했다. 최저생활비나마 해결해 보려고 투쟁위원회에서는 잡화점을 공동으로 운영할 계획을 세웠다. 돈을 모아 7월 들어 가게를 계약했다. 그러나 보름쯤 지나 집주인이 '경찰서에서 오라 가라 해 귀찮아 못살겠다'고 하더니만 마침내 건물 출입구를 모두 잠그고 어디론가 자취를 감추고 말았다. 결국 잡화점은 낼 수가 없었다.

그때부터 고사작전은 줄기차게 이어져온 것이었다. 그렇다고 자식들을 굶겨죽일 수는 없는 일이었다. 무슨 짓을 해서든 자식들의 입에 밥을 떠넣게 해야 했고, 살아남아 새로운 세상을 보아야 했다. 그래서 낯설고 거친 밥벌이들을 찾아나서지 않을 수 없었다. 옷장사, 과일장사, 생선장사, 종이장사, 명함장사, 돌가루장사, 그림장사, 월부장사, 글장사 등 닥치는 대로 하지 않을 수 없었다. 그들의 검은 손도 그런 것까지는 막을 도리가 없었다.

이상재는 길을 건너다가 문득 '허미경에게 무슨 피해는 없을까?' 하는 생각을 했다. 그들이 허미경을 괴롭히려면 얼마든지 괴롭힐 수 있었다. 출판사 발행인을 허위로 등록했다고 트집 잡으면 시비 거리가 안 될 수 없었다. 트집 잡고 흠집 내기에 이골난 그들이 못할 짓이 따로 있을 리 없었다.

그걸 트집 잡아 양품점에 입힐 수 있는 피해가 뭐지……?

양품점은 퇴직기자들이 마지막으로 선택한 옷장사나 과일장사와 다름없는 자영업이었다. 그들을 더는 어찌하지 못했듯이 허미경의 장사도 막지는 못할 거였다. 그러나……, 허미경에게 겁먹이고 정신적으로 얼마든지 괴롭힐 수 있었다. 허미경이 그런 고통을 견디어낼 수 있을까? 마음이 연약한 그녀로서는 감당하기 어려울 것만 같았다.

이상재는 자신이 너무 쉽게 생각한 것 같아 발걸음이 무거워졌다. 그러나 허미경이 아니고서는 마땅한 사람을 찾을 수가 없었다. 일반적인 직업을 갖지 않은 사람으로 유일표가 있었다. 그러나 그는 신원조회에서 가장 위험시하는 부류에 속해 있었다.

이상재는 버릇처럼 미리 양품점 안을 살펴보았다. 손님 둘이 물건을 흥정하고 있는 것처럼 보였다. 그는 얼른 돌아서 가로수를 등졌다. 여름이 끝나가고 있어서 그런지 손님이 느는 모양이었다. 그는 다행스러움을 느끼며 담배를 빼물었다.

"출판사를 해보겠다꼬? 그기 사업 아이가? 주는 월급이나 타묵든 니가 사업 해지겠나? 사업이라 카는 기 애간장 타는 긴데……, 우짜겠노, 그 길밖에 달리 살길이 없으믄. 사업은 머리로 하지 말고 발로 하거래이. 기자허든 맘 싹 씻아뿌리고 시장통에 나앉은 행상이라꼬 생각해야 된데이."

아버지가 사업자금을 내주며 한 말이었다. 집을 줄여서 하겠다고 했지만 아버지는 손을 내저었다. 집은 굶어죽게 되기 전에는 손대는 것이 아니라고 했다.

그 돈을 받으면서 참으로 면목없고 송구스러웠다. 자신은 아버지가 원했던 아들과는 너무나 거리가 멀어져 있었다. 평범한 아버지에게 필요한 것은 남들에게 자랑거리가 될 수 있는 출세한 아들이었다. 정치의식이나 사회의식이 별로 없는 아버지에게 자신의 행위가 이해될 리 없었다. 세상은 좀 참고 굽히고 살아야지 모나게 살 게 없다는 것이 아버지의 생각이기도 했다. 그건 평범한 사람들이 으레 체득하고 있는 약한 처세관이고 생활관이었다. 역시 그대로 따랐더라면 오늘의 어려움이 생겼을 리 없었다. 그런 식으로 신문사에 남은 기자들은 빈자리를 채우고 올라가며 그야말로 출세까지 하고 있었다. 그런데 아버지는 자신이 취한 행동에 대해서 아무런 말이 없었다. 그러니까 더 옹색하고 죄스러울 뿐이었다.

"정말 사우디 벌이가 월남 벌이보다 더 삼삼한 모양이던데? 총 맞아 죽을 염려도 없고 말야."

"글쎄, 슬슬 구미가 당기기는 하는데 워낙 덥다니까 말야."

"매달 가족들이 은행에서 돈 받는 얘기 들으면 눈깔 나온다니까. 우리도 빨리 한밑천 잡으러 가자구."

두 남자가 목청 높여 얘기를 나누며 지나갔다.

이상재는 담배연기를 내뿜으며 떨떠름하게 웃었다. 퇴직기자들 사이에서도 사우디아라비아의 돈벌이가 입에 오른 일이 있었다. 망할 위험이 큰 장사보다는 그쪽으로 나가 돈벌이를 해오는 게 어떻겠느냐는 얘기였다. 그러나 곧 자신들이 그쪽 분야에서는 얼마나

무용지물인지를 깨닫고 모두 머쓱해지고 말았다. 자신들은 속빠르게 원고지를 채워나갈 수 있을 뿐 일반 자동차 운전 기술은 고사하고 괭이질, 삽질도 제대로 하지 못하는 인간들이었다.

이상재는 담배꽁초를 버리며 천천히 돌아섰다. 양품점에 손님은 없고 허미경이 상품 진열을 손보고 있는 모습이 보였다. 유리창 저쪽의 옆모습이 너무 고와 이상재는 가슴에 찌르르 전기가 통하는 것을 느꼈다. 불현듯 그녀를 갖고 싶은 욕구가 또 솟았다. 그러나 그 욕구는 영원히 이루어지지 않을지도 몰랐다. 그녀는 입술 그 이상은 허용하지 않았다. 술기운을 빌려 몇 번인가 시도했었지만 그녀는 완강하게 거부했다. 그녀는 그 상처에서 벗어나지 못하고 있는 것 같았다. 아니면 자신이 아내가 있는 남자이기 때문인지도 몰랐다.

이상재는 인기척을 내며 가게문을 밀었다.

"어머, 어서 오세요."

여자 옷을 매만지고 있던 허미경이 잔잔하게 웃었다.

"한 가지 어려운 부탁을 할 게 있어서 왔어요."

이상재는 서류봉투를 들어 보이며 말했다.

"제가 어려운 부탁을 들어드릴 능력이 있다면 좋겠네요."

허미경은 유리진열장 뒤에서 등받이 없는 의자를 내오며 웃었다.

"간단하게 말할게요. 마침내 출판사 등록을 하게 됐는데, 동업자 선배나 나나 불온한 자들이라 신원조회에 걸리기 때문에 등록을 할 수가 없어요. 물론 우리가 드러나기 때문에 가족들도 안 되고요. 그래서 아무 하자가 없는 제3자를 구해야 하는데, 그 적임자가 바로 허미경이오. 출판사 발행인으로 등록을 해달라는 건데, 어떻게, 그 사장님 감투를 써줄 수 있겠소?"

이상재는 거북함을 면하려고 한달음에 말을 해치웠다.

"그건 하나도 어려운 부탁이 아니잖아요. 이름만 빌려드리는 건데."

허미경은 사탕 서너 개를 올린 손을 내밀며 웃었다.

"그게 그리 간단치 않을 수도 있어서 문제요." 이상재는 사탕 하나를 집고는, "혹시 경찰이나 어떤 수사기관에서 왜 이름을 빌려줬느냐 어쩌느냐 하면서 귀찮게 하고 괴롭힐 수도 있어요." 그런데도 이름을 빌려줄 수 있느냐고 그의 눈은 묻고 있었다.

"참, 그게 무슨 잘못인가요? 저는 정치는 잘 모르지만, 독재하는 게 잘못이지 독재 못하게 하는 게 잘못인가요? 아무 죄도 없는 사람들 죄인 취급하면서 못살게 구는 거 참고 보기 힘들어요. 제 걱정하지 말고 출판사나 잘되게 하세요."

너무 뜻밖의 반응에 이상재는 허미경을 멍하니 바라보다가 입을 열었다.

"관계를 캐묻고 하면 뭐라고 할 거요?"

"관계요?" 허미경은 약간 당황한 듯 부끄럽게 웃더니, "그야 그때 가서 적당히 대답하지요 뭐. 지금부터 생각해 볼게요" 하며 긴 머리칼을 뒤로 넘겼다.

"말썽되는 책은 안 내도록 우리가 미리미리 신경 쓸 테니까 미경 씨한테는 아무 일도 없을지 몰라요. 혹시나 해서 미리 말해 두는 것뿐이니까. 이게 신원조회 서류요. 똑같은 게 여러 장이라 좀 귀찮겠지만 될 수 있는 대로 빨리 작성해 주면 좋겠소."

이상재는 서류봉투를 내밀었다.

"네, 내일 가져가시도록 할게요. 출판사는 자신 있으세요?"

허미경은 봉투를 받으며 걱정스러운 기색이었다.

"미경 씨가 이 양품점 운영해 나가는 것처럼 열심히 하겠소. 돈 벌 자신은 없지만 망하게 할 것 같지는 않소."

"근데 왜 동업을……, 돈 때문인가요?"

"꼭 그렇진 않소. 서로 뜻이 맞는 선배라 같이 힘을 합하기로 한 거요. 돈문제 가지고 서로 다툴 사이는 아니니까 아무 걱정 마시오."

이상재는 일어서며 허미경의 손을 잡았다.

"잘하셔야 해요. 사업은 신문사 나오듯이 해서는 안 돼요."

허미경이 이상재의 손을 마주잡으며 말했다.

그녀의 말에 가슴이 찔끔해서 이상재는 그저 웃었다. 허미경은 가녀리고 온순한 외모와는 달리 연달아 당차고 옹골지게 말하고 있었다. 그녀는 어쩌면 세상살이에 대해 자신보다 훨씬 더 철들고 깊이 아는지도 몰랐다. 그녀가 어린 나이에 입은 상처도 엄청나게 컸고, 그 아픔을 이기고 양품점을 경영하고 있는 것은 예사로운 일이 아니었다. 그녀는 아직 젊었지만 흔한 말로 산전수전 다 겪은 것인지도 몰랐다.

이틀이 지나 광화문 네 거리 뒤편에 10평짜리 사무실을 얻었다. 10평이라고 했지만 실평수는 7평 정도밖에 되지 않았다. 그리고 잇

따라 서류를 접수시켰다. 출판사 등록필증은 신원조회에 이상이 없으면 20일 정도 걸려 나온다고 했다. 원병균과 이상재는 등록필증이 나올 때까지는 사무실 얻은 것을 일체 비밀로 하기로 했다. 동료들이 드나들다 보면 그들을 뒤따르는 눈길에 잡히게 되고, 잘못하면 일을 망치게 될 수도 있다.

그들은 등록필증이 나올 동안에 동료들 만나는 걸 조심해 가며 첫 번째 책 만들기에 온 힘을 쏟기로 했다. 책이 많이 팔리는 가을 시장에 첫선을 보이자는 것이었다. 그 전략은 유일표의 아내 서경혜가 내놓았다.

사무실의 첫 방문자는 서경혜 부부였다. 서경혜를 뒤따라 유일표가 모습을 드러내자 이상재가 대뜸 한마디 던졌다.

"저 넝마주이는 뭐 하러 나타나. 늦장가가더니 의처증 동하는 모양일세."

"그래, 위태위태해서 못살겠다. 너 같은 미남 자주 만나니까."

유일표가 빙긋 웃으며 받았다.

"선배님, 인사하시지요. 제가 늘 말했던 친구 유일표입니다."

이상재가 원병균에게 유일표를 소개했다.

"반갑습니다. 원병균이라고 합니다. 저희가 부인을 너무 귀찮게 해서 죄송합니다."

원병균이 유일표와 악수하며 정중하게 예의를 갖추었다.

"원 별말씀 다 하십니다. 유일표입니다. 사업이 잘되시길 바랍니다."

유일표도 깍듯하게 예의를 갖추어 인사했다.

"다 앉읍시다. 이거 좁아서 원."

이상재가 두 사람에게 자리를 권하며 멋쩍게 웃었다.

사무실은 참으로 좁았다. 창가로 철책상 두 개가 바짝 붙어 있었고, 4인용 사무용 소파가 놓여 있었다. 그것만으로도 사무실이 좁게 느껴질 편인데 한쪽 구석으로는 합판 반 장 크기로 4층 선반을 지른 조립식 쇠기둥이 천장까지 뻗어 있어서 사무실의 여유 공간이란 좁은 통로뿐이었다. 그 선반은 책을 보관할 창고인 셈이었다.

"이거 개업 선물이에요. 꽃을 사올까 하다가……."

서경혜가 조그맣게 포장된 꾸러미를 이상재에게 내밀었다.

"아니, 아직 개업식은 멀었는데 뭐 이런 걸 다……."

꾸러미를 받으며 이상재는 얼굴이 붉어져 어물거렸고,

"어서 풀어봅시다. 그래야 고맙다는 인사를 제대로 하지요."

원병균이 웃으며 유일표에게 담배를 권했다.

이상재가 포장지를 풀자 볼펜을 담은 상자들이 나왔다. 그건 빨강, 파랑, 검정 볼펜이었다.

"아, 이건 교정 보는 데 꼭 필요한 것들이군요. 일표는 좋겠다. 이렇게 알뜰한 아내를 뒀으니. 정말 고맙습니다. 잘 쓰겠습니다."

이상재는 웃음 가득한 얼굴로 서경혜에게 고개를 꾸벅거렸다.

"미처 저희들이 준비 못한 것이었는데……, 고맙게 쓰겠습니다."

원병균도 미안쩍어하며 유일표와 서경혜에게 인사를 차렸다.

"얘기하기는 다방보다 여기가 더 나을 테니까 커피를 시킵시다."

이상재가 전화로 커피를 주문했다.

"제가 인쇄소나 제본소 같은 제작 거래처에는 다 연락해 놨어요. 제가 아는 범위 내에서는 일도 제일 잘하고 값도 적당한 집들이에요. 그렇지만 두 분께서 아는 데가 있으면 더 알아보는 게 좋을 거에요. 제작비부터 한푼이라도 줄이는 게 사업 성공의 비결이니까요. 이게 그 명단이에요."

서경혜가 손가방에서 꺼낸 종이를 이상재에게 건넸다.

"우리가 알아봐야 시간 낭비지요 뭐. 헌데, 일은 빨리 진행되겠습니까?"

원병균이 담배를 끄며 물었다.

"네, 그게 좀 문제예요. 모두 가을 경기에 맞추느라고 원고들을 넘겨 제작처마다 정신없이 바쁘거든요. 서로 빨리하려고 다투는 판이니까 새로 시작하는 사람은 자연히 불리할 수밖에 없지요. 근데 이 점을 이해하실지 모르겠는데, 그걸 간단하게 해결할 수 있는 방법이 한 가지가 있어요. 통상 3개월짜리 어음을 끊어주거나, 좀 더 믿으면 3개월 외상거래들을 하는데, 일 끝나는 즉시 현찰을 주기로 하면 일을 1등으로 해줘요."

서경혜가 두 사람을 쳐다보았다.

"그건 자본주의니까 당연한 거요. 첫 번째 책부터 밀려 실기를 하면 안 되니까 그렇게 합시다."

원병균이 지체할 것 없이 말했다.

그때 손기척이 울리고 다방 아가씨가 커피를 가지고 왔다.

"네, 그렇게 하시면 등록증 나올 때까지 책 충분히 낼 수 있어요.

이건 본문과 표지의 종이 계산법이에요. 아시겠지만, 혹시 몰라서 가져왔어요."

서경혜는 종이 한 장을 또 이상재에게 건네주었다.

"예, 고맙습니다. 커피 드세요."

"이것은 조판비에서부디 표지 인쇄비까지 모든 제작 과정의 가격이에요. 이걸 다 머리에 넣고 나서 아까 그 제작처들을 만나셔야 해요. 잘 모르는 것 같은 눈치면 가격이 올라가니까 예습 잘해두셔야 해요."

이번에 서경혜가 내미는 종이는 서너 장이었다.

"이렇게 수고를 해주시니 원……."

원병균이 미안해하는 얼굴로 자리를 고쳐앉으며 유일표에게 또 담배를 권했다.

"그리고 조판비나 인쇄비보다 특히 신경 써야 할 게 제본비예요. 제본비는 한 페이지당 얼마로 가격을 정하게 되는데, 열 권 스무 권이 아무것도 아닌 것 같지만 한 권에 300페이지 곱하기 3천 부하면 돈이 커지고, 책이 많이 팔릴수록 그 손해는 커지잖아요. 요령껏 많이 깎으세요."

서경혜는 커피잔을 들었다.

"우리 사장으로 모셔야 마땅한데 이거……." 이상재는 뒷머리를 긁적이며 멋쩍게 웃고는, "저어……, 원고는 언제쯤이나……?" 하며 서경혜의 눈치를 보았다.

"네, 그 얘기 하려던 참이었어요. 내일 오후까지 가져오기로 했으니까 바로 전해드릴게요. 분량이 많지 않으니까 두 분이 나눠 밤샘으로 원고 교정을 보시면 이틀이면 인쇄소로 넘길 수 있겠네요."

"그런데 그 책 얼마나 팔릴 것 같애? 한 1만 권?"

원병균과 이상재를 대신하듯 유일표가 물었다. 자기 아내가 소개한 것이라서 신경이 쓰이는 눈치였다.

"어머, 욕심도 많으셔라. 1만 권이면 돈 벌어요. 릴케 좋아하는 독자들이 많고, 처음 번역되는 산문집이니까 어떤 출판사에서 뒤따라 베껴 내지만 않으면 5천 권은 팔릴 거예요. 2천 부가 기본 부수니까 5천 권이면 출판계의 말로 안타지요."

"예, 저희는 2천 부만 다 팔려도 만족입니다. 그런데 그 베껴먹기 출판은 많은가요?"

커피잔을 비운 원병균이 물었다.

"네, 번역물이 인세가 안 나가는 대신 베껴먹기 동무장사들이 많이 생기는 게 흠이에요. 헤세의 『데미안』은 열 출판사, 생텍쥐페리의 『어린 왕자』는 열서너 출판사 하는 식이거든요. 그 출판사들이 다 남의 것을 베꼈다고는 할 수 없고, 자기 나름대로 번역을 했다 해도 꾸준히 잘 팔리는 책들은 대개 그런 형편이에요. 하지만 우리나라가 국제저작권에 가입이 안 돼 있으니까 그런 현상은 그 누구도 막을 수 없는 출판계의 고질병이 돼 있지요."

"하긴 뭐 우리가 외국책을 맘대로 번역해서 책을 내는 것부터가 해적출판이니까."

원병균이 떨떠름하게 웃었다.

"그리고, 영업은 어떻게 하실 건가요?"

커피를 한 모금 마신 서경혜가 이상재를 쳐다보았다.

"예, 그 문제를 많이 생각해 봤는데, 영 골치 아파요. 처음부터 영업부장을 두자니 책이 얼마나 팔릴지도 모르는 형편에 부담스럽고, 영업부장 없이 그냥 총판에 맡기자니 책 판매가 부진할 것 같고, 걱정이 태산이지요."

"대충 아시겠지만 출판이란 다른 상품들과 마찬가지로 제작과 판매, 그 두 가지가 균형 있게 양립돼야 하잖아요. 아무리 좋은 상품이라도 판매망이 부실하면 잘 팔리지 않으니까요. 총판에 맡기면 직접 영업을 하는 것보다 판매가 덜 되는 것은 분명해요. 그렇다고 직영을 하려면 영업부에 최소한 세 사람은 써야 하구요. 그 손익계산을 잘 따져서 결정해야 할 거예요."

"그거 참 어려운 문젠데⋯⋯, 천상 책을 대여섯 권 내서 기반을 잡을 때까지는 총판에 맡길 수밖에 없지 않겠어요? 많지 않은 자본에 꼬박꼬박 현찰 나가야 하는 인건비 부담이 예사가 아닐 텐데."

원병균이 이상재를 쳐다보았다.

"예, 그것도 한 방법이지요. 어떻게 해서든 위험부담을 줄여야 하니까요. 또 묘안이 뭐 없습니까?"

이상재는 서경혜를 쳐다보았다.

"네, 현실에 맞춰야 하니까 제 생각에도 그게 최선이 아닐까 싶어요. 저도 영업 쪽은 별로 아는 게 없으니까 두 분께서 잘 알아서 하세요."

이야기를 마무리하듯이 서경혜가 시계를 보았다.

"아, 벌써 밥때가 됐군요. 가십시다, 저녁을 제가 대접할 테니."

원병균이 먼저 일어났다.

"아니에요. 어렵게 사업 시작하시는데 그런 돈부터 아껴야지요."

서경혜가 고개를 저었다.

"아니, 아낄 돈이 따로 있지요. 이런 중요한 특강을 듣고 특강비는 못 드리더라도 저녁은 사야지요. 거창하게는 못사니까 이해하시고, 전혀 부담 느끼지 마세요."

원병균이 말했고,

"그래요. 저녁 함께하면서 특강을 좀더 계속해 주세요. 일표야, 너도 소주 한잔 생각나지?"

이상재가 거들었다.

"잘됐네. 당신도 밥 안 하게 돼서 속으론 은근히 좋잖아?"

유일표의 말에 그들은 다같이 웃음을 터뜨렸다.

이상재는 며칠 뒤부터 늦더위를 헤치며 서대문 인쇄소골목을 바삐 드나들기 시작했다. 서대문 로터리 언저리의 뒷골목들을 따라 크고 작은 인쇄소들이 꽤나 많이 모여 특이한 분위기를 형성하고 있는 지역이었다. 이상재는 일의 고달픔이 오히려 즐거움인 것을 난생처음 느끼며 '현찰'의 위력에 새삼 놀라고 있었다.

"현찰로 결제해 주신다고요? 그럼 저희들도 당연히 보답을 해드려야지요. 내용만 새로 고치지 않고, 교정을 다음날로 제때제때 넘겨주면 조판은 1주일 이내로 완료시켜 드리겠습니다."

원고를 넘길 때 상무가 말을 너무 쉽게 하는 게 아닌가 싶었었다. 그런데 조판은 정말 이틀 뒤부터 나오기 시작했다. 그건 외상거래를 하는 딴 일거리들을 뒤로 제쳐놓았다는 뜻이었다.

"자본주의, 이거 편리하고 신효하면서도 잔인하고 무시무시한 것이오. 우리 일이 빨라지는 것만큼 남들 일이 늦어지는 건데, '현찰박치기'라는 그 묘한 말이 참 실감나오."

원병균이 교정지를 보고 놀라며 말했다.

"야바위꾼들이 하는 말 있잖아요. 돈 놓고 돈 먹기, 그게 바로 자본주의 핵심 아니겠어요. 앞으로 우리도 당할 각오를 해야지요."

이상재는 교정지를 반으로 나누며 콧등을 찡그렸다.

"자아, 우리가 그야말로 약육강식의 자본주의 시장에 뛰어드는 찰나요. 정신 똑바로 차립시다. 이걸 교정봐서 내일 아침까지 넘기려면 천상 야근비 없는 야근해야 되지 않겠소? 시작합시다."

원병균이 빨간 볼펜을 집어들며 의자를 끌어당겼다.

"야근만이 아니라 밤샘까지 해야 될지도 모르는데요? 재교에서 오케이놓기(교정 작업을 완료함)로 했으니까 초교를 서로 바꿔 보아야 하니까요."

"좋아요. 일만 빨리 된다면야 그까짓 밤샘쯤 얼마든지 할 수 있소. 모자라는 잠은 낮에 토끼잠으로 보충하면 되니까. 우리 일인데 무슨 고생인들 못 참겠소."

그렇게 뜻이 맞아 사무실에서 11시까지 야근을 했고, 그래도 일이 남으면 집으로 가지고 가서 해왔다. 초교지를 다음날 아침이면 빈틈없이 넘겨주자 인쇄소에서는 반색을 하며 일을 더 서둘러 주고 있었다.

"부장님, 우리 일 어떻게 된 거예요? 원고 넘기고 벌써 1주일이 지났잖아요."

"예, 조금만 더 기다리세요. 요새 전기가 제멋대로 나갔다 들어왔다 해서 우리도 환장하겠어요."

"우리 지불 안 좋다고 물먹이는 것 아닙니까? 그건 사장님들끼리 문제니까 우리 하바리들 애먹이진 맙시다."

"에이, 그럴 리가 있나요. 다 우리 귀한 단골들이신데."

"부장님, 우리 재교 넘긴 게 왜 이렇게 안 나오지요? 벌써 나흘이 지났다구요."

"예, 나도 속상해 죽겠어요. 그놈의 주조기들이 고장나 사람 미치게 하고 있잖아요. 조금만 더 기다려주세요."

"그게 말이 됩니까, 이 소중한 시간에 누구 가을 장사 망쳐놀 작정이세요? 주조기 고장이 아니라 또 그 쪽발이들 일 먼저 하느라고 우리들 찬밥 취급하는 것 아닌가요?"

"에이, 그 무슨 섭한 말씀을. 일본 일 하는 파트는 따로 있는걸요."

이렇게 옥신각신하는 것을 들으며 이상재는 슬그머니 자리를 피하고는 했다. 애달아하는 그들에게 꼭 죄짓는 기분이었다.

"이거 쪽발이들 등쌀에 일은 안 되고 우리만 중간에서 골탕먹고 있으니, 참 더러워서 못해먹겠소."

"그러게 말이오. 인쇄소마다 쪽발이들 일이야 하면 허겁지겁 사족을 못 쓰고 덤비고 있으니 어디로 옮길 데도 없다니까요."

"그래요, 글쎄. 단가 좋고 지불 좋아 그런다는데 뭐라고 할말도 없잖아요. 아무리 보세가공 전성시대라지만 인쇄물까지 이렇게 밀려들어 난장판을 치다니, 세상 참 정신없이 변해가고 있소."

"수출이 최고고, 딸라를 벌어들이는 것이 최고인 시대의 일대 쑈지요."

"근데 일본 것들은 여기까지 와서 조판을 해가지고 가도 무슨 이익이 남는 모양이지요?"

"당연하지요. 우리나라 인건비가 워낙 싸니까요. 그리고 일본에서보다 일을 훨씬 빨리할 수 있으니까 이중으로 이익이라고 하잖아요."

"일본사람들이 책을 많이 읽는다는 건 이미 다 소문이 났지만 도대체 책이 얼마나 많이 팔리길래 외국에서 보세가공까지 해가는지 모르겠어요."

"그야 우리하고는 비교할 것도 없는 거지요. 얼마 전에 우리 사장이 일본에 갔다 왔는데, 1백만 부 이상 팔리는 책들이 수두룩하다고 해요. 우린 10만 부 팔린 책이 해방 이후 처음 나왔다고 2년 전엔가 떠들썩했잖아요. 그리고 나서 잠잠해지고 말았는데, 우리나라에서 1백만 부 이상 팔리는 책이 나오기란 영원히 불가능할지도 모르지요."

"1백만 부……, 1백만 부……, 그렇게 팔리는 것이 사실일까요?"

"그야 물론이지요. 일본에서 잘 팔리는 작가들은 별장은 말할 것도 없고, 돈이 많아 취미생활로 소형영화도 만드는 판이라던걸요. 우리로선 상상도 못할 일들이지요."

"그것 참, 일본을 함부로 볼 게 아니라니까요. 물론 일본이 우리 나라보다 인구가 훨씬 많고, 경제력이 월등한 거야 비교조차 할 수 없는 형편이니까 독서인구를 수평비교해서는 안 되겠지만, 그렇게 책을 많이 읽는다는 건 그만큼 지적 수준이 높다는 건데, 그거 무 서운 일이라구요."

"그렇지요. 그게 다 일본의 저력이 되는 셈인데, 단순하게 민족감 정으로만 대할 일이 아니지요. 어쨌든 우리나라도 차츰 독서인구 가 늘어나는 추세니까 희망을 걸어봅시다. 일단 배고픔을 면하고 나면 책도 읽게 되겠지요."

인쇄소 교정실에서 출판사 직원들이 나누는 말들이었다. 이상재 는 그런 말들도 귀담아들었다.

그들의 말마따나 일본의 인쇄물 보세가공은 국내 출판물 제작 에 지장을 줄 정도로 인쇄소들이 매달리고 있었다. 그 일을 먼저 시작한 사람들은 2~3년 사이에 큰돈을 벌었다는 소문이 돌기도 했다. 일본 출판사들은 조판을 한 다음 지형까지만 떠가지고 가서 인쇄와 제본은 일본에서 하는 방식을 취했다. 완제품을 만들어갈 수 없는 보세가공의 규정 때문만이 아니었다. 한국 종이의 지질이 나쁜 데다 인쇄술과 제본술을 믿지 않는 탓이었다. 기술도 일본에 미치지 못할 뿐만 아니라 인쇄기와 제본기 대부분이 일본에서 싼 값에 사들인 중고품이니 어찌할 수 없는 일이기도 했다.

한편, 허미경은 어느 날 파출소로 나오라는 연락을 받았다. 시간이 어중간하게 오후 1시여서 오전에는 양품점 문을 열지 않기로 했다.

"신원조회 때문에 나오라고 해서 왔는데요. 저는 허미경입니다."

"예, 이쪽으로 오세요."

책상이 따로 떨어져 있는 파출소장이 말했다. 그의 책상에는 소장이라는 팻말이 놓여 있었다. 허미경은 소장과 마주보고 앉았다.

"여자가 신원조회를 왜 하지요?"

소장이 대뜸 물은 말이었다. 그 어조와 태도에서는 경찰 특유의 위압감과 거만이 드러나고 있었다.

"무슨 말씀이신지요?"

허미경은 '여자는 신원조회를 해서는 안 되나요?' 하는 말을 참은 채 소장을 찬찬히 쳐다보았다.

"여자 신원조회는 드물기 때문에 하는 소리요. 이 용도가 뭐지요?"

소장은 잦바듬하게 앉아 볼펜 꼭지로 책상을 톡톡 치며 물었다.

"출판사를 차릴 겁니다."

"출판사? 여자가?"

공무원들이 예사로 반말지거리를 하듯 소장의 말에서도 말끝이 사라지고 없었다.

"……"

'왜 자꾸 여자, 여자 하시죠?' 하는 말을 또 참아내며 허미경은 억지로 웃음을 지어내고 있었다.

"하긴 뭐 여자들이 남녀평등을 부르짖고 난리인 세상이니까……." 소장은 담배에 불을 붙이고 중얼거리고는, "가족 관계가 왜 이렇지?" 하며 허미경을 쏘아보듯 했다.

"무슨 말씀이시죠?"

허미경은 기분이 상할 대로 상해 싸늘하게 되물었다.

"어떻게 돼서 남자들은 다 죽고 할머니 혼자 남았느냐고. 아버지와 할아버지 직업은 뭐였지? 6·25 때는 뭘 했고?"

소장은 완전히 범죄자를 다루는 말투를 쓰고 있었다.

"할아버지는 독립투사셨어요. 독립투사들이 다 자식들을 돌보지 못했듯이 아버지도 배운 것이 없어 고생하며 가난하게 살다가 병들어 돌아가셨어요. 어머니도 그렇고요."

똑똑히 들으라는 듯 허미경은 소장을 응시한 채 말했다.

"뭐, 독립투사? 그게 사실이오?"

잦바듬한 몸을 바르게 세우며 소장은 말끝을 높였다.

"……."

허미경은 소장에게서 눈을 떼지 않았다.

"아, 그러시구만. 처음부터 그리 말씀하실 것이지……." 소장은 이렇게 중얼거리며 무엇인가를 적고는, "여기에 기재된 사항들은 모두 사실 그대로지요?" 하며 약간 웃음까지 띠어 보였다.

"네."

"됐습니다. 잘 처리할 테니 돌아가셔도 좋습니다."

허미경은 할아버지의 덕을 처음으로 본 것이 참 신기하고 야릇한 기분이었다. 할아버지가 독립투사였다는 것은 슬픈 긍지로 가슴속에 남아 있었을 뿐 단 한 번도 입에 올린 적이 없었다. 그런데 소장의 언행에 너무 모독감을 느껴 자신도 모르게 그 말을 하고 말았던 것이다.

이상재는 예정대로 일을 진행시켜 나갔다. 보름 만에 교정을 완료시켜 지형까지 다 떴다. 그런데 판권을 표시하는 마지막 페이지는 남겨놓아야 했다. 거기에 출판사 등록번호와 그 날짜를 기재해야만 책을 찍어낼 수 있기 때문이었다.

그동안 원병균이 나서서 총판을 맡길 도매상까지 다 정해놓은 상태였다. 등록증이 나오기를 기다리는 하루하루는 지루하기 짝이 없었다. 예정된 20일이 지나는데도 구청에서는 아무 연락이 없었다. 이상재가 구청에 가보려고 했지만 원병균은 고개를 저었다. 관에서 하는 일이 언제 기간 맞추는 것 보았느냐고 하면서.

예정보다 닷새가 늦어 마침내 구청에서 연락이 왔다.

"제기랄, 안 나오는 줄 알았어요."

긴 숨을 토하며 이상재가 말했고,

"나도 그랬소. 내일부터 당장 투위(투쟁위원회) 회원들에게 비밀공개합시다."

원병균이 오래 참아왔다는 듯 외치는 것처럼 말했다.

"그거 책 나올 때까지 좀 보류하면 어떨까요? 정신없이 밀어닥치면 책 만드는 데도 지장이 있고, 또 책 나오기 전에 형사들이 냄새맡을 염려도 있고요."

"아, 그리 되면 그거 곤란한 문제요. 그럽시다. 책 다 내놓고 출간 기념 겸 개업식을 하도록 합시다. 괜히 다 된 잔치에 코 빠뜨릴 것 없으니까."

인쇄와 제본 역시 돈의 힘으로 엿새 만에 마쳤다. 여분 30여 부를 뺀 2천 부 전량을 제본소에서 도매상으로 실어 보냈다.

"기분이 어떻소?"

원병균이 책을 이리저리 살펴보고 또 살펴보고, 매만지고 하다가 물었다.

"글쎄요, 뭐라고 한마디로 하기가 어려운데요. 책이 이렇게 소중하고 귀하게 여겨진 것이 처음이고, 팔기가 아깝다는 생각이 들기도 하고……, 첫애를 안았을 때의 기분하고 비슷하기도 하고, 이거 참 복잡한데요."

이상재도 책을 매만지고 쓰다듬고 하며 엷게 웃었다. 그 웃음에 슬픈 기색 같기도 하고 눈물기 같기도 한 느낌이 스치고 있었다.

"어찌 그리 내 마음하고 똑같소. 꼭 내 자식 같은 게 정말 팔기가 아깝소."

원병균은 고개를 끄덕끄덕하며 이상재에게 담배를 권하고는, "책을 손수 만들어보니까 이것도 꽤나 의미 있는 일인데, 우리가 업종 선택은 잘한 것 같소. 투위 사무실로 쓸 겸 그저 운영이나 되게 책이 팔렸으면 좋겠소" 하며 팔을 뻗쳐 책을 들고 바라보았다.

"그렇지요. 운영만 돼가면 더 바랄 게 없지요. 투위 사무실 생기고, 독서도 하고, 덤이 두 가지나 되니까요."

"말이 나왔으니 말인데, 실은 나 릴케한테 미안해요. 이번처럼 책을 열독한 적이 없었는데, 그전에는 릴케에 대해선 거의 몰랐단 말이오. 잘 알지도 못하면서 팔아먹겠다고 책을 만들다 보니 참 뻔뻔하다는 생각이 듭니다."

"그러기는 저도 마찬가지지요 뭐. 릴케 시 한 편 제대로 읽은 제 없었으니까요. 이번에 좋은 공부 많이 한 셈이지요. 산문에 대해선 전문가가 됐으니까 이젠 시를 좀 읽어봐야 되겠어요."

"이거 우리가 팔자에 없이 뒤늦게 문학도가 되게 생겼소. 내일부터 회원들에게 연락하고, 며칠 있다가 개업주를 한잔씩 하도록 합시다."

"다들 깜짝 놀라겠지요?"

"놀랄 일도 없이 그저 풀죽어 있는 사람들한테 그것도 좋은 일일 거요."

닷새 뒤에 그들은 값싼 음식점에서 술자리를 마련했다. 회원은 100명이 넘는데 모인 사람은 서른여 명에 지나지 않았다. 그 사실이 모두를 우울하게 만들었다. 거의가 먹고사는 것이 고달파 나오지 못한 거였다. 그들은 산산이 흩어진 파편으로 세상의 떠돌이가 되어 있는 자신들의 모습을 바라보아야 했다.

"자아, 출판사 '물결'의 무궁한 발전을 위해 우리 다같이 건배!"

"그 이름 한번 상징적으로 잘 붙였다. 자유의 물결을 위해 건배!"

"건배애!"

그들은 소주잔을 부딪치며 소리 높이 외쳤다.

그 다음날부터 출판사의 책상 하나는 투위의 전용이 되다시피 했다. 그 책상에서 투위의 성명서가 작성되고, 투위의 소식지 기사를 썼다. 그리고 전화는 출판사의 일보다는 투위 회원들의 일로 더 많이 울려댔다.

열흘쯤 지나 원병균은 총판의 전화를 받았다.

"책 반응이 괜찮습니다. 빨리 재판을 좀 찍어주면 좋겠어요. 움직일 때 공백 없이 뒤를 받쳐줘야 하니까요. 창고문제도 있고 하니까 우선 1천 부만 찍어주세요. 2천 찍어 반품 생기면 안 되고, 또 찍기는 쉬우니까요."

전화를 끊은 원병균은 두 팔을 번쩍 치켜들며 와아! 소리쳤다.

신문을 보고 있던 투위 회원 두 명이 그런 원병균을 멀뚱하게 쳐다보았다.

"책을 재판 찍어달래, 재판!"

원병균은 마치 소년처럼 들떠 있었다.

"히야, 그거 흥분할 만한데?"

"그렇지, 그렇지. 이거 우리만 듣기 아까운데 이상재는 어디 갔어?"

"그 사람 인쇄소에 갔어. 빨리 연락해야지."

원병균이 급히 전화번호를 돌려댔다.

"정말입니까? 하, 이거 눈물나려고 하는데요. 알았어요, 바로 재판 준비시킬게요. 빨리 전화 끊으세요."

전화에서 흘러나오는 이상재의 목소리는 정말 물기가 젖어 있는 느낌이었다.

"이거 한잔 사야겠는데."

"좋아. 오늘은 그 지긋지긋한 짜장면 대신 곰탕을 사지. 이 형은 저쪽에서 해결할 테니까, 나가자구."

원병균은 두 사람을 앞세우고 사무실을 나섰다.

2~3일이 지나 재판 인쇄가 끝나자 이상재는 제본소에 갈 채비를 하고 있었다. 원병균은 투위 소식지 원고를 쓰기에 바빴다. 그런데 아무런 기척도 없이 사무실 문이 벌컥 열렸다.

"나 종로서에서 나온 김 형사요. 이 지역 담당이오."

어깨 벌어진 남자가 거침없이 들어서며 말했다.

33

형제간

이규백은 도무지 믿을 수가 없었다. 그러나 그건 엄연한 사실이었다. 그리고 피할 수 없는 현실이었다.

갑자기 닥친 그 일은 그만큼 충격이 컸다. 그러나 그 일은 충격마저 빨리 수습하기를 강요하고 있었다. 사태의 중대함에 비해 그에게 허용된 시간은 1주일에 지나지 않았다. 그는 막다른 두 갈래 길 앞에서 냉정해지려고 애썼다.

"다 알지 않소? 어쩌겠소, 감수할 수밖에……."

부장검사는 이 한마디로 사태를 단순화시키는 동시에 해결책까지 제시하는 능란함을 보였다.

남들이 들어서는 무슨 뜻인지 알 수 없는 그 짧은 말에 담긴 내용은 길었다. '이건 당신 동생 때문에 생긴 일이지 우리 내부 인사와는 아무 상관도 없다 그거요. 그러니 나는 물론이고 위에서도 어쩔 도리가 없단 말이오. 아무 소리 말고 그대로 따르도록 하시오.' 그건 좋을 것 없는 남의 일에 개입되는 것을 꺼리는 거부이기도 했고, 무조건 힘센 곳의 편을 드는 예민한 보신이기도 했다.

"그것 참⋯⋯, 그것 참⋯⋯."

백 검사는 누가 옆에 있기라도 한 듯이 말조심을 하며 이렇게 반응했을 뿐이다.

"그러게 평소에 단속을 좀 잘하지 그랬소. 거기 경치 좋고 해산물 좋으니까 휴양한다고 생각하시오."

황 검사는 좀 나았지만 긴 이야기를 하고 싶어하지 않는 눈치는 마찬가지였다.

이제 그들은 사건을 함께 맡고 술자리에서 흉허물 없이 취하던 동료가 아니었다. 힘센 곳에서 불온시하는 자를 멀리하려고 급급하는 타인들일 뿐이었다. 그들에게 기대한 것은 아무것도 없었다. 그들도 자신과 같은 처지에 빠졌으면 자신처럼 당할 수밖에 없는 약자들이었다. 그럴 때 자신이 그들을 도울 수 없는 약자이기는 마찬가지기 때문이었다. 그러나 의논 한마디 해볼 수 없도록 그들이 싸늘해진 것은 세상살이의 무서움을 다시금 느끼게 하는 또다른 충격이었다. 직장에서 그런 따돌림을 당하기는 처음이었다. 그들에게 한 가지 바랐던 것은 술자리를 함께하면서 술 취한 빈말일지라도 그 부당한 처사를 매도하고, 그리고 앞으로 어떻게 해야 할 것인지를 의논해 보고 싶었다. 그러나 술을 한잔하자는 말을 꺼내보지도 못하고 외톨이가 되어버린 것이다.

길은 두 가지였다. 강원도 태백산맥을 넘어 동해안의 그 도시로 쫓겨가든가, 아니면 검사직을 버리고 변호사가 되든가. 이 중대사를 놓고 진정으로 의논할 수 있는 사람이 하나도 없었다. 법조계에 두루 아는 사람들은 많았다. 그러나 그들은 모두 서로의 필요에 의해서 연결되고, 서로의 잇속에 따라 웃음을 나누었던 또다른 백 검사고 황 검사일 뿐이었다.

이규백은 혼자 검찰청을 나섰다. 아침에 출근할 때와는 전혀 다르게 모든 것은 완전히 변해 있었다. 아니 모든 것은 그대로인데 자신의 처지만 돌변해 있었다. 이제 더 이상 자신은 검찰청의 일원이 아니었다. 앞으로 남은 며칠은 떠날 준비를 하라는 시간일 뿐 소속관계는 이미 끝나 있었다. 출근 때와 퇴근 때의 이 판이한 느낌 속에서 이규백은 갑자기 밀려오는 외로움과 적막감에 휩싸였다. 거리에 가득한 한겨울 추위가 그대로 가슴으로 밀려들고 있었다.

이규백은 어금니를 물며 숨을 들이켰다.

내가 인생을 잘못 살았나, 왜 이런 때 사람 하나가 없지……?

그는 참담한 심정으로 고개를 젖혔다.

이봐, 얼띠게 굴지 말고 정신차려. 네 인생은 네가 책임져야지 지금 누구를 찾고 있는 거야? 고등고시 공부할 때 누가 대신해 주던?

그는 자신을 힐책했다.

그때 불현듯 떠오르는 것이 있었다. 사라호 태풍의 기억이었다. 아버지처럼 믿고 있었던 형을 휩쓸어가 버린 태풍의 잔혹함과 그 절망적인 폐허. 그때의 참담했던 좌절감이 생생하게 되살아났다.

그때의 어려움에 비하면 지금 당하고 있는 괴로움은 아무것도 아니라고 스스로를 일깨웠다.

그건 분명 비교할 것이 못 되었다. 그런데 감정이 상하기로는 이번 일이 훨씬 더 심했다. 왜 그럴까를 잠시 생각했다. 그때는 천재지변이었고, 이번에는 권력 횡포였다. 그때는 불가항력적인 자연을 향해 탄식을 했을 뿐이었다. 그러나 권력이 자행한 이번의 부당함에 대해서는 시간이 갈수록 견디기 어렵게 분노와 증오가 끓어오르고 있었다.

분노하고 증오해서 어쩌자는 것인가……? 이 자문 앞에서 이규백은 허약하고 초라하기 이를 데 없는 자신을 바라보지 않을 수 없었다. 검사― 그건 아무 권력도 없는 사람들에게는 대단한 존재일 수 있었다. 아니 권력깨나 행사한다는 모든 기관에서도 검사의 위력은 통하지 않는 데가 없었다. 그러나 단 한 군데, 그 권력 앞에서는 허수아비고, 파리 목숨에 지나지 않았다.

그 권력은 자기 보호를 위해 무차별로, 무자비하게 철권을 휘둘러댔다. 현직 국회의원이 통금 지난 심야에 끌려가 발가벗겨져 고문을 당하는 판이었다. 국회의원이 그 지경이 되는 판국이니 검사 정도는 더 말할 것도 없었다. 더구나 검사의 인사권은 그 손아귀 안에 들어 있었다.

이규백은 덕수궁 앞에 이르러 서성거렸다. 어디로 발길을 해야 할지 마음을 잡을 수가 없었다. 친분을 나누어온 사람들이 모두 타인으로 변하는 상황 속에서 그 일을 상의할 수 있는 유일한 사람은 아내였다. 그러나 아내는 이미 그런 상대가 아니었다. 아내를 생각하자 마음이 더 적막하고 외로워져 그는 담배를 빼물었다.

담배연기 저쪽으로 잎이 다 떨어진 겨울나무들이 서 있었다. 가로수 역할을 하지 못한 채 서 있는 그 나무들이 무척 춥고 외로워 보였다. 그 느낌과 함께 문득 자신의 모습을 보는 것 같았다. 눈길을 멀리 할수록 정연하게 줄 선 겨울나무들의 모습이 더 외롭게 다가오고 있었다.

사람은 누구나 저렇게 홀로 선 나무가 아닐까…….

이런 생각에 잠기며 담배연기를 뿜던 이규백은 흠칫 놀랐다. 무심하게 보낸 눈길에 잡힌 산봉우리. 북악산은 그 아래 자리잡고 있는 절대권력을 상징하는 것처럼 억센 바위등을 드러내며 경사 급하게 솟아 있었다. 그 바위산의 완강하고 견고함처럼 그 권력도 어떠한 비판이나 도전을 용납하지 않았다. 그런데 막냇동생 규동이는 저 권력을 향해 덤벼든 것이다.

긴급조치 위반이나 군사재판을 받은 그들에게 떨어진 형량은 10년씩이었다. 그 끔찍한 형량 앞에서 굴하지 않고 그들이 외친 구호는 더욱 끔찍했다.

"유신정권은 반드시 망한다."

"역사가 이 법정을 심판할 것이다."

그것은 객기였을까 용기였을까. 혈기였을까 신념이었을까. 그들이 아무리 젊다고 하나 폭력에 대한 두려움이 없을 리가 없었다. 주먹 세고 배짱 좋다고 이름난 폭력배들도 일단 쇠고랑이 채워져 검사 앞에 오면 하나같이 기가 꺾이고 풀이 죽게 마련이었다. 그런데 그들은 검찰청도 아니고 중정을 거치면서 고문을 당할 만큼 당했을 것이고, 일반 법정도 아닌 군재에 회부되었다. 그런데도 기 펄펄하게 그런 구호들을 외쳐댔다는 것은 예사로 볼 일이 아니었다.

이규백은 자신도 모르게 몸을 부르르 떨며 북악산에서 눈길을 돌렸다. 추위를 타고 어스름이 일찍 퍼지고 있는 시청 광장에는 사방으로 오가는 차들이 가득 붐비고 있었다. 출퇴근시간에 차가 그렇게 많아진 것은 몇 년 사이에 표나게 달라진 풍경이었다. 날로 불어나는 대형건물들과 경쟁이라도 하듯이 자가용들도 길 좁은 줄 모르고 자꾸 늘어나고 있었다.

담배를 빨고 서 있는 이규백의 눈에는 소음을 일으키고 있는 그 많은 차들이 보이지 않았다. 그는 시청 광장을 넘쳐나 태평로로 세종로로 을지로로 사람들의 물결이 굽이쳤던 그때의 사람의 바다를 보고 있었다. 시청 광장을 바라보며 4·19 그날을 떠올리는 것도 참 오랜만의 일이었다. 그날 데모에 나서면서 이승만정권을 무너뜨릴 수 있다는 확신은 없었다. 그 정권에 대한 불신과 독재정권을 그만 바꿔야 한다는 욕구를 품고 있었을 뿐이다. 데모에 앞서서 한순간 고등고시를 생각하며 슬쩍 빠질까 하는 마음이 들기도 했었다. 그러나 학생들의 열기는 그런 생각을 불사를 만큼 뜨거웠고, 스스로 비겁해지는 것이 싫어서 데모대에 합류했던 것이다. 시청 앞에 이르러 데모대가 그렇게 엄청나게 운집한 것에 학생들은 서로 놀라지 않을 수 없었고, 그 수를 헤아릴 수 없이 많은 데모대의 존재는 모든 사람들에게 새로운 힘과 용기를 북돋아주는 묘한 마력을 발휘했다. 그 마력은 서로에게 믿음을 주면서 그 많은 사람들을 순식간에 한 덩어리로 결속시켰다. 뜻을 같이하며 한 덩어리로 뭉쳐진 군중의 힘은 무서웠다. 처음에는 거대한 물결로 굽이치다가 경찰의 발포로 피를 흘리게 되자 데모 군중은 분노의 폭발과 함께 걷잡을 수 없는 불길로 변해버렸다. 그 불길에 휩싸여 이승만 12년 독재는 재가 되고 말았다. 허망하기까지 한 종말이었다.

이규백은 필터가 타들도록 담배를 빨며 현실로 돌아오고 있었다. 박정희정권은 벌써 16년이었다. 유신 반대 데모는 끊임없이 일어나고 있었다. 수많은 사람들이 잡혀 들어가고, 고문을 당하고, 징역을 살고, 풀려나고, 또 잡혀 들어가고 있었다. 그런데 4·19 때처럼 군중의 물결은 이루어지지 않고 있었다. 왜 그럴까? 무엇 때문일까……? 그만큼 무섭게 탄압하기 때문일까? 중정과 쌍벽을 이루며 군 수사기관까지 빈틈없이 감시를 해대기 때문일까? 아니면 다른 무슨 정치 기술이 있는 것일까? 누군가의 말대로 국민들이 잘사는 것에 정신 팔려 정치에는 무관심한 것일까? 어쩌면 그럴지도 모른다. 그저 잘살 수 있기를 바라는 절대다수의 서민들의 입장에서는 정치의 부자유가 별다른 불편이 아닐 수도 있었다. 그것이 이승만정권과 다른 점일 수 있었다. 군중의 물결이 일어나지 않은 정치투쟁, 그것은 개인의 희생일 뿐이었다. 동생과 그의 동료들은 그 점을 놓치고 있었다. 아니 이렇게 말하는 것도 경솔일지 몰랐다. 그들은 그것을 알면서도 나섰을 수도 있었다. 자기들이 먼저 싸움에 나서서 대중을 자극하고 불러일으키려는 계책일 수도 있었다. 그들이 외친 '역사가 이 법정을 심판할 것이다'라는 구호는 허망한 것 같으면서도 의미심장했다. 역사⋯⋯, 그것은 얼마나 모호하고 막연한 것인가. 현실에서 볼 때 모양도 형체도 없는 것이 역사였다. 또 역사의 힘이 있다 한들 그 힘이 발휘될 때는 오늘의 현신은 이미 과거가 된 다음인 것이다. 그런데도 그들은 그 역사의 힘을 믿고 독재의 폭력 앞에 몸을 내던진 것이다. 그건 오늘 당하는 개인적 희생을 감수하겠다는 결의가 없이는 못할 일이었다.

이규백은 담배 필터를 비벼대며 긴 한숨을 내쉬었다. 민청학련 사건에서 사형 선고를 받고 '영광입니다!'를 외쳤던 대학생은 따로 있는 것이 아니었다. 동생과 그의 동료들이 바로 그 대학생이었다. 동생이 무모한 것인지 용감한 것인지 알 수가 없었다. 어리석은 것인지 현명한 것인지도 판단하기가 어려웠다. 다만 한 가지 분명한 것은 자신은 엄두도 낼 수 없는 일을 막냇동생은 해냈다는 사실이었다. 그 사실은, 자신에게 미친 피해 때문에 동생을 함부로 탓할 수 없게 했다.

이규백은 집과는 반대쪽으로 발길을 돌렸다. 아내는 이 일을 알게 되면 무슨 대책을 세우는 것이 아니라 동생 규동이를 향해 온갖 험담을 다 해댈 것이다. 아내는 시집식구들을 좋아하지 않았다. 아니 솔직하게 말하자면 안중에 없었고, 멸시했다. 그뿐만 아니라 아내는 삶의 기본이 되어 있지 않은 여자였다. 지방근무를 할 때면 한 번도 이삿짐을 싸고 따라나선 적이 없었다. 싸우기도 여러 번

했지만 그 고집을 끝내 꺾지 않았다. 그런 여자가, 동해안 소도시로 가야 한다고 하면 어찌할 것인가. 장인을 통해 아내에게 알려지는 게 나았지만, 오늘 당장 장인을 만나고 싶은 생각은 없었다. 어느 정도 혼자 마음을 정리하고 싶었고, 처가 쪽에서 일어날 시끄러운 시간을 조금이라도 줄이고 싶었다.

이규백은 혼자 편하게 마실 수 있는 술집을 찾아갔다.

"어머 검사님, 혼자세요?"

반색을 하는 주인여자에게 이규백은 그저 고개를 끄덕였다.

"저쪽 조용한 방으로 드세요. 누구 불러들일까요?"

"오늘은 혼자 마시고 싶소."

"혼자요? 무슨 일 있으세요?"

주인여자의 눈길이 이규백을 빠르게 훑었다.

"혼자 생각할 게 좀 있어서……. 방값 해야 하니까 양주로 주시오."

이규백은 빨리 취하고 싶어 양주를 시키면서 말은 그렇게 했다.

"아니에요, 검사님. 그냥 즐기시는 맥주로 하세요."

주인여자가 당황스럽게 말했다.

"괜히 한 소리요. 빨리 술이나 가져오시오."

"안주는 뭘로……."

"양주에 좋은 걸로 적당히……."

이규백은 탁자에 팔을 받치고 두 손으로 얼굴을 감쌌다. 피곤과 함께 위기감이 몰려왔다. 검사생활의 위기가 이런 식으로 닥칠 줄은 상상도 하지 못했다. 그동안 살얼음 걷듯이 조심조심 행동해 왔었다. 검사로서 출세하고 싶은 욕구 때문만이 아니었다. 한쪽으로 치우친 인사 분위기 속에서 작은 흠도 큰 하자로 확대될 수 있었던 것이다.

이규백은 양주 첫 잔을 빈속에다 들어부었다. 독한 술이 속을 타고 내리는 느낌이 저릿저릿 선명했다. 두 번째 잔을 또 단숨에 비웠다.

그 조치는 흔히 말하는 괘씸죄였다. 그러나 괘씸죄치고는 너무 과하고 어이없었다. 검사생활의 유배나 다름없었고, 검사를 그만 두라는 것이나 마찬가지였다. 그건 신종 연좌제였다. 연좌제를 생각하자 퍼뜩 떠오르는 얼굴이 있었다. 유일민과 유일표 형제였다. 그들은 지금 어디서 무엇을 하고 사는 것일까. 형과 달리 활달하고 남자답게 생긴 유일표가 친구 일을 부탁하려고 한 번 찾아왔던 이후로 소식이 완전히 끊기고 말았다. 아버지의 남파 혐의로 유일민이 수사기관에서 고초를 겪고 있을 때 행여 그 피해가 끼쳐올까 두려워 형사 앞에서 그와 가깝지 않다는 것을 보이려고 급급했던 지난 기억이 되살아났다. 그때 유일민이 얼마나 외롭고 서운했을까. 지금 자신이 처해 있는 외로운 입장 탓인지 그때의 미안함과 죄스러움이 더 커지고 있었다.

이규백은 술잔을 반쯤 비우고 안주를 집었다. 그쪽으로 전근을 가게 되면 거기서 몇 년이나 묻혀 있어야 하는 것일까. 동생의 감옥살이가 끝날 때까지일까? 그럼 10년? 10년이면 내 인생은 어찌되는가? 아니, 학생이니까 감형이 될 수도 있다. 5년이라 하더라도 가장 중요한 시기에 중앙에서 소외되어 버리면 출세의 발판을 영

영 잃어버릴 수도 있었다. 동생과 그의 동료들은 무슨 근거로 '유신정권은 반드시 망한다'고 외쳐댔을까. 그건 무슨 근거가 있다기보다는 투쟁을 결의한 자들이 자기 확신을 갖기 위해 드러낸 일방적인 결기인지도 몰랐다. 또 어찌 보면 그들의 외침은 가장 확실한 사실일 수도 있었다. 이 세상 그 누구든 죽지 않는 사람은 없으니까 유신정권은 그가 죽으면서 막을 내리게 되어 있었다. 그러나 그때가 언제인지 알 수 없는 일이었다. 20년이 될 수도 있고 25년이 될 수도 있었다. 그의 치하에서는 괘씸죄를 벗어날 수 없다면 자신의 신세는 홍이섭처럼 될 수밖에 없었다.

"그거 뭐 아등바등해가며 감투만 커지면 뭘 해. 권세라는 것, 그거 결국은 다 부질없는 거잖아? 난 검사라는 권세만으로 족해. 우리끼리 하는 말이지만, 법조문 그것 좀 잘 외워가지고 평생 판검사 지위 누리며 떵떵거리고 사는 것도 너무 염치없고 과한 권세 아니겠어? 물론 나도 한때 고민하고 갈등이 없었던 것은 아니지만, 그 고비 넘기고 나니 마음이 편해졌어. 속 편하게 지방 검사로만 돌면서 법 제대로 집행하고, 여러 가지 취미생활도 하고, 그 인생의 묘미도 아주 괜찮아."

지방근무를 할 때 술자리를 같이했던 홍이섭의 말이었다. 그건 소외자의 자기 위안도 위선도 아니었다. 그는 인생의 새 출발이라 할 수 있는 결혼부터가 남달랐다. 고등고시 합격자들이 당연한 혜택이고 권리인 것처럼 때묻은 중매쟁이들을 통해 좋은 자리를 고를 때 그는 재력도 권력도 없는 집안의 딸인 국민학교 선생을 아내로 삼았다. 그리고 가정 화목하게 이끌며 동생들 뒷바라지를 해냈다.

홍이섭에 비하면 자신은 처음부터 속물이었다. 집안을 잘 건사해야 한다는 명분을 앞세워 조건 좋은 여자를 골랐고, 그 대가를 받은 것인지 집안에서는 늘 불화가 일어났고, 아내에게 정이 식은 지는 오래였고, 동생과 조카들에게는 체면이 서지 않는 생활의 연속이었다. 그러면서도 강 의원의 힘에다 장인의 힘까지 보태 중앙에서 자리를 지키려고 안간힘 써왔던 것이다. 자신의 그런 모습을 보고 홍이섭이 뭐라고 했을 것인가.

이규백은 안주는 별로 먹지 않고 술만 자꾸 들이켰다. 돌이켜 생각해 보면 자신을 경멸했을 것은 홍이섭만이 아니었다. 바로 옆에 있는 막냇동생 규동이는 훨씬 더 심하게 경멸했을지도 모른다. 박 정권의 칼날 앞에 그런 구호를 외치고 덤벼든 동생이 그동안 자신을 무엇으로 보았을 것인가. 박 정권을 지키는 주구로밖에 더 보았을 것인가. 검사⋯⋯, 그것은 사실 박 정권을 지켜온 또 하나의 주구 집단인 것을 부인할 수 없었다. 물론 박 정권을 절대지지 한 것은 아니었다. 부당한 것도 많았고 불만도 많았다. 그러나 그건 어디까지나 사적인 입장에서 가슴에 품었을 뿐이고, 겉으로는 전혀 드러내지 못한 채 술로 씻어내려 했고, 시간이 흘러가며 잊으려 했고, 그래도 남는 것은 가슴에 묻어버리고는 했다. 그런 고의적인 침묵과 외면은 묵인과 동조였지 더 이상 아무런 의미가 없었다. 아니 검사라는 권력행위자들의 경우에는 거기서 끝나는 것이 아니라 더 심하게 공범이라고 할 수 있었다. 그 대표적인 것이 인혁당 사건

관련자들에 대한 법 집행이었다. 물론 그것은 검사들만이 아니라 판사들까지 합세해서 자행된 사건이었다. 그들 여덟 명에게 검사들은 사형을 구형했고, 그에 따라 판사들은 사형을 선고했다. 그런데 바로 다음날 그들은 사형 집행으로 이 세상을 떠나고 말았다. 그들이 차례로 목매달려 죽어가고 있을 때 그들의 가족은 전날 사형 선고를 받은 가장을 면회 오고 있었다. 서대문 형무소에 다다른 가족들이 접한 것은 사형 집행 완료 소식이었다. 이 사건은 즉각적으로 '세계에 둘도 없는 비인도적 만행'이라고 지탄되면서 사회적 물의를 일으켰고, 동시에 '사법부는 권력의 주구'라는 힐난이 쏟아졌다. 그러나 그것도 잠시, 언론의 침묵과 함께 그런 소리는 지하로 잠복했고, 그 법 집행에 반발해 법복을 벗은 판·검사는 한 사람도 없었다.

그 사건은 박 정권이 처음부터 내세워온 '반공을 국시'로 추진하면서 생긴 큰 사건일 뿐이었고, 그 외에 수없이 많은 반공사건들을 앞장서서 처벌한 것은 검사들이었다. 그에 맞서 박 정권은 반공을 독재 유지에 악용하고 있다는 비판이 끊이지 않았고, 그 비판이 전혀 터무니없는 것이 아니었기 때문에 검사들은 권력의 주구라는 오명을 벗어날 수 없었다. 그런 현실 속에 있는 자신을 동생은 어떻게 생각했을 것인가. 더구나 동생의 속마음은 전혀 모른 채 중정으로 찾아가서 빼내주겠다고 했을 때 동생은 얼마나 자신을 속물 취급했을 것인가. 솔직히 말하자면 그때도 전적으로 동생을 위해서만 그런 것이 아니었다. 자신의 입장이 곤혹스러워지는 것을 면하려는 의도도 똑같이 작용하고 있었다. 젊은층에서는 4·19세대의 타락과 출세주의에 대한 불신과 지탄의 소리가 높았다. 어찌 보면 그 표본이 바로 자신이었다.

이규백은 새삼스럽게 막냇동생에게 따귀라도 얻어맞은 기분이었다. 왈칵 끼쳐오는 부끄러움에 그는 술잔을 단숨에 비웠다. 어쩌면 동생의 재판이 끝나자마자 옷을 벗었어야 했는지도 몰랐다. 눈치 없이 몸을 사리고 있다가 결국 8개월 만에 이 꼴을 당하게 된 것이다. 그들은 스스로 물러나기를 기다렸는지도 모른다. 아니면 괘씸죄를 희석시키고 보복이라는 인상을 주지 않으려고 일부러 시간이 흐르기를 기다린 것일 수도 있었다.

이제 어떻게 해야 하는가…….

이규백은 다시 김지혁 판사를 생각했다. 만약 그 선배가 이런 일을 당했다면 변호사를 고려할 것도 없이 법조계를 완전히 떠나고 말았을 것이다. 그때 벌어진 사법파동은 개인적인 문제가 아니라 박 정권이 사법부를 손아귀에 넣고 꼭두각시를 만들고자 했던 의도가 감추어진 전체의 문제였는데도 그 선배는 단호하게 법복을 벗고 이민을 떠나버렸다. 그 선배는 그때 이미 사법부의 독립이란 가망 없다는 것을 꿰뚫어보았던 것이다. 정권과의 관계에서 법 집행의 한계에 얼마나 절망했으면 그 선배는 이민을 가서 식품점을 했을 것인가. 그런데 자신은 개인적으로 그런 배신과 모독을 당하고서도 법조계를 떠나버릴 결심을 하기는커녕 두 가지 중에 하나도 결정을 못하고 있었다.

술을 반병 넘게 비운 이규백은 술집을 나서면서 몸을 제대로 가누지 못했다. 그는 곧 쓰러질 것처럼 위태롭게 비틀거리며 낮은 소리로 연방 중얼거리고 있었다. 그건 유언비어 단속에 걸리기 딱 좋은 욕지거리였다.

이규백은 휘청거리며 집에 들어서자마자 거실 바닥에 웩웩 토하기 시작했다.

"아유, 드러워. 아유, 꼴보기 싫여. 아줌마아, 저것 빨리 치워요, 저거!"

그의 아내가 표독스럽게 소리치며 방문을 쾅 닫고 들어가버렸다.

서재에서 아침 늦게 잠이 깬 이규백은 밥도 먹지 않고 집을 나섰다. 더 할 일도 없는 직장에 정이 떨어져버려 그는 장인 회사로 직행했다. 아내에게 전해지도록 일단 장인에게 알리기로 했다.

"뭐라고, 강릉? 그게 무슨 소리야, 도대체!"

안석중 사장은 엉덩이를 들썩 들었다가 놓을 만큼 놀랐다.

"······."

이규백은 그저 커피잔을 들었다.

"아, 그게 무슨 소리냐니까. 자네, 무슨 잘못을 저질렀나?"

안석중은 상체를 사위 쪽으로 굽히며 다그쳐 물었다.

"아닙니다. 좀 피치 못할 일이 있어서 그러는 건데요······. 그쪽으로 가야 할지 변호사 노릇을 해야 할지 생각 중입니다."

"둘 다 안 돼! 그게 뭐야. 그 피치 못할 일이라는 게 뭐야, 도대체."

"뭐, 말씀드리기 좀 곤란한 겁니다. 그냥 그렇게 알아두시지요."

"아, 어서 말해. 손을 써도 알아야 손을 쓸 것 아닌가!"

안석중은 버럭버럭 소리를 질러댔다.

"손쓰실 것 없습니다. 괜히 수고만 하실 텐데요."

"아, 빨리 말하라니까!"

안석중은 눈을 부릅뜨며 탁지를 내려쳤다.

"저어, 데모한 동생 때문입니다."

"뭐, 뭐라고? 동생이 데모를 해서? 그럼 걸려도 크게 걸린 것 아닌가? 주동자였던 모양이지? 그렇지?"

안석중의 머리는 사업가답게 빨리 돌고 있었다.

"예, 제 불찰로 그리 됐습니다."

"이런, 이런 답답한 사람 봤나. 긴급조치 위반인 주동자면 실형을 받아도 많이 받았을 것 아닌가? 몇 년이야?"

"10년입니다."

"하아 이런, 중죄인이 아닌가. 검사의 동생이……, 이런 쯧쯧쯧……. 나한테 맡겨놓고 가 있어." 안석중은 벌떡 일어나 몸을 돌리다 말고는, "서정이는 알고 있나?" 하며 또 혀를 찼다.

"아직 말 안 했습니다."

"잘했어. 딴생각하지 말고 기다려."

이규백은 헛구역질을 느끼며 장인 회사를 나섰다. 장인의 기세는 좋지만 별다른 기대는 가지 않았다.

사흘이 지나 이규백은 장인의 연락을 받고 회사로 갔다.

"빌어먹을, 백방으로 손을 써도 안 먹혀. 여러 말 할 것 없이 잠깐 거기 가 있어. 이 기운 가신 다음에 돌아오면 되는 거니까. 살다 보면 이런 일, 저런 일 있는 법이야. 알겠지?"

"예."

이규백은 그 길로 직장에 들어가 사표를 썼다. 지난 사흘 동안 변호사를 하는 선배들을 만나보고 굳힌 결심이었다. 김지혁 판사 처럼 하지는 못하더라도 변호사의 길이나마 택하는 것이 자신을 살리는 일일 것 같았다.

이규백이 사표를 낸 것은 동료 검사들을 모두 놀라게 했다. 그러나 그 일을 화제로 삼는 사람은 아무도 없었다. 그 침묵 속에서 놀라움을 넘어 큰 충격을 받은 것은 김선오였다. 잘 아는 고향 선배가 당한 엉뚱한 좌절 때문이 아니었다. 이규백의 갑작스러운 탈락은 라이벌 하나가 제거된 셈이라 내심으로는 오히려 반갑고 통쾌하기까지 했다. 이규백은 언제나 자신의 일거일동을 주시하고, 때로는 냉소를 보내기도 하는 만만찮고 거북살스러운 존재였다. 본적을 서울로 옮긴 것을 어떻게 알았는지 그가 던진 한마디는 섬뜩하게 가슴을 찔렀었다. "원적까지 다 옮기지 못해 유감이군."

김선오가 충격을 받은 것은, 이규백이 동생 때문에 그렇게 되었다는 사실이었다. 자신도 여동생 명숙이가 보석 밀수 사건에 연루되어 한동안 몹시 창피스럽고 곤궁한 처지에 빠졌었다. 그러나 다행히도 그 사건을 검찰에서 빨리 덮으려고 애쓴 덕으로 어서 시간이 흘러가기만 기다리며 모르는 척하고 지낼 수밖에 없었다. 알 만한 곳들이 손을 써서 그 재판은 신문에 단 한 자도 보도되지 않았다. 세상사람들은 남의 일은 사흘만 지나면 다 잊어버린다는 말처럼 재판 결과가 보도되지 않아도 아무런 말썽 없이 지나갔다. 그런 무관심 속에서 1심 재판에서 최고형을 받은 사람이 1년 6개월이었고, 여동생은 1년이었다. 상고심에서는 6개월씩이 줄어들고, 그 형량만큼의 집행유예 판결이 내려 풀려나게 되었다. 여동생은 3개월 감옥살이를 한 셈이었다.

그런데 문제는 그것으로 끝나지 않았다. 여동생은 집행유예기간 동안 외출도 별로 하지 않고 잠잠하게 지내는 것 같았다. 어떻게 해서 시집이나 가기를 바랐지만 그런 이야기를 직접 꺼낼 수는 없었다. 큰여동생 광자가 서른을 넘긴 나이로 시집을 못 가고 있는 형편인 데다, 자신이 명숙이의 짝을 구해줄 도리가 없었던 것이다. 후배들 중에서 어떻게 해보려 해도 명숙이의 학벌이 너무 형편없어 엄두를 낼 수가 없었다. 광자나 명숙이나 어찌해야 좋을지 모를 두통거리였다. 그런데 명숙이는 집행유예기간이 끝나자 기다렸다는 듯 뜻밖의 짓을 하려고 들었다.

어느 날 광자가 사무실로 전화를 걸어왔다. 자신에게 적대감을 가지고 있어서 얼굴을 마주 대하고도 거의 말을 하지 않는 큰여동생이 사무실로 전화를 건 것부터가 심상치 않은 일이었다. 그런데 광자는 전화로 할 얘기가 아니라며 빨리 만나자고 했다.

"명숙이가 그 사건 주모자로 꼽힌 한정임이란 여자를 만나려 하고 있어요. 저를 이용만 해먹고 신세 망쳐놨으니까 손해배상을 받아내겠다는 거예요. 그 양장점 망해버리고, 신세 막연하게 된 명숙이로서는 그런 생각을 할 만도 한 일이지요. 그치만 돈을 내놓을 리 없으니까 그런 짓 하지 말라고 제가 말렸어요. 그랬더니 명숙이가 뭐래는지 아세요? 좋게 말해서 돈을 안 내놓으면 그 사건의 진짜 주모자를 폭로하겠다고 얼르고, 그래도 말을 안 들으면 정말 온 세상에 그 사건 내막을 폭로하고 말겠다는 거예요. 오빠도 잘 알지요? 한번 마음먹었다 하면 무슨 일이든지 저질러버리는 명숙이 성질. 벌써 모든 신문사 주소 다 적어가지고 다녀요. 일 터진 다음에 오빠 입장 또 곤란하게 될까 봐 미리 알리는 거예요."

자신과 아무리 사이가 나빠도 광자는 역시 형제간이었다. 자신이 궁지에 몰릴 것을 미리 헤아려준 광자의 마음이 고맙기 그지없었다. 만약 그런 일이 터지게 되면 자신은 치명타를 입지 않을 수 없었다.

"언제 큰오빠가 내 인생에 관심이나 있었어요? 왜, 내가 그렇게 깽판치고 나서면 큰오빠가 다칠까 봐 겁나나요? 난 절대로 당하고만 있을 수는 없으니까 큰오빠 간섭하지 마세요. 남들이 볼 때는 우습게 보일지 모르지만, 내가 그 양장점에서 일하게 될 때까지 얼마나 피눈물 나는 고생을 한 줄 알아요? 난 어차피 이판사판 됐으니까 죽어도 그 손해를 벌충하고야 말 거예요. 난 죽기 아니면 까무러치기로 덤빌 거니까 겁나는 것 아무것도 없고, 아무도 날 못 막아요. 즈이년들도 또 개망신 안 당하려면 돈 내놓지 별수 있나요? 큰오빠 내가 양장점 차리고 나서는 거나 구경하시라구요."

명숙이는 억센 사내의 기세가 무색할 지경으로 드세게 나왔다.

광자의 말마따나 명숙이는 일을 저지를 위험이 너무나 컸다. 그 팔팔한 성질도 성질인 데다가, 제 나름으로 고생해서 이룬 자리를 잃어버린 억울함이 부채질을 해대고 있었다. 중3 때 가출을 해서 온갖 고생 겪어가며 일류디자이너가 될 꿈을 품고 명동 양장점까지 진출했던 명숙이의 억울함이 얼마나 클 것인지 그 마음이 이해가 되기도 했다.

"알았다. 내가 나서서 해결할 테니까 넌 좀 참고 기다려라."

"예에? 큰오빠가 해결해 준다고요? 언제까지요?"

"한 달만 기다려라."

"한 달이요? 알았어요. 근데 양장점을 꼭 차려야 하니까 아무리 적어도 5백만 원은 받아내야 돼요."

"5백만 원? 너 정신 있냐? 그거 좋은 집 한 채 값이야."

"아니, 검사님이 뭐 그리 쩨쩨해요? 그 여자들이 얼마나 부자인지 몰라서 그러는 거죠? 그 여자들 강남 땅부자에, 삘딩부자, 보석부자예요. 재산이 집 수백 채 값이 될 테니까 큰오빠는 괜히 미리부터 겁먹지 말아요. 그것들, 그 잘난 권력 가지고 힘 하나도 안 들이고 끌어모은 돈이니까 그 정도 뜯어내는 건 새발에 피라구요. 큰오빠, 자신 없으면 애저녁에 관두세요."

"알았다. 기다려."

위기를 피하려고 그렇게 붙들어놓은 채 20여 일이 흘러갔다. 그러나 아직까지 진척된 것은 아무것도 없었다. 애초에 여동생이 지목하고 있는 한정임이라는 여자를 상대할 마음은 전혀 없었다. 그건 검사로서 할 짓이 못 되었고, 만약 그랬다가 한정임이 그 위에 알리는 날에는 자살행위나 다름없이 될 판이었다.

그 일은 처음부터 자신이 해결하려고 마음먹었다. 아무도 모르게 덮으려면 그 방법밖에 없었다. 그러나 답답한 것은 수중에 그만한 돈이 없는 것이었다. 아내 모르게 가지고 있는 돈은 2백만 원 정도였다. 물론 집에 3백만 원쯤이 없을 리 없었다. 그러나 그건 아내가 관리하는 것이지 자신의 뜻대로 할 수 있는 돈이 아니었다. 그렇다고 아내한테 사실대로 말하고 일을 해결하자고 할 수도 없었다. 아내는 돈이 시집 쪽으로 흘러나가는 것에 넌덜머리를 내고 있었다. 아내한테 비밀을 지켜달라고 하고 장인에게 도움을 청해볼까도 생각해 보았다. 그러나 언제까지나 비밀이 지켜질 리가 없었고, 비밀이 지켜진다 해도 체면 상하게 집안의 치부를 드러내는 일이라 영 내키지 않았다. 여동생이 그 사건에 연루된 것은 아내도 장인도 감쪽같이 모르고 있었다.

김선오는 여동생의 일을 빨리 처리해야 하는 다급함을 느끼는 동시에 막냇동생 선진이가 이규백의 동생처럼 되지 않은 것을 크나큰 다행으로 여기고 있었다. 동생이 데모에 나서지 못하게 미리미리 단속했던 게 효과를 본 것이 분명해 그는 자신의 대비책에 아주 만족을 느꼈다. 그러나 모자라는 돈을 구할 길이 막연해 그 만족감에 취해 있을 수가 없었다. 만약 그 돈을 못 구한다면……, 명숙이는 좌충우돌 나설 것이고……, 생각만으로도 끔찍스러웠다. 자신이 이규백 꼴이 되는 것은 결코 있을 수 없는 일이었다.

이규백은 얼마나 억울하고 분할 것인가. 그는 곧잘 오르던 나무에서 굴러떨어져 곤두박힌 신세였다. 그는 그동안 경쟁은 심하고 여건은 어려운 속에서도 그런대로 잘 뻗어나온 편이었다. 그러나 그의 날개는 이제 꺾이고 말았다. 검사로서 크게 되려던 꿈은 사라지고 판검사들 앞에 굴신해야 하는 처지가 되었다. 말은 좋아 법조삼륜(三輪)이라고 했지만 판사나 검사의 위력과 권위 앞에서 변호사란 초라하고 허약하기 이를 데 없는 존재였다.

그런데 이상한 것은 이규백이 왜 전근을 가지 않고 사표를 냈는지 모를 일이었다. 매사에 신중하고 판단 예리한 그가 함부로 결정했을 리가 없었다. 그는 일생을 좌우하는 그 문제를 놓고 많이 고심했을 것이다. 이 정권하에서 그렇게 낙인찍히게 되면 더는 가망이 없다고 판단한 것 같았다. 사실 이 정권이 언제 끝나게 될지 알수 있는 사람은 아무도 없었다. 다만 알 수 있는 것은 현재의 권력자가 죽을 때까지 권좌를 누리게 되어 있는 유신헌법 조항뿐이었다. 그런데 그는 체구가 좀 작을 뿐이지 건강하기로 소문나 있었다. 그가 앞으로 20년을 더 산다면 이규백의 인생이 다 끝나는 것이나 마찬가지의 세월이었다. 더 줄여서 15년으로 친다 해도 검사 인생이 가로막히기는 매일반이었다. 이규백은 그런 판단 아래 사표를 던진 게 아닐까 싶었다.

어쨌거나 동생의 행위로 형까지 피해를 입게 되는 권력구조의 현실이 무시무시했다. 만약 여동생이 그 거물의 아내 최혜경을 들먹이며 물의를 일으키게 되는 날에는 자신도 이규백처럼 당하기는 너무 쉬운 일이었다. 지난날 인사 청탁을 해봐서 알지만 뇌물을 삼키는 최혜경의 배짱도 크고 즉각 효과를 발휘하는 그 남편의 권세 또한 대단했다. 그런 사람들을 건드린다는 것은 호랑이에게 덤비는 것보다 더 무모한 일이었다. 이규백은 그 속셈이 어떠했는지 모르지만 자신은 출세한 검사로 만족할 수가 없었다. 그보다 더 위로 도약해야 했다. 사법부의 울타리는 너무 협소했다. 그것을 벗어나 더 넓고 크게 활개치고 싶었다. 강기수 같은 위인도 그런 권력을 누리는데 자신이 못할 것이 없었다. 강기수에 비해 모자라는 게 있다면 재력이었다. 그러나 그것은 장인이 책임지겠다고 하고 있으니 언젠가 기회를 엿보아 방향을 바꾸는 것은 결코 헛꿈이 아니었다.

3백만 원으로 그 꿈을 망가뜨릴 수는 없었다. 어떻게 해서든 그 돈을 마련해서 명숙이가 다시는 그따위 생각을 못하게 막아야 했다. 그리고 이번 기회에 명숙이가 그리도 소원하는 양장점을 차릴 수 있도록 도와주는 것도 오빠로서 떳떳한 일이라 싶었다. 배운 것 없이 혼자 떠돌면서 명숙이가 이만큼 되어 있는 것도 어찌 보면 눈물겹고 기특한 일이었다. 험한 세상에서 형편없이 신세를 망쳐가지고 나타나 속을 썩이면 어찌 할 것인가. 그동안 도와준 것이 별로 없었으니까 이번에 양장점을 차려 디자이너로 살아가게 해주면 오빠 노릇을 당당하게 하는 셈이기도 했다. 그건 또 여러모로 만만찮은 큰여동생 광자에게도 체면을 세울 수 있는 일이었다.

김선오는 급한 대로 은행돈을 생각해 보았다. 담보 없이 그만한 돈을 빌릴 수 있는 은행은 서너 군데 있었다. 그러나 이자까지 꼬박꼬박 물어야 하는 빚돈이 내키지 않았다.

김선오의 마음은 은근히 그쪽으로 끌리고 있었다. 빚지고 뭐고 할 것 없이 가장 손쉽고 은밀하게 목돈을 챙길 수 있는 그 방법에 유혹을 느꼈다. 그 유혹은 언제나 떼치기 어려운 감미로운 맛과 향기로운 냄새로 사람의 마음을 흔들고 사로잡으려 들었다. 그런데 지금은 형편이 다급해 더 마음이 동하고 있었다.

김선오는 새로 자신에게 배당된 사건들을 들추기 시작했다. 그는 서류를 다 넘기고 나서 얼굴이 일그러졌다. 자신이 찾는 사건은 없고 강도와 폭력사건뿐이었다. 폭력사건도 호텔의 '빠찡꼬'와 같은 금권을 둘러싼 조직폭력배 사건이 아니고 돈 냄새라고는 맡기 어려운 단순 폭력이었다. 마약 복용이나 거액 노름판 사건이 하나쯤 끼어 있기를 바랐는데, 참 아쉽고 허탈했다. 부유층의 자식들이 마약 복용으로 걸려들거나, 돈 많은 집 여자들이 판돈 큰 노름을 하다가 검거된 사건은 자동 화폐제조기나 다름없었다. 그 두 가지 사건은 보호자들이 으레 돈 힘으로 변호사들을 밀어대며 집행유예를 받아내거나 형기를 최소한 짧게 하려고 몸부림쳤다. 그 사건들은 사회범죄이긴 하지만 강도나 살인 같은 것처럼 제3자에게 직접 피해를 입히지 않았기 때문에 판검사들도 판결에 그만큼 신축성을 가질 수가 있었다.

김선오는 이모저모로 머리를 짜보았다. 자기 휘하에 있는 계장, 관계 깊은 사건 브로커들과 변호사의 사무장들이 떠올랐다. 계장을 앞세우면 그들과 은밀하게 접촉해 금방 돈을 해올 거였다. '예금'이란

은어로 이루어지는 방법이었다. 그러나 그건 여러모로 좋지가 않았다. 아랫사람에게 결점을 잡히고, 위신과 권위가 손상되는 첩경이었다. 그리고 연관되는 사람이 너무 많아졌다.

간편하고 비밀이 보장되는 방법이 변호사를 직접 상대하는 거였다. 그런 거래를 할 만한 변호사들은 적지 않았다. 유명짜하게 소문난 변호사들일수록 검찰—법원—경찰—교도소까지 충복들을 심어놓고 빈틈없이 관리하고 있었다. 그런 형편에 검사 쪽에서 먼저 눈짓하면 '예금'을 마다할 변호사가 있을 리 없었다. 그러나 그것 역시 탐탁하지 않았다. 저쪽에서 몸달아 덤벼야 검사로서 값도 오르고 뒤탈도 없는 것이지 이쪽에서 먼저 몸짓해서는 흠집 잡히고 헐값이 될 위험이 컸다.

김선오는 며칠을 궁리하다가 은행돈을 빌리기로 작정했다. 몇 달 이자를 물더라도 앞길을 깨끗하게 하는 것이 더 중했던 것이다. 그동안 큼직한 사건 하나만 배당되도록 손쓰면 이런저런 신경 쓸 것 없이 해결될 문제였다.

은행빚을 내기로 결정하자, 꼭 5백만 원을 줘야 할까? 하는 생각이 들었다. 4백만 원만 주면 안 될까……? 그럼 2백만 원만 빌리면 된다. 빚 1백만 원을 줄이는 것은 적은 돈이 아니었다. 명숙이도 말이 5백만 원이었지 얼마간 깎일 것을 생각하고 미리 그렇게 말한 것이 아니었을까……? 이런 생각이 들자 마음은 한사코 그쪽으로 쏠려갔다.

"오빠도 잘 알지요? 한번 마음먹었다 하면 무슨 일이든지 저질러

버리는 명숙이 성질."

그러나 큰여동생의 이 말이 흔들리는 마음에 못을 쳤다. 명숙이 성질에 잔뜩 기대하고 있다가 1백만 원이 모자라면 제가 해결하겠다고 모든 일을 뒤엎고 나설 수도 있었다. 그렇게 되면 애쓴 보람 없이 일만 복잡하게 될 뿐이었다.

그래, 이게 처음이고 마지막이다!

김선오는 처음 마음먹은 대로 오빠 노릇을 떳떳하고 당당하게 하기로 했다.

"이게 네가 원하던 5백만 원이다. 오늘로 그 사건은 완전히 잊어버려라. 혹시라도 앞으로 그 사건 입에 잘못 올렸다간 큰일 당할 수 있으니까 깨끗하게 잊어버리는 게 신상에 좋아. 그런 말도 유언비어 유포죄에 걸리는데, 거기 걸리면 어찌 되는지 알지? 아주 신세 망치게 돼 있어. 이제 딴생각 말고 양장점이나 잘하도록 해."

김선오는 작은여동생을 노려보듯 하며 엄하게 말했다.

"어머나, 5백만 원! 그 여자가 쉽게 내놓던가요?"

김명숙은 수표를 집어 가슴에 품으며 얼굴이 상기되었다. 옆에 앉은 김광자가 눈을 흘기며 동생의 다리를 꼬집었다.

"그런 건 알 것 없다. 내 말 알아듣겠지?"

김선오의 목소리에 각이 서며 작은여동생을 쏘아보았다.

"나도 그 사건이라면 지긋지긋해요. 꿈에도 생각하고 싶지 않으니까 아무 걱정 마세요." 김명숙은 다부지게 대꾸하고는, "근데 큰오빠, 꼭 한 가지만 더 부탁이 있어요." 그녀는 앉음새를 고치며 오빠를 쳐다보았다.

"또 부탁……?"

담배를 빼무는 김선오의 얼굴이 찌푸러들었다.

"이번 일은 아주 쉬운 거예요. 어떤 병원에 언니 취직 좀 시켜달라구요."

"얘! 넌 괜히……."

김광자가 동생을 향해 눈총을 쏘며 아랫입술을 물었다.

"아니, 광자 너 취직할 맘이 있는 거냐? 그만큼 몸은 회복이 됐어?"

오빠의 말이 뜻밖에도 다정해 김광자는 어리둥절해서 대꾸했다.

"예, 거의 다 나았어요……."

"그거 참 다행이다. 그러면……, 나이도 나인데……, 결혼을 더 먼저 생각해야 되지 않겠냐?"

김선오의 말은 조심스러웠다.

"아니오. 결혼할 생각은 없어요."

정색을 한 김광자는 고개까지 저었다. 그 태도는 무척이나 단호해 보였다.

김선오는 아무 말 없이 담배만 빨았다. 방 안에는 갑자기 침묵이 흘렀다. 김선오는 한참 만에 입을 열었다.

"알았다. 그런데……, 취직했다가 또 발병하는 것 아니냐?"

"아마 괜찮을 거예요. 서독 병원하고 우리나라 병원하고 일하는 게 다르니까요."

"그래. 그럼 일하고 싶은 병원은 정했냐?"

"지금 여기저기 생각하고 있어요."

"알았다. 마음에 드는 데를 두어 곳 정해서 곧 연락해라. 이력서와 경력증명서 같은 것도 준비해서."

김선오는 다정하게 말하고 몸을 일으켰다.

"아니, 큰오빠가 어쩐 일이야? 저렇게 선선하게 우리 일을 다 해결해 주려고 하니. 이제 개심했나 부지?"

큰오빠를 배웅하고 방으로 들어가며 김명숙이 알 수 없다는 표정을 지었다.

"괜히 쓸데없는 소리 말어. 어떻게 보면 오빠도 안됐고 불쌍해. 가난한 집 장남으로 태어나서 얼마나 괴롭고 힘든 게 많겠니. 혼자 자수성가하기도 힘든 세상에 우리들까지 줄줄이 성가시게 하고 있으니, 너도 큰오빠한테 짐 되는 건 이번이 마지막이라고 생각하고 양장점 야물딱지게 해나가야 해."

"그야 내 걱정은 하지를 말어. 내가 어떻게 살아온 인생인데. 이루비 킴이 일류디자이너로 서울 장안을 뜨르르하게 할 계획이 다 짜여 있으니까." 김명숙은 눈을 찡긋하고는, "근데 말야 언니, 이제 와서 하는 말인데 말야, 난 3백만 원 정도 생각하고 5백만 원을 불렀거든. 세상에 에누리 없는 장사가 없는 법이니까. 근데 글쎄 5백만 원이 생겼으니 이 무슨 횡재야. 역시 검사가 쎄긴 쎈 모양이지? 이 횡재를 나 혼자 꿀꺽하면 죄받을 거고, 언니한테 1백만 원을 줄게. 히히히……." 그녀는 수표를 흔들며 신바람나게 웃어댔다.

"아이고, 저 약아빠진 것. 난 그 돈 필요 없으니까 양장점이나 단단히 꾸려갈 채비해. 나한테는 옷이나 가끔 해주고."

김광자는 눈을 곱게 흘기며 동생의 어깨를 쳤다.

"아니야. 옷이야 물론 공짜로 해줄 거고, 언니도 돈을 좀 지니고 있어야 되잖아. 서독에서 얼마나 고생을 했는데, 빈털터리란 게 말이나 돼?"

"난 괜찮아. 사업 시작하면서 돈이 넉넉하지 않으면 그 사업이 잘될 리 있겠니? 내가 그 돈을 투자하는 셈 칠 테니까 정말 양장점을 잘 일으키도록 해라. 그리고 담에 돈 많이 벌면 그때 가서 도와주렴."

"언니이……, 고마워……."

김명숙의 눈시울이 붉어졌다.

"고맙기는……, 내가 고맙지."

김광자는 목이 메며 동생의 손을 잡았다.

34

가난이 힘

"아, 아, 각 막사에 알립니다. 각 막사에 알립니다. 오늘은 우리 새 식구들의 백일 잔치가 있는 날입니다. 오늘 저녁의 잔치를 위하여 곧 소 세 마리를 잡을 것입니다. 소를 잡을 지원자는 10분 이내로 사무실 앞으로 나오기 바랍니다. 세 사람을 선착순으로 끊겠습니다. 이상 알립니다."

기상과 함께 확성기에서 울려퍼진 소리였다. 그리고 단조롭게 꿍짝꿍짝 하는 〈새마을노래〉가 어김없이 아침 공기를 흔들어대기 시작했다.

"야아, 또 백정놈들 구하는구나. 우리 막사에서 누구 나갈 사람 없어?"

한 남자가 속셔츠도 안 입은 맨몸에 작업복을 걸치며 소리쳤다. 그 사람은 날마다 빨래하기가 귀찮고 싫어서 아예 속셔츠를 입지 않는 거였다.

"하루 푹 쉬고 일당 챙기는 건 구미 당기는데, 우리 족보는 워낙 양반이라서 말씀이야."

다른 남자가 일삼아 팬티를 벗고 나서 알몸에 바지를 꿰입으며 말을 받았다. 그 사람은 빨랫감을 줄이려고 한술 더 떠서 팬티마저 안 입는 판이었다.

"양반 좋아하시네. 쇠뿔에 받칠까 봐 겁난다고 솔직히 말할 것이지. 무슨 놈의 양반이 빤쓰까지 안 입고 그래."

문태복이 작업복 단추를 잠그며 것질렀다.

"누가 아니래. 소 골통을 한 방에 쳐서 쓰러뜨린다는 게 그게 보통 배짱 가지고는 안 될 일이라니까. 깡다구가 좋아야 해먹는 일이야."

"소 잡으면 간은 백정 차지라는데, 간을 생으로 먹을 수 없으니 백정 노릇 하나마나지."

"아이구, 곧 죽어도 할말은 다 있지. 생간 먹을 수 있으면 그땐 술이 없어서 백정 노릇 안 나선다고 하겠지?"

"흐흐흐흐……."

큰 잔치를 벌일 때면 소를 사다가 직접 잡았다. 값싸게 하려는 것이 아니라 무더운 날씨 속에서 곧바로 싱싱한 고기를 먹기 위해서였다. 그런데 소를 잡아 간을 썰어놓고 보면 간에 기생하는 디스토마가 잘려 꿈틀거리기 예사였다. 간을 생으로 먹지 못하게 하는 것은 물론이고 육회도 일절 금지되어 있었다.

사무실 앞에는 소 잡을 사람들이 서로 앞다투어 열 명이 넘게 모여들었다. 그도 그럴 것이 소 한 마리를 잡으면 그 수고의 대가로 폭염 속에 일을 나가지 않고 하루를 편히 쉬면서 일당도 챙길 수 있었던 것이다.

"이거 3대 1을 넘잖아." 사무실에서 나온 직원은 혼잣말을 하고는, "괜히 놀고먹는 것 좋아하지 말고 한 방에 끝낼 자신 없으면 일찌감치 물러서는 게 좋아요. 헛방 쳤다가는 성난 소한테 당하는 수가 있어요. 쇠뿔에 받치면 창자 터져나간다는 것 알지요?"

그는 앞에 선 세 사람을 훑어보았다.

"그런 염려 놓으쇼."

키는 작달막했으나 어깨 딱 벌어진 두 번째 남자가 퉁명스레 말을 던졌다.

"빨리 선착순으로 끊으슈."

세 번째 남자가 담배연기를 내뿜으며, 무슨 잔소리가 많으냐는 투로 내뱉었다.

"좋아요. 앞에 세 사람 저쪽 식당 뒤로 갑시다."

직원이 고갯짓을 하며 몸을 돌렸다.

"하 이거, 뛰는 놈 위에 나는 놈 있는 세상이라니까. 좆 빠지게 뛰어왔는데도 앞선 놈들이 있으니 원."

네 번째 섰던 남자가 쩝쩝 입맛을 다시며 투덜거렸다.

"니미럴, 오늘은 또 얼마나 더울래나. 우리나라 겨울이 마누라 엉덩이보다 더 그립다, 그리워."

다른 남자가 과장되게 한숨을 토해내며 돌아섰다.

"고오오햐앙이이 그으리이워도……."

또다른 남자가 청승스럽게 가락을 뽑아대며 걷기 시작했다.

세면장을 나온 근로자들은 식당으로 몰려가고 있었다. 막사보다 네댓 배는 더 큰 식당 앞에는 사람들이 긴 줄을 이루고 있었다. 그러나 사람들은 빠르게 식당으로 빨려들고 있었다.

식당에서는 남자 요리사들이 무표정하게 근로자들의 식판에다 밥과 국, 반찬들을 재빠르게 담아주고 있었다. 그 어디에서도 여자라고는 구경할 수가 없었다.

"이거 또 닭이야? 빌어먹을."

한 사람이 식판을 식탁 위에 거칠게 놓으며 짜증을 부렸다.

"그러게 말야. 닭이라도 좀 맛있게 여러 가지로 요리를 할 수 있잖아. 이건 맨날 튀기기만 해대니 사람이 질려 먹을 수가 있어야 말이지."

옆사람이 말을 받았다.

"저 주방새끼들은 다 어디서 끌어온 시로도(초년생·엉터리의 일본말)들이야? 군대 식당놈들보다 못하니 말야."

맞은편에 앉은 사람이 가세하며 투덜거렸다.

"야아, 닭다리튀김 좀 그만 해라. 이거 사람 먹으라고 주나!"

처음 사람이 갑자기 소리치며 닭튀김을 주방 쪽으로 내던졌고,

"주방, 느네들이나 많이 처먹어라."

옆사람도 외치며 닭튀김을 연달아 주방 쪽으로 던졌다.

"옳소. 닭다리라면 이제 넌덜머리난다."

저쪽에서 누군가가 맞장구를 치며 닭다리를 던졌다.

"맞어. 음식 좀 맛있게 해라."

"그래, 튀김 말고 매콤하게 닭도리탕 같은 것 만들 수 있잖아."

사람들이 여기저기서 외치고 나섰다.

"어허! 이거 왜들 이러슈. 누군 뭐 솜씨 없어서 닭다리고 생선을 다 튀김만 하는 줄 아슈? 날씨가 맨날 푹푹 쪄대는 판에 음식이 빨리 상하지 않게 하려면 그 방법밖에 없다 그거요. 먹기 싫증나서 당신네들끼리 닭다리 날리는 건 좋은데, 주방에까지 날리는 그 잘난 분네들은 도대체 누구시유? 우리도 맨날 뜨거운 불 앞에서 낑낑대며 음식 만들어대고 있는데 주방새끼들 좆 먹어라 하고 닭다리 날린 그 잘난 사람들 얼굴 좀 봅시다. 여기 사우디밥 더 먹고 싶지 않은 모양이니까 그 잘난 얼굴들 소장님 앞에 보여줘야겠시다. 어디, 누군지 앞으로 나와보슈."

배가 너무 나와 맹꽁이라는 별명이 붙은 주방장이 한 손에 넓적하고 큰 식칼을 든 채 한 발씩 더 앞으로 나섰다. 그는 칼을 들고 무슨 음식을 하다가 그대로 주방에서 나온 것인지, 아니면 사람들에게 겁을 주려고 일부러 칼을 들고 나온 것인지 알 수 없는 일이었다. 수많은 사람들로 와자지껄하던 넓은 식당 안은 일시에 조용해지고 말았다. 그건 식칼을 든 주방장의 위세에 눌려서가 아니었다. 그가 던진 한마디, '그 잘난 얼굴들 소장님 앞에 보여줘야겠시다' 하는 말에 근로자들은 모두 기가 죽고 만 것이었다. 음식을 주방으로 던진 행위는 소장의 생각에 따라 얼마든지 귀국 조처를 취해버릴 수 있는 죄였다. 근로자들에게 제일 무서운 것이 강제 귀국 조처였고, 소장은 그 절대권을 가진 존재였다.

"좀 비켜요, 비켜! 소장님 들어가시게."

이런 큰소리가 밖에서 들리더니 곧바로 두 직원이 호위하듯 하며 소장이 모습을 드러냈다. 식당 안은 더욱 조용해져 식판에 젓가락 부딪는 소리 하나 들리지 않았다.

"왜, 더위 이기며 영양 보충하라고 닭고기 많이 주는 것도 불만이오? 튀김만 하지 말고 여러 가지로 맛있게 요리하라고? 여기가 한국인 줄 아시오? 여러분은 여기 유람 왔소? 우리 직원들과 나도 여러분과 똑같이 먹고 있어요. 불만이 있으면 괜히 주방에다 화풀이하지 말고 언제든지 사무실로 와요. 그럼 다음날로 당장 귀국시켜 줄 테니까. 오고 싶은 사람들은 얼마든지 있어요. 우린 여기 유람 온 게 아니라 돈을 벌려고 왔소. 이 더운 나라에서 돈벌이를 하는 건 전쟁과 마찬가지요. 우린 매일매일 살인적인 더위와 전쟁을 하고 있소. 음식이 입에 좀 안 맞더라도 여기선 더 이상 어쩔 수 없으니 모두 건강을 위해서 참고 먹도록 하시오. 처음 발생한 일이라 그냥 덮고 넘어가도록 하겠소. 다시 한 번 더 그런 일이 발생하면 그땐 가차없소. 주방을 향해 음식을 던지는 것, 그건 용서할 수 없는 항명이오. 다들 명심하시오."

목소리를 높이지 않은 소장의 말을 알아듣지 못한 근로자들은 하나도 없었다. 그들은 소장의 말에 들어 있는 칼날을 섬뜩하게 느끼고 있었다. 소장만이 아니라 사무실에서 에어컨바람 시원하게 쐬며 근무하는 본사 직원들은 하나같이 자신들의 상전이었다. 자신들은 목숨을 그들의 손에 맡기고 있는 임시 고용인들일 뿐이었다. 그들에게 찍혀 귀국당하게 되면 손해가 이만저만 아니었다. 돈벌이가 끝날 뿐만 아니라 왕복 항공료까지 토해내야 했다. 그리고 본사 송출과까지 알려져 공사 종류가 다르다 해도 다시는 그 회사를 통해 돈벌이를 나올 수 없게 되어버렸다. 그러니 일을 과중하게 시켜도, 어떤 부당한 일을 당해도 항의하거나 따질 수가 없었다.

"아니, 소장이 어떻게 그리 빨리 알고 나타났지?"

"보나마나 뻔하잖아. 주방장새끼가 뒷문으로 사람 보내 알린 거지."

"저 맹꽁이새끼 저거 고자질하는 것하고는, 딱 몰매감이네."

"저 맹꽁이 저것 잘못 건드리면 골로 가는 것 몰라? 소장 술안주로 매운탕 끓여 바치는 놈이 저놈이야."

"소장은 정말 우리 모르게 술 마시나?"

"술도 양주로만 마신대잖아."

"도둑놈. 그러면서 우리 밀주는 눈이 시뻘겋게 단속하고 그래. 웃기고들 자빠졌어."

"세상 다 그렇고 그런 것 아니겠어. 잘난 놈들 하는 짓이 다 눈감고 아웅이지."

"괜히 밉보여 억지 비행기 타기 전에 입들 함부로 놀리지 말고 몸에 좋다는 닭다리나 열심히 뜯으셔. 우리도 밀주 요령껏 만들어 마시면 되는 거니까."

"하긴 그래. 위아래서 눈치껏 요령부리며 살기는 피장파장이니까."

"흐흐흐……, 옳으신 말씀. 웃어, 웃어야 세월 잘 가고 일도 덜 힘드니까."

"그나저나 김치나 좀 제대로 먹었으면 입맛이 돌아 살도 좀 오르고 기운도 날 텐데 말야. 이놈의 양배추김치 맛대가리 없어 사람 환장하겠다니까."

"아이고, 김치 얘기 꺼내지 말어. 김치 생각만 하면 돈이고 뭐고 다 때려치우고 당장 집에 가고 싶어지니까."

"참, 김치 못 먹는 신세 서럽고 눈물 나. 수만 리 밖에 떨어져 있으니 김치 내놓으라고 떼를 쓸 수가 있나, 데모를 할 수가 있나. 집 식구들은 우리가 이런 고통당하는지 알기나 하는지 몰라."

사우디아라비아에는 한국에서 나는 무나 배추가 없었다. 그래서 그곳의 열무나 양배추로 김치를 담갔는데 그건 김치 시늉일 뿐이었다.

근로자들은 한국식으로 밥을 후닥닥 먹어치우고는 다음 사람에게 자리를 내주며 막사로 돌아갔다. 그들은 화장실을 다녀오고 수건이나 안전모를 챙기며 하루 일과 준비를 서둘렀다.

근로자들을 태운 버스는 작업 현장을 향해 6시 정각에 숙소를 떠나갔다. 그들의 일과 시작시간은 일정하지 않았다. 기온의 변화에 따라 달라졌다. 건기 중에서도 기온이 45도 이상 올라가는 가장 더운 시기에는 새벽 4시 30분에 일과를 시작하기도 했다. 그런 때는 낮잠을 세 시간씩 자지 않으면 견딜 수 없기 때문에 조금이라도 덜 더울 때 작업 능률을 높일 겸해서 시간을 앞당길 수밖에 없었다.

그들의 도로공사 현장은 50리쯤 떨어져 있었다. 그러나 새로 포장된 고속도로를 질주하면 20여 분밖에 걸리지 않았다. 도시와 도시를 잇는 고속도로는 전체 길이에서 한 구간을 50킬로미터 이상 100킬로미터까지 잘라 구간마다 여러 회사들이 동시에 공사를 해나가고 있었다. 근로자들의 숙소는 그 구간의 중간쯤에 세워지게 마련이었다.

사우디아라비아는 중동의 아랍 여러 나라들 중에서 면적이 제일 넓을 뿐만 아니라 아랍인들의 공통 종교인 이슬람교의 절대 성지인 메카가 있어서 중동의 중심국가를 이루고 있었다. 또한 석유도 가장 많이 생산되어 경제력으로 으뜸이었다. 그 석유 자본을 바탕으로 사우디아라비아는 근대화 경제개발을 추진하고 있었다. 그 첫 번째 사업이 황무지 상태로 방치되어 있다시피 하는 방대한 국토를 신속하게 연결할 수 있는 고속도로의 건설이었다.

사우디아라비아에는 네 개의 수도가 있었다. 국토의 중앙인 내륙에 위치해 국가를 대표하는 수도 리야드, 서쪽 홍해의 맑은 물결이 굽이치는 행정상의 수도 제다, 13억 이슬람교도들이 평생에 한번은 순례하기를 갈망하는 종교상의 수도 메카, 동쪽 아라비아해 (페르시아만) 연안을 따라 펼쳐진 천혜의 자원인 석유의 수도 다란이 그것이었다. 그런데 서쪽의 제다에서부터 내륙의 리야드를 거쳐 동쪽의 다란까지는 지도상으로 일직선을 그을 수 있을 정도로 위치해 있었다. 그 공교로움은 우연이 아니라 제다는 서쪽 해안지역의 중심이고, 다란은 동쪽 해안지역의 중심으로 형성된 도시였던 것이다. 그 세 도시를 중심으로 사우디아라비아의 고속도로들은 남북으로, 동서로 도시와 도시를 연결해 나가고 있었다. 그런데 한반도의 열 배 넓이인 그 땅에서 대대적으로 벌어지고 있는 도로공사들을 도맡다시피 하고 있는 것이 한국 업체들이었다.

그건 우연하게 이루어진 일이 아니었다. 우리나라 회사들 중에서 사우디아라비아에 제일 먼저 진출한 것이 삼환기업이었다. 삼환이 최초로 따낸 공사가 제다 시(市) 미화공사였다. 제다란 '할머니의 땅'이란 뜻으로, 그 할머니는 이브를 가리키며, 제다에는 바로 이브의 묘가 있는 유서 깊은 곳이었다. 그리고 바닷가 돌출부에 자리잡고 있어서 짙푸른 바다를 배경으로 하여 상앗빛 유백색이 더욱 환상적으로 아름다워 보이는 왕궁에는 왕이 상주하는 도시이기도 했다.

삼환은 1974년 9월부터 제다 시 미화공사를 시작했다. 그런데 한 달쯤 지나 제다 시장의 특청이 들어왔다. 그건 다름이 아니라 이슬람교도들의 순례기간이 시작되는 12월 20일 전까지 제다에서부터 메카까지의 도로공사를 완료해 달라는 것이었다. 그 거리는 20킬로미터가 넘었고, 폭도 왕복 8차선의 공사였다. 두 달 동안에 해내기는 거의 불가능한 대형공사였다. 그러나 삼환기업은 그 불가능한 일에 도전하고 나섰다. 그것은 횃불을 밝혀든 야간공사의 강행이었다. 야간공사는 밤 12시로 끝나는 것이 아니었다. 횃불에 기름을 적시고 또 적시며 밤을 꼬박꼬박 새우는 철야공사가 진행되었다. 폭염이 극성을 부리는 낮에 두세 시간 자는 것으로 모든 근로자들은 한 덩어리가 되어 일을 해나갔다. 밤마다 수백 개의 횃불이 줄줄이 타올라 유별난 장관을 이루었다. 밤마다 어둠을 사르는 횃불 행렬을 처음에 신기한 구경거리로 바라보던 제다 시민들은 그 불빛 아래서 중장비를 동원해 도로공사를 하는 것을 알고는 놀라고 말았다. 낮도 없고 밤도 없이 일을 하는 사람들, 그들은 바로 '꼬리'(사우디아라비아 사람들이 한국사람을 일컫는 말)라고 금세 화젯거리가 되었다.

그런데 어느 날 밤행차에서 왕이 수없이 일렁이는 횃불들을 보고 놀라 저게 무엇이냐고 물었다. 그게 무슨 난동을 도모하는 횃불이 아니라 알라신의 거룩함을 축복하는 순례의 길을 닦는 공사임을 알고 파이잘 왕은 크게 감탄하고 기뻐하며 하명했다.

"아하, 저런 장한 국민도 다 있나. 저렇게 성실하고 부지런한 사람들에게는 앞으로 더 많은 공사를 맡기도록 하라."

이 사실은 사우디아라비아 신문에 보도되었고, 꼬리에 대한 호감은 더욱 높아졌다.

국왕의 격려와 신뢰에 고무된 근로자들은 더욱 힘을 냈다. 그리하여 삼환기업은 마침내 순례기간이 시작되기 전에 메카까지의 8차선 고속도로를 말끔하게 완성시켰다. 불가능을 가능으로 실현시킨 그 공사는 '횃불 신화'라고 불리며 사람들의 입에서 입으로 퍼져나가기 시작했다. 그리고 꺼지지 않는 신화의 횃불이 밝히는 길을 따라 한국의 기업체들은 손쉽게 사우디아라비아로 진출할 수 있었다.

도로공사 현장에 도착한 근로자들은 십장(반장)을 따라 자기네 일터로 부산스럽게 흩어져갔다. 그 분야의 기술에 이골난 십장 한 사람 아래에는 대개 칠팔 명에서 열 명의 근로자가 딸려 있었다. 십장들은 오랜 세월 거친 공사장을 떠돌며 산전수전 다 겪은 사람들이라 기술과 경험을 겸비한 공사의 핵심이었다. 그리고 공대 출신인 기사는 그 십장들 넷 정도를 관리했다. 그건 군대 체제와 다름이 없었는데, 기사는 소대장이고 십장들은 분대장인 셈이었다.

지평선이 아스라이 먼 허허벌판 가운데서 새로 닦여지고 있는 도로는 유난히 선명하게 드러나 보였다. 그 어디에서도 나무는 말할 것도 없고 풀들도 찾아볼 수 없는 광막한 땅은 연한 회색빛을 띠고 끝도 한도 없이 펼쳐져 있었다. 그 침묵의 평면 위에 새로 태어나고 있는 도로는 검은 옷을 입었을 뿐만 아니라 지면보다 높게 솟아 있어서 돋보일 수밖에 없었다.

거미가 거미줄을 뽑아내듯 검은 아스팔트 길은 지평선 끝까지 이어지며 도로공사는 앞으로 진행되어 나아가고 있었다. 공사는 일정한 간격을 유지해 가며 4단계 작업이 동시에 이루어지고 있었다. 1단계 지표면 벗겨내기, 2단계 흙 퍼다 도로 지반 돋아올리기, 3단계 도로 지반 다지기, 4단계 아스팔트 입히기였다.

1단계 지표면 벗겨내기는 사전에 실시한 지질 조사에 따라 50센티미터나 1미터 깊이로 땅껍질을 걷어내는 것이었다. 왜냐하면 땅의 표면은 오랜 세월 동안 강렬한 태양과 바람으로 풍화되어 모래 상태를 이루고 있어서 그대로 다지면 도로 지반의 약화를 초래하기 때문이었다. 그 일은 불도저들이 맡았다. 그 단계에서 함께 이루어지는 일이 물 뿌리기와 땅 다지기였다. 불도저들이 엔진소리 요란하게 내며 땅을 파헤쳐대면 속살을 드러낸 땅에 살수차가 물을 뿌리고 뒤따라 롤러차가 땅을 다져나갔다. 1차 지반공사였다.

2단계 흙 퍼다 도로 지반 돋아올리기는 이곳 공사에서 가장 중요한 대목이었다. 도로 지반을 높직하게 돋아올리는 것은 미관상 보기 좋게 하기 위해서가 아니었다. 예고 없이 심하게 몰아치는 바람에 실려온 모래가 도로를 뒤덮어버리는 것을 막기 위한 조처였다. 양쪽이 비스듬한 경사를 이루고 있는 높직한 도로는 남은 땅바닥보다 바람을 더 많이 타 모래가 길 위에 쌓일 틈을 주지 않고 바람에 실려보내는 작용을 했다. 이 공사는 세 과정을 거쳐 이루어졌다. 일정 장소에서 포크레인이 흙을 파내고, 그 흙을 커다란 삽차인 페로이다가 덤프트럭에 퍼담고, 덤프트럭들은 줄지어 흙을 실어 날랐다.

3단계 도로 지반 다지기는 구레이다가 흙을 고른 다음에 살수차가 물을 뿌리고 이어서 롤러차가 네댓 차례 굴러다니며 흙을 다져나갔다. 2차 지반공사였다.

4단계 아스팔트 입히기는 비가 귀하고 강한 태양열이 지글거리는 자연조건에 강한 특수 아스팔트를 두껍게 세 차례 덮은 다음 물을 뿌려가며 롤러차가 다지기 마감을 하면 새 도로는 탄생했다.

그 네 가지 공정에 동원되는 사람들이 기술직으로 시간당 임금을 보통 1달러 70~80센트씩 받았다. 그리고 그런 기술이 없는 잡부들은 시간당 1달러에서 1달러 10센트 정도였다. 그런데 기술직 중에서도 임금을 세 배나 받는 사람들이 있었다. 그들은 아스콘 특공대라고 불리는 아스팔트 입히는 사람들이었다. 그들의 수입이 그렇게 많은데도 다른 근로자들은 전혀 불평이 없었다. 그럴 수밖에 없는 것이 그들의 별명이 특공대인 것처럼 그들이 하는 일은 상상할 수 없도록 힘들었다. 불에 녹아 후끈거리는 열을 내뿜는 아스팔트는 60도였고, 숨쉬기조차 힘겨운 폭염은 45도를 오르내렸다. 그들은 45도도 견디기 어려운 속에서 60도의 아스팔트까지 밟고 다니며 일을 하는 것이다. 그들은 다른 기술자들보다 땀을 다섯 배는 쏟았고, 밑바닥이 두꺼운 그들의 특수 장화는 언제나 땀이 넘쳐났다. 그 일을 1년 하면 골병이 든다고 했고, 그래서 그런지 그 기술자들이 기한을 연장하는 일은 거의 없다는 말이 떠돌고 있었다. 특히 땀을 너무 많이 흘리는 데다 몸이 열에 들뜨기까지 해서 정력이 감퇴된다는 소문에 다른 기술자들은 손사래를 치며 고개를 돌리기에 바빴을 뿐 그들의 많은 임금을 시샘하지 않았다.

그리고 정신없이 바쁜 것이 물차 운전수들이었다. 그들은 공사에 필요한 물을 충분하게 대야 하는 것만이 아니라 모든 근로자들이 쉴새없이 마시는 물까지 실어날라야 했다. 근로자들은 하루 평균 한 말 정도의 물을 마셨다. 그런데도 오줌은 별로 누지 않았다. 그 물은 거의가 땀으로 흘러나오고 있었다.

문태복은 동료들과 함께 수건에 물을 적셔 머리에 올리고 그 위에 안전모를 썼다. 조금이나마 더위를 식혀보려는 것이었지만 수건은 얼마 못 가 말라버리고는 했다. 자주 물을 적셔야 하는 것이 성가시기는 해도 물수건의 효과는 적잖았다. 중장비를 다루는 사람들은 차의 지붕이 일단 직사광선을 차단시켜 주니까 그 고마움이 덜했지만, 뜨거운 바늘끝처럼 내리꽂히는 강렬한 햇살 속에서 일하는 사람들에게는 물수건의 덕은 컸다. 그리고 물수건은 얼굴이 타는 것도 적잖이 막아주었다.

"자아, 소금들 먹고, 보안경들 다 가졌지?"

십장 정 씨가 소금통을 흔들며 조원들을 둘러보았다.

조원들은 무표정한 얼굴로 정제 소금 두 알씩을 받아들었다. 그들의 얼굴은 햇볕에 타고 또 타서 하나같이 검은 갈색으로 꺼칠했다. 황인종의 느낌은 거의 없이 흑인에 가까워진 그들의 얼굴은 그 색깔 때문에 더 무뚝뚝해 보였다. 땀을 너무 많이 흘리니까 염분을 보충하기 위해 포도당이 포함된 그 정제 소금을 먹는 것은 의무처럼 되어 있었다.

"십장님, 나 어쩌지요? 보안경 마누라한테 선물로 보냈는데."

한 사람이 뚜벅 말했고,

"옛끼 이 사람, 아침부터 싱거운 소리 말어."

십장이 퉁을 놓는데, 조원들은 와아 웃음을 터뜨렸다. 그들은 김포공항에서 벌어진 일을 상상하고 있었다.

2년 전쯤인가, 한 근로자가 다른 선물과 함께 보안경을 아내에게 보내주었다. 보안경은 강한 햇빛과 거센 모래바람으로부터 눈을 보호하는 이중효과를 보기 위해 선글라스처럼 색깔 있는 유리에, 모래가 눈에 들어가는 것을 막으려고 물안경 모양을 하고 있었다. 그 특이한 생김이 신기해 그 사람은 아들이 장난삼아 쓰라고 보냈는지도 몰랐다. 그런데 그 사람이 귀국해 입국장을 나서니 멋을 한껏 부리고 마중 나온 아내가 바로 그 보안경을 떡 끼고 있지 않은가. 동료들은 많고, 잔뜩 창피해진 그 사람은 아내를 질벅이며 다급하게 '벗어, 벗어' 했다. 그랬더니 그의 아내의 대꾸가 '어머, 여기서 벗어요?'였다.

그 우스갯소리는 비행기를 타고 사우디아라비아까지 건너와 잠시나마 근로자들의 피곤을 풀어주며 생명 긴 애창곡처럼 이 입, 저 입에 오르내렸다.

소금처럼 보안경도 필수 휴대품이었다. 그러나 근로자들은 평소에 보안경 끼기를 꺼렸다. 왜냐하면 통풍이 안 되는 안경 속에 땀이 고이고, 답답하기 때문이었다. 그러나 갑자기 모래바람이 휘몰아칠 때면 보안경은 없어서는 안 되는 물건이었다. 모래를 수평으로 날리며 무서운 기세로 몰아치는 바람 앞에서 보안경을 쓰지 않으면 모래가 눈으로 들어갈 위험이 컸고, 특히 밀가루처럼 미세한 모래먼지 속에서 눈을 보호할 방법이 없었다. 모래먼지가 들어간 눈을 잘못 비벼댔다가는 그 입자들이 눈동자에 박혀 실명할 수도 있었다. 일을 하다가 '샌드스톰이다!' 하는 외침이 터지면 근로자들은 정신없이 보안경을 꺼내 쓰고는 했다.

"자아, 오늘도 경제건설의 역군답게, 근대화의 효자답게 일들 기운차게 해보자구."

십장 정 씨가 소장의 말투를 흉내내며 팔을 뻗쳐올렸다.

"얼씨구나 지화자!"

"니기미, 역군 좋아하고 효자 사랑하네."

"좆도, 가난해서 용쓰고 있는 거지 뭐 말라빠진 역군이고 효자냐."

"옳여. 우리야 돈만 많이 벌면 그만이지 그따위 소리 다 필요 없어. 괜히 얼리고 엿먹이는 개소리들 치지 말어."

십장 앞을 떠난 조원들은 제각기 포크레인으로 올라가며 한마디씩 내뱉었다.

하루 여덟 시간씩 일하는 그들의 기본 임금은, 서독에 파견된 광부와 간호원 그리고 월남에 간 근로자들이 그랬듯이 의무적으로 국내에 송금하도록 되어 있었다. 달러로 송금된 그 돈은 은행을 거치면서 국내 돈으로 바뀌어 가족들에게 전해졌다. 그런데 그 과정에서 경제적인 문제가 발생하고 있었다. 그들이 몸을 내던져 벌어들이는 달러는 막대한 시설투자비와 원자재값이 들어가야 하는 그 어떤 수출품보다 이익이 큰 알짜 돈이었다. 그러나 달러가 들어오는 만큼 내국환을 찍어내기 때문에 사회적으로 인플레 현상이 생기면서 물가는 자꾸 오르고 있었다. 자기들이 애써 벌어 보낸 돈 때문에 자신들이 이루고자 하는 꿈이 조금씩 멀어지고 있는 그 피할 수 없는 경제 모순을 그들은 아직 의식하지 못하고 있었다.

포크레인을 작동시키며 문태복은 또 삽차들 쪽을 꼬나보며 침을 내뱉었다. 언제 생각해도 삽차를 운전하는 것들이 챙기는 부수입이 배알 뒤틀리고, 그런 꿍꿍이속을 미리 알지 못하고 덥석 포크레인 기술을 배운 것이 그렇게 후회스러울 수가 없었다.

페로이다 운전하는 것들이 대학 갓 나온 애송이 기사들을 골탕 먹이고 얼러 자기들 손아귀에 넣고 '서비스타임'을 따먹고 있는 것을 모르는 근로자들은 거의 없었다. 그러나 일의 특성에 따라 요령껏 챙기는 실속을 뭐라고 시비하거나 까발릴 수도 없는 노릇이었다. 그건 '노가다판의 의리'로도 해서는 안 되는 짓이었다.

페로이다 십장은 덤프트럭에 흙을 퍼담는 것을 이용해 기사에게 하루에 두 시간쯤 더 일한 것으로 해달라는 '서비스타임' 협상을 벌였다. 시간제로 임금을 계산하는 일판에서 그건 부당하기 짝이 없는 일이었다. 대학을 갓 나와 세상살이 요령 모르고 원리원칙을 지키려는 젊은 기사들일수록 그런 요구는 용납될 리 없었다. 젊은 기사가 거부를 해버리면 곧바로 삽차 부대의 앙갚음이 시작되었다. 그들은 꼬리를 잇댄 덤프트럭에 흙을 퍼담으면서 양을 줄여 출발시키는 것이었다. 하루 동안 그렇게 해버린 결과는 기사에게 치명타를 가하게 마련이었다. 트럭들은 틀림없이 정해진 횟수를 왕복했는데 흙이 모자라 예정된 하루의 포장 길이를 채우지 못하게 된 것이다. 공기 단축에 회사의 사활이 걸린 것 같은 분위기이고, 공기 단축을 잘하는 것이 가장 유능한 관리자로 평가되는 형편에 일일 작업량 미달이란 변명할 여지없이 무능한 기사로 추락하는 판이었다. 그 꼴을 한 번 당하면 어느 기사나 꼬리를 내리고 페로이다 십장과 타협할 수밖에 없었다. 타협이 잘 이루어지면 그 다음부터는 '능력 있는 기사'를 만들어주었다. 그건 하나도 어려울 것 없는 일이었다. 페로이다 부대는 트럭에 흙을 퍼담으면서 정량에다 그 큰 삽질을 한 번 더 보탰다. 그 한 번씩의 삽질을 하루 동안 모으면 일일 포장 길이를 너끈히 초과시켰다.

페로이다 부대는 그렇게 생긴 부수입을 자기네들끼리만 먹고 입 씻지는 않았다. '노가다판의 의리'를 지키는 깃인지, 입막음을 하려는 것인지 밀주 재료비를 선뜻선뜻 내놓기도 했다.

문태복은 흙을 퍼올리며 페로이다가 좋을지, 자재 운반차량이 좋을지를 생각하고 있었다. 자재 운반차량의 부수입도 페로이다 부수입에 못지않을 거고……, 일도 더 편하고……, 더위도 훨씬 덜 먹고……. 이런 생각을 하다가 그는 깜짝 놀랐다. 그건 기한을 연장한다는 것을 전제로 해서 생각할 문제였던 것이다. 자신은 기한을 연장하기로 결정한 것이 아니었다. 그런데 자신도 모르게 그런 생각에 빠져들고 있었다.

그건 아내의 임신 소식 때문이었다. 아내가 임신이 된 것을 알려왔을 때 그보다 더 기쁜 일은 없었다. 그러나 한편으로는 은근히 마음 무겁고 겁나기도 했다. 애아버지가 된다는 것……, 먹이고 입히고 가르치고……, 비로소 한 집안의 가장이 되게 된 책임감과 중압감이 마음을 떠나지 않았다. 그리고 자신은 비록 가난하고 배운 것 없이 살았지만 자식만은 남부럽지 않게 키우고 싶은 욕심이 동하기도 했다. 그러다 보니 자신도 모르게 기한을 연장하는 쪽으로 마음이 기울어지고 있었던 모양이었다.

자식이 생기면 택시 한 대 사는 것으론 안 되지……. 애들이 딸리면 전세방도 안 내주는 세상인데……. 어떻게 전세를 얻는다 해도 주인집 애들한테 기죽고 살면…….

그건 안 돼! 하는 생각을 하다 보니 기계 작동이 잘못되어 포크레인 삽이 뒤집어지며 흙이 쏟아져내렸다.

"어이 문 씨, 졸아?"

저쪽에서 강 씨가 소리쳤다.

"졸음이나 오면 좋게? 가지도 못하는 집 생각에 열받는 거야."

문태복도 엔진 소음을 이기려고 큰소리를 질렀다.

"아서라 말아라. 떠민다고 세월이 가나, 끌어당긴다고 집이 가까워지기를 하나. 용빼는 재주 없으니 그저 하루하루 기다려. 인생으은 나그네에 기일 어어디서 와왔다가아……."

강 씨는 노래를 부르기 시작했다. 문태복도 노래를 따라 부르기 시작했다.

한편, 물 수송차를 몰고 있는 박창식은 차량 통행이 드문 도로를 질주해 대고 있었다. 그의 뒤로는 대형 물차 대여섯 대가 따르고 있었다. 콧노래를 흥얼거리며 가속 페달을 밟아대고 있던 박창식은 저 앞쪽의 길옆에 있는 물건을 보고 언뜻 긴장했다. 그는 눈길을 모아 주시했다. 그건 틀림없이 낙타가 죽어 쓰러져 있는 것이었다. 그는 뒷차에게 알리는 비상등 단추를 누름과 동시에 클랙슨까지 마구 눌러댔다. 그리고 재빨리 브레이크를 2단으로 밟으며 속도를 줄여나갔다. 뒷차들도 클랙슨을 연달아 요란하게 울려대며 속도를 줄이고 있었다. 그 소리들은 보통 승용차의 경적보다 훨씬 시끄러웠지만 사방이 막막한 지평선으로 하늘과 맞닿아 있는 광막한 땅에서 이내 흔적 없이 사라지고 말았다.

박창식은 죽은 낙타 옆에 차를 세우기 바쁘게 밖으로 뛰어내렸다.

"와아, 이거 낙타 아냐! 박 씨, 한쪽은 내 거야, 내 것. 알았지?"

뒷차 운전수가 헐레벌떡 뛰어오며 외쳤다.

"좋아, 좋아. 누구 손타지 말았어야 할 텐데."

박창식은 낙타 쪽으로 뛰어가며 대꾸했다.

"에이 빌어먹을, 좋다 말았네."

낙타 대가리 옆에 선 박창식이 맥빠지는 소리를 냈고,

"이런, 어떤 놈이 빨리도 입맛 다셔버렸네. 저쪽 회사놈들이겠지?"

뒷차 운전수가 아쉬운 입맛을 다셨다. 두 사람의 눈길이 모아져 있는 곳, 낙타 눈깔은 간곳이 없이 피 머금은 구멍만 뻥 뚫려 있었다. 누군가가 낙타 눈깔을 도려간 것이다.

"이거 뒤집어보자구. 저쪽 것은 남아 있을지도 모르잖아."

"글쎄, 그럴까? 어떤 세상인데……."

"혼자였으면 남겨놓았지 별수 있어? 낙타가 워낙 무거워 혼자서는 못 뒤집으니까 말야."

"그래, 밑져봐야 본전 아니야? 어디 다같이 힘을 합쳐 한번 뒤집어보자구."

낙타를 에워싼 다른 운전수들이 한마디씩 했다.

"그래, 밑져봐야 본전이야. 서운해서 그냥 갈 수는 없지."

박창식이 양쪽 손바닥에 침을 튀기며 나섰다.

그들은 키들거리고 낑낑거리며 죽어 늘어진 낙타를 뒤집었다. 그러나 반대쪽 눈깔도 누가 알뜰하게 도려가고 없었다.

"이거 낙타 눈깔 하나 차지하기도 더럽게 어렵다니까."

"한국놈들이 다 눈에 불을 키고 있으니까 당연지사지."

"사우디 기념으로 하나씩은 꼭 가져가야 하는데 말이지."

"기다리면 기회가 오겠지. 가자, 시간 늦는다."

그들은 아쉬운 기색으로 투덜거리며 자기들 차로 흩어졌다.

낙타 눈깔은 귀국 준비품으로 갖추지 않으면 안 되는 것처럼 서로 가지려고 야단이었다. 알콜이나 소금물에 담갔다가 바짝 말린 낙타 눈깔은 큰 자랑거리였고, 그것을 훔치는 일도 더러 생겼다. 한국 근로자들이 그것을 구하려고 죽은 낙타만 보면 이 사람, 저 사람이 뒤집고 또 뒤집고 하는 것은 이미 소문난 일이었다.

"자아, 새참 먹자, 새참!"

십장 정 씨가 수건을 흔들어대며 외쳤다.

문태복은 포크레인을 정지시키며 시계를 보았다. 간식시간인 10시였다. 아침을 너무 일찍 먹어 시장기가 동하고 있었다. 오전 10시인데도 허허벌판을 가득 채우며 쏟아지고 있는 백광은 눈이 시리다 못해 아릴 지경이었고, 온몸은 땀으로 젖어 끈적거리고 있었다.

그들은 그늘집으로 모여앉았다. 언제부터인지 모르게 그들 사이에서 불려지는 그늘집은 직사광선을 피하기 위해 공사장마다 지은 간이 쉼터였다. 그 구조물은 아주 간편하게 만들어져 있었다. 기둥 네 개에 합판지붕을 덮었을 뿐이었다. 바닥은 한 자 두께의 시멘트로 되어 있었다. 그 엉성한 생김에 비해 그늘집의 효능은 뛰어났다. 햇볕 아래 있으면 땀이 줄줄 흐르면서 숨막히게 덥다가도 그 그늘집에 들어서면 더위가 완연하게 덜해졌다. 습기가 없이 건조한 기후 탓이었다.

그들 가운데로 빵과 주스 상자가 옮겨졌다.

"이 걸레빵에 맞들렸으니 사우디 세월도 어지간히 살았구나."

십장 정 씨가 사우디아라비아 사람들이 주식으로 삼고 있는 빵을 집어들며 애상적인 어조로 말했다. 얇고 넓적한 빵이 하도 볼품없어 근로자들이 붙인 별명이 '걸레빵'이었다. 그러나 그 빵은 보기하고는 다르게 씹을수록 고소하고 달큰한 게 그 맛이 은근하고 깊었다.

"사우디사람들은 얼마나 좋을까. 나라에서 학비 다 대주지. 빵도 다 대주지. 거기다가 돈만 좀 벌면 마누라를 넷씩이나 얻을 수 있으니 말야. 날씨만 좀 좋다면 천국이 따로 없잖아?"

모스크(이슬람교 사원)를 정부에서 마을마다 지어주듯이 빵가게의 밀가루도 정부가 무상으로 지급하고 있었다. 빵값은 아주 쌌고, 각 마을에 하나씩 있는 빵가게는 1년 내내 문을 닫는 날이 없었다. 빵가게 주인은 정부로부터 판매 이익을 보장받는 대신 날마다 새 빵을 구워 주민들에게 공급해야 하는 책임을 지고 있었다. 만약 하루라도 빵을 굽지 않게 되면 살인행위로 간주되어 태형을 당했다. 그러나 빵가게 주인에게 휴일이 전혀 없는 것이 아니었다. 이슬람교도들이 나보다 가난하고 가엾은 사람들을 생각하며 행하는 신성한 예식인 라마단(금식) 기간이 그들에게 휴식을 주었다.

"아이구, 바짝 말라 비틀어져서도 그저 마누라는 많이 얻고 싶어서."

"이거 이러지 말어. 마른 장작이 불땀 세더라고 여기 와서 마르니까 그쪽 기운은 더 펄펄해지고 있어."

"괜히 착각 말어. 오래 맛을 못 보고 있으니까 그저 붙었다 하면 하룻밤에 열 번도 더 해치울 것 같은 기분일 뿐이지."

"그나저나 자꾸 이렇게 몸무게가 빠져도 되는 건가?"

"얼만데?"

"아 글쎄, 10키로가 넘어 12키로가 빠졌다니까. 이러다가 골로 가는 것 아니야?"

"이봐, 걱정 붙들어매. 난 이란에 있을 때 20킬로까지 빠졌어도 안녕하셨어. 거긴 56도까지 올라가니까 살 안 빠질 장사가 없었지. 그런데 여기 와서 덜 더우니까 10키로가 붙었어. 12키로 빠진 건 정상이니까 엄살떨지 말고 세 끼 밥이나 잘 먹어."

십장 정 씨가 식욕 좋게 빵을 우물거리며 말했다. 그는 월남에서 근로자로 일하다가 월남전이 끝나자 일거리를 따라 이란으로 갔고, 이란보다 사우디아라비아 일판이 더 기름진 것을 알고 여기까지 온 사람이었다. 자식이 다섯인 그는 '자식들 잘되는 게 복'이라는 말을 입에 달고 살았다. 나이 든 사람들은 거의 그랬지만, 그는 특히 자식들을 대학까지 잘 가르치는 것을 최고 목표로 삼고 있었다. 그의 끔찍한 자식 사랑은 헛된 것이 아니었다. 다섯 자식의 편지가 순서대로 하루도 빠지지 않고 날아왔다. 그는 편지를 제일 많이 받는 사람이었고, 그는 행복에 겨워 편지 읽기에 바빴다. 그래서 그의 별명은 '편지 정 씨'이기도 했다.

"그래도 몸이 너무 마르면 고질병 되는 거 아닐까요?"

"병은 무슨 병. 날마다 팥죽땀 흘려대니까 그리는 거지. 귀국하면 금방 원상복구 돼."

근로자들은 거의가 10킬로그램 정도는 살이 빠졌다. 불볕 속에서 줄기차게 땀을 흘려대면서 중노동을 하고 있으니 몸무게가 줄지 않는다면 오히려 비정상이었다.

"자아, 작업 개시! 작업 개시!"

보안경 아닌 선글라스를 낀 기사가 막대기로 덤프트럭의 문짝을 두들겼다. 그의 옷도 땀으로 흥건히 젖어 있었다.

"아이고, 30분이 어찌 이리 짧냐."

"이제부터 또 죽었다 복창이구나. 저런 인정사정없는 놈의 햇덩어리."

그들은 엉덩이에 찹쌀풀이라도 붙은 것처럼 더디고 무겁게 몸들을 일으켰다.

문태복은 차문 손잡이를 수건으로 싸서 문을 열었다. 아직 손을 델 정도로 뜨거워진 시간은 아니었지만 그동안 습관이 되어 있었고, 잠깐이라도 뜨거운 기운을 느끼는 것이 싫었던 것이다. 오후 2~3시가 되면 손잡이나 차체는 맨손을 대면 정말 손을 델 정도로 뜨거워졌다. 그리고 핸들은 맘놓고 잡을 수 없도록 뜨끈뜨끈했고, 시트는 시트대로 등을 댈 수 없게 후끈거렸다. 그런 속에서 기계를 조작하다 보면 온몸이 땀으로 뒤범벅이 되고, 머리가 띵하게 아프면서 눈앞이 어릿거리고 헛것이 보이기도 했다. 그런 시간대에는 범퍼 위에 계란을 깨놓으면 정말 지글지글 끓으며 프라이가 되었다. 일을 시작하던 첫날 십장은 그 시범을 보였었다. 너무 놀라고 기가 질려 자기보다 오래된 고참들이 그렇게 대단해 보일 수가 없었다.

그런데 그런 열을 받으면서 자동차들이 굴러다닌다는 게 이상하게 여겨졌다. 중장비들이나 덤프트럭 같은 것은 워낙 튼튼하게 만들어졌으니까 그렇다 하더라도 일반 승용차들이 견뎌내는 것이 용하기만 했다. 그런데 알고 보니 그 승용차들은 이곳 폭염에 끄떡도 하지 않는 차종들이었다. 처음에 와서 보니 한국에는 몇 대 있지도 않은 벤츠와, 아예 구경할 수도 없는 볼보라는 값비싼 승용차들만 달리고 있었다. 세계적으로 유명한 그런 차들을 보면서 그만 비위가 상하고 말았다. 땅속에서 거저 솟는 석유로 떼돈을 벌어 펑펑 잘도 써대고 있구나 하는 반감이 일어났다. 그러나 그건 사치도 낭비도 아니었다. 국산 포니 같은 차들은 여기 와서 몇 달 견디지 못하고 폐차가 되고 만다는 것을 알았다. 벤츠나 볼보 같은 차는 열에 강하고 고장이 없고 성능이 좋으니 길게 보면 오히려 싼 차들인 셈이었다.

문태복은 기계적으로 포크레인을 조작하며 딴생각을 하고 있었다. 무더위를 이겨내고 시간이 빨리 흘러가게 하는 데는 그것이 제

일이었다.

아들일까, 딸일까……. 기왕이면 아들이 좋은데. 아니지, 꼭 아들이어야지. 딸, 그거 키워봤자 시집가 버리면 말짱 헛것 아닌가. 그것처럼 밑지는 장사가 없다니까. 시집가서 말썽 없이 잘살기나 하면 모르겠는데 사내놈이 주색잡기로 속이나 썩이고, 얻어터져 피멍든 얼굴로 친정에 와봐. 아이구, 분하고 열통 터져서 그걸 어쩌지? 사위놈을 박살낼 수도 없고……. 좌우지간 딸은 안 돼. 아들을 낳아야 해. 어쨌거나 내가 떠나오면서 바랐던 대로 아내가 떡하니 임신을 했으니까 또 내가 바라는 대로 되겠지…….

문태복은 주색잡기라는 걸 생각하자 마음이 찔끔해졌다. 주·색은 자신이 별로 좋아하지 않는 데다 여기서 엄하게 금하고 있으니 탈날 게 없지만 잡기가 문제였다. 물론 노름도 못하게 주의시키고 감시했다. 그러나 열 눈이 한 도둑 못 지키더라고 눈치껏 요령껏 밀주를 담가먹고 있는 것처럼 가지가지 방법으로 노름판도 벌어지고 있었다. 비행기를 타면서 화투짝에 다시 손대면 사람새끼가 아니라고 단단히 결심했지만 그 노름판을 외면하기란 무던히도 힘들었다. 거기에 이끌리고 휘둘리는 마음이란 한창 배고플 때 맡는 불고기 냄새였고, 불볕 속에서 목이 타며 그리워해야 하는 냉차였다. 월남에서 노름에 빠져 헛고생해 버린 것을 생각하며 이를 앙다물고 손가락을 깨물기도 했다. 그런데 꼭 무슨 병처럼 전신이 스멀스멀하고 손가락들이 간질간질하며 마음이 동하는 것을 참아내기란 참으로 어려웠다. 근로자들 수중에 아예 돈이 없으면 노름판이 생겨나지도 않았을 텐데 누구나 돈을 지니고 있는 것이 문제였다. 하루 여덟 시간 노동을 해서 받은 임금은 전액 집으로 보내졌지만 야근비는 본인들에게 직접 주기 때문에 돈을 갖지 않은 근로자는 없었다. 생활하다 보면 이런저런 잡비가 필요하니까 회사에서 그 돈까지 송금시킬 수가 없었고, 근로자들도 그러기를 바라지 않았다. 모처럼의 휴일에는 그 돈을 쓸 일이 많았다.

그런데 아내가 임신을 알려왔던 것이다. 노름을 하지 말아야 될 이유는 더욱 분명해졌다. 아내도 편지마다 태어날 아기의 이야기 끝에 화투에 손대지 말라고 조심스럽게 쓰고 있었다. 그동안 가까스로 참아내 왔지만 노름에 대한 그 근질거리고 금방 돈을 몰아잡을 것 같은 유혹을 완전히 떼치지 못하고 있었다.

문태복은 얼굴 양쪽으로 늘어진 수건으로 이마의 땀을 훔쳤다. 점심때가 가까워지면서 백광은 이글거리고, 더위는 화끈화끈 끼쳐오고, 땀은 쉴새없이 흐르고 있었다. 사우디아라비아 사람들이 해가 지면서부터 시장을 보러 나오고, 밤놀이가 많고, 결혼식도 밤에 하는 것은 하나도 이상할 것이 없었다. 한낮의 폭염을 피하기 위함이었다. 그 땅의 사람들도 몸 사리며 조심스러워하는 불볕 속에서 한국사람들은 정면으로 맞서며 중노동을 하고 있었다.

눈부신 햇살 속에 아롱아롱하는 기운이 느껴지는 저 멀리 낙타 열서너 마리가 느릿느릿 움직이고 있었다. 문태복은 가늘게 뜬 눈으로 그 낙타들을 바라보았다. 그의 눈길은 새끼낙타 두어 마리에 박혀 있었다. 거리가 멀어서 새끼들은 더욱 작아 보였다. 짐승들도

새끼들을 낳아 저렇게 데리고 다니며 책임지고 기르는데……. 그
는 절대로 노름을 하지 않으리라 생각하며 어금니를 물었다.

낙타는 거의가 갈색이었다. 그러나 검은 것도 서너 마리였다. 처음
에 검정 낙타를 보고 놀랐었다. 동물원이나 영화에서 본 것과 너무
달랐던 것이다. 그런데 검정 낙타를 가까이에서 보니 흑갈색이었고,
거리가 멀어지면 까맣게 보였다. 아주 드물게 하얀 낙타도 볼 수 있
었다. 하얀 낙타가 태어나면 그 집안의 경사로 친다고 했다.

문태복은 새삼스럽게 끝 간 데 없이 펼쳐진 광활한 황무지를 둘
러보았다. 드문드문 모래언덕이 붕긋하게 솟아 있는 그 거친 땅에
는 아무것도 사는 것이 없을 것 같았다. 그런데 방목되고 있는 낙
타들은 먹이를 찾아 불볕 속을 느리게 움직이고 있었다. 모래도 아
니고 흙도 아닌, 그 중간쯤인 황무지에는 낙타들의 먹이인 가시풀
헤나가 드물게 나 있었다. 그리고 전갈에서부터 들쥐, 도마뱀, 뱀,
토끼, 고양이, 여우, 너구리, 오소리, 들개, 들비둘기 같은 것들도 많
이 살았다. 한국에서는 사우디아라비아를 '열사의 땅'이라고 하지
만 모래뿐인 사막은 따로 있어서 근로자들도 쉽게 구경할 수가 없
었다.

"점심시간이다, 점심!"

십장의 외침에 따라 조원들은 와아 외치며 중장비에서 뛰어내
렸다.

옷이 땀에 흠뻑 젖어버린 그들은 앞다투어 그늘집으로 뛰었다.
배식차가 음식통들을 내리기 시작했다. 시간 낭비를 막기 위해서

점심은 현장으로 배달하고 있었다. 여기저기 그늘집에 빼꼭히 둘러앉은 그들은 아까 간식을 먹을 때와는 달리 전혀 말을 하지 않고 밥먹기에만 바빴다. 짧은 시간에 밥을 먹어치운 그들은 곧바로 그늘집 바닥에 눕기 시작했다. 한 시간 동안인 점심시간에 1분이라도 더 자려는 것이었다. 그들은 눕기가 바쁘게 잠이 들었다, 여기저기서 코를 골기 시작했다. 검고 메마른 그들의 얼굴은 마치 중병이라도 든 것 같았다.

건기의 한낮 폭염을 피하기 위해 아침 일찍 일을 시작했기 때문에 그들의 낮잠시간은 한 시간이 더 늘어나 있었다. 그런 시간 조정은 작업 능률을 높이려고 소장과 그 아래 공사부장이 건기와 우기에 따라 정했다. 그런 결정에 근로자들은 별다른 불만 없이 따랐다. 어차피 사생활이라고는 없는 형편에 지독한 무더위 피해가며 일하는 게 그런대로 괜찮았던 것이다. 11월부터 2월까지의 우기에는 기상시간도 점심시간도 정상으로 되돌아갔다. 그러나 우기라고 해서 비가 우리의 장마철처럼 많이 오거나 기온이 큰 차로 떨어지는 것도 아니었다. 비가 전혀 없다시피 하는 건기에 비해 좀 자주 내린다는 것이었고, 기온은 한낮에 35도이기 예사였다.

"기상, 기상! 빨리 일어나요, 빨리!"

기사가 막대기로 그늘집 기둥을 치거나 시멘트바닥을 두들기며 소리치고 다녔다.

"어이 씨팔, 시간 잘못 본 것 아니여."

"좆이나, 원수가 따로 없어."

"니기미, 비행기에서 막 내리는 참이었는디."

근로자들은 언제나처럼 몸을 굼뜨게 일으키고 눈을 비벼대며 나오는 대로 욕을 해대고 있었다.

"씨팔, 나도 모르겠소. 사우디 취침시간은 왜 이리 잘 가는지."

대학 나온 기사도 거친 노가다판에 익숙해지며 입에 붙게 된 욕을 예사로 내뱉으며 대꾸했다. 기사들의 그런 상스런 말투는 자기도 모르게 물든 것이기도 했고, 근로자들을 다루려다 보니 그렇게 거칠게 변하기도 했다. 군대생활을 거치면서 학벌에 상관없이 누구나 욕을 잘하게 되는 것이나 마찬가지였다.

"오늘 야근은, 아침에 말한 대로 백일잔치가 있는 날이니까 오후 5시부터 두 시간만 합니다."

기사가 손나팔을 대고 알렸다.

"써비스타임은 얼마 쳐줘요?"

누군가가 소리쳐 물었다.

"몰라서 물어요? 두 시간일 때는 그런 것 없잖소."

근로자들은 더 말이 없이 일을 시작하기 전에 물을 양껏 들이켜고 있었다. 하루 여덟 시간 노동이면 7시부터 일을 시작했으니까 그들의 일과는 3시에 끝나야 했다. 그런데 야근은 5시부터라고 했다. 두 시간을 건너뛴 것이다. 그러나 그건 계산 착오가 아니었다. 점심을 겸한 낮잠 자는 두 시간을 제외한 것이다. 알짜로 노동한 시간만을 따져 시급을 임금 단위로 삼는 계산법이었다.

야근을 하지 않는 날은 거의 없었다. 날마다 네 시간을 하는 것은 예사였고, 많을 때는 여섯 시간도 했다. 야근을 네 시간 할 때에는 '서비스타임'으로 한 시간을 덤으로 더 계산해 주었고, 여섯 시간을 할 때에는 두 시간이 덤으로 얹어졌다. 그리고 시간당 임금 계산도 낮 시간의 150퍼센트였다. 최대한 공기 단축을 하는 것이 목적인 회사에서는 그런 조건들로 야근을 유도했고, 일과가 끝나도 도시에서 수백 리씩 떨어져 있는 숙소에서 마땅히 할 일이 없는 근로자들로서는 그런 호조건을 마다할 수 없었다. 해가 진 다음의 야근은, 회사로서는 낮에보다 작업 능률이 더 잘 올라 좋았고, 근로자들로서는 더위가 가서 일하기 편해 좋았다.

그렇게 야근이 계속되다 보면 근로자들의 야근 수입은 월급을 맞먹기가 예사였고, 어떤 때는 월급보다 많아지기도 했다. 근로자들이 그 돈을 가장 많이 쓰는 때가 한 달에 두 번 정도 단체로 도시에 나갈 때였다. 그들이 앞다투어 장만하는 살림살이는 녹음기 겸용인 일제 트랜지스터였다. 일본의 그 전자제품회사들이 벌어가는 돈이 한국 건설회사들이 공사해서 버는 돈보다 더 많다고 소문 날 지경이었다. 그 다음에 사드는 것이 카메라였다.

날마다 그렇게 야근을 하니까 공기는 엄청나게 단축되었다. 그러나 그것이 감리를 맡은 외국인과의 사이에서 말썽이 되고는 했다. 사우디아라비아는 영국과의 오랜 관계로 공사의 감리를 거의 영국 회사들에 맡기고 있었다. 민주주의와 원리원칙을 자랑으로 삼는 영국사람들에게 날마다 야근을 해대는 것이 이해될 리 없었고, 공기 단축이란 더구나 해괴한 일이었다. 그래서 영국 감리들은 왜 그

렇게 일을 빨리하느냐고 막았고, 공사부장이나 기사들은 공사의
부실 여부만 감리하면 됐지 부실공사가 아닌 한 일을 빨리하는 거
야 능력 아니냐고 맞서는 시비가 벌어졌다. 그러는 한편으로 소장
선에서 감리자를 한국식으로 녹이는 일도 병행되었다.

공기 단축이란 공사비를 절감하는 이익만 있는 것이 아니었다.
다른 공사를 그만큼 빨리 맡게 될 뿐만 아니라, 더 크게는 사우디
아라비아에 도로를 예정보다 앞당겨 사용할 수 있게 해 능력을 인
정받고 신뢰를 얻는 길이었다. 어느 나라 어느 사회에서나 그렇겠
지만, 특히 알라신의 가르침에 따라 모든 사람들을 인종 차별 없이
'형제'로 대하려고 하는 사우디아라비아에서 신뢰를 얻느냐 못 얻
느냐 하는 것은 장래의 사업을 좌우하는 결정적 영향을 끼쳤다. 이
슬람교의 율법에 따라 강간과 도둑질은 가차없이 공개 극형에 처
하고 있었다. 그래서 사우디아라비아는 사람들이 편히 살 수 있도
록 보안이 세계 제일로 보장된 나라이기도 했다. 그런 나라에서 눈
속임을 하는 부실공사는 용서받을 수 없는 사기였고, 사기는 바로
도둑질과 동류로 취급되었다. 또한 감리를 전문으로 하는 제3국 회
사들의 철저함으로 부실공사란 엄두도 낼 수가 없었다.

한국 회사들은 거의 다 3~4년 동안에 사우디아라비아 정부가
만족할 만큼 신뢰를 얻고 있었다. 그리고 이 나라 사람들이 '한국
사람들은 사람이 아니다' 하는 감탄을 하도록 만들었다.

"꼬리들은 어렵고 힘든 일을 대낮에도 하고, 밤중에도 하고, 휴
일에도 한다. 그렇게 열심히 일하고, 빨리하고, 잘하는 사람들은 꼬

리들뿐이다. 꼬리들은 사람이 아니다."

이러한 신뢰는 처음 얼마 동안 품었던 의심스러움을 일소한 것이기도 했다. 사우디아라비아 사람들 사이에는 처음 얼마 동안 한국 근로자들을 놓고 불안한 소문이 떠돌았다.

"한국 근로자들은 너무나 이상하다."

"무기만 안 들었을 뿐이지 그들은 다 군인이나 마찬가지다."

"그들이 언젠가 우리를 해칠지도 모른다."

그들이 그런 의심과 불안을 품게 된 것은 괜한 것이 아니었다. 안전모에서 작업복, 작업화, 가방까지 똑같이 통일된 데다, 공항에 내리자마자 일사불란하게 도열하며 앉아번호를 외치고, 가까운 작업장에 나갈 때는 질서정연하게 행렬을 짓고 했으니 한국 근로자들이 군인처럼 비치고 오해를 받은 것은 너무나 당연한 일이기도 했다.

뒤늦게 대사관에서는 각 회사에 너무 군대처럼 표나게 하지 말라는 통고를 했고, 어느 회사에서는 마치 군대 표식처럼 보이는 어깨의 십자(+) 안전제일 마크를 떼내기도 했다. 그러나 회사마다 도입하고 있는 군대식 통솔은 조금도 달라지지 않았다.

"우리는 경부고속도로를 세계에서 가장 값싸게, 가장 빠르게 뚫는 기적을 창조했습니다. 그 기적을 일으킨 힘은 무엇이었습니까. 그건 바로 군대식 돌관작업의 효과였습니다. 우리는 '하면 된다'는 사실을 거기서 입증했고, 확인했습니다. 우리가 외국 회사들과 경쟁해서 이 사우디에서 살아남는 것, 그건 바로 경부고속도로 건설에서 발휘했던 그 돌관작업의 정신을 다시 발휘하는 것뿐입니다.

우리는 돌관작업의 정신을 거침없이 발휘하여 이 사우디에서 제2의 기적을 이루어냅시다!"

사우디아라비아 사람들의 신뢰에 고무된 소장이나 공사부장들은 시시때때로 이런 내용의 훈시를 하며 근로자들을 격려하고 몰아붙이고 있었다. 저마다 '1년 고생하면 집 한 채를 상만할 수 있다'는 꿈을 지니고 있는 근로자들은 몸을 사리지 않고 그런 통솔에 순응하며 날마다 팥죽땀을 흘리고 있었다. 만약 일들을 게을리해 공사 계약기간을 어기게 되면 지체배상금을 물어야 했다. 그렇게 되면 적자는 말할 것도 없고 회사가 망할 수도 있었다. 그런 조건 때문에도 관리자들이나 근로자들은 돌관작업이란 수레바퀴에 실려 돌아가지 않을 수가 없었다.

하루 일을 마치고 돌아온 그들은 백일잔치로 흥겨워졌다. 저녁을 겸한 백일잔치는 식당이 좁아 운동장처럼 넓은 숙소의 마당에서 벌어졌다. 임자 없는 불모지에 맘껏 넓게 울타리를 친 숙소의 한쪽 끝에서 발동기가 일으키는 전기는 차츰 진해지고 있는 어둑발을 불사르고 있었다.

"오늘 백일잔치상을 받게 된 여러분들께 축하를 드립니다. 앞으로도 건강하게 더욱 열심히 일해 주시기 바랍니다."

소장의 축하의 말에 400여 명은 일제히 박수를 쳤다. 앞에 줄 서 있던 100여 명은 박수를 치는 고참들을 향해 허리 굽혀 인사했다.

백일잔치란 새로 사우디아라비아에 온 근로자들이 무사하게 100일을 견디어낸 것을 축하해 주는 잔치였다. 갓난애의 백일을 축하하듯 이곳의 혹독한 더위와 쉴새없는 중노동에 어느 정도 적응력이 생겨 한 고비를 넘긴 것을 축하하는 거였다. 그러나 이 잔치는 신참들을 위한 것만이 아니었다. 그건 일종의 단합대회였고 기분 전환의 자리였다. 백일잔치를 차리는 것에 맞추어 이곳의 체류 햇수를 따지는 데도 몇 년, 몇 년이 아니라 몇 살, 몇 살이라고 했다.

"햐아 이거, 쇠고기 안주가 아깝네."

"그러게 말야. 쐬주 한잔 카악 했으면 얼마나 좋아 그래."

"오늘 밤 싸대기 돌겠지?"

"이 사람아, 입조심해. 저치들 들으면 될 일도 안 돼. 재수 옴 붙게시리."

"저치들도 다 알면서 눈감고 있는걸 뭐."

"이런 얼띤 사람 봤나. 우리가 쉬쉬할 때 눈감아줄 수 있는 거지 떠들어대는데도 눈감아줄 수 있어? 긁어 부스럼이란 말 몰라?"

"그럼, 그 말이 맞지. 괜히 노무과놈들 설치게 해선 안 돼."

몇몇 근로자들이 아침에 잡은 쇠고기 요리를 먹으며 수군거렸다. 그들이 말하는 '저치들'이란 관리를 맡고 있는 본사 직원들이었고, '싸대기'란 밀주의 은어였다.

저녁을 마치고 여흥시간이 되었다. 으레 그렇듯 한국사람들이 가장 손쉽고 간편하게 벌일 수 있는 여흥이 노래자랑이었다. 노래 부르기 좋아하는 사람들이 차례로 마이크를 잡았다. 그들이 열창해 대는 노래는 한결같이 고향을 그리워하는 슬픈 노래였다. 그러나 청중들의 반응은 그저 무덤덤하게 가라앉아 있었다. 그건 일에 지쳐서도 아니고 슬픔에 잠겨서도 아니었다. 술을 마시지 않은 맨숭맨숭한 기분으로 흥이 날 리 없었다. 여흥시간은 30분 정도에서 끝났다.

"다시 한 번 여러분의 백일을 축하합니다. 오늘 밤도 내일 일에 지장이 없도록 일찍 자고 일찍 일어나기 바랍니다. 오늘 밤에는 노무과의 순찰이 강화될 것임을 미리 알립니다. 내일부터는 새로운 기분으로 더욱 열심히 일해 주시기 바랍니다."

소장의 잔치 끝말이었다. '순찰이 강화'된다는 말은 밀주 마시는 것을 단속하겠다는 엄포였다. 그 말은 줄곧 듣는 것이라 근로자들은 무감각하게 귓등으로 들어넘겼다.

근로자들은 자기네 막사로 흩어지기 시작했다. 그들의 작업화가 땅을 차며 울리는 소리들이 둔중하고 슬픈 음악처럼 어둠 속에서 퍼지고 있었다.

"문 씨, 오늘 포도 사왔어요."

박창식이 문태복의 옆으로 바짝 다가서며 속삭였다.

"아, 그래요? 마침 잘됐소. 오늘 밤에 한 통 비우면 새로 담가야 하니까."

문태복이 밝은 소리로 대꾸했다.

"그럴 줄 알고 농장 찾아갈 시간 빼느라고 죽을 똥 쌌어요."

"수고했소. 이따가 12시쯤 옮깁시다."

"예. 근데, 문 씨는 연장 근무 결정했어요?"

"글쎄……? 오늘도 생각해 보긴 했는데 아직 어째야 좋을지 모르겠소. 돈은 탐나는데 1년 더 썩을 것을 생각하니 지긋지긋하고 치떨리고……."

"그러니까 일이 좀 덜 힘드는 자리로 옮겨요. 우리 기에서 절반이 돌아간다고 치면 자리가 많이 빌 거고, 미리 총무과에 손쓰면 맘에 드는 자리로 옮기는 거야 쉽잖아요."

"그럼 박 씨는 연장을 결정했다 그거요?"

"아니지요. 마음은 있지만 문 씨가 결정을 해야 나도 하지요. 혼자 어떻게 떨어져 있어요."

"알겠소. 좀더 생각해 봅시다."

"댓돌에 신발 두 개 있을 때 돈 벌라는 말이 있잖아요. 여기가 고약스럽긴 해도 목돈 잡기로는 이보다 좋은 데가 없거든요."

문태복의 가려운 데를 살살 긁는 박창식의 말은 은근했다.

근로자들의 계약기간은 1년이었다. 그러나 말하기 쉽게 1년이었을 뿐 사실은 9개월이나 10개월에서 재계약 여부가 결정되었다. 1년을 근무하면 자동적으로 퇴직금을 받게 되어 있었다. 임시직들에게 퇴직금 주는 것을 피하기 위해 대부분의 회사들은 12개월을 다 채우지 않는 방법을 썼다.

현장 관리자들은 현재 일하고 있는 근로자들과 재계약을 하려고 애를 썼다. 현지에 적응된 경험자인 그들을 많이 잡아둘수록 그만큼 이익이었던 것이다. 새 사람들을 뽑는 것도 번거로울 뿐만 아니라, 그들이 현장에 익숙해지기까지 자칫 잘못하면 공사의 차질을 빚을 수도 있었다. 문태복과 함께 온 사람들은 슬슬 불기 시작하는 재계약바람을 타고 있었다. 그들에게 연장을 권유하는 것은 기사와 십장들이었다. 그들이 제시하는 연장 혜택은 주로 세 가지였다. 시급을 10센트씩 더 쳐주고, 20일 휴가를 보내주며, 휴가갈 때 항공료를 대주겠다는 것이었다. 회사에 따라 항공료는 편도이기도 했고 왕복 요금이기도 했다.

그 많은 근로자들이 줄지어 선 막사로 빨려들어 가면서 규모 큰 숙소는 밤의 정적에 잠겨들었다. 막사마다 불이 꺼져버려 잔치치고는 싱거운 뒤끝이었다. 근로자들은 낮잠에 녹아들었던 것처럼 이내 잠이 들었다.

잠자리에 들지 않은 사람들은 정문의 경비실에 있는 노무과 직원들 뿐이었다. 현장 사무실에 노무과가 있고, 정문에 경비실이 설치된 것은 도둑을 지키자는 것이 아니었다. 도둑이라고는 없는 사우디아라비아에서 그런 것이 필요한 것은 근로자들의 규율을 잡기 위해서였다. 근로자들의 숙소 이탈, 주먹 다툼, 밀주 제조, 노름판 같은 것들을 막고 감시하는 것이 그들의 업무였다. 노무과장들은 대개 ROTC 같은 장교 출신들이 많았고, 그 아래 직원들은 중·상사 출신들이 많았다. 근로자들은 모든 면에서 자기들을 너무 차별하는 탓에 사무실 직원들에게 감정이 좋지 않았다. 그중에서도 노무과 직원들을 특히 싫어했다.

노무과 직원들은 두 사람씩 짝지어 30분 간격으로 넓은 숙소의 순찰을 돌았다. 두 번, 세 번 돌아도 모든 막사는 깊게 잠들어 있었다. 그들은 두 시간을 채우고 순찰을 마쳤다. 일에 지친 근로자들은 깊이 잠들어 무슨 일이 일어날 리 없었고, 그들도 더위에 지쳐 피곤했던 것이다.

노무과 직원들이 잠이 드는 그 시간 어림해서 근로자들은 서로 흔들어 깨우며 잠에서 깨어나고 있었다. 그들은 불을 켜기 전에 조심조심 창문들을 가렸다. 불이 켜지자 그들은 소리 없는 발끝걸음으로 잽싸게 움직이기 시작했다. 몇 사람이 구석의 2층침대로 올라가 천장을 뜯어냈다. 그 합판 쪽은 이미 뜯어져 감쪽같이 은폐되어 있는 거였다. 천장 속으로 두 사람이 올라가고, 뒤이어 아래 사람들이 무엇인가를 받아내렸다. 그건 절반이 잘린 드럼통이었다.

무겁게 느껴지는 드럼통이 막사의 가운데 통로에 조심스럽게 놓였다. 그리고 위에 덮힌 비닐을 벗겼다. 그순간 붉은 액체와 함께 술 냄새가 확 풍겼다. 드럼통을 에워싸고 있던 근로자들이 팔을 뻗쳐올리며 소리없는 함성을 지르고, 코들을 큼큼거리고 했다.

"자아, 오늘은 백일잔치니까 백일 맞은 신참들부터 권하는 게 순서겠지. 백일 애기들 앞으로 나오슈."

두 살짜리 왕고참이 말했다.

여섯 사람이 쭈뼛거리며 앞으로 나섰다. 왕고참이 포도로 담근 밀주를 휘저어 여섯 사람에게 술을 따라주었다.

"어째, 오줌들은 잘 나오슈?"

왕고참이 여섯을 둘러보며 물었다. 그들은 쑥스럽고 부끄러워하며 '예'라고 대답했다.

"여기선 오줌 잘 나오는 게 최고야. 그 병에 걸려 좆대가리 끝이 묵지그리하면서 오줌이 찔찔거리면 그거 골치야. 이 싸대기에는 그 병 예방하는 약까지 들었으니까 기분 좋게 쫙들 비우슈."

왕고참이 오줌 잘 나오냐고 물은 것은 신참들에게 보이는 고참들의 공통된 관심의 표현이었다. 이 땅의 물에 석회석이 너무 많이 섞여 있어서 요로결석중 환자들이 꽤나 생겨나고 있었기 때문이다. 그런데 밀주에 요로결석증을 예방하는 약이 들었다는 것은 좀 황당한 얘기였다. 밀주를 담글 때 머리 아픈 것을 막으려고 마이신을 타는데, 그 약효로 오줌이 잘 나오기는 했지만 요로결석증 자체를 예방하는 것은 아니었다.

신참들이 잔을 비우자 술잔은 기다리고 있던 사람들에게로 빠르게 돌기 시작했다. 술을 마다하는 사람은 하나도 없이 그들은 보통 포도주와는 달리 독한 밀주를 잘도 마셔댔다. 술을 담글 때 일부러 이스트를 많이 넣기 때문에 밀주의 도수는 높았다.

밀주는 대개 세 가지 과일로 담갔다. 포도, 사과, 오렌지는 사우디아라비아에 1년 내내 있으니까 재료 부족은 전혀 느끼지 않았다. 그 과일들에 이스트와 설탕, 물을 약간 넣고 버무린 다음 절반으로 자른 드럼통을 밀봉해서 땅속에다 묻었다. 가스를 뽑아내는 대롱만 살짝 땅 밖으로 나오게 해서 위장을 하기 때문에 노무과에서 아무리 눈에 불을 켜도 찾아낼 수가 없었다. 날씨가 더운 탓으로 1주일이면 드럼통의 것들은 완전한 술로 익었다. 재료가 조달되는 것에 따라 술은 포도주, 오렌지주, 사과주로 달라졌다.

그 밀주는 언제부턴가 '싸대기'라고 불려지고 있었다. 그 이상한 이름은, 처음에 밀주를 만들어 먹다가 들켜 귀싸대기를 얻어맞았기 때문에 그렇게 붙여진 것이라고 했다. 그러나 그 사연이 꼭 정확한 것은 아니었다.

그들은 사흘거리로 싸대기를 마시며 고단한 생활을 이겨가고 있었다. 싸대기를 만드는 과일들을 대는 일은 물차 운전수들이 맡고 있었다. 차를 몰고 장거리를 오가는 그들은 수시로 과일 농장에 접근하기가 쉬웠던 것이다. 물차 운전수들이 열심히 과일을 조달하는 것은 도둑술 마시는 재미 때문만이 아니었다. 그건 그들에게 부수입이 생기는 일이기도 했다. 그들은 과일을 사다가 이익을 남겨팔았고, 돈을 내는 쪽에서는 그걸 당연한 것으로 생각했다. 서로 돈벌이를 위해 고생하고 있는 이곳에서는 모든 행위에서 시장 원리가 철저하게 지켜지고 있었다. 과일값이며 다른 재료값은 막사의 인원 전체가 균일하게 추렴을 했다.

소장 이하 관리직원들은 근로자들이 밀주를 담그는 것을 모르지 않았다. 겉으로는 술 엄금을 외치고, 노무과에서는 가끔 적발도해서 주모자에게 며칠 일을 못하게 하는 처벌도 했지만, 어느만큼 묵인하고 있기도 했다. 오락이라고는 아무것도 없는 생활 속에서 혹독한 더위와 중노동에 시달리는 근로자들에게 몰래몰래 마시는 한잔 술마저 완전히 금해버린다면 무슨 낙이 있을 것이며, 그 불만이 쌓여 어떤 일이 벌어질지 모를 일이었다. 만약 도시가 가까워 밀주를 마시고 시내에 나갔다가 경찰에 걸릴 위험이 있다면 미리 단속을 철저히 안 할 수가 없었다. 그러나 이곳은 도시에서 수백 리 떨어진 허허벌판이었고, 몰래 한잔씩 마시고 잠이 들 뿐이었다.

"이 통을 또 채워야 할 텐데?"

왕고참이 바닥나기 시작하는 드럼통을 쳤다.

"예, 박 씨가 포도 사왔다고 했어요. 곧 가지고 올 건데요."

문태복이 얼른 대꾸했다.

"좋아, 좋아. 박 씨가 눈치 빨라 좋아."

왕고참이 홍겹게 고개를 끄덕였다.

35

마주보고 달리는 기차

"이건 얼마 전에 일본 신문에 난 건데 말야, 남과 북은 극단적으로 대립하면서 그걸 서로 이용하고 있다는 거야."

술기운이 얼굴에 벌겋게 퍼진 윤 기자가 새로운 화젯거리로 관심을 끌려는 듯 불쑥 말했다.

"그게 무슨 소리지? 서로 뭘 어떻게 이용해?"

다른 신문의 김 기자가 맥주잔을 입으로 가져가다 말고 의아스럽게 윤 기자를 쳐다보았다. 나머지 세 기자들도 직업의식이 발동한 눈길을 한데 모았다.

"무슨 소리긴. 척하면 알아들어야지. 남북이 서로 잡아먹을 듯이 치열하게 대치하는 건 딴 속셈이 또 있다 그거지. 겉으로는 이념 대립인데 속으로는 그걸 서로의 체제 유지에 이용해 먹고 있다 그거야."

모두의 관심이 자신에게 쏠린 것이 만족스러운 듯 윤 기자는 거드름을 피우며 말했다.

"그거 좀 알아듣기 힘든 이상한 소리네?"

또다른 신문의 강 기자가 고개를 갸웃하며 담배를 뺐다.

"아니, 그거 꽤 일리 있고 심각한 말 같은데? 그러니까, 양쪽에서 서로 대립을 격화시켜 가면서 위기감을 조성시키고, 그 위기감으로 국민들을 위협해 자기네 독재정권을 유지시켜 나간다는 그런 뜻 아닌가?"

이경열 기자가 푹신한 의자에서 등을 떼며 말했다.

"역시 내 말을 제대로 알아듣는 사람이 있군 그래. 그런 비판적 시각을 어떻게 생각해? 제3자의 입장에서 보아 그런지 예리하고 날카롭지 않아?"

윤 기자가 술잔을 들며 좌중을 둘러보았다.

"그거 참 아슬아슬하네. 유비통신 단속에 딱 걸리기 좋은 말이잖아."

또다른 신문의 송 기자가 미간을 찌푸리며 말했다. '유비통신'이란 사실은 사실인데 신문에 보도되지 못하고 기자들 사이에서만 떠돌아다니는 소식을 말했다.

"글쎄 말이야. 아주 중요하고 핵심을 찌르는 말 같기는 한데, 저쪽에서 들으면 당장 난리나겠는데."

강 기자가 어깨를 떠는 시늉을 했다.

"이런, 명색이 기자가 돼가지고 무슨 겁들이 그리 많아. 이런 독방에서 우리끼리 그런 얘기 못하면 어디서 해. 신문에 쓰진 못하더라도 알 건 똑바로 알고 있어야지."

순간적으로 긴장하는 분위기를 풀려는 듯 윤 기자가 기를 세웠다.

"맞어. 그런 건 우리가 미처 깨닫지 못했던 문제잖아. 현실을 직시하기 위해서 이런 기회에 구체적으로 알아둘 필요가 있어."

이경열 기자가 술기운 불콰한 얼굴에 어울리지 않도록 사뭇 진지한 표정으로 허리를 꼿꼿이 세웠다.

"글쎄, 그렇기는 한데. 윤 형은 그 신문 직접 봤어?"

김 기자가 술잔을 들며 물었다.

"지금 정신 있어 없어? 《타임》지고 《뉴스위크》고 조금만 정부 비판하는 기사는 먹통을 만들어버리거나 아예 찢어 내버리는 것이 언젠지 몰라서 그렇게 물어? 우리 특파원이 잠깐 들어왔다 나가는 길에 흘린 말이지."

"그럼 위기 조성이란 구체적으로 뭘 말하는 거지?"

송 기자가 맥주를 한 모금 마시고 나서 윤 기자를 쳐다보았다.

"아, 그걸 꼭 말해야 돼? 비일비재한 간첩 남파는 그만두고 큰 사건들만 꼽아도 숱하잖아. 거 김신조 사건에서부터 울진 무장공비 침투, 어린 이승복을 살해한 무장간첩 사건이며, 최근 몇 년 사이에 잇따라 발견되는 땅굴들까지 쉴새없이 터지고 있잖아. 그럴 때마다 이쪽에서는 어떻게 됐어? 반공, 반공이 강화되면서 김일성이 곧 쳐내려오는 것 같은 위기가 조성되고, 세상사람들은 또 전쟁이 나선 안 되지 하며 꼼짝 못하고 움츠러들곤 했잖아. 어쨌거나 김일

성한테 맞설 수 있는 강력한 대통령이 필요하다고 생각하면서 말
야. 이만하면 이해가 돼?"

윤 기자는 술기운에 실려 빠르고 거침없이 말하며 동료들을 둘
러보았다.

"그래, 그거 참 명쾌한 지적이야. 그런 사건이 디질 때마다 이쪽
에서 '때려잡자 김일성'을 외쳐대면 저쪽에서는 그걸 받아가지고
미국과 남쪽이 쳐올라올 거라고 위기를 조성해 대고 말야."

이경열이 동조하고 나섰다.

"그렇다니까, 바로 그거야. 겉으로는 적대적으로 대립하면서 속
으로는 서로를 이용하는, 아주 교묘하고도 고단수 정치 술책인 거
야. 참 어이없고 기막히지 않아?"

윤 기자는 좌중을 휘어잡은 만족의 표시인 듯 맥주잔을 단숨에
비우고 잔을 이경열 기자에게 건넸다.

"그럼 말야, 양쪽에서는 무슨 내통이라도 하는 건가?"

강 기자가 담배를 빨며 눈을 껌벅거렸다.

"이런, 답답하긴. 꼭 내통을 해야 되나? 이심전심이란 말 몰라?
서로 필요하니까 내통 없이도 정구 치듯 주거니 받거니 잘들 이용
해 먹고 있는 거지."

"누가 알아. 7·4공동성명이 나오기 전에 이후락이나 박성철이
휴전선을 넘어 왔다갔다 했을 줄 누가 꿈에라도 생각했었나?"

김 기자가 뚱하게 말하며 술잔을 들었다.

"겉으로는 대결하면서 속으로는 서로 이용해 먹고 있다. 그걸 한

마디로 줄여서 뭐라고 해야 되나? 하여튼 그게 사실이라면 끔찍하고 한심한 일인데, 아무것도 모르고 속고 있는 양쪽 국민들만 불쌍하군."

송 기자가 끌끌끌 혀를 찼다.

"아이구, 그런 골치 아픈 얘기 그만하고 어서 술들이나 마셔. 우리가 그런 얘기 심각하게 한다고 고쳐지는 것도 아니고 애국자 되는 것도 아니니까 술자리에서는 그저 와이당이 최고야. 자아, 잔들 쭉 비워."

강 기자는 술잔을 치켜들었고,

"맞는 말씀. 술자리의 영원한 안주 와이당! 어디, 강 기자가 쌈빡한 것 한번 해봐."

김 기자가 맞장구를 쳤다.

사흘이 지나 이경열은 자기네 신문사에 출입하는 김을 호텔방에서 만났다.

"이 일은 절대 비밀이 지켜져야 합니다."

핏기 없이 얼굴이 굳어진 이경열은 또 다짐을 했다. 담배를 든 그의 손끝이 가늘게 떨리고 있었다.

"염려 말라니까. 우리가 자넬 더 보호해야 돼. 정보원(情報源) 하나가 노출되어 버리면 우리 손실이 얼마나 큰지 알아? 내 생명 지키듯 자넬 보호해 줄 테니까 아무 걱정 말고 일을 얼마나 산뜻하게 처리하는지나 구경해."

40대 중반의 김은 여유롭게 이경열의 어깨를 두들겼다.

"윤 기자를 제외하면 네 사람밖에 안 돼서……."

"이런 사람하고는. 세 사람밖에 안 돼도 누가 그랬는지 전혀 모르게 깜쪽같이 해치우는 수가 다 있어. 우리 전문가들을 믿고 푹 안심해. 그런데……, 이 기자한테는 어떻게 보답해 줄까? 까놓고 말해서 뭔가 바라는 게 있지 않겠어? 우리 단둘이 하는 말은 영원한 비밀이니까 솔직하게 말해."

김은 낮고 은밀하게 소곤거렸다. 단둘이뿐인 호텔방인 데다 그가 목소리까지 착 내리깔자 그 분위기는 한층 야릇해졌다.

"저어……, 저의 신원조회에 하자가 있다는 것을 아시는지요?"

"알지!"

김의 매운 눈길이 이경열을 주시했다.

"직장에서만큼은 그 하자에서 벗어나고 싶습니다."

"무슨 소린가? 그 문제 때문에 직장에서 손해를 보고 있다 그건가?"

"예……."

"어떤 식인데? 차별대우를 하나? 어디 구체적으로 말해 봐."

"예, 부서 배치나 승진 같은 것이 언제나 뒤로 밀리고 있습니다. 저는 제 약점을 잘 알기 때문에 남들보다 두 배는 더 성실하게 일하고 열성을 부리는데 그 효과가 전혀 나타나지 않습니다. 제 입사 동기들이 다 차장으로 승진했는데 저만 빠졌습니다. 이러다간 평생 평기자로 끝나게 생겼습니다. 저는 다른 것 바라는 게 아무것도 없습니다. 신문사 내에서 정상으로 대접받고 싶고, 제가 사상불온자가 아니라는 것을 인정받고 싶습니다."

"알았어. 난 그동안 자네를 주시해 왔어. 언행이나 기사 내용 같은 것에 의심할 만한 불온성이 없다고 생각해 왔었는데 이번 일로 자넨 그 점을 확실하게 입증했을 뿐만 아니라 우리 못지않은 충성심까지 보여줬어. 그 대가를 자네가 흡족해할 만큼 보여주지. 다른 걸 원하는 것도 아니고 신문사 내에서의 출세를 바라는 건데, 그까짓 거야 식은 죽 먹기지. 자네 회사 사장님은 우리와 맞통하는 사이니까 우리가 보장을 하면 자네 같은 사람은 특별히 신임하게 될 거야. 신문기자라는 것들이 이상하게 삐딱하고 비틀려 다루기 골치 아픈데 사장으로서도 자네 같은 사람이 필요하거든. 차장, 부장은 말할 것도 없고 저 위에 논설위원까지 팍팍 밀어줄 테니까 아무 걱정 말아. 알겠어?"

"예, 감사합니다."

고개를 깊이 숙이는 이경열의 목소리가 떨리고 있었다.

이경열은 이틀이 지나 새벽 3시에 느닷없이 연행되었다.

"누, 누, 누구세요?"

이경열은 잠옷바람으로 부들부들 떨었다.

"보면 몰라?"

계급장도 없는 군복을 입은 두 남자가 권총을 들이댄 채 내질렀다.

"왜, 왜, 그러십니까?"

하얗게 질린 이경열의 이빨이 맞부딪치고 있었다. 그 뒤에서 그의 아내도 와들와들 떨고 있었다.

"가보면 알아."

한 남자가 내쏘았고,

"빨리 양복 가지고 나와요."

다른 남자가 이경열의 아내에게 턱짓했다.

이경열의 아내는 허둥지둥 옷들을 가지고 나왔다.

"와이샤쓰는 필요 없고, 그 위에다 그냥 양복만 걸쳐."

이경열은 명령대로 잠옷 위에다 그대로 양복을 꿰입었다. 한 남자가 재빠르게 이경열의 손목에 쇠고랑을 채웠다.

이경열은 집 밖에 서 있던 차 속으로 떠밀려 올라갔다. 희미한 불빛 아래 웅크리고 앉아 있는 두 남자를 보는 순간 이경열은 소스라치게 놀랐다. 그들은 김 기자와 강 기자였다.

김이 나를 배신했구나!

이경열의 머리를 친 충격이었다.

인적 없는 길을 질주하던 차는 어디선가 멈추었다. 얼마 지나지 않아 또 잡혀온 한 사람은 송 기자였다.

군복 입은 두 남자는 검은 천으로 그들의 눈을 가렸다. 어디선가 차가 멈춘 다음 네 사람은 차례로 차에서 내렸다. 어느새 그들의 쇠고랑과 쇠고랑은 끈으로 연결되어 있었다.

그들은 몇 개의 계단을 올라 긴 복도를 걸었고, 그 다음부터는 계단을 내려가고 또 내려갔다.

나를 싸잡아넣다니, 어찌 이럴 수가 있는가⋯⋯. 기관원을 믿은 내가 바보지. 출세는커녕 밥줄 끊어지고, 감옥살이까지 하게 되지 않았나.

이경열은 숨막히는 공포 속에서 후회하고 있었다.

"이새끼들, 꿇어!"

어느 방으로 끌려들어간 그들은 구둣발에 정강이를 걷어채이며 시멘트 바닥에 무릎을 꿇었다. 그들이 신음을 억누르고 있는데 눈을 가렸던 천이 풀렸다. 그순간 그들은 눈을 뜨지 못했다. 강렬한 백열등 불빛이 눈을 공격해 들어왔던 것이다.

"너 이새끼, 이경열이지?"

한 남자가 이경열의 허벅지를 걷어차며 외쳤다.

"예에……."

"이새끼, 겁도 없이 제일 많이 나불댔다며? 어디 맛 좀 봐라."

그 남자가 이경열의 멱살을 낚아채 일으켰다.

두 남자가 이경열을 끌고 밖으로 나갔다. 방에는 세 기자만 남겨졌다. 쇠고랑을 찬 그들은 몸을 잔뜩 웅크린 채 고개를 떨구고 있었다. 강렬한 불빛 속에서 그들의 몸은 굳어져버린 듯 미동도 하지 않았다. 시간이 흐를수록 그들 사이에는 침묵이 견고한 담을 쌓아가고 있었다. 시간이 가도 그들은 서로 말을 하지 않을 뿐만 아니라 쳐다보지도 않았다.

"으악! 우아아아……. 아야야야……."

갑자기 발악적인 비명이 울려왔다. 바로 옆방 같기도 했고, 어딘가 무척 가까운 곳에서 울리는 비명이었다. 그들은 반사적으로 고개를 들었다. 일시에 고개를 든 그들은 그 비명을 누가 질러대고 있는지 아는 것 같았다. 그들은 더욱 공포에 질린 얼굴로 고개를 떨구었다. 숨넘어가는 비명소리는 계속 울리고 있었다.

다시 계단을 오르고 또 오른 이경열은 그 시간에 어느 방으로 끌려갔다.

"어 이 기자, 이시 와. 좀 고생했지?"

이경열에게 악수를 청하며 반갑게 맞이한 것은 김이었다. 그 순간 이경열은 모든 것을 깨달았다.

"자아, 앉으라구. 그만한 머리는 있으니까 설명 안 해도 다 알겠지? 자넨 털끝만큼도 의심받지 않게 돼 있으니까 안심하라구. 자아, 우리 커피 한잔하지."

김은 보온병에서 커피를 따르고 담배를 권했다.

"자넨 여기서 한 닷새쯤 쉬다가 나가면 돼. 저 세 사람을 풀어줄 때에 맞춰서 말야. 세 사람은 지금 자네가 심한 고문을 당하고 있는 줄 알거든. 그 대신 세 사람은 고문 없이 점잖게 다루게 될 거야. 그러니까 그들은 자네를 추호도 의심하지 않고 저희들 셋이서 서로를 의심하게 되지. 그들은 풀려나서도 서로를 경계하고 미워하며 영원히 원수처럼 돼버리지. 미안하고 죄스러워 자네도 피하게 될 거고. 자넨 만나면 거북한 사람들을 자연스럽게 안 만나게 되는 거니까 마음 편한 거고. 어때, 자네가 원하는 대로 깨끗하게 해결됐지?"

"……."

이경열은 담배만 빨았다. 윤 기자는 어찌 되었는지 괴로웠지만 말을 꺼낼 수가 없었다.

"딴생각 아무것도 하지 말고 마음 편하게 먹어. 이제 우린 동지야. 신문사 일도 이 일처럼 내가 화끈하게 끝내줄 테니까 나만 믿어. 우린 의리 빼면 시체니까. 알았지?"

김은 이경열의 어깨를 감싸안으며 다독거렸다.

이경열은 비로소 먹구름이 걷히는 것을 느꼈다. 자신의 하늘을 가득 채우고 있던 먹구름이 걷히고 자신에게도 눈부신 햇살이 쏟아져내리고 있었다. 자신의 손에도 이제 급행열차의 티켓이 쥐어진 것이다. 그동안 따돌림당한 외로움과 죄진 것 없는 억울함 속에서 그 열차 타기를 얼마나 소원했던가. 아버지의 인생은 아버지의 인생이고, 내 인생은 내 인생인 것이다. 아버지의 잘못으로 내 인생까지 망가질 수는 없다. 그리고, 나는 공산주의나 사회주의 같은 건 싫다. 능력껏 자유롭게 사는 자본주의가 좀 좋은가. 난 이 세상에서 맘껏 날개를 펼치고 싶다. 내가 부러워하는 사람들처럼 큰 날개를 달고 싶다. 나도 남 못잖은 능력을 가졌는데…….

"난 가볼 데가 있으니까 우선 이 소파에 누워서 좀 자."

김이 담배 한 갑을 던져주며 몸을 일으켰다.

"예, 다녀오십시오."

이경열은 웃음을 띠며 일어나 인사를 할 만큼 마음의 안정을 찾고 있었다. 김이 나가자 그는 새 담뱃갑을 뜯어 담배에 불을 붙였다. 그 담배맛이 유난히 좋은 것을 느끼며 그는 사르르 눈을 감았다.

며칠이 지나 이상재도 연행되었다. 수사를 당하면서 윤 기자는 그 이야기를 한 또다른 사람들을 전부 실토하지 않을 수 없었던 것이다.

"너 이새끼, 정말 오리발 내밀고 이럴 거야! 풀코스로 당하기 전에 빨리 불어."

수사관은 신문지몽둥이로 또 이상재의 머리를 내려쳤다.

"아, 정말이라니까요. 저는 먹고살기에 정신이 없고, 그 얘기가 너무 황당하게 믿을 수가 없어서 그냥 흘려듣고 말았다니까요. 누구한테 더 말할 얘깃거리가 아니었다구요."

이상재는 정신을 가다듬으며 같은 말을 반복했다. 신문지몽둥이는 처음 서너 대 맞을 때는 아무것도 아니었다. 그런데 스무 번이 넘고, 서른 번이 넘게 되자 머리통이 멍멍해지고 정신이 흐리멍덩해졌다. 신문지 여러 장을 돌돌 말아 끈으로 묶은 그 몽둥이는 머리통에 멍이나 상처를 남기지 않으면서 서서히 정신을 혼란하고 몽롱하게 만들고 있었다.

"이새끼야, 말 같은 소리를 해야지. 너 같은 불평분자들한테는 귀가 솔깃한 얘긴데 그냥 흘려듣다니, 그게 말이나 돼! 얼씨구나 하고 네놈 주변에다 다 까발려놓고선 무슨 개소리야. 빨리 불어, 이새끼야!"

수사관은 또 이상재의 머리를 내려쳤다.

"아 글쎄, 말이 되는 소리라야 말을 하지요. 다 아시다시피 우리 퇴직기자들은 지금 먹고살기에 정신이 없어서 그런 황당한 소리해봤자 정신병자 취급밖에 못 받는다구요."

그건 거짓말이었다. 그 이야기가 미처 생각하지 못했던 새로운

판단이었고 자못 충격적이기도 해 원병균에게 말했고, 원병균도
놀라며 그럴 가능성을 인정해 그 이야기는 출판사에 드나드는 동
료들의 화젯거리가 되었다. 그런데 그들이 전부 화를 입게 할 수는
없었다. 어떻게 둘러대서든 자신이 입을 다물어야 했다.

"너 정말 그 얘길 안 믿는 거야?"

"그럼요. 무슨 현실성이 있어야 믿지요. 일본사람들이 자기네 멋
대로 써댄 추측 기사 아닙니까."

"빌어먹을, 쪽바리새끼들이……."

이상재는 신문지몽둥이로 50대 이상 얻어맞아 머리통이 두세
배 부어오른 것 같은 착각과, 정신이 혼미한 어지럼증에 시달리며
이틀 만에 풀려났다. 그는 원병균에게도 그곳에서 당한 일들을 자
세하게 말하지 않고 그저 어물거려 넘겼다. 거기서 있었던 일을 일
절 발설하지 않고 비밀에 부치겠다는 내용의 서약서에 손도장을
누른 때문이었다. 그 부당한 서약서가 그곳의 횡포를 끝없이 은폐
하고 옹호하는 줄 뻔히 알면서도 도저히 파기할 수가 없었다. 거기
서 당한 일은 두 번 다시 생각하기 싫게 끔찍스러웠고, 다시 붙들
려 들어간다는 것은 더구나 두려웠다.

그 일로 조사를 받은 사람이 스무 명이니, 서른 명이니 하는 소
문이 은밀하게 오가다가 스러지고 말았다. 그리고 그 일은 무슨 '사
건'으로 신문에 나지도 않았다. 조사를 받았던 사람들이 뒤늦게 확인
한 것은 윤 기자가 20일쯤 지나 풀려나면서 신문사를 그만둔 거였다.

윤 기자의 일은 건듯 불고 지나간 바람처럼 사람들 사이에서 이

내 잊혀졌다. 그러나 이상재는 윤 기자를 쉽게 잊을 수가 없었다. 고초는 고초대로 겪고 직장까지 잃어버린 그가 너무 딱할 뿐만 아니라 그 이야기가 깊이 파인 비문처럼 뇌리에 박혀 지워지지 않았던 것이다. 그 이야기는 전적으로 믿을 수도 없고, 안 믿을 수도 없었다. 그러나 그럴 수도 있다는 가능성이 그 문제를 자꾸 생각하게 만들었다. 어쩌면 윤 기자가 여러 사람들에게 그 이야기를 하게 된 것도 그럴 가능성을 우려했기 때문인지도 몰랐다. 그 중대한 문제가 신문에서 거론되기는 틀렸으니까 주변사람들에게라도 알리고 싶은 기자의 심정으로. 이상재는 일에 쫓기면서도 문득문득 그 의문에 사로잡히고는 했다.

그러던 어느 날 이상재는 유일표의 전화를 받았다.

"너, 나 좀 만나자."

유일표의 밑도 끝도 없는 말이었다.

"얌마, 형님한테 안부 여쭙지도 않고 그 무슨 버르장머리냐."

이상재는 또 고등학교 시절의 정을 그대로 드러냈다.

"허진, 그놈 일을 좀 의논해야겠다."

"진이가 왜? 무슨 일 생겼냐?"

이상재의 어조가 달라졌다.

"무슨 일이 생기긴 생겼는데, 사장 신임 두터운 진이야 출세가도에 이상 없으니까 걱정 마."

"그럼 무슨 일인데?"

"너 생활고에 시달리다 보니 이제 형광등까지 됐냐? 전화로 될 일이면 만나자고 하겠어?"

"그래, 나 영양실조로 머리가 점점 퇴화해 간다, 어쩔래."

"나 같았으면 아주 멍청이가 됐겠구나. 오늘 저녁 어떠냐?"

"짜식, 급하기는. 어디서?"

"내가 그쪽으로 갈게. 여기보단 그쪽이 싸구려 술집이 더 많잖아."

"좋아. 아우가 당연히 형님 뵈러 와야지."

"버릇없이 형님 소리 두 번씩이나 했으니까 술값은 네놈이 내."

"이런 도둑놈!"

이상재의 말이 끝나기 전에 전화가 끊겼다.

이상재는 전화기를 밀치며 고개를 갸우뚱했다. 언뜻 잡히는 것이 없었다. 허진에 관계되는 일을 자기와 먼저 의논한다……, 그것부터가 전에 없던 일이었다. 유일표의 말마따나 허진은 출세가도를 고속으로 달리고 있었다. 경제성장의 물결을 타고 그의 회사가 거대기업으로 커가고 있는 것처럼 그도 급속도의 승진을 하고 있었다.

"난 가난에 원수를 갚고 말 거야. 우리 어머니 아버지를 잡아먹은 게 가난이었고……, 난 가난이라면 지긋지긋하고 치가 떨려. 이제 와서 하는 말이지만, 너희들이 우리 집에 처음 찾아왔을 때 눈물나게 고맙기도 했고, 창피해서 죽을 것도 같았어. 난 이제부터 철공소에서 일하던 그때의 마음으로 최선을 다해서 일할 거야. 나보다 학벌 좋은 자들이 많은 회사에서 내가 그들을 이기는 방법은 그 길뿐이니까. 내가 너희들한테 입은 은혜를 갚기 위해서도 빨리 출세하고 돈을 벌어야지. 기회가 왔으니까 너희들 두고 봐."

취직을 축하해 주는 술자리에서 술에 취한 허진이 한 말이었다. 그때 그의 말을 허풍이나 술주정으로 들은 사람은 아무도 없었다. 그는 말을 헤프게 하는 성미가 아니었고, 절망적인 가난 속에서도 끝끝내 일어선 그의 모습을 모두 지켜보았던 것이다. 친구들은 그의 말을 믿었고, 그렇게 되기를 바라며 박수를 치고 거듭 술잔을 부딪쳤다.

허진은 과연 자기의 말대로 해나갔다. 실용 영어를 익히려고 마치 검정고시 공부를 할 때처럼 억척을 부렸다. 매일 퇴근은 집이 아니라 미 문화원이었고, 새벽 1시까지는 발음 연습을 하느라고 잠을 자지 않았다. '맨허턴'이니 '잉크'같이 잘못 익혀진 발음들이 너무 많았고, 그런 것들을 고치려고 녹음해 온 미국사람의 발음과 똑같이 될 때까지 연습을 하고 또 했다. 발음이 완전해질 때까지 200~300번씩 반복하기가 예사고, 어떤 고약스러운 단어는 500번을 넘어 1천 번 가까이 했대서 친구들을 기 질리게 했다. 그리고 그는 자기 담당 업무는 말할 것도 없고 부서 전체의 업무에 대해 세세한 숫자까지 암기해 버렸다. 그뿐만 아니라 그는 회사에 제일 먼저 출근하는 사원의 기록을 세웠다. 몇몇 큰 회사 사장들이 하루에 네 시간밖에 안 자느니, 회사 출근을 사원들보다 두세 시간 먼저 하느니 하는 소문이 재계에 퍼지고 있었다. 그건 회사들끼리의 칼날 같은 경쟁이 촉발시키고 있는 기세 싸움이기도 했다. 그의 회사 사장도 출근이 7시였다. 그런데 허진의 출근은 그보다 앞서 6시 30분이었다. 그는 그야말로 하루에 네 시간 이상을 자지 않기로 목표를 세우고 있었다. 얼마 지나지 않아 그는 사장의 눈에 띄기 시작했다. 그는 1년 만에 총무부에서 기획실로 뽑혀가는 특혜를 누렸다. 그리고 3년 만에 영어를 제일 잘하는 사람으로 꼽혀 계장이 되었고, 외국사람들이 사장 앞에서 영어 잘한다고 엄지손가락을 세워 만족을 표시하는 바람에 6개월이 못 되어 과장이 되었다. 그런 고속 승진에 질시와 험담이 따르지 않을 리 없었다. 저놈이 사원들 다 병신 만든다는 말은 그래도 점잖은 것이었고, 심지어 사장의 발바닥은 물론이고 똥도 핥을 놈이라는 말까지 분분했다. 그러나 그는 끄떡도 하지 않았다. 누구든지 나보다 잘할 수 있으면 해보라는 태도를 취했다. 그렇지만 그를 욕하는 사람만 있는 것이 아니었다. 그를 마땅찮게 여기는 사람들은 대개 선배나 동료들이었고, 후배 사원들은 경이롭게 생각하고 부러워했다. 그는 1년이 못되어 또 부장으로 특진했다. 사장의 외국 출장을 수행하는 데 과장 직함은 격에 맞지 않는다는 것이었다. 그가 최연소부장이 되자 그를 향한 질시와 험담도 현저하게 줄어들었다. 그가 행사할 수 있는 막강한 영향력 앞에 사람들은 마침내 굴복한 것이다. 기획실은 사장의 두뇌이며 회사의 심장이었고, 사장의 절대적 신임을 받고 있는 부장의 실세 앞에 사람들은 약삭빠르게 몸을 사렸다. 전문 지식으로 무장된 능통한 영어와 서양사람들에게 호감을 사는 세련된 매너로 그는 많은 일을 성사시켜 사장을 흡족하게 해주었다. 마침내 사장은 그에게 기획실장 자리를 선물했다.

"너희들한테는 정말 미안해. 그동안 친구 노릇 너무나 못해서."

기획실장이 된 다음 술을 사면서 허진이 한 말이었다. 그의 말마따나 그는 그동안 친구들의 모임이나 경조사에 얼굴을 보이지 않을 때가 더 많았다. 그러나 친구들은 그를 돕는 기분으로 혼자 애쓰는 그를 이해하고는 했다.

"일있으면 됐다, 이 독한 놈아. 고춧가루가 너보다 더 맵겠냐, 겨자가 너보다 더 독하겠냐. 질렸다 질려."

"이젠 목표를 다 이룬 거냐?"

"어림없지. 아직 올라갈 자리가 수두룩하게 남았는데. 저놈 욕심에 그걸 그냥 두고 보겠어?"

"하긴 기왕 시작한 거니까 마지막까지 다 올라가야지."

"참 기막히다 야. 자수성가란 게 무슨 말인가 했더니 바로 이놈이 주인공이잖아. 이런 기회가 오는 우리 사회도 쓸 만하다니까."

"너희들, 그거 기억하냐? 고등학교 때 이놈 책상 앞에 붙어 있었던 에디슨의 말 말야."

"아, 그거. 천재는 1퍼센트의 영감과 99퍼센트의 노력으로 이루어진다. 난 그때 얼마나 충격을 받았는지 몰라. 그때까지 에디슨의 그런 말이 있는 줄을 몰랐거든."

"무식한 놈. 그 충격으로 지금까지 달달 외우고 있구나. 사람은 언제나 배우는 것이니라. 무식 면하게 해준 네 스승 진이한테 큰절해라."

"이 독한 놈이 그때 그 결심을 끝끝내 실천했으니, 참 대단하고 장해."

"이놈이 즈이 할아버지 피 받아서 그렇지 뭐."

"아니, 그게 그리 되나? 어쨌거나 피는 잘 타고나야 해."

"앞으로 더욱 승승장구해라. 우리 술값 걱정 안 하게."

허진은 지금까지 기획실장으로 그 회사 핵심 역할을 잘해내고 있었다. 그는 친구들 중에서 자가용을 제일 먼저 타기 시작했다. 그것도 운전수가 딸린 자가용이었다. 실권으로 보면 자회사의 사장들을 손아귀에 쥐고 있는 기획실장다운 특혜를 누리고 있었다.

유일표의 말투로 보아 허진에게 무슨 문제가 있기는 있는 모양이었다. 그게 무엇일까 아무리 생각해 보아도 짚이는 것이 없었다. 둘의 우정은 서로 살을 베어줄 만큼 깊으니 무슨 문제가 생길 리 없었고, 하는 일이 서로 아무 상관이 없으니 사무적인 문제가 생길 까닭도 없었다.

유일표한테서는 퇴근시간에 맞추어 전화가 걸려왔다.

"나 여기 와 있다."

"어딘데?"

"큰길 공중전화."

"왜, 올라오지?"

"거긴 출판사만이 아니잖아. 빨리 내려와."

이상재는 퇴근을 서둘렀다. 유일표는 사무실이 퇴직기자들의 사랑방이기도 한 것을 헤아리고 있었던 것이다.

"허진이 그거 골칫덩어리야."

밥집을 겸한 술집에 앉자마자 유일표가 불쑥 내놓은 말이었다.

"진이가 왜? 타의 모범이고 샐러리맨의 표상이신데."

이상재는 이야기 핵심을 빨리 털어놓게 하려고 일부러 유일표를 자극할 수 있는 농담을 했다.

"그게 바로 문제야. 개인적으로 성공하다 보니 눈앞에 보이는 건 사정밖에 없지. 사장의 이익만을 위해 충복 역할을 하는 이기적인 화이트칼라의 표본인 셈이지."

담배를 꺼내는 유일표의 얼굴이 구겨졌다.

"야, 너 지금 논문 쓰냐? 말 좀 쉽게 해라. 나같이 무식한 놈은 통 감을 잡을 수가 없다. 아주머니, 여기 빨리 쐬주 주세요."

이상재는 정말 무식한 티라도 내고 싶은 것처럼 큰 목소리에 맞추어 손바닥을 쳤다.

"두 번만 무식했다간 사람 잡겠네. 허진네 회사에서 노조를 결성하려는 핵심 근로자 50명을 집단파면시켜 버렸어."

유일표가 담배연기를 확 내뿜었다.

"그게 허진하고 무슨 상관이 있지?"

이상재는 막 상으로 옮겨놓는 술병을 끌어당겼다.

"너 지금 계속 농담하는 거냐? 노조 예방이 기획실장님의 중요 업무 중 하나라는 감이 안 잡혀?"

"자아, 술 받아라. 네가 왜 열받치고 있는지 이제 알겠다."

이상재는 유일표의 잔에 술을 따르며 무겁게 고개를 끄덕였다.

"진이가 그래서는 안 되는데 말야."

유일표가 소주를 단숨에 비웠다.

"글쎄, 그거 문제가 있긴 한데……. 꼭 진이가 한 일이라고 단정할 순 없잖아? 그놈도 따지고 보면 월급쟁인데."

이상재가 소주의 쓴맛이 어린 얼굴로 신중하게 말했다.

"나도 그 점은 인정하지. 그런데도 너무 지나치니까 문제야. 어느 회사 사장들이나 노조가 결성되지 않는 걸 바라는 건 다 똑같은데, 진이는 사장의 총대를 대신 메고 무차별 사격을 가하고 있어. 근로자들 앞에서 노조를 결성하려는 자들은 씨를 말리겠다고 협박해 대면서 말야. 그래서 근로자들한테 사장의 사냥개니, 피도 눈물도 없는 악질이니 하는 욕을 먹고 있어."

유일표는 또 술잔을 비우며 한숨을 쉬었다.

"그런 걸 다 어떻게 알았어?"

"우리 재건대 출신 중에 대여섯 명이 그 회사에 있었는데, 이번에 둘이 파면당했어."

"그애들은 진이가 취직시켜 준 것 아니냐?"

"그랬었지."

"파면당한 둘은 네가 노동조합 결성하라고 교육시켰고?"

"그런 셈이지."

"아이고, 이 무슨 운명의 장난이냐. 그런데 진이는 그 두 명이 제가 취직시켜 준 것도, 너하고 연관이 있는 것도 모를 것 아니냐?"

"아마 그럴 거야."

"이거야 참 운명의 쌍곡선이 따로 없네. 네놈이 왜 갑자기 날 만나자고 했는지 이제 알겠다."

이상재는 유일표에게 마뜩찮은 눈길을 쏘며 쯧쯧쯧 혀를 차고는 술잔을 비웠다.

"알았으면 됐다. 도대체 이걸 어떡해야지?"

유일표는 쓰디쓴 얼굴로 입술을 훔쳤다.

"빌어먹을, 뭐 이런 꼴이 다 있냐. 제아무리 능력 있는 상담자라도 이런 경우에 무슨 뾰족한 해결책을 찾을 수 있겠어?" 이상재는 담배를 뽑아 불을 붙여 연기를 천천히 뿜어내고는, "넌 그 노동운동을 포기할 생각은 없겠지?" 그는 포기하지 않을 줄 안다는 투로 말했다.

"잘 아네. 이제 겨우 시작이니까 포기란 생각해 본 적이 없지."

유일표는 냉정하게 말하며 자기 잔에 술을 따랐다.

"진이도 노조 예방을 포기하지 않을 거다."

"그러니까 무슨 좋은 방법이 없겠냐 그거지."

"야 일표야, 너 정부에서 노조 결성이나 노동운동을 금지하는 법들을 만들어놓은 것 알고 있지?"

"알지. 외국인 투자기업의 노동조합 및 노동쟁의 조정에 관한 임시특례법, 국가 보위에 관한 특별조치법, 기타 노동법 개악과 긴급조치에 의한 노동 3권 박탈 등, 다 알고 있어."

"그럼, 노동운동을 하는 사람들을 빨갱이로 몰아대는 것도 알아?"

"지금 무슨 소리 하려는 거야?"

"기분부터 상하지 말고 내 말 잘 들어봐. 이제 와서 하는 말인데, 나 얼마 전에 이상한 얘기를 들었다는 죄로 느네 동네에 있는 거기

끌려가서 이틀 동안 당하고 나왔어. 난 그저 당한 것도 아니게 당했는데, 그래도 오만 정이 다 떨어지고 끔찍스러운 게 또다시 끌려갈까 봐 겁나고 두려워. 거긴 사람이 갈 곳이 아니야. 네가 노동운동에 개입할 때 염려하고 망설였었는데, 내가 당하고 보니 말을 안할 수가 없어. 네가 노동운동을 하다가 걸려들면 어찌 되겠니? 넌 꼼짝없이 빨갱이가 되고 말아. 노동운동이 필요한 건 아는데 너 같은 사람이 할 일은 아니야. 그리고 하더라도 세상이 좀 달라지면 해. 이건 내 진심이야."

이상재의 말은 간곡했다.

"아니, 무슨 일이 있었는데? 무슨 얘길 들었길래?"

유일표가 놀라며 다그쳐 물었다.

"뭐, 알아서 득 될 것 없는 얘기야. 유언비어 비슷한 건데, 누구한테나 모르는 게 약이야. 괜히 들으면 말하고 싶어지고, 말했다간 느닷없이 덤터기 쓰기 딱 좋고. 다 지난 일이니까 신경 쓰지 말고 우리 얘기나 하자."

이상재는 손을 저었다.

"글쎄, 나도 그런 걸 생각하지 않은 게 아니야. 그렇지만 말이야, 너도 야학에서 수고했으니까 알겠지만 우리 애들이 얼마나 고생고생하고 애써서 사회 진출을 했니. 그런데 그애들이 전혀 사람대접을 못 받고 있어. 실감나게 좁혀서 말하니까 우리 재건대 애들이고, 넓게 보자면 그런 불쌍하고 가엾은 젊은이들이 이 나라 노동자들의 태반을 차지하고 있는데, 다 그렇게 사람대접을 못 받고 있는 것을 보면 견딜 수가 없어. 지금 GNP가 900딸라를 넘고 있다고 떠들어대잖아. 그들 말대로 80딸라에서 경제개발을 시작했으면 그 열 배가 넘었지. 그런데 노동자들의 생활이 열 배 향상되었나? 아니, 열 배는 그만두고 그 절반이라도 됐어? 전혀 아니야. 인플레 된 것을 따지면 노동자들의 생활은 전혀 나아진 것 없이 제자리걸음이야. 그런데 기업주들은 어찌 됐지? 몇백 배, 몇천 배 잘살고 있어. 그게 다 노동자들을 착취했기 때문이 아니고 뭐냐. 정치와 경제가 결탁해서 국민과 노동자들을 억압하고 착취하는 이런 꼴을 도저히 그냥 보아넘길 수가 없어. 정부에서는 '지금은 분배의 시기가 아니라 축적의 시기'라고 10년 넘게 똑같은 말을 되풀이해 대고 있는데, 그럼 그 분배의 시기가 언제나 올 것 같애? 노동자들이 단결해서 제 몫을 찾지 않으면 그 세월은 요원해. 가진 자들이 더 탐욕스럽다는 것은 만고의 진리고, 이제는 본격적으로 싸울 때가 됐어."

유일표는 오히려 이상재를 설득하려는 기세였다.

"네 말 다 옳고, 나도 그렇게 생각해. 그렇지만 너의 특수한 입장을 생각해야 한다니까. 노동운동을, 유신을 반대하는 대학생들 데모만큼 나쁘게 생각하는 상황이잖냐. 내 눈에는 네가 빨갱이 누명을 쓰고 당하는 게 빤히 보여. 제발 좀 참고 있어라."

"알았어. 근데 진이 일은 어떻게 할까?"

유일표는 이상재의 잔에 술을 따르며 말머리를 돌렸다.

"뭘 어떡해. 그것도 좀 참고 기다려봐야지."

"그건 안 돼. 그놈이 더 심해지기 전에 정신을 뜯어고쳐야 해. 제

놈도 밑바닥을 기며 온갖 고생 다 해본 놈이 어떻게 그럴 수가 있어. 가난에 원수 갚는 것도 좋고, 출세하는 것도 좋지만, 수많은 사람들을 괴롭히고 못살게 구는 악질 노릇을 해서는 안 되잖아. 그 따위 짓 더는 못하게 막아야 돼."

유일표의 태도는 단호했다.

"아서라, 그러다간 우정이고 뭐고 다 깨진다."

"그러니까 먼저 널 찾아왔잖고."

"아이구, 이새끼 고집통머리하고는. 알았어, 일단 내가 한번 만나볼게. 어찌 하필 우리들 사이에서 이런 일이 생기냐, 그래."

이상재가 고개를 저으며 한숨을 쉬었다.

"나도 괴로워. 일단 출세의 길로 들어선 진이가 그 단맛에 취해 전혀 말을 안 들을 수도 있으니까."

유일표도 한숨을 쉬었다.

그렇게 되면 어쩔거냐는 말이 곧 나가려고 했지만 이상재는 술로 되밀어 넘겼다. 어쨌든 유일표가 허진을 바로 맞닥뜨리지 않고 자신을 먼저 만나러 온 것이 다행이다 싶었다.

"출판사는 어찌 좀 돼가냐?"

유일표가 걱정스럽게 물었다.

"모르겠다. 흥할 것 같지도 않고 망할 것 같지도 않고, 아슬아슬하고 답답해."

이상재는 스산하게 웃었다.

"마누라 말 들으니까 영업을 직접 하지 않고 총판이라는 데 맡기면 책이 팔려도 돈을 잘 안 준다며?"

"그래 글쎄. 3~4개월짜리 문방구어음을 주고는 와리깡(어음할인) 하지 않겠느냐고 물어. 현찰 있으면서 어음 끊고, 그 어음으로 돈장 사를 해먹는 건데, 참 기막힌 경험 다 하고 산다."

"멍청한 놈. 눈 번히 띄워놓고 껍데기 벗기는 세상인 것 인제 알았냐? 말도 마라. 그 불쌍한 애들 먹여살리는 넝마 처분에도 그런 꼴들이니까. 죽지 못해 사는 세상, 경제가 좋은 사회일수록 어음 활용이 커지는 거라는 말대로 좋게 생각하자."

유일표가 술잔을 들며 쓰게 웃었고,

"그래. 프랑스 같은 나라에서는 1년 기한인 10만 원짜리 어음을 내놓고 결혼 축의금으로 1만 원을 내겠다고 하면 나머지 9만 원을 거슬러준대더라."

이상재도 떨떠름하게 웃음지었다.

"그나저나 좀 속시원하게 많이 팔릴 책을 내봐라. 뭐 새로 준비하는 것 있냐?"

"응, 미국의 흑인작가 알렉스 헤일리의 장편소설 『뿌리』를 번역 중이야. 미국에서 한창 베스트셀런데, 우리나라에서도 좀 먹히지 않을까 싶어."

"흑인? 우리나라 사람들 괜히 흑인 우습게 보잖아. 백인들을 무조건 대단하게 보는 것과는 반대로 말야."

"그래, 자기들이 백인인 것처럼 착각하고 흑인을 그렇게 보는 경향이 심하지. 그런데 『뿌리』는 아주 색다른 소설이야. 아메리카 흑인들의 뿌리와 애환을 보여주는 동시에 우리들의 그런 어이없는 편견과 착각도 일거에 뒤바꿔주거든. 좀 괜찮게 팔리지 않을까 싶어."

"제발 많이 좀 팔렸으면 좋겠다."

"너무 애달아하지 말어. 베스트셀러는 50대 1의 확률이라는 말이 있으니까. 그 절반인 스물다섯 권까지는 내면서 기다려야지."

"전문가 다 된 것처럼 배짱 한번 느긋하게 말하네. 어쨌든 조급한 것보다는 낫다. 그게 너의 장점이기도 하니까."

"모르겠다. 나한테 무슨 장점이 있는지. 요새 대학생들 데모가 새로 일어나는 것을 보면서, 나는 누구인가 하는 회의가 자주 들어."

"그럴 만도 하지. 나이들은 벌써 마흔 쪽으로 기울고, 대학생 때의 꿈은 멀어지고⋯⋯, 나 같은 놈도 사니까 인생 그러려니 해라."

"도통 다 했구나. 자, 마시자."

둘은 술잔을 부딪쳤다.

이상재는 다음날 허진에게 전화를 했다. 오전 내내 통화가 되지 않았다. 무슨무슨 회의의 연속으로 허진이 얼마나 중요한 사람인지를 보여주는 것 같았다. 오후 3시가 되어서야 겨우 통화를 할 수 있었다. 그러나 또 약속날짜를 잡기가 어려웠다. 저녁시간은 열흘이 넘도록 촘촘히 선약이 되어 있었다. 점심시간도 빈 날이 없기는 마찬가지였다. 허진이 시간을 짜내보겠다며 전화를 끊었다. '시간을 짜낸다'는 말이 허진에게 꼭 어울리는 것 같아 새삼스러운 실감을 느꼈다. 그 한마디는 자신과는 전혀 다른 차원의 삶을 살고 있는 허진의 삶을 선명한 화면처럼 보여주고 있었다.

허진이 전화를 걸어왔다. 이틀 후 퇴근시간 직전에 30분 정도 만나기로 했다. 허진의 바쁜 생활을 이해하면서도 이상재는 무언가 찜찜한 느낌을 떼칠 수가 없었다.

이상재는 유일표와 만났던 이야기를 간추려서 허진에게 했다.

"……그래서 하는 얘긴데, 노조문제를 좀 유연히게 대치할 수는 없을까?"

허진은 기분이 상하는 기색을 애써 감추려 하며 입을 열었다.

"일표나 네 얘기도 일리는 있어. 그러나 회사 경영을 한쪽 입장에서만 보면 곤란해. 회사는 경영자와 자본과 노동자, 이 세 가지로 이루어져 있어. 그중에서 절대적인 요소인 경영 노력과 자본 투자는 경영자가 하고 있어. 그 지붕 아래서 노동자들은 제각기 맡겨진 단순노동을 할 뿐이야. 그리고 회사는 그 노동에 맞게 임금을 지불하고 있어. 회사는 노동자들을 강제로 끌어다가 억지로 노동을 시키고 있는 게 아니야. 어디까지나 공개로 채용했고, 노동자들은 임금 조건이 맞아서 스스로 선택한 거야. 그랬으면 정해진 시간대로 일하고 일정 임금을 받으면 그뿐이야. 그런데 터무니없이 노조를 만들어 주인 행세를 하려고 들어. 그건 주객전도고 다수의 횡포야. 그리고 노조주의자들은 경영자는 그저 놀고먹으면서 노동자들을 착취하고 있다고 사주해 대고 있는데, 그건 천만의 말씀이야. 카네기가 한 말이 있어. 경영자의 5분 고뇌는 노동자의 평생 노동과 맞먹는다. 나는 이 말을 경영자들을 가까이 대하면서 수없이 실감하고 있어. 그 사람들이 사업을 위해 침식을 잃을 정도로 고심하고, 수만 리도 단숨에 달려가 상담을 하고, 급하면 눈비를 가리지 않고 현장으로 달려가고, 그런 혼신을 다하는 모습을 보면서 많이 감동하고 존경감을 느껴. 그런데 단순노동 하는 사람들이 뭉쳐서 뭘 어쩌겠다는 거야. 좋아. 선진국에는 노동조합이 다 있지 않느냐고 하겠지. 그러나 우리나라는 지금 후진국이야. GNP 1만 딸라가 넘는 나라들 사정을 GNP 900딸라밖에 안 되는 우리나라에 직접 들이대는 것은 억지야. 노조는 GNP가 최소한 2천 딸라가 될 때까지는 기다려야 해. 지금 상태에서 노조를 만들어 노동자들이 원하는 대로 해버리면 어찌 되는지 알아? 우선 먹고 다 망해버리는 꼴 되는 거야. 회사만 망하는 게 아니라 나라까지 다 망해버려. 뭐 어렵게 말할 것 없어. 돼지도 키워서 잡아먹는다는 말이 있잖아. 일표의 뜻 잘 알아. 그러나 좀 기다리라고 해. 하나만 보지 말고 둘, 셋까지 좀 넓게 보라고 해. 그리고 말야, 내가 더 바라는 건 일표가 노동자문제에 관심을 갖지 않는 거야. 지금 노동운동 하는 사람들은 긴급조치에다 국가보안법으로 걸려들어. 일표 신원에 그거 큰 문제야. 이 말 꼭 전해줘. 내가 곧 술 한잔 살게.”

허진은 시계를 보았다.

시간도 없고 더 할말도 없어서 이상재는 먼저 몸을 일으켰다. 다방을 나선 그는 두 대의 기차가 서로 마주보고 달리는 형상이 떠올라 눈을 질끈 감았다.

36

땅이 있는 곳으로

삼복더위답게 우중충한 날씨는 무더웠다. 그늘에 있어도 숨쉬기가 거북하고 끈끈하게 땀이 내뱄다.

"줄들 서요, 줄! 그리고 떠들지 말아요. 말 안 들으면 어떻게 되는지 알아요?"

경리과 직원이 또 복도로 나와 웅성거리고 있는 사람들을 향해 소리쳤다. 그의 기세는 아주 위압적이고 거만스러웠다.

복도에 몰려선 사람들은 약간 조용해지는 것 같았다. 여자가 대부분인 그들은 마땅찮은 얼굴로 직원을 향해 눈을 흘기거나 입을 삐쭉거리고 있었다.

"아니, 거 무신 느자구없는 소리여? 넘덜 돈 공짜배기로 둘러쓰고 있는 신세에. 줄 안 스고 시끄럽게 허면 돈 안 주겄다 그것이여, 시방?"

한 남자가 어기찬 목소리로 쏘아질렀다.

"뭐요? 당신 지금 뭐랬어? 어디다 대고 그따위 소리 지껄이고 있어. 건방지게!"

직원이 손가락으로 그 남자를 겨누며 더 기세 사납게 외쳤다.

"아니, 머시 워쩌고 워쩌? 애비 겉은 사람 보고 당신? 건방지게? 야 요런 호로자석아, 니놈은 에미 애비도 없냐? 어따 대고 반말질이냐, 반말질이."

직원보다 더 억센 기세로 대거리하며 앞으로 나선 남자는 천두만이었다.

"글쎄 말이야, 남들 돈 빌려쓰면서 큰체는 웬 큰체야."

"누가 아니래. 웃기고들 앉았어."

"그래, 왜 반말 찍찍 내갈기니. 혀가 반토막밖에 없으신가?"

여자들의 빠른 입이 천두만을 응원하듯 했다.

"당신 뭐야. 어디서 행패야, 행패가!"

직원이 천두만을 떠밀었다.

"이놈이 사람을 쳐. 온냐, 니 잘 만났다!"

이렇게 외치며 천두만이 직원의 멱살을 낚아챘다.

"이새끼, 이거 못 놔. 너 죽고 싶어."

당황한 직원이 소리쳤고, 사무실에서 서너 명이 뛰쳐나왔다.

"당신 깡패야? 어디서 설치고 이래. 쓴맛 보이기 전에 이거 놔!"

직원들이 천두만을 에워싸고 손목을 비틀며 으름장을 놓았다.

"요 젊은 놈이 날 먼첨 쳤다 그거여. 그려, 요런 씨부랄 놈에 시상 더 살고 잡덜 않은 목심잉께 워디 느그덜이 날 죽이고 개값 물어봐라. 얼렁 죽여봐, 얼렁. 느그놈덜헌테 피 뽈림서 분허고 원통혀더는 못살겠응께 얼렁 죽이란 말이여, 얼렁."

천두만은 직원의 멱살을 더 힘껏 틀어쥔 채 이 사람 앞으로 머리를 디밀고, 저 사람 앞으로 머리를 디밀고 하며 고래고래 소리를 질러댔다. 그 억센 기세에 직원들은 쩔쩔매고 있었다.

"이거 왜 이러십니까. 저는 총무부장입니다. 우리 직원들이 그만 실수를 한 것 같은데, 고정하시지요. 제가 대신 사과드리겠습니다. 죄송하게 됐으니 안으로 좀 들어가시지요."

무더운 날씨에 어울리지 않게 와이셔츠에 넥타이를 맨 남자가 미안쩍은 얼굴로 말했다.

"안으로 들어가고 자시고 헐 것 없소. 넘덜 피맺힌 돈 깔고앉어 요렇크름 부자된 것 죄송헌지 알면 되았응께 여그 싸게싸게 도장이나 눌르씨요."

손을 푼 천두만은 주머니에서 지급확인서를 꺼내 흔들었다.

"이봐, 빨리 도장 찍어와."

총무부장이 그 종이를 받아 부하직원에게 일렀다.

"나가 매해 8월 3일만 되면 치가 떨리고 가심에서 천불이 이는 사람이여. 드런 놈에 법이 있응께 이적지 참고 참음서 살았제 그놈으 법만 없었음사 살인을 혀도 열 번은 혔을 것이여. 배곯고 헐벗음서 가난허고 불쌍헌 사람들이 뼛골 빠지게 일해 모은 돈을 뺏어있는 놈들 더 배터지게 맹글고 더 떼부자 되게 맹글어주고, 우리

피맺힌 돈은 인자 종이쪼가리되게 혀분 요런 놈으 나라가 무신 놈으 나라여. 요런 드런 놈에 시상은 하늘 땅이 딱 맞붙어 다글다글 맷돌질을 혀부러야 써, 맷돌질을!"

천두만은 목청 드높게 화풀이를 하고 있었다.

"맞어요. 아저씨 말씀 최고예요."

"그래요. 속이 다 씨원해요."

"이런 말 대통령이 들어야 돼요."

여자들이 뒤에서 입 모아 맞장구를 쳤다.

"자아, 이것 가지고 가세요. 미안하게 됐으니 기분 나쁘게 생각지 말구요."

총무부장이 도장 찍어온 지급확인서를 천두만에게 내밀었다.

"괭이도 낯짝이 있는 법이여. 우리헌테 큰절을 혀도 션찮은디 이래라 저래라 큰소리치고 뎀비는 것은 워디서 배와묵은 버르장머리여, 버르장머리가!"

천두만은 지급확인서를 잡아채듯 해서 돌아서며 내뱉었다.

해마다 8월 3일이 되면 천두만은 정말 이가 갈리고 분이 끓어올랐다. 그리고 가슴 쓰라리게 서럽고 원통했다. 그놈의 8·3조치로 돈이 묶이고, 딸까지 잃어버린 안타까움이 무슨 병처럼 도지고는 했다.

천두만은 회사 정문을 나오다가 되돌아보았다. 몇 년 전의 허름하던 블록건물은 간곳이 없고 번듯한 2층 건물이 버티고 있었다.

"씨부랄 것, 권세 있고 돈 있는 놈들만 한통속으로 짜고 돌아감서 잘들 해묵는 시상이다. 그려, 돈 없고, 빽 없는 놈들만 피 토허고 죽을 시상이여."

천두만은 가래를 돋우어 내뱉었다.

이제 그곳은 가발공장이 아니었다. 가발이 한물가자 사장은 잽싸게 업종을 바꾸어 지금은 텔레비전의 무슨 부속을 조립하는 공장으로 바뀌어 있었다. 사장이 그렇게 몸 빠르게 업종을 바꾸고 큰 돈을 벌게 된 것은 8·3조치 덕이라고 했다. 종업원들의 돈을 3년 동안이나 갚지 않고 마음대로 쓸 수 있었으니 그건 틀림없는 일이었다. 천두만은 그 건물만 보면 속이 뒤집어졌다. 그리고 대통령을 향해 제일 독하고 험한 욕을 목이 터질 때까지 퍼부어대고 싶었다. 3년 거치 5년 분할상환, 그따위 명령을 내려 가난한 사람들을 더 가난하게 만들어버린 대통령은 대통령이 아니라 소통령 아니, 똥통령이었다.

천두만은 길 건너 은행으로 갔다. 그가 내민 종이를 보고 은행원이 내준 돈은 9만 원이었다. 그리고 이자라고 몇천 원을 따로 주었다. 5년 분할상환에서 두 번째 받는 것이었다.

천두만은 돈을 세며 자꾸 눈물이 나려고 했다. 돈이 한 장씩 넘어갈 때마다 저세상으로 간 딸의 얼굴이 어른거리고 있었다. 그건 돈이 아니라 딸의 육신이나 마찬가지였다. 딸은 이 돈을 불려 1년이 지나면 하청공장을 차릴 꿈에 부풀어 있었다. 하청공장을 차려 돈을 많이 벌어 동생들을 잘 가르치고, 집도 사고, 부모님 호강도 시키겠다고 꿈는 것이 많기도 했었다.

돈을 주머니에 넣으며 천두만은 또 분이 끓어올랐다. 남의 돈 45만 원을 3년 동안 묶어놓았다가 1년에 9만 원씩 찢어서 주기 때문만이 아니었다. 5년 전 45만 원과 지금의 45만 원은 돈값이 똥값으로 변해 있었다. 그때 45만 원이면 산동네에서 방 세 개짜리 무허가 판잣집을 살 수 있었다. 그런데 지금은 그 돈으로 방 하나를 전세 얻기가 빠듯할 지경이었다. 그동안에 해마다 물가가 정신없이 오르고, 땅값은 물가보다 더 많이 뛰고, 땅을 깔고 앉은 집값은 그때보다 세 배가 더 올라버린 것이다. 그런데 45만 원마저 일시불을 하지 않아 돈값은 갈수록 떨어지고 있었다.

천두만은 끓어오르는 분을 참아내느라고 이를 뿌드득 갈며 은행을 나왔다.

풀 길 없는 원통함이니까 잊으려고 애를 썼지만 8월 3일만 되면 새롭게 불이 붙고는 했다.

누더기집이나마 청계천에서 내쫓기지만 않았더라도 그 분함과 원통함이 좀 덜했을지도 모른다. 쌀가게에서 쫓겨나고 집이 철거당하게 되자 살길은 앞뒤로 콱콱 막혀버렸다. 청계천 철거작업은 전처럼 버틴다고 되지 않았다. 지하철 차고를 만들기 위해 서울시에서는 본격적으로 밀어붙였다. 서민아파트 입주권이나 이전비 15만 원씩을 지불하고 있어서 무작정 버틸 도리도 없었다.

서민아파트 입주권은 애초에 얼마 되지 않은 데다, 입주권을 얻는다 해도 따로 내야 될 돈이 엄청나 아예 눈길도 돌릴 필요가 없었다. 누더기촌이 사라지면서 제각기 15만 원씩을 받아들었다. 그러나 그 돈으로는 산동네에서도 사글세방 하나를 얻기가 어려웠다. 또 사글세방을 얻는다 해도 다달이 세를 낼 돈이 없었다. 수입이 안정된 쌀가게를 그대로 나간다면 모르겠지만 다시 내일을 알 수 없는 막벌이 신세가 되어버린 것이다. 쌀가게에서 마음을 나쁘게 먹은 것이 후회되고 또 후회가 되었다. 그 정도 일을 하고 그리 톡톡한 월급을 받은 것은 서울에 올라와서 처음이었다. 그 자리에 고마워하며 작은 것에 탐심을 내지 말았어야 하는데 마음이라는 것이 어찌 그 모양인지 자기자신이 야속하고 미웠다.

그런데 더 고민스러운 문제가 있었다. 합심 포교당의 신민범 선생이 철거민들 중에서 다시 농사를 짓고 싶어하는 사람들을 모아 '합심농장건설단'을 꾸렸다. 어딘가에 농토를 장만해서 다함께 농사를 지어 사람답게 살아보자는 뜻이었다. 물론 농토를 마련하는 일은 신민범 선생이 나서서 해결할 참이었다. 그것은 바로 자신이 간절히 원했던 일이었다. 풍족한 땅에서 농사를 짓고, 거기서 얻은 돈으로 자식들을 편히 가르칠 수 있다면 그보다 흡족한 일이 또 있을 것인가. 서울에 올라올 때 품었던 꿈도 몇 년 고생해서 고향에다 한 30마지기쯤 논을 사는 것이었다.

그러나 선뜻 건설단을 따라나설 수가 없었다. 졸업을 하면 바로 취직이 될 아들의 공부가 문제인 데다가, 건설단이 1차로 확보한 땅이 당진 쪽의 간척지라 다른 자식들을 가르치는 것도 걱정스러웠다. 자식들이 학교에 다니지 않는 어린 나이라면 간척지가 논 구실을 제대로 할 때까지 2~3년 고생하기로 하고 가뿐하게 뜰 수 있는 일이었다. 그러나 다 학교에 다니는 형편이라 자식들은 앞을 가로막는 우환덩어리였다.

마음은 간절했지만 결국 건설단을 따라나서지 못하고 말았다. 농장건설단원은 생각보다 훨씬 많이 100세대 520명이었다. 서울을 떠돌면서 다시 농사를 짓고 살고 싶어한 사람은 자신만이 아니었던 것이다. 그들이 떠나는 날 혼자 버려진 것 같은 기분에 얼마나 외롭고 쓸쓸했는지 몰랐다.

"괜찮아요. 자식들은 먼저 돌아봐야지요. 형편이 어떻게 좀 풀리면 언제든지 오세요. 기다리고 있겠어요."

신민범 선생이 남기고 간 말이 그나마 위안이 되고 자꾸 목이 메었다.

아무리 끝끝의 변두리라 해도 서울에서는 방 한 칸도 구할 수가 없었다. 하는 수 없이 서울에서 밀려나 성남시로 발길을 돌렸다.

"제 걱정은 마세요. 졸업도 얼마 안 남았고, 한 시간씩만 빨리 일어나면 돼요. 요새는 버스도 많이 다니니까요."

가난이 일찍 철들게 하고, 효자도 만든다더니 아들은 이렇게 대견스럽게 말했다.

성남은 소문대로 가난한 사람들이 우글우글한 곳이었다. 청계천에서 그랬듯 거기서도 가난한 것이 하나도 창피스러울 게 없어서 그나마 마음 편했다. 그리고 공원 열서넛씩 일하는 자잘한 공장들이 꽤나 많아서 막일거리 구하기가 그리 어렵지 않아 다행스러웠다.

싼 땅을 골라 가건물을 세운 그 공장들은 거의가 보세가공품들을 만들었다. 옷, 모자, 인형, 가방 등속으로 종류도 가지가지였다. 그 일거리들을 서울에 있는 큰회사에서 맡아 재료를 받고, 물건들을 만들어 다시 서울로 실어갔다. 그 틈바구니에서 막일거리를 구할 수가 있었다. 공장 예닐곱 군데를 발빠르게 돌고, 공장장에게 담배를 권하며 낯을 익혀가면 재료를 내리고 물건을 실을 때 품팔이를 할 수 있었다. 그러나 우대받는다는 기술자들도 수입이 적어 살기 어렵다고 투덜거리는 판에 막일의 품삯으로 자식들 세 끼 굶기지 않기가 어려웠다. 어찌할 도리가 없어 아내까지 식당의 물일을 나섰다.

그렇게 애면글면하다가 8·3조치로 묶였던 돈의 첫해분을 받게 되었다. 45만 원을 한꺼번에 내주면 방이라도 하나 더 얻어 자식들이 다리라도 좀 편히 뻗고 자게 하고, 나머지 돈으로는 리어카를 끌고 공장을 찾아다니는 라면장사라도 시작할 수 있었다. 끼니를 라면으로 때우는 공원들이 많은 데다 특히 야근 때는 손쉽고 싼 맛에 공장마다 밤참으로 라면을 내놓기 좋아했다. 라면에다 달걀 하나를 풀고 파를 뿌려주는 그 장사는 두 곱이 남는다고 했다. 그러나 세상만사 돈 놓고 돈 먹기더라고 그 장사에도 밑천이 수월찮게 필요했다. 리어카에서부터 시작해서 화덕, 물통, 양은솥, 그릇, 젓가락 같은 것들이 돈 아닌 게 없었고, 재료비는 또 따로 있어야 했다. 그러나 5년 분할상환이 요지부동인 한 그건 다 부질없는 꿈이었다.

"요것은 돈이 아니라 딸자석 몸뗑이시. 지명 다 못 살고 간 그 불쌍헌 것을 우리가 뜯어묵는 심이란 말이시. 칠성이 책 사주는 것 말고는 한푼도 건디리지 말고 야물딱지게 간수허소."

아내는 그 돈을 받으면서 눈물을 뚝뚝 떨구었다.

"졸업비를 5만 원이나 내래요. 취직 안 된 애들은 5천 원인데 취직된 애들한테는 열 배나 더 받는 거예요. 학교발전을 위해 써야 한다구요."

아들 칠성이의 볼멘소리였다.

"항, 내야 허고 말고야. 핵교에서 안 나스고 그냥 우리 심으로 취직헐 판이었음사 그 열 곱이 들고도 될똥말똥헌 시상 아니여. 갤차 주고 취직시켜 주고 헌 핵교에 은혜갚음 헌다고 생각허고 아무 소리 말어. 사람이 은혜 몰르는 것이 질로 못된 것잉께."

아내가 지체 없이 받아넘긴 말이었다.

자신은 아내하고는 정반대의 말을 터뜨리려다가 어벙벙해지고 말았다. 세상이 아무리 골골이 썩고 문드러졌다고 학교에서까지 뒷돈을 챙긴단 말이냐, 하며 한바탕 퍼부어댈 참이었는데, 아내의 말을 듣고 보니 그도 그럴듯한 말이었다. 자신이 역정을 내고 욕을 해댄다고 그 돈이 면해지는 것도 아니고, 아들만 옹색하고 힘들게 만드는 일일 뿐이었다. 아내는 서울물 먹으며 고생한 값을 하느라고 세상 돌아가는 검은 속을 환히 들여다보고 있었던 것이다. 그리고 '사람이 은혜 몰르는 것이 제일 못된 것'이라고 토까지 달다니, 에미 노릇을 톡톡하게 해내는 아내가 영 달리 보이기까지 했다.

"요것이 니 누님이 냄겨놓고 간 돈이다. 이 돈이 니 취직허는 디에 씌이는 것을 보고 누님도 저시상에서 좋아라 헐 것이다. 하먼, 좋아라 허제."

아내가 9만 원에서 5만 원을 헐어 아들에게 내주며 말했다.

아들의 취직은 온 집안의 빛이고 가슴이 터질 것 같은 보람이었다. 아들이 너무나 장하고 고맙고 자랑스러웠다. 종로고 광화문이고 사람 많은 데를 찾아다니며 내 아들이 서울에서도 괜찮게 꼽히는 회사에 취직이 되었노라고 목이 쉬도록 외쳐대고 싶었다. 나머지 돈을 아낌없이 대서 서울 한복판에 나가 양복과 구두를 맞추고, 와이셔츠와 넥타이도 샀다. 아들은 졸업하기도 전인 11월부터 회사에 출근하도록 되어 있었다.

"이제 천 씨는 팔자 늘어지게 생겼소."

"자식들이 그리만 풀리면 누가 고생 마다하겠소."

"참 고생한 보람 있으시오. 부럽고 또 부럽소."

주위사람들의 이런 말로 기분이 둥실둥실 떠오르며, '천하를 다 얻은 기분'이란 바로 이것이로구나 싶었다.

그러나 아들은 왕이 된 것도, 대통령이 된 것도 아니었다. 그저 한 회사의 말단 사원일 뿐이었다. 아들이 타오는 월급은 자신과 아내의 벌이를 합한 것보다 훨씬 더 많았다. 그러나 그 돈은 집칸이나 갖추고 사람답게 살아보려는 꿈을 이루기에는 너무 감질나게 적었다. 아들이 최소한 회사원 체면 구기지 않게 써야 될 돈을 빼고, 나머지 두 아이에게 제대로 공부할 수 있게 해주고, 거지꼴 면하도록 옷가지라도 사입히고 보면 저금할 돈이라고는 쥐꼬리만큼

이었다.

아내는 한푼 쓰기를 벌벌 떨며 은행으로 뛰고는 했다. 어서 서민아파트라도 장만해야 하고, 아들 장가 밑천도 모아두어야 하고……, 아내는 마음이 바빴다. 그러나 아홉 달 동안 모아진 돈은 겨우 사글세방 하나를 더 얻을 수 있을 정도였다. 그리 더디어서는 서민아파트 하나를 장만하는 데도 15년이 넘게 걸릴 판이었다. 그동안 승진도 하고 월급도 오른다고 하더라도 물가가 먼저 뜀박질을 해대고 있는 판이었다.

천두만은 한숨을 쉬며 버스에서 내렸다. 서울 나들이를 하고 오니 성남이 더 지저분하고 궁상스럽게 보였다. 처음보다는 많이 좋아졌다고는 하지만 성남은 여전히 가난기를 벗지 못하고 있었다. 마구잡이로 지은 집들은 다닥다닥 붙어 조잡스러웠고, 좁은 골목 골목에서는 퀴퀴하고 구리터분한 냄새들이 진동하고 있었다. 성남에서 내놓을 만한 것은 딱 하나, 뒤로 등지고 있는 남한산성 줄기와 그 숲이었다.

천두만은 몇 걸음 옮기다가 그때까지 손으로 오른쪽 바지주머니를 누르고 있는 것을 의식했다. 버스를 타고 오는 동안 쓰리꾼이 무서워 줄곧 거기서 손을 떼지 않았던 것이다.

"천 씨, 하이칼라로 옷 뽑아입고 어디 갔다 오슈?"

구멍가게 앞의 쪽그늘에 앉아 있던 남자가 말을 걸었다.

"하이칼라는 무신 놈으 하이칼라여. 더우 묵었어, 눈에 멩씨백였어? 무신 횡재 만냈다고 대낮보톰 술타령이여?"

천두만은 기분이 칙칙하던 참이라 퉁명스럽게 내질렀다. 그는 쌀가게를 그만두면서부터 입에 붙지 않는 어줍잖은 서울말을 버리고 다시 고향말을 찾았다. 성남에는 이상하게도 전라도사람들이 많아서 고향말 쓰기가 한결 마음이 편했다.

"횡재했으면 근사한 술집으로 가지 이런 데 쭈그리고 앉았겠수? 기분 잡치는 일 당해서 홧김에 외상술 한잔 빨고 있는 거지. 자아, 한잔 받으쇼."

그 남자는 푸르죽죽한 색깔의 얇은 플라스틱 소주잔을 내밀었다.

"나는 낮술 안 허요."

천두만은 그의 말상대가 되어줄 기분이 아니어서 속에 없는 말을 내질렀다.

"이거 괜히 왜 이러슈. 술이 없어 못 먹지 천 씨 술 잘하는 거야 내가 환히 아는데. 해 다 빠져가는 판에 무슨 일거리 찾아나설 것도 아니고."

그 남자는 천두만의 팔을 잡아끌었다.

"어허 요것 참, 베룩에 간을 빼묵제 화풀이 외상술에 넘이 입 다신다는 것이 말이 되가니?"

말은 이렇게 하면서도 천두만은 못 이기는 척 쪽그늘에 엉덩이를 디밀었다. 노 씨 말마따나 어차피 하루는 공친 것이기도 했다.

"이제 우리도 한물간 것 같수다. 글쎄, 아까 저쪽 공장에 옷감 나르는 일거리가 생겼는데, 젊은 놈하고 경쟁이 붙지 않았겠수. 헌데 공장장이 젊은 놈한테 일을 맡기더란 말이오. 얼마나 기가 막히던지. 어느 한때 사람답게 살아보지도 못하고 한평생 쭐쭐이 고생만 하다가 그나마 이젠 뒤로 밀리는 꼴까지 당하게 됐으니, 이것 참 허망하고 기막혀서 어찌 살겠수."

노 씨가 술을 따르며 깊은 한숨을 내쉬었다.

"그런 일이 있었읍디여? 고거 영판 고약허시."

천두만은 술잔을 내려다보며 언짢게 혀를 찼다. 같은 또래인 노씨가 당한 일은 자신이 당한 일이나 마찬가지였던 것이다. 막노동판의 나이 쉰을 넘겼으면 환갑 진갑 다 지난 것이기도 했다. 일당 좋다는 아파트 노동판에 발을 디밀 수 없게 된 것은 이미 오래전의 일이었다. 그러나 이런 데서마저 괄시를 받는다는 것은 참으로 기막힌 일이었다.

"그래서 곰곰이 생각하고 있던 참인데, 천 씨, 우리 더 늙기 전에 중동에 가서 한밑천 잡는 게 어떻겠수? 1년만 고생하면 이런 데 집은 두 채도 더 생긴다는데."

노 씨는 무슨 큰 비밀이라도 되는 것처럼 바짝 다가앉으며 속삭였다.

"중동? 신식 기술 아무것도 없는 우리 같은 것들은 그림에 떡이오."

천두만은 지난날 월남을 가려고 했던 기억을 떠올리며 고개를 저었다.

"아니오, 천 씨. 기술자만 뽑는 게 아니라 잡역부로 우리 같은 사람들도 뽑아요. 아직 기운이 남았으니 우리도 한때를 봐야 되지 않겠수?"

"10여 년 전에 월남바람 불었디끼 인자 사우디바람 불어대고 있는 것 나도 아는디, 공연시 헛꿈 꾸덜 마씨요."

"헛꿈이라니요? 여기서도 다달이 은행에 가서 큰돈 받는 집들이 많다니까요."

"노 씨도 참 딱딱허요 이. 여그서도 늙었다고 일거리 뺏겼담서요? 그런 꼴꼴난 몸땡이럴 내밀면 돈벌이 잘되는 디로 보내줄 상불르요? 거기는 젊은 놈들이 더 드글드글 몰릴 것인디."

천두만은 혀를 차며 노 씨에게 술잔을 내밀었다.

"그게 그럴까요?" 말귀를 알아들은 노 씨의 얼굴이 일그러지더니, "이것 참 어째야 좋수 그래. 잘살게 됐다고 날로 달로 삐까번쩍 변해가는 세상에 우리 같은 것들은 한세상을 못 보고 평생 고생만 하다가 시들시들 죽게 생겼으니." 그는 땅이 꺼지라고 한숨을 토해냈다.

"금메 말이오. 가난허니 촌구석지서 태어난 것이 죄 아니겠소. 배운 것 없고, 지닌 것 없는 것들이 도회지로 나와 지아무리 발싸심혀 봤자 수구렁에 빠져 활갯짓허기요. 워쩌겄소, 다 팔자소관이제."

천두만도 풀죽은 얼굴로 한숨을 물었다.

"그래도 천 씨는 아들농사 하나는 잘 지어 말년 고생은 면하게 됐잖수. 나는 그리도 못했으니 앞길이 막막해요."

"글씨, 그도 생각혔든 것허고는 달브요. 아들이 벌어오는 돈이 싹 다 모아지는 것이 아닝께라. 살기가 쪼깐 나사지긴 혔어도 아들놈이 집 지니고 편케 살 날이 언제가 될란지 감감허요. 몇 년 안 있어 장개도 들어야 헐 것이고, 즈그 새끼덜 생길 것이고……, 몰르 겠소, 말년이 어찌 될라는지. 나도 더 늙기 전에 무신 실헌 자리럴 찾아나서야 헐 것인디……."

천두만은 또 건설단을 생각하고 있었다. 땅만 있다면 아직도 농사일에는 자신이 있었다.

"하긴 그래요. 젊은 사람들이 결혼해서 가정 꾸리면 즈이들 살기도 허덕허덕하는 판이니까. 인생사 가도가도 모래밭이니 어서 죽는 게 상책 아닌가 모르겠수."

노 씨는 술병을 거꾸로 치켜들어 병구멍을 혀로 핥았다. 그러나 술은 몇 방울 나오는 것 같지 않았다.

천두만은 한 잔으로 끝난 술이 아쉬웠다. 한 병쯤 더 했으면 딱 좋을 것 같았다. 그러나 주머니에 있는 돈은 돈이 아니었다. 이자로 받은 돈을 헐어낸다 해도 그건 술을 마셔 없앨 돈이 아니었다. 그 돈도 불쌍한 딸의 육신이기는 마찬가지였다.

"술 잘 묵었소."

천두만은 끄응 힘을 쓰며 몸을 일으켰다.

"아이고, 10년만 더 젊었더라도."

노 씨는 술병으로 땅바닥을 치며 탄식했다.

천두만은 내색을 하지 않았지만 노 씨가 당한 일에 충격이 적잖았다. 그가 대낮에 오징어다리 하나 없는 깡소주를 외상으로 마셔야 하는 심정이 이해되기도 했다. 자신도 언제 그런 무참한 꼴을 당하게 될지 모를 일이었다. 그동안 살아보려고 발버둥친 것은 바람을 잡으려고 했던 것처럼 빈손인 채 속절없이 나이만 먹고 말았다. 마음은 아직도 여전한데 가끔 거울에 비친 얼굴을 보고 문득 놀라고는 했다. 수많은 주름살과 함께 얼굴을 덮고 있는 늙음은 자신의 얼굴 같지가 않았다. 그러나 펼 수도 없는 주름살이었고, 벗겨낼 수도 없는 늙음이었디.

요리 사는 것이 맥엄씨 허송세월허는 것 아니겠어? 세월을 막지도 못허고 잡지도 못허고 워째야 쓸랑고?

천두만은 남한산성 줄기의 푸르른 숲을 바라보며 한숨을 토했다. 아직 기운 남았을 때 무언가 힘이 되는 일을 해야 한다는 초조감이 또 밀려들었다.

"요것 잘 간수허소."

천두만은 식당에서 저녁 늦게 돌아온 아내에게 돈을 내밀었다. 아들이 취직을 하자 고된 물일을 못 나가게 했다. 그러나 아내는 아들의 짐을 조금이라도 무겁게 해서는 안 된다며 고개를 저었다. 점심, 저녁 얻어먹고 하는 아내의 벌이가 그래도 보탬이 되어 더 말리지 못했다.

"그래도 안 띠묵고 주기는 주요 이."

돈을 감싸안는 버들댁의 말에는 옹이가 박혀 있었다.

"뻔뻔시런 놈들, 속으로야 띠묵고 잡어 죽겠졌제. 뒷간에 갈 때 맘 달르고 나올 적 맘 달르드라고 쌩돈 내주는 것 같은 심뽀일 것잉께."

천두만은 회사에서 당했던 일이 생각나 담배연기를 거칠게 내뿜었다.

"그려라. 돈 있는 것들이 더 징허게 맵고 짜운께라. 문딩이 잡것들, 넘 아까운 목돈 다 푼돈 맹글어뿔고……."

버들댁은 손가락에 침을 발라가며 돈을 세기 시작했다.

천두만은 며칠을 두고 생각했다. 아무래도 땅을 찾아가는 것이 옳을 것 같았다. 소작으로 뜯기지 않고 농사를 지으면 날품을 파는 것보다야 나을 것은 자명했다. 그리고 일거리를 찾아 눈치 보고 굽실거려야 하는 것에 비하면 제 땅에 농사짓는 것은 얼마나 당당한 일인가. 어쨌든 아들이 서울에 말뚝을 박았으니까 일단 자신이 할 일 한 가지는 끝낸 셈이었다. 나머지 두 자식을 위해서도 더 나은 곳을 찾아가야 했다. 아내와 함께 신명나게 농사를 지어대면 마음도 편하고, 두 자식 뒷바라지도 더 수월해질 수 있었다.

며칠을 더 생각한 끝에 천두만은 잠자리에서 말을 꺼냈다.

"어이 말이시, 나 참 기맥힌 꼴 당혔네. 자네헌티도 챙피시러바 야그허기가 껄쩍지근헌 일인디 말이시……."

천두만은 몸을 뒤척이며 뜸을 들였다.

"무신 일인디라? 부부지간에 못헐 말도 있습디여? 워다다 나 모르는 자석 낳아둔 것도 아닐 것이고. 싸게 야그혀 봇씨요, 싸게."

무언가 좋지 않은 이야기라는 것을 눈치챈 버들댁은 마음 급하게 말했다.

"나가 말이시, 엊그저께 옷감 날르는 일거리럴 놓고 워떤 젊은 놈허고 쌍아리가 졌는디 말이시, 공장장이 금메 아는 정 보든 정 없이 나럴 제끼고 젊은 놈헌테 일을 맽기드랑께. 나가 늙어서 심 못 쓰고 일 둔허다고 말이시. 그 꼴 당허고 봉께 앞이 캄캄허고 기가 칵 맥히는 것이 말이시……."

천두만은 노 씨한테 들은 말을 자기가 당한 것으로 천연덕스럽 게 바꾸었다.

"머시라고라? 당신이 늙어 심 못 쓴다고라?"

버들댁이 벌떡 상체를 일으켰다.

"어허, 간 떨어지겄네 이 사람아. 워째 그리 놀래고 그려?"

천두만도 천천히 일어나 앉았다.

"얼라, 안 놀래게 생겼소? 몸떵이 한나로 벌어묵는 신세에 일거 리 뺏기는 사단이 생겼는디. 얄궂어라, 당신이 발써 그리 늙어 뵐께 라? 나 눈에는 안직 암시랑토 안헌디."

버들댁은 울상을 지으며 남편의 얼굴을 새삼스럽게 쳐다보았다.

"우리 눈이야 워디 믿을 수 있간디. 넘덜 눈이 지대로 보는 것이 제." 천두만은 꽁초에 불을 붙여 깊이 빨고는, "그려서 되작되작 생 각혀 봤는디, 여그서 그리 퇴물로 밀리기 시작하면 날로 달로 심해 질 것이고, 그리 되면 사람 추접허니 뒘서 벌이는 벌이대로 안 되 고, 그것 사람 못 당헐 일 아니겄어. 여그서 사람 더 똥 친 작대기 되기 전에 신 선상님 찾아가는 것이 으쩌겄어?" 하며 아내의 눈치 를 살폈다.

"농새짓게라?"

버들댁이 슬픈 기색으로 다시 남편을 쳐다보았다.

"잉. 안직 농새질 기운은 펄펄허고, 땅만 있음사 그런 드런 꼴 안 당허고 맘 편허니 살 것 아니여. 글고, 자네허고 나허고 농새지면 여그서보담 훨썩 더 많이 벌 것잉만."

"근디 죽자사자 아그덜 서울로 끌고 왔는디 인자 와서 또 촌것들 맨들 것이요? 넘덜은 새끼덜 서울로 보낼라고 눈에 불 쓰고 난리판인 시상에."

"워디가. 아그덜은 여그다 두고 우리 둘이만 가야제. 칠성이헌테 맽기면 동상들 요롷다게 잘 거둘 것인디. 글고 건설단 간 디가 벨라 멀덜 안헝께 자네가 자주 왔다갔다허면 되고."

"근디, 농새지면 벌이가 더 낫기는 나슬께라?"

"그야 당연지사제. 소작 안 띤기는 농새 아니여?"

"금메, 그리만 됨사 가는 쪽으로 맘을 돌려야제라. 하로라도 덜 늦었을 적에 싸게싸게 벌어야 새끼덜 고등핵교꺼정은 갤치제라. 칠성이 심도 덜어주고."

버들댁이 가는 한숨을 물며 고개를 주억거렸다.

"그려, 자네가 말귀 잘 알아듣고 옳게 생각허능구마. 칠성이가 야물고 실헝께 아무 걱정 말고 맘 편허니 뜨도록 허세. 내 땅 있음사 땅 파고 사는 것이 질 아니드라고."

천두만은 아내의 손을 지그시 잡았다. 평생 고생만 해오면서 자신을 따라 살아온 아내였다. 서울로 데려와서 사람 못할 고생만 더 많이 시킨 아내가 안쓰럽고 가여웠다.

천두만은 다음날 아들을 불러앉히고 자신이 마음먹고 있는 것을 다 털어놓았다.

"……긍께 니가 두 동상 잘 다독기리고 공부 봐줘감서 살아지겠
지야? 나나 엄니나 니럴 믿는다."

천두만은 아들을 똑바로 쳐다보았다.

"저어……, 꼭 그러실 필요 없잖아요. 전부터 말씀드렸던 것처럼
두 분은 이제 그만 편히 좀 살도록 하세요. 제가 버는 것으로 우리
식구가 굶지는 안잖아요. 동생들이 외로워할 것도 생각하셔야죠."

칠성이는 괴로워하는 얼굴로 말했다.

"니 고마운 맘 알겠는디, 이 에미 애비는 앞으로 10년은 기운 실
허게 농새질 수 있고, 고것이 우리가 허고잡은 일이여. 헐 일 두고
사람이 흘룽할룽 허송세월허는 것은 죄 되는 짓인 거이다. 글고 동
상들도 클 맨치 컸응께 부모 떨어져 살면 철 일찍 들어 좋다. 시방
그 나이에 서울로 유학 보내니라고 발싸심덜 허는 풍조 아니여? 허
고, 엄니나 나나 자주 걸음헐 것잉께 외로울 것 머시가 있겄냐."

천두만은 아들을 쓰다듬는 눈길로 말했고,

"그려, 아부지 말씸대로 혀. 인자 포도시 모 한나 꽂은 심인디,
우리 집안이 얼렁 피야 되덜 안컸냐. 느그가 아부지 엄니맹키로 살
아서는 안 된께."

버들댁이 물기 젖은 목소리로 말을 이어받았다.

"……."

칠성이는 고개를 떨군 채 말이 없었다.

"요것은 느그 누님 돈 묶여 있든 거 찾은 것이여. 9만 원인께 잘

간수허고, 앞으로도 3년 더 찾아야 써. 요 증명서가 그것잉께 잘 챙겨."

천두만은 돈과 증명서를 아들 앞으로 밀어놓았다.

"아부지, 이 돈을 저를 주시면 어떡해요. 아부지가 가지고 가셔야지요."

칠성이가 곧 울 것처럼 말했다.

"아니여. 우리는 돈이 쓸 디가 없다. 신 선상님 말씀이, 땅이 있웅께 언제든지 맘만 있으면 맨몸으로 오라고 허셨니라. 우리 걱정 하나또 허덜 말어라."

천두만은 돈을 아들 앞으로 더 밀어놓았다.

"그래도 가지고 가세요. 무슨 일이 있을지 모르잖아요."

"아니다. 여그 돈 따로 있다."

"돈은 무슨 돈이 있으세요. 가지고 가셨다가 필요 없으면 다음에 주세요."

"어허, 어찌 그리 말을 씹혀쌌냐. 중헌 일에 써야 헝께 간수나 잘 혀라."

"아부지, 이보다 중한 일이 어디 또 있어요. 이 돈 안 가지고 가시려면 아주 가지 마세요."

화가 난 것처럼 커졌던 칠성이의 목소리에 물기가 묻어나며 잠겨 들었다. 그는 손등으로 눈을 훔쳤다.

"그려, 니 말대로 헐란다."

버들댁의 목이 메었고,

"사내자석이 원……."

천두만은 험, 험, 헛기침을 하며 담배에 불을 붙였다.

이틀이 지나 커다란 보퉁이를 진 천두만은 아내와 함께 아침 일찍 집을 나섰다. 산자락 동네 성남에는 안개가 자욱하게 끼어 있었다.

37

끝없는 곡예

한정임은 송수화기를 들었다. 다이얼의 7자에 검지손가락을 걸었다. 그러나 돌리기도 전에 가슴이 두근두근 뛰기 시작했다. 그녀는 숨을 깊이 들이쉬며 아랫입술을 물었다. 두 번, 세 번 심호흡을 했지만 진정되기는커녕 더 심해져 가슴은 벌떡벌떡 뛰었다.

"한 여사, 연락할 때까지 기다리라고 했잖아요. 왜 그리 눈치도 참을성도 없어요. 이것저것 다 망치고 싶어서 그래요?"

최혜경의 냉정하고 날카로운 목소리가 쟁쟁하게 울리고 있었다. '이것저것 다 망치고 싶어서 그래요?' 그 섬뜩한 말이 가슴을 더 벌떡거리게 했다. 한정임은 그 말의 힘에 떠밀리며 송수화기를 도로 놓고 말았다.

눈을 질끈 감으며 부르르 떠는 그녀의 입에서는 신음과 한숨이 함께 흘러나왔다. 넓은 안방의 한쪽 벽을 가득 채우고 있는 자개장

롱에는 유백색에 황금빛을 머금은 봉황 두 마리가 휘황한 자태를 드리우고 있었다. 그 화려한 장롱에 어울리지 않게 그녀의 얼굴은 생기 없이 수척했다.

눈치도 참을성도 없다고? 연락할 때까지 기다리라고? 그럼 도대체 언제까지 기다리라는 거야? 그동안 얼마나 오래 기다렸는데. 날 이대로 버리려는 게 아닐까……?

한정임은 또다시 그 생각에 휘감겼다. 배신감이 가슴 뜨겁게 타올랐다. 이대로 버리다니……. 그건 도저히 참을 수 없는 일이었다.

그러나 다음 순간 싸늘한 냉기가 가슴을 덮쳐오는 것을 느꼈다. 참을 수 없다면 어찌할 것인가……. 시뻘건 쇠붙이가 찬물 속에서 어찌할 수 없이 식어가는 것처럼 가슴의 불길도 맥없이 잦아들고 있었다. 상대는 너무나 강하고 어머어마했다. 배신감으로 혼자 가슴이 탈 뿐 보복이나 복수를 시도할 수 없는 대상이었다.

한정임은 그 완강한 벽 앞에서 번번이 무릎을 꿇으며 분해서 몸부림쳤다. 자신이 대신 죄를 뒤집어쓰고 쇠고랑을 찼고, 그 여파로 남편까지 예편을 당했고, 조금만 기다리라던 그 여자는 2년이 다 되도록 약속을 지킬 기미를 보이지 않았고, 그런데도 따지지도 대들지도 못하는 미약한 자신을 의식할 때마다 분함은 점점 커지고 있었다.

"아이고 여보! 그놈의 테레비 좀 그만 봐요."

한정임은 안방을 나서며 빠락 소리질렀다.

"이거 또 왜 이래?"

소파에 눕듯이 몸을 부린 양용석은 텔레비전 화면에 눈길을 박은 채 시큰둥하게 반응했다.

"당신, 어린애예요? 다 짜고 쑈하는 그따위 레스링에 환장을 하게."

한정임은 표독스럽게 느껴질 정도로 성깔을 부리며 텔레비전을 꺼버렸다.

"이거 왜 또 발작이야?"

양용석이 상체를 벌떡 일으켜 세우며 소리쳤다.

"뭐예요? 발작이요, 발작이라구요?"

한정임이 파르르 기를 세우며 덤벼들었다.

"그래, 발작이 아니면 왜 또 갑자기 이래. 누군 맨날 테레비만 보고 싶어 보는 줄 알아? 날 이 꼴로 병신 만든 게 누군데 그따위 소리야!"

양용석이 더 무서운 기세로 눈을 부릅뜨며 아내를 향해 삿대질을 했다.

"어머머, 내가 당신을 이렇게 만들었단 말이에요? 세상에, 세상에, 별 둘 달 때까지 아니꼽고 드러운 꼴 다 당하면서 공들이고 애쓴 게 누군데 이제 와서 그런 소릴 해요, 글쎄. 그 여자한테 당하는 것도 분해 죽겠는데 이젠 당신까지 이러다니……, 아이구 분해, 아이구 분해, 난 분해 못살아."

한정임은 소파에 주저앉으며 울음을 터뜨렸다. 울기 시작하자 그녀의 감정은 분함과 억울함이 서러움으로 바뀌면서 마구 눈물이 솟고 있었다.

줄줄이 흐르는 아내의 눈물을 보자 양용석은 그만 마음이 약해지고 아내가 짠해졌다. 자신이 별을 달 때마다 아내는 보이지 않게 많은 애를 쓴 것이 사실이었고, 별 셋이 되는 것도 가장 진심으로 바랐던 사람이 아내였다. 그는 담배에 불을 붙여 연기를 깊이 빨아들인 다음 입을 열었다.

"여보, 더 기대하지 말고 다 잊어버려."

"네에? 그게 무슨 소리예요?"

한정임은 눈물을 훔치며 남편을 쳐다보았다. 눈물이 얼룩진 눈에는 놀라움이 담겨 있었다.

"진작 말하려고 했었는데……, 용도 폐기당한 거야."

양용석은 담배연기를 한숨으로 내뿜었다.

"용도 폐기요?"

"그래, 군대에서 자주 쓰는 말인데, 더 쓸모없어지니까 버렸단 말야."

양용석이 일그러진 얼굴로 담배를 빽빽 빨아댔다.

"그건 말도 안 돼요, 말도 안 돼요. 우리가 누구 땜에 이 꼴이 됐는데. 자기네를 무사히 지켜주느라고 우리가 이렇게 망했는데, 그건 말도 안 돼요."

흥분한 한정임은 '안 돼요'에 맞추듯 엉덩방아를 찧어댔다. 자신의 마음속에 도사리고 있던 걱정을 남편이 입에 올리게 되자 그게 사실인 것처럼 느껴져 감정은 걷잡을 수 없이 터져오르고 있었다.

"여보, 진정해, 진정해. 당신이 그런다고 일이 해결될 것도 아니고 당신 몸만 상해. 우린 진작 용도 폐기됐으니까 더 미련 갖지 말고 모든 걸 냉정하게 정리해야 돼."

"그건 말이 안 되잖아요. 일이 다 수습되면 더 좋은 자리를 주겠다고 분명히 약속했는데. 세상에 이런 의리 없는 일이 어디 있어요."

"당신이 순진하게 세상을 잘 몰라서 그래. 정치판, 권력판에서 그런 일은 수도 없이 많아. 이젠 정신차리고 우리 살길을 찾아야 해. 더 미련 갖고 기다려봤자 허송세월만 하는 거니까."

"난 그리 못해요. 억울하고 분해서 이대로 당하고 끝날 순 없어요. 절대 그렇게는 안 돼요."

한정임은 거칠게 머리카락을 쓸어넘겼다. 앙다물린 입술에는 분함과 독기가 서려 있었다.

"그럼 어쩔 건데? 따지고 덤빌 거야? 왜 약속 안 지키냐, 빨리 약속 지켜라 하고 따지고 덤빌 거냐고. 그게 아니면 복수를 하겠어? 그 사건을 사실대로 폭로해서 복수를 하겠느냐고. 만약 그러면 어찌 되지? 다치는 건 오히려 우리야. 그 사람들 권력이 얼마나 엄청난지 잘 알지? 괜히 감정 앞세우지 말고 냉정하게 따져봐. 우린 이제 아무 힘도 없고, 속수무책이야. 이나마 유지하고 살려면 정신 똑바로 차려야 해."

양용석은 어깨 처져내리는 한숨을 토해냈다.

"나도 그런 생각 골백번도 더 했어요. 그치만 이건 해도 너무하잖아요. 세상에 배신도 이런 배신이 어딨어요."

한정임은 다시 눈물을 짰다.

"당신 심정이나 내 심정이나 억울하기는 똑같은데, 그렇지만 어쩌겠어. 다 운수소관으로 치고 단념해야지. 그동안 행여나 하고 기다려온 우리가 순진하고 바보였던 거지."

"세상에……, 그럼 당신 어떡해요? 아직도 기운 펄펄한 젊은 나인데. 당신이 이러고 있는 걸 보면 난 미칠 깃 같애요. 여보, 우리끼리 이러지 말고 오빠를 찾아가 부탁해 보는 게 어때요?"

"처남한테? 처남, 그런 부탁 영 싫어하잖아."

양용석은 떨떠름한 얼굴로 고개를 갸우뚱했다.

"싫고 좋고가 어디 있어요. 형제간 일인데 길이 있으면 나서는 거지요. 그간에도 싫어하면서도 결국은 도와주곤 했잖아요."

"글쎄……, 당신 그 생각 안 나? 그 여자하고 너무 가깝게 지내지 말라고 오빠가 당신한테 주의시켰던 것 말야. 그 말 안 듣고 이렇게 되고 나서 찾아간다는 게 그게……."

"나도 그 생각 땜에 여태 가지 못하고 참아왔던 거예요. 그치만 어쩌겠어요. 이젠 막바지에 몰렸는걸. 마지막으로 오빠나 찾아가 보고 포기를 하든 단념을 하든 해야 되지 않겠어요?"

"글쎄……, 며칠 좀 생각해 보도록 하자구. 내가 궁리해 볼 것도 있으니까."

양용석은 식탁 뒤의 장식장으로 가서 양주병과 손잡이가 날씬하게 긴 술잔을 꺼냈다. 유리문이 달린 4층 장식장에는 층마다 가지가지 모양의 양주잔들과 꽃무늬 호화로운 커피잔들이 진열되어 있었고, 맨 아래층에는 각양각색의 양주병들이 빼곡하게 들어차 있었다.

"참, 안면을 몰수해도 유분수지 어찌 이럴 수가 있어. 누가 장관을 시켜달랬나, 도지사를 시켜달랬나. 그 흔해빠진 국영기업체 장자리 하나 꽂아주면 사람 체면 유지하고 소일하고, 더 안 바라잖아. 실컷 이용해 먹고 차버려? 어디 봐라, 벼락 안 맞나."

한정임은 분노 서리고 살기 번뜩이는 얼굴로 중얼거리고 있었다.

"쓸데없는 소리 뭘 그리 꿍얼거리고 있어. 당신이 하느님이 아닌데 그 여자가 벼락은 무슨 벼락을 맞어. 권세 가진 자는 잘만 살게 돼 있으니까 당신도 술이나 한잔하면서 감정 풀어."

양용석이 왼손에 든 술잔을 아내에게 내밀었다.

"참 기막혀요. 난 당신이 육군 참모총장까지 할 줄 알았는데."

한정임이 술잔을 받으며 눈물을 추슬렀다.

"꿈도 어지간히는 컸군. 별 셋부터는 하늘이 내린다는 말이 있어. 그때부턴 고도의 정치놀음이라는 뜻이지. 난 어차피 혁명 주류가 아니었으니까 당신이 꿈을 잘못 꾼 거야. 다 잊어버려."

양용석이 아내를 쳐다보며 술잔을 내밀었고,

"당신한테 미안해 죽겠어요."

한정임은 술잔을 부딪치며 말했다.

"그게 무슨 소리야. 당신 공이 얼마나 컸는데."

양용석은 너그럽게 웃으며 술잔을 입으로 가져갔다.

"여보, 며칠 끌 것 없이 내일 바로 오빠를 만나보는 게 어때요?"

"글쎄, 오빠도 바쁜 몸이고, 나도 만나야 될 사람들이 좀 있으니

까 너무 서두르지 말어. 미리 오빠한테 연락이나 해봐. 언제쯤이
좋은지."

"알았어요. 아빠가 살아 계셨어야 하는데……."

한정임은 뒷말을 어물어물 흐렸다.

이튿닐 아침 양용석은 양복을 밀끔하게 차려입고 나섰다.

"무슨 일 있으세요?"

한정임은 남편의 양복에 건성으로 솔질하며 물었다.

"응, 아직 알 것 없어. 이것저것 알아보고 있으니까."

"괜히 맘 급하게 먹지 마세요. 세상 물정 모르는 예비역 장성들
만 노리는 부로카들이 수두룩하다니까요. 그놈들이 어찌나 수완
이 좋은지 걸려들면 틀림없이 패가망신하고 만대요."

"걱정하지 말어. 마음 급하게 먹었다면 이렇게 2년이 다 되도록
실업자로 살지도 않았어. 허고, 부로카 못 알아볼 만큼 내가 좀 멍
청했으면 좋겠어."

양용석은 아내의 어깨를 다독거렸다.

"하긴 그래요. 차 타고 나가세요. 이런 때일수록 남들 앞에서 더
당당해야 돼요."

"또 그 소리. 당신이나 타고 나가. 괜히 돈 있는 티 냈다간 욕이나
먹고, 부로카들이나 붙지 좋을 것 하나도 없어. 당신이나 당당하게
굴어."

"말 마세요. 이젠 정말 자가용 없애야 될 판이 됐어요. 만나자는
사람도 없고 찾아갈 친구도 없어요. 세상 인심 참 살벌하고 무시무

시해요."

한정임은 쓸쓸하고 서글픈 웃음을 물었다.

"실망할 거 없어. 약아빠진 인간들 다 그런 거니까. 정승집 개 죽으면 문턱이 닳아도 정승 죽으면 개미새끼 한 마리 얼씬거리지 않는다는 말 괜히 생겼겠어. 이대로 죽어 없어질 우리 아니니까 기죽지 말고 자가용 타고 다녀."

양용석은 힘차게 말하며 구두를 신었다.

"그래요. 당신도 힘내고, 사람들 만나면 돈 신경 쓰지 말고 쓰세요. 돈 있는데 뭐가 걱정이에요."

한정임도 힘주어 말했다.

양용석이 호텔 커피숍으로 들어서자 저쪽에 앉았던 두 남자가 벌떡 일어서며 거수경례를 붙였다. 그들은 양복 차림이었고, 양용석도 거수경례로 인사를 받았다. 손님들이 그들을 힐끔힐끔 쳐다보았다. 그러나 그들은 손님들의 눈길을 의식하기는커녕 오히려 자신들의 존재를 과시하는 것처럼 기세가 당당했다. 그들의 태도는 누가 보거나 현역 군인들이 무슨 이유로 사복을 한 것처럼 느껴졌다.

"장군님, 그거 다 알아봤습니다."

눈썹 짙은 남자가 말했다.

"역시 고 중령은 속전속결이군."

양용석은 담뱃갑을 꺼내며 고개를 끄덕였다.

"지금 두 쪽에서 서로 군침을 흘리고 있는 상황입니다. 그런데 양쪽 다 그 사업을 하고 있는 자들입니다."

그 남자가 양용석 앞으로 민첩하게 라이터를 켜대며 말했다.

"기존사업자라……. 그럼 돈도 빽도 든든하다 그거 아닌가?"

양용석이 담배에 불을 붙이며 눈을 치켜떠 그 남자를 쳐다보았다.

"예, 돈이 많은 것은 물론이고 자기네 나름으로 요로에 끈을 대고 있다고 보아야 합니다."

"그럼 그거 좀 문제 아닌가? 기득권이란 게 그게 예사로 두꺼운 벽이 아닌 법인데."

양용석은 신중하게 말하며 막 가져온 커피잔을 들었다.

"그런데 말씀입니다, 그쪽에 불리한 조건이 두어 가지 있습니다. 그 사업에 절대적인 영향을 미치고 있는 거기서 기존업자들에게 새 사업장이 넘어가는 것을 별로 달가워하지 않는다는 사실입니다. 왜냐하면 기존업자의 금력이 지나치게 커지는 것을 원치 않고, 자기네 채널을 될 수 있는 대로 넓혀야 하기 때문입니다. 그리고 또 하나는, 그들이 절대적으로 믿을 수 있어야 하는데, 그 점에 있어서는 우리를 당할 자들이 없지 않겠습니까. 거기에 근무하는 제 동기 말이, 윗선에서 잘 통하기만 하면 실무선에서는 적극적으로 밀어주겠다고 했습니다. 포는 장전이 다 된 거나 마찬가진데요……."

고 중령이라는 남자는, 나머지 일은 당신이 해결해야 되지 않겠느냐 하는 눈길로 양용석을 빤히 쳐다보았다.

"음……, 그 말 알아듣겠는데, 문제는 그 사업이 돈을 쉽게 많이 벌 수 있는 대신 너무 거칠지 않은가? 동업자들끼리 세력 다툼이 우리 군대의 전투나 진배없는 모양이던데."

"예, 그 점은 하나도 염려하실 게 없습니다. 이 권 중사가 태권도나 유도 고단수들로만 소대병력 아니, 중대병력까지도 확보할 수 있습니다. 그리고 거기가 우리 배경인데 감히 어떤 자들이 까불고 덤빌 수 있겠습니까."

고 중령은 옆에 앉은 남자의 떡 벌어진 어깨를 두들기며 자신에 찬 웃음을 피웠다.

"음……, 그런데 그게 체면상 좀……." 양용석은 혼잣말을 하며 커피를 한 모금 마시고는, "그 건설회사는 어찌 됐나?" 하며 다시 담배를 빼들었다.

이번에는 권 중사라는 남자가 재빨리 라이터를 켜댔다.

"예, 그것도 다 알아봤습니다. 돈을 긁어모을 수 있다는 사우디에 진출하고서도 회사를 내놓게 된 이유가 다 있었습니다. 정부의 기업 육성책에 따라 신용보증서만 있으면 사우디에서 따낸 공사 총액의 20퍼센트를 은행에서 현찰로 받을 수 있습니다. 사장은 그 돈을 받아가지고, 그거 있잖습니까, 요 몇 년 사이에 회사들의 유행병이 된 부동산 투기를 해버렸습니다. 그러고는 자재값과 인건비 같은 것은 딴 돈을 끌어다 해나가다가 힘에 부치니까 회사를 내놓은 겁니다."

"흥, 공사해서 남을 이익 20퍼센트는 미리 챙겼으니까 공사는 어찌 되든 말든 회사를 팔아치우겠다는 배짱인가?"

"예, 그쪽 말로는 공사를 완료하면 받을 돈이 그대로 남아 있으니 회사가 부실한 것은 아니라는 겁니다. 그만한 공사 실적이면 회사 이름도 커지게 되고, 사우디에서 또다른 공사도 따낼 수 있다 그런 얘깁니다. 이익이 남지 않는 공사를 하는 건 투자로 생각하라는 건데 꼭 틀린 말은 아닌 것도 같습니다."

"글쎄……, 이거나 저거나 께름칙하고 알쏭달쏭한 게 좀 난처하군. 세상사라는 게 군대처럼 확실 분명한 게 하나도 없으니 원……."

양용석은 무거운 얼굴로 아랫입술이 윗입술을 덮을 정도로 입을 꾹 다물었다.

"장군님, 이렇게 하면 어떻겠습니까? 사실 카지노사업이라는 건 돈이 쏟아지는 노다지이긴 하지만 어디다 명함 내놓기는 체면상 문제가 있기는 합니다. 그러나 건설회사는 돈벌이가 좀 덜 되더라도 사회적으로 사업가의 위신을 세우기에는 아주 좋습니다. 그러니까 한쪽은 실속, 또 한쪽은 위신을 세우기 위해 그 두 가지를 다 하는 게 어떻겠습니까?"

고 중령이 눈을 빛냈다.

"흠, 고 중령은 예나 지금이나 머리가 빨리 돌아가는군. 그것도 방법이긴 한데, 두 마리 토끼 쫓아서 될까?"

"예, 그건 조금도 걱정하실 게 없습니다. 요즘 재벌 소리 듣는 회사들은 열 마리, 스무 마리 토끼도 거뜬하게 쫓고 있지 않습니까? 문제는 돈이고 사람입니다. 저는 돈은 좀 그렇습니다만, 사람 모아 몰아대는 것은 자신 있습니다. 건설회사는 어차피 노가다판이라 군대식으로 몰아대면 효과 만점으로 안 될 게 없습니다. 장군님도 들으셨지요? 사우디 건설 현장의 노동자들 다루려고 건설회사마다 ROTC 예비역들을 노무과장으로 특채하고 있다는 말 말입니다. ROTC 출신들도 장교라고 그렇게 대우를 받고 있고, 군대식이 효과를 보고 있다고 합니다. 두 마리 토끼, 그거 문제 없습니다."

군대 이야기가 나오자 제풀에 신이 난 고 중령은 흥분기를 드러냈다.

"그래, 효과적인 면에서 볼 때 군대식 당할 게 없지. 그런데 말야, 우리한테 한 가지 큰 약점이 있어. 단순 명료한 군대식이 몸에 배버린 점이야. 내가 누차 말했지? 세상 사기꾼들은 우리 예비역들을 저희들 밥으로 알고 덤빈다고 말야. 내가 아는 몇 사람도 꼼짝없이 당했어. 우린 단순 명료한데 세상사는 복잡 미묘하거든. 우리는 사회의 유치원생이라는 것을 항상 잊지 말고 어떤 일이든지 서둘러선 안 돼. 시간이 좀 걸리는 건 사회에 수업료 낸다고 생각하고 안전제일로 나가야 해. 고 중령 말 충분히 참고할 테니까 며칠 동안에 그 건설회사에 대해서 더 좀 자세히 알아봐. 국내 사업 형편이나 전체 재정 상태 같은 것에 대해서 말야. 고 중령한테 감추고 있는 게 있을 거거든. 그 기관에 자네 동기가 있다고 했지? 그 친구 통해서 관할 세무서와 경찰서에 선을 대봐. 그리고 거래 은행에도. 또 그 사장이 회사를 처분하고 무슨 일을 하려고 하는지도 알아봐. 적을 모르고 치는 것은 백전백패요, 적을 알고 치는 것은 백전백승이다. 알지?"

양용석은 작전명령을 내리듯 침착했다.

"예, 명심하겠습니다."

고 중령은 힘 실린 목소리에 맞추어 고개를 절도 있게 꺾었다.

"난 며칠 새로 중대한 결심을 하게 될 거야. 그동안에 자넨 내가 말한 것 외에도 알아낼 것은 뭐든지 다 알아내서 만전을 기하도록 해."

"예, 알겠습니다."

"그리고 있잖나, 그 사업에 눈독들이고 있다는 두 사람, 그들에 대해서도 샅샅이 알아봐. 만만한 상대들이 아닐 테니까. 쉽게 생각하는 건 실패의 원인이고, 우린 지금 필승만 해도 상황이 다급한 처지들 아닌가. 자식들이 커나고 있는데 말야."

"예, 확실하게 임무 수행하겠습니다."

고 중령은 완전히 군인이 되어 있었다.

"자아, 이거 용돈으로 쓰게."

양용석은 양복 속주머니에서 봉투를 꺼내 고 중령에게 내밀었다.

"아니, 괜찮습니다."

고 중령이 몸을 반쯤 일으켰다.

"어서 받어. 돈 없이 되는 일 있나."

"예, 그럼 일하는 데 쓰겠습니다."

고 중령은 고개를 숙이며 두 손으로 봉투를 받았다.

"나가지. 어디 가서 점심하게."

양용석은 손목의 시계를 보며 몸을 일으켰다.

"야아, 수출 목표 100억 불 달성이라니. 그것 참 기막힌 일이라니까."

"글쎄 말이야. 근데 그게 사실은 사실일까?"

"그건 또 무슨 소리야? 이렇게 신문에 딱 났잖아."

"이런, 누가 거짓말이래? 하도 꿈만 같아서 하는 소리지."

"그래, 그래, 꿈만 같은 일이긴 하지. 5년 전까지만 해도 이런 날이 올 줄 누가 믿기나 했나."

"그렇다니까 글쎄. 역시 각하가 위대하셔. 각하 아니면 이런 일이 이루어지겠어?"

"당연하지. 각하는 역시 '작은 고추'셔. 대학생들이 아무리 떠들어봤자 다 소용없어. 잘살게 만들어주는 각하가 최고지."

양용석은 뒷자리의 사람들이 나누는 이야기를 들으며 천천히 걸음을 옮겨놓았다. 각하가 역시 위대하고 최고라는 칭송에 그는 불현듯 군대 시절이 그리워졌다. 군대는 치외법권적 성역이었고, 신성불가침적 권위를 누렸다. 그 누구도 감히 그 성역을 더럽히거나 그 권위에 도전할 수가 없었다. 오로지 한 사람, 각하만이 그 위에 군림할 수 있었다. 각하와 군대는 바늘과 실의 관계였고, 마부와 말의 관계였고, 총과 총알의 관계였다. 그 성역과 권위를 배경 삼아 투스타의 위세는 얼마나 대단했던가. 그는 꿈결처럼 사라져버린 그 시절을 그리워하며 외톨이가 된 허약한 자신을 쓸쓸히 바라보았다.

"여기 불고기하고 맥주 좀 가져와."

양용석은 두 사람에게 묻지도 않고 아가씨에게 주문했다.

"아, 아닙니다. 저희들은 아무거나 먹겠습니다."

고 중령이 황급히 말했다.

"괜찮아. 나 만났을 때나 잘 먹어야지. 괜히 눈치 보지 말고 불고기 모자라면 더 시켜서 양껏 먹어. 몸이 실해야 일할 기운도 나지."

양용석은 넉넉하고 푸짐하게 말했다. 자신에게는 충복이 필요했다. 제복과 계급의 힘이 없어진 마당에 아랫사람들이 따르게 하는 데는 돈과 마음을 후하게 쓰는 방법밖에 없었다.

"아가씨, 여기 새로 나온 쌀막걸리 좀 줘."

"막걸리요? 여긴 맥주하고 소주밖에 없는데요. 막걸리는 대폿집으로 가셔야죠."

"아니, 그냥 막걸리 말고 이번에 새로 나온 쌀막걸리 말야, 쌀막걸리. 그게 얼마나 귀하고 반가운 건데 안 갖다놓고 그러나 그래. 이 집 주인 장사할 줄 모르는구만 그래."

"맞어. 14년 만에 다시 나오는 건데 눈치 빠르게 갖다놓으면 모두 한잔씩 할 거 아니겠어? 이거 김샜네."

"누가 아니래. 좌우지간 쌀막걸리가 다시 나오다니 신통하다니까. 쌀 모자라 혼분식 장려하고 무미일(無米日) 정하고 야단하던 때가 언젠데."

"그러게 말야. 쌀이 남아돈다는 말이 사실이긴 사실인 모양이야. 땅은 그대로고 인구는 불어나는데 참 희한한 일이라니까."

"그게 다 새마을운동 덕이잖아. 전국적으로 통일벼라는 새 품종을 심어대서 수확이 대폭 늘어난 거야."

"그것 참, 각하가 장담한 대로 됐어. 그나저나 그 양반이 인물은 인물이야. 한다고 하면 어떻게든 해내거든."

"그래 글쎄. 오래하는 것 빼놓고는 영웅이라니까."

"맞어. 3선개헌 안 했으면 진짜 영웅인데."

"아니, 3선개헌까진 그래도 괜찮아. 거기까지만 하고 딱 끝냈어도 영웅인데 그놈의 유신을 하는 바람에 스타일 구겼어."

"근데 그 양반이 안 해서 이런저런 것들이 잘 안 될 수도 있잖아? 그거 영 복잡한 문제라니까."

"아이고 골치 아퍼, 정치 얘기 하지 마. 이따가 쌀막걸리나 실컷 마시자구."

"하긴 그래. 우리 같은 것들이 떠들어봐야 뭐가 될 것두 아니고. 우린 그저 편히 살면 되니까."

건너편 자리에 앉은 사람들의 이야기였다.

"장군님은 쌀막걸리 마셔보셨습니까?"

고 중령이 뚜벅 말했다.

"아니."

"저는 어제 마셔봤습니다."

"응, 맛이 어때?"

"밀가루막걸리하고는 댈 것이 아니었습니다. 씁쓰레하고 틉틉한 맛이 싹 가신 게 옛날 맛 그대로였습니다. 깰 때도 머리가 아프지 않고 개운하고요."

"그거 잘됐군. 서민들이나 농민들이 좋아하겠구먼. 어서 고기 많이 먹게."

그때까지 말을 한마디도 하지 않은 권 중사라는 사람은 불고기를 먹느라고 정신이 없었다.

양용석은 그들과 헤어져 혼자 걸었다. 그는 혼자 있는 것이 싫어서 어디를 찾아갈까 열심히 생각하고 있었다. 그러나 그 어디도 찾아갈 곳이 없었다. 모든 것은 2년 전 그대로인데 오라는 데는 한 곳도 없었다. 퇴역을 하기 전까지는 오라는 데가 너무 많아 날마다 정신을 차릴 수 없을 지경이었다. 소위 때부터 차차 계급이 올라갈수록 그만큼 많은 사람들에게 에워싸여 살아왔다. 그런데 갑자기 군복을 벗고 외톨이로 혼자 있게 되자 그 시간을 견디기가 어려웠다. 그 시간은 단순히 지루한 것만이 아니었다. 외로운 것만도 아니었다. 그 소외감과 적막감은 스스로를 한없이 초라하게 만들고 왜소하게 만들어갔다. 사단의 연병장에서 사열을 받던 것이며, 도지사나 경찰국장, 법원장까지 설설 머리 숙이며 영접했던 때를 생각하면 그만 미칠 것만 같았다. 다 지나간 일이라고, 이젠 잊어야 한다고 스스로를 일깨우고 타이르고 했지만 혼자 있는 시간을 몸에 익히기란 보통 어려운 일이 아니었다. 혼자 있는 시간이 무섭고 두려워 피하고 싶었지만 찾아갈 데도, 오라는 사람도 없다는 사실이 또 사람을 미치게 만들었다. 그러나 가까스로 2년여 세월을 견디어낼 수 있었던 것은 행여나 행여나 하는 기다림 때문이었다. 그러나 이제 그 기대도 물거품이 된 것이 분명해 보였다. 대여섯 달 전부터 아내 모르게 고 중령을 앞세워 할 만한 일들을 알아보게 했던 것도 그런 예감이 점점 강해진 탓이었다. 그러나 고 중령이 말하는 그 일들에 손댄다는 것은 혼자 있는 시간 만큼이나 무섭고 두려웠다. 군대생활에 자신이 있는 것과는 반대로 사회생활에는 자신이 없었다.

양용석은 별로 내키지 않았지만 며칠이 지나 아내와 함께 처남을 찾아갔다.

"응, 자네 오랜만이군. 요새는 어떻게 지내나?"

한인곤은 매제하고 악수를 나누며 무덤덤하게 입을 열었다.

"뭐, 하는 일 없이 그저 그렇습니다."

양용석은 어색하게 웃으며 어물거리듯 대꾸했다.

"그것 참⋯⋯."

한인곤은 혀를 차며 양용석에게 담배를 권했다.

"오빠, 그래서 찾아왔어요. 벌써 고등실업자 된 지 2년이잖아요. 여태 아무 소식도 없는 게 아무래도 버림받은 것 같아요. 그렇다고 우리가 직접 나설 수도 없고 하니까 어떻게 오빠가 손을 써 좀 알아봐 주십사 하구요."

한정임은 기회를 놓치지 않으려는 듯 한달음에 용건을 쏟아놓았다.

한인곤은 고개를 숙인 채 묵묵히 담배만 빨고 있었다. 한정임은 남편에게 무슨 말을 하라고 연달아 눈짓을 해댔다. 그에 맞서 양용석은 가만히 있으라고 눈짓을 했다.

담배를 반나마 태운 한인곤이 입을 열었다.

"자네 입장이 딱하게 된 건 내가 잘 알고 있고, 나도 그동안 자네 일을 안 생각해 본 게 아니야. 허나 저쪽에서 손을 끊기로 마음먹는 경우 이쪽에서는 달리 무슨 방법이 없는 일이네. 개인끼리 얽힌 묘한 문제 아닌가. 그리고 나는 그쪽하고는 전혀 연결이 안 돼. 평소에도 그쪽을 달가워하지 않았으니까 말야. 그러니 자네도 더 미련 갖지 말고 자립할 생각을 하는 게 좋지 않을까 싶어."

한인곤은 누이동생을 묵살하고 매제를 향해 신중하게 말했다.

"오빠, 오빠가 잘 안 통하면 오빠 친구 남 의원이 있잖아요. 그분은 그쪽하고 빠삭할 테니까 그분한테 좀 부탁해 주세요."

한정임은 다급하게 말했다.

"넌 좀 가만히 있거라. 남편 앞날 그렇게 망쳐놓고도 뭐가 모자라서 또 나서고 그러냐!"

누이동생을 쏘아보는 한인곤의 눈에는 노기가 서려 있었다.

"누가 나서고 싶어 나서나요. 여당 국회의원이면서 너무 맥빠지는 소릴 하니까 답답해서 하는 말이지요."

한정임은 기가 꺾이지 않고 대들듯 했다. 그런 아내를 향해 양용석이 눈을 부라렸다.

"허어, 여당 국회의원?" 한인곤은 허한 웃음을 흘리고는, "그래 여당은 여당이지. 허나 여당이라고 다 힘센 국회의원인 줄 아냐? 난 허수아비고, 국회의원은 직업일 뿐이다. 나도 본의 아니게 예편당하고 정계에 투신할 땐 나라를 근본부터 바로잡아보겠다는 원대한 꿈이 있었지. 그런데 4·19를 거쳐 5·16이 터지면서 한풀 꺾였고, 그래도 야당이나마 제대로 해보려고 애쓰다가 말 못할 일에 걸려들어 옛날의 꿈 다 포기한 패자가 되었어. 그러면서 뭘 하러 국회의원 하냐고? 아직까지는 내 한몫은 해낼 수 있고, 나보다 양심 시커먼 자들한테 내 선거구를 내주기 싫은 오기가 남아 있기 때문 이야. 그리고 남 의원하고는 친구로 절연한 지 이미 오래되었다. 그 러니까 나한테 아무것도 기대하지 말어. 내가 보기로 넌 욕심이 너 무 과해. 지금부터라도 그 욕심 버리고 살아야 네 신간이 편해질 거야. 사람이 천년만년 사는 것 아니다" 하며 쓸쓸한 웃음을 짓는 그의 머리에 흰머리카락들이 희끗희끗 돋아 있었다.

"오빠, 오빠 왜 맨날 형제간 애길 남 얘기 하듯 하세요? 우리가 얼마나 억울하게 당했는지 다 알면서 어떻게 그리 냉정할 수가 있 어요. 난 너무 억울하고 분해서 도저히 참을 수가 없다구요."

"억울하다? 그렇게 말할 수도 있겠지. 허나, 네 말대로 좀 냉정하 게 생각해 보자꾸나. 너, 그 여자와 가까이 지내면서 얻은 이익은 안 생각해 보았니? 난 네가 가진 재산이 얼마인지 자세히는 모른 다만, 대충 아는 것만으로도 엄청난 부잔데, 그 많은 부동산들은 누구 덕에 생긴 거지? 물론 너는 그 여자가 공짜로 준 게 아니라 네가 애쓴 결과라고 말하고 싶겠지. 나도 그걸 부정하진 않는다. 허 나 그게 그 여자가 부린 권세가 절대적인 힘이었다는 건 자명한 것 아니냐. 그렇게 덕 봤으면 된 거다. 너는 그 여자가 네 남편 일에 대 해 약속을 안 지킨다고 억울하고 분해 하는데, 그 심정 충분히 이 해한다. 그렇지만 그 여자 입장에서 한번 생각해 봐라. 그 사건으 로 그 여자가 자기 남편한테 어떻게 됐겠니? 칭찬을 받았겠니, 불 신을 당했겠니? 네 남편의 일은 그 여자의 남편이 손을 써야 하는

데, 그 여자가 그런 부탁을 할 수 있겠어? 그 여자는 급한 김에 그런 약속을 했고, 그 약속을 지키고 싶어도 지킬 수가 없게 된 입장이라는 것을 넓게 헤아려야 한다. 그러니까 인과응보라고 생각하고 다 잊어버려."

"오빠, 그럼 지이는 이렇게 해요. 아직도 젊은데 평생 룸펜으로 살란 말이에요?"

한정임이 파르르 기를 세웠다.

"그럴 수야 없지. 재산 있으니까 무슨 안전한 사업 같은 것을 시작해 새 길을 찾아야지. 소규모로 사업을 해보겠다면 정동진이라고 믿을 만한 내 친구를 소개해 줄 수도 있어."

"네, 알겠어요. 여보, 그만 가요."

한정임은 몸을 발딱 일으켰다.

"여보, 왜 그래……."

양용석은 난처한 얼굴로 어물거렸고, 한정임은 이미 현관 쪽으로 걸어가고 있었다.

"됐네. 어서 가보게."

한인곤은 손을 저었다.

"흥, 소규모 사업 좋아하시네. 사람을 뭘로 보고 하는 소리야. 사업을 했다 하면 대규모로 하지 왜 소규모야. 누가 자기처럼 쩨쩨한 줄 아나. 골치 아프게 사업이고 뭐고, 당신 국회의원에 나서요. 까짓 빌딩 하나 팔아 야당에 넣으면 공천 따내고, 선거 비용으로 충분해요. 대령 출신인 오빠 뭐 별수 있었는 줄 알아요. 아버지가 돈다 대줘서 국회의원 된 거지. 당신은 별 둘에, 돈 있는데 뭐가 걱정이에요. 당신이 야당 국회의원이 되면 그 여자한테 그보다 더 멋들어진 보복이 어디 있겠어요. 당신 힘내요."

한정임은 자가용 쪽으로 걸어가며 당차게 말하고 있었다.

"아니, 갑자기 그게 무슨 소리야?"

양용석은 어리둥절해서 아내를 쳐다보았다.

38

사약이 된 술

"글쎄요……, 내 판단으로는 수술이 별다른 효과가 없지 않을까 합니다. 오히려 수술했다가 상태가 더 악화되는 수도 있습니다. 암이란 게 아주 묘하고 고약한 병이 돼서요."

의사는 한마디, 한마디를 더디고 무겁게 말했다.

"선생님, 그래도 수술을 해봤으면 합니다. 본인이 원하고……, 저도……."

얼굴 수척한 임채옥은 초조하게 말했다. 그녀의 눈에도 말에도 물기가 젖어 있었다.

"아직 젊으니까 그 심정 충분히 이해합니다만…… 더 나빠지더라도 후회하지 않도록 각오를 단단히 하셔야 합니다."

의사가 볼펜을 집어들며 임채옥을 주시했다.

"네……, 선생님만 믿겠습니다."

임채옥의 눈에 눈물이 가득 차올랐다.

"어쨌든 최선을 다해보지요. 날짜는 2~3일 뒤로 잡힐 겁니다."

"선생님, 고맙습니다."

임채옥은 고개를 숙였다. 두 눈에서 눈물이 뚝뚝 떨어져내렸다.

"괴롭더라도 환자 앞에서는 눈물 보이지 마세요. 암이라는 걸 눈치채면 병세가 갑자기 더 나빠질 수도 있으니까요."

의사가 측은한 얼굴로 위로했다.

임채옥은 눈물을 삼키며 과장실을 나왔다. 아무에게도 눈물을 보이지 않으려고 했다. 그러나 완치가 아니라 요행을 바라며 마지막 방법으로 선택해야 하는 수술 앞에서 눈물을 감추려는 의지는 허약하게 흔들리고 있었다.

임채옥은 남편의 병실 앞에서 머뭇거리다가 그대로 지나쳤다. 남편은 신경이 몹시 날카로워져 있었다. 울어서 붉어진 눈을 보고 남편이 뭐라고 캐묻고 넘겨짚고 할지 모를 일이었다. 남편은 그동안 앓아온 간경화가 더 악화된 것으로만 알고 있었다. 그런데 네 번째 입원인 이번에 내려진 진단은 간암이었다. 그리고 남은 수명이 1년 정도라고 했다.

임채옥은 긴 복도의 끝에 가서 섰다. 복도의 끝, 더 나아갈 수 없는 거기가 불현듯 자신이 처한 막다른 현실처럼 느껴졌다. 두 아이의 얼굴이 떠올랐다. 의사의 예측대로 남편이 1년을 산다 해도 삶의 벼랑은 바로 앞에 닥쳐와 있었다. 두 아이를 양쪽 손에 잡고 낭떠러지 끝에 서 있는 자신을 의식하며 눈을 감았다.

왜 처음부터 술상무 노릇을 막지 못했던 것인가…….

임채옥은 그동안 수없이 되풀이해 온 후회에 또 가슴을 쳤다. 남편은 남들보다 빠른 출세를 꿈꾸고 있었고, 자신도 그것을 바라고 있었던 것이다. 남편은 술에 부대끼면서도 술상무는 어느 회사나 있는 거라고 했고, 자신도 으레 그러려니 하며 남편의 출근만 늦지 않게 하려고 부산했던 것이다. 그러나 자신이 오늘과 같은 결과를 미리 예상하고 앞을 막아섰다 하더라도 남편은 술상무 노릇을 그만두지 않았을 것이다.

임채옥은 눈을 훔치고 또 훔쳤다. 운 흔적을 지우며 새로 솟으려는 눈물을 목젖이 아프게 삼켰다. 병실을 너무 오래 비울 수도 없었다. 남편은 무슨 예감이라도 있는 것인지 자신의 병세와 병명에 대해 무언가 달라진 것이 없는지 알아내려는 것처럼 민감하게 반응하고 있었다.

"왜 이렇게 늦었어?"

병실로 들어서자마자 임채옥은 남편의 짜증스러운 말에 부딪혔다.

"미안해요. 배탈이 나서 화장실에 좀 다녀오느라구요."

임채옥은 남편의 눈길을 피하며 얼른 둘러댔다.

"배탈? 배탈은 왜 나?"

그녀 남편은 신경 날카로운 환자답게 또 까탈을 부리고 있었다.

"미안해요. 근데 여보, 수술 날짜는 2~3일 뒤로 잡기로 했어요."

어쨌거나 남편을 감싸야 된다고 생각하며 임채옥은 밝은 표정을 지어 보였다.

"아, 그랬어? 수술하면 완쾌된대지?"

그녀 남편의 목소리에 금세 생기가 돌았다. 잔뜩 찌푸려져 있던 얼굴에도 웃음이 피어났다. 그러나 병색 짙은 얼굴은 홀쭉하게 마른 데다 검푸르게 변색되어 있어서 그 웃음에서 밝은 기라고는 찾을 수가 없었다.

"그럼요. 사회생활도 제대로 할 수 있으니까 아무 걱정할 것 없대요."

"그래? 이렇게 될 줄 알았으면 처음 병이 났을 때 수술을 했어야 하는 건데. 그렇지?"

"괜찮아요. 그땐 수술을 할 정도로 아프지 않았으니까요."

"그랬었나? 좋아, 당장 수술해서 거뜬하게 일어나야지. 내 자리를 딴 놈들한테 뺏길 수 있나. 그동안 내가 얼마나 고생해서 차지한 자린데. 이젠 그놈의 술상무 면하고 편하게 회전의자 돌릴 일만 남았어."

"그래요, 힘을 내세요."

"근데 수술이 많이 아프겠지?"

"아니래요. 기술이 좋아져서 오래 걸리지도 않고 별로 아프지도 않대요."

"그래, 의술이 많이 발달했으니까."

"좀 자도록 하세요. 체력을 보강하려면 수술 전에 많이 자는 게 좋대요."

"아, 그런가? 그렇지, 모든 병의 회복에는 숙면이 최고 약이라는 말이 있지. 그래, 많이 자둬야겠어."

그녀의 남편은 몸을 편히 고르고는 눈을 감았다.

임채옥은 소리 나지 않게 한숨을 내쉬며 남편을 물끄러미 바라보았다. 남편이 듣기 좋도록 말을 꾸며대는 것도 쉬운 일이 아니었다. 생에 대한 남편의 집착은 조금도 퇴색해 있지 않았다. 어쩌면 몸이 아픈 만큼 오히려 더 강해지고 있는지도 몰랐다. 그러나 남편의 안색은 너무나 나빴다. 몸이 자꾸 말라가는 것도 문제였지만 하루가 다르게 검푸르게 변해가고 있는 안색은 순간순간 절망을 느끼게 했다. 본래의 색깔을 찾기 어렵게 변하고 있는 그 얼굴색은 마치 상해가는 간의 모습을 보여주는 것 같기만 했다. 얼마 전부터는 검푸른색에서 푸른색을 밀어내면서 검은색이 점점 진하게 드러나고 있었다.

기운 없이 입을 벌린 채 남편이 잠들고 있었다. 임채옥은 눈물을 삼키며 가만가만 창가로 옮겨갔다. 멀찍하게 보이는 동산에 겨울이 가득했다. 잎이라고는 없이 가지들을 송두리째 드러내고 있는 나무들이 추위를 무릅쓰고 있었다. 작은 새 서너 마리가 헐벗은 나무 가지들 사이사이를 옮겨 날고 있었다. 임채옥은 가슴속으로 끼쳐오는 추위를 느끼며 자신도 모르게 몸을 움츠렸다. 추위에 떨며 먹이를 찾고 있는 새들이 마치 자기자신과 아이들처럼 여겨졌다. 나무들은 알몸을 드러내고, 벌레들이 자취를 감춘 저 추운 동산에서 새들은 먹이 구하기가 얼마나 어려울까……. 그녀는 두 아이 생각에 가슴이 시려 눈을 감았다.

막상 수술을 결정했지만 대수술의 수술비도 걱정이었다. 남편이 휴직을 할 수밖에 없었던 지난 1년 동안 병수발로 저금통장은 바닥을 드러냈다. 그 전해부터 병원에 입원하는 일이 잦아지면서 저금통장에 구멍이 뚫리기 시작했다. 그런데 휴직을 하면서 용하다는 의사와 약을 찾아 양·한방을 가리지 않았다. 병을 빨리 낫게 하려는 조바심은 남편이나 자신이나 마찬가지라서 용한 것을 좇으며 돈을 아끼지 않았다. 그러나 야속하게도 남편의 안색은 자꾸 나빠지기만 했다.

임채옥은 돈을 급히 구할 수 있는 데를 생각해 보았다. 시아버지, 유일민, 정동진 사장이 떠올랐다. 그러나 그녀는 이내 고개를 저었다. 세 군데 모두 마음에 걸리는 것들이 있어서 돈 이야기를 꺼낼 처지가 못 되었다. 가장 마음 편할 수 있는 친정은 너무나 머나먼 바다 저편이었다.

남편과 사이가 나빠 평소에도 남과 다름없이 발길을 끊고 지냈던 시아버지를 찾아가는 것은 면구스러운 일이었다. 그러나 시아버지가 경제권을 가지고 있다면 찾아갈 수도 있었다. 자식이 위급한데 아버지가 모르는 척할 리 없었다. 그런데 시아버지는 재산은 많으면서 돈을 마음대로 할 수 없는 딱한 처지에 놓여 있었다. 시아버지를 찾아가는 것은 젊은 새 부인에게 모든 경제권을 빼앗겨버린 시아버지를 괴롭히는 일일 뿐이었다.

시아버지는 와이셔츠공장을 하는 알부자였다. 돈에 눈밝은 어머니가 골라낸 시집이었다. 그런데 시어머니가 심장마비로 갑자기 세상을 떠나면서 집안에 불화가 일기 시작했다. 시아버지는 아내를 저세상으로 보내고 6개월이 못 되어 새장가를 서두르고 나섰다. 그런데 장남인 남편부터 시작해서 그 아래 네 자식들 모두가 아버지의 재혼을 반대하고 나섰다. 이유는 새어머니 될 여자가 다방 마담인 데다가 턱없이 젊어서였다. 그러나 결혼문제를 두고 부모의 반대가 소용없듯 시아버지에게도 자식들의 반대는 아무 효과도 나타내지 못했다. 시아버지 재혼이 불러온 첫 번째 불화는 집안이 두 쪽으로 쪼개진 것이었다. 자식들은 새어머니와 살기를 원하지 않았고, 새어머니도 그것을 트집 잡아 따로 살 기회를 잡고 나섰다. 시아버지는 새 아내를 따라 새 집을 장만해 나가면서 자식들과 사이가 벌어졌다. 그런데 두 번째로 닥친 불화는 시아버지와 자식들을 완전히 남남처럼 등 돌리게 만들었다. 시아버지가 재혼을 하고 1년 남짓해서 와이셔츠공장의 운영권이 새어머니 친정식구들 손으로 넘어간 것을 알게 되었다. 시아버지는 분명 사장이었지만 그 아래 중요 직책은 새어머니 친정식구들이 다 차지하고 있어서 시아버지는 허수아비에 지나지 않았다.

남편이 출세하려고 기를 썼던 것도 그 사태와 무관하지 않았다. 남편은 뒤늦게 그 사태를 수습하려고 나섰다. 그러나 공장에서 떠밀려나오는 수모를 당했고, 집으로 아버지를 찾아가 따지다가 새어머니한테 따귀를 맞는 봉변까지 당했다. 남편은 큰 회사에 취직해 경영을 제대로 익힌 다음 아버지의 사업을 키우려고 했던 계획을 후회하고 또 후회하며 며칠이고 술을 마셔댔다. 그러고 나서 결심한 것이 몸담고 있는 회사에서 빨리 출세하려는 것이었다.

유일민에게 연락을 하면 당장 돈을 가지고 달려올 거였다. 자신에게 도움을 받아서만이 아니었다. 그는 변함없이 이쪽에 마음을 쓰고 있었고, 플라스틱 제품들의 호경기를 따라 사업이 번창해 가고 있었다. 그러나 다른 일도 아니고 남편의 일로 차마 신세를 질 수가 없었다. 그건 서로 괴로운 일이고, 남편에게 죄 되는 짓이라 싶었다.

국회의원 한인곤까지 나서는 바람에 마지못해 아버지가 보내준 얼마간의 돈으로 사업을 다시 일으킨 정동진 사장은 뜻밖에 작년에 찾아왔었다.

"내가 조그만 사업으로 자식들 키우는 데 걱정 없이 됐어요. 그러니까 이젠 임 양이 준 돈은 갚아야지요. 임 양이 아버지한테서 돈 오기 전에 급한 대로 쓰라며 임 양의 돈을 내놓았을 때 난 참 감격했고, 부끄러웠어요. 그 돈으로 아내의 생명을 건졌으니 그건 돈이 아니고……, 뭐라고 해야 하나요. 그래서 꼭 갚고 싶었어요. 몇 배로 갚고 싶었지만 받을 것 같지도 않고 해서……. 혹시 세상 살다가 무슨 급한 일 생기면 연락해요. 내가 입은 고마움 다소나마 갚고 싶으니까."

그러나 정동진 사장한테 신세를 지고 싶지는 않았다. 아버지가 그분에게 입힌 상처는 너무 컸고, 자신이 도움을 청해 그분에게 옛 기억을 되살리게 하는 것은 서로 괴로운 일이었다. 그리고 자신의 구차한 모습이 자칫 아버지를 몰인정한 사람으로 오해하게 할 수도 있었다. 정 사장과는 새로운 인연을 만들지 말고 서로 잊는 것이 좋을 것 같았다.

임채옥은 다른 사람들을 생각해 보았다. 살림이 군색스럽지 않게 자리잡히고 남편 모르게 자기네들 돈을 따로 챙기고 있는 몇몇 친구들이 떠오르기도 했다. 그러나 그들은 서로의 행복을 조금씩 뽐내고 시샘해 가며 부담없이 수다를 떠는 사이였지 솔직하게 궁색함을 드러내고 도움을 청할 처지가 못 되었다. 괜히 도움도 받지 못하고 이쪽의 초라해진 꼴만 내보이게 되기 십상이었다.

임채옥은 이튿날 집에 가서 패물들을 다 챙겼다. 그중에서 두 아이의 백일과 돌 때 받은 금반지들은 따로 골라 빼놓았다. 그것들마저 처분해 버리면 아이들의 인생을 팔아치우는 것 같은 기분이 들고, 아이들에게 무슨 액운이 끼칠 것 같은 느낌을 떼칠 수가 없었던 것이다.

패물들을 처분해야 된다고 생각하자 서러움과 함께 울음이 복받쳐올랐다. 그 하나하나에 삶의 의미가 새겨져 있었고, 그것들은 평생토록 간직하며 그 의미를 음미해야 할 행복의 상징이었다. 그러나 이제 어찌할 도리가 없었다. 남편의 부모와 남편한테서 받은 것들을 남편을 위해서 쓰는 것은 당연한 일이었다.

임채옥은 보석상을 서너 군데나 들렀다. 이미 예상은 하고 있었지만, 보석상들은 이 트집, 저 트집 잡아가며 값을 형편없이 깎아내렸다. 그녀는 보석상을 옮길 때마다 서러움이 자꾸만 커져가고 있었다.

"너무 그러지 마세요. 딴 것도 아니고 병원비에 쓰려는 거예요."

임채옥은 주민등록증을 내놓으며 목이 메었다. 그런 그녀의 눈에는 곧 쏟아져내릴 것처럼 눈물이 그렁그렁했다.

"수술비가 많이 들 텐데 어쩌지?"

수술하기 전날 밤 그녀의 남편이 검게 마른 얼굴을 찌푸리며 근심스럽게 말했다.

"아무 걱정 말아요. 내가 다 준비해 뒀으니까 당신은 힘내서 수술만 잘 받으면 돼요."

"아니, 당신이 어떻게?"

"그만한 요령은 다 있어요. 놀랐죠?"

임채옥은 밝게 웃으며 명랑한 척 꾸몄다.

"그래, 당신한테 너무 미안해. 내가 꼭 병 나아서 당신 고생시킨 것 다 갚을게. 난 꼭 다시 회사에 나갈 거야."

그는 아내의 손을 움켜잡았다.

네 시간이 넘게 걸리리라던 수술은 두 시간이 못 되어 끝났다. 임채옥은 불길한 생각에 휘둘리며 허둥지둥 담당의사를 찾았다.

"죄송합니다. 우리의 예상보다 훨씬 나빴습니다. 어떻게 손을 쓸수가 없어서 그냥 봉합을 하고 말았습니다. 일단 이렇게 건드려놓으면 암은 급속도로 퍼지게 마련입니다. 죄송합니다만, 애초의 예상보다 더 빨리 일을 당할 수도 있으니까 마음의 준비를 하고 있는게 좋을 것 같습니다."

임채옥은 머리를 감싸며 주저앉았다.

"여보, 수술이 아주 잘됐대요. 이젠 아무 걱정 말고 회복이 잘되게 더 힘을 내세요."

임채옥은 마취에서 깨어난 남편을 붙들고 기쁨이 넘치는 듯 말했다.

"그게 정말이야? 정말이야?"

수술의 통증으로 얼굴이 일그러지면서도 그는 반색을 하고 있었다.

큰오빠, 작은오빠께.

그동안 어떻게 지내고 계신지요. 두 분 다 무고하시기를 부처님 앞에 빌고 있습니다. 제가 너무 오랫동안 소식 전하지 못한 것 용서해 주세요. 수없이 소식을 전하고 싶었지만 그러지 못할 연유가 있었습니다. 속세의 인연을 모두 끊어야 하는 출가의 길에 혹시 편지가 저의 마음을 그릇되게 할지도 모르기 때문이었습니다.

저는 이제 비구니계를 받고 부처님의 도량에서 부처님의 가르침을 따라 한평생 살게 되었습니다. 득도의 길은 앞으로 멀고 멀지만, 이제 속세의 인연으로 마음 흔들리거나 흐려지는 일에서는 벗어나게 되어 소식을 전하기로 한 것입니다. 그렇다고 저의 마음이 불도로 바위처럼 단단하게 된 것은 아닙니다. 저는 이제 겨우 법랍(法臘) 세 살밖에 되지 않았습니다. 법랍 나이 쉰을 넘긴 노스님들도 가족을 생각하면 가슴이 메어진다고 합니다. 부처님 앞에 어린애일 뿐인 저는 더 말하여 무엇하겠습니까. 수없이 마음을 다졌지만 이 글을 쓰기 시작하자 벌써 가슴이 뛰고 눈물이 앞을 가려 어찌해야 좋을지를 모르겠습니다. 오빠들에 대한 그리움과 서러움이 절 옆의 사철 마르지 않는 계곡물처럼 가슴 한복판을 흘러내리고 있습니다.

오빠들께 출가의 뜻을 미리 밝히지 않고 집을 떠나왔던 것이 지금까지 죄로 남아 있습니다. 용서하여 주시기 바랍니다. 만약 그때 이유를 말씀드렸더라면 집을 떠나지 못했을 거라는 생각은 지금도 변함이 없습니다. 오빠들이 순순히 저를 보내주셨겠습니까. 저는 어렸을 때부터 세상이 너무나 무섭고 싫었습니다. 저는 아버지의 얼굴도 잘 생각나지 않는데, 그런 아버지 때문에 아무 죄도 잘못도 없는 어머니와 큰오빠가 경찰서로 끌려다니며 끝도 없이 당하고, 또 큰오빠 작은오빠가 사회생활도 마음대로 할 수 없게 하는 세상이 너무 무섭고 싫었습니다. 그리고 만약에 경찰에서 말하는 것처럼 아버지가 내려오면 어찌 되겠습니까. 경찰이 시키는 대로 신고를 해야 하나요? 안 그러면 감춰드려야 하나요? 지금도 그 생각을 하면 가슴이 벌떡거리고 숨이 막히려 합니다.

저는 어렸을 때부터 아버지가 내려오는 꿈을 수도 없이 많이 꾸었습니다. 그리고 신고를 해야 할까 말아야 할까 안절부절못하다가 놀라 잠이 깨고는 했습니다. 정말로 아버지가 내려오셨다면 제가 어떻게 했을지 저도 모르겠습니다. 신고를 안 하면 우리 식구들 모두가 그것(무서워서 그 말을 쓰고 싶지 않아요)으로 몰리게 되고……, 신고를 하면 아버지가 감옥에 가게 되고……. 저는 그런 험하고 무서운 세상에 살고 싶지 않았어요.

어머니가 갑자기 돌아가시자 저는 세상이 더욱 무섭고 싫어져 저도 어머니 따라 죽을 생각을 많이 했었어요. 그러나 어머니한테 혼날 것도 같고, 죽는다는 것이 무섭기도 했어요. 더 살고 싶은 생각은 없는데 죽어야 한다는 그 일이 무서웠던 거예요. 마음은 환한데 글로 쓰려고 히니끼 글쓰는 게 서툴러 생각대로 잘 써지지를 않는군요. 그리고 또 한 가지, 어머니가 돌아가셔서 괴로운 오빠들한테 또 괴로움을 남기는 일이라 쉽게 죽을 수가 없었습니다.

오빠들은 저더러 결혼을 하라고 했습니다. 하지만 우리 같은 처지에 있는 여자들은 시집을 가서도 안 된다는 것을 알았습니다. 오빠들한테는 전혀 얘기를 안 했는데, 아주 불행하게 된 여자 하나를 보았습니다. 우리 동네에 우리하고 똑같은 처지인 여자가 시집식구들한테 구박이란 구박은 다 받아가며 살고 있었습니다. 그 여자 때문에 시집식구들까지 피해를 보고 있었기 때문입니다. 온갖 서러움을 당하며 죄인처럼 사는 그 여자가 너무나 가엾고 불쌍했고, 저도 시집을 가면 그 여자 같은 신세가 될 것은 틀림없었습니다.

생각하고 또 생각하다가 찾아낸 것이 출가의 길이었습니다. 어머니를 따라 가끔 절에 갔었던 것이 인연이 되었는지도 모릅니다. 그리고 절들이 대개 깊은 산중에 있다는 것도 저를 안심시켰습니다. 무서운 세상을 떠나 숨어버리기에는 그보다 더 좋은 데가 없었으니까요. 그러나 지금까지도 오빠들을 버리고 저 혼자서만 도망쳤다는 죄스러운 마음을 씻을 길이 없습니다.

삭발한 몸으로 날마다 거듭거듭 생각해 보아도 인생사는 정녕 무상입니다. 허망하고 허망하고 또 허망한 것이 인생 만사고, 수억 겁의 세월 속에서 티끌 아닌 것이 없는 게 인생 잡사들입니다. 그런데 어찌하여 정치하는 사람들은 그렇게 무서운 세상을 만들어가며 악업을 짓고 있는지 모를 일입니다. 어리석기가 짐승들에게 비웃음을 당할 일입니다.

저와 같은 사연을 지닌 비구 객승이 한 분 계십니다. 그분은 헌 바랑에 누더기승복을 입고 절을 찾아 끝없이 떠돌기 때문에 1년에 한 번쯤 바람인 듯 우리 절을 스쳐 지나갑니다. 그분은 때가 되면 공양 한 끼를, 때가 아니면 물 한 바가지를 마시고 아무 말도 없이 절에서 사라집니다. 그분이 문득 큰오빠 같기도 하고 작은오빠 같기도 해 그 모습이 사라질 때까지 지켜보고는 합니다. 인생이 무상하다고 하면서도 한 남자가 잘못된 세상사로 바람 같은 객승이 되어 한평생을 떠도는 모습은 서럽지 않을 수 없습니다. 이런 두 가지 마음으로 번뇌를 키우고 있으니 저는 아직도 설되었고 득도의 길은 멀기만 합니다.

큰오빠는 결혼을 하셨는지요. 작은오빠는 아이를 보셨는지요. 새 언니와 함께 모두 건강하시기를 부처님 앞에 늘 축원드리고 있습니다. 혹시 그간에 또 궂은일은 당하지 않으셨는지요.

처음 드리는 소식이라 부처님의 가르침을 어기고 다변이 되었습니다. 그러나 절생활의 정진을 소홀히 하지 않고 틈을 내서 편지를 쓰다 보니 며칠이 걸렸습니다. 혹시나 걸음하실까 저어하여 거처를 밝히지 않으니 용서하시고 이해하여 주십시오. 저의 마음이 더 단단해진 어느 날 조용히 찾아뵙겠습니다.

　집안 두루 평안하시기를 빌며 안녕히 계십시오. 나무관세음보살…….

연화(蓮花) 합장

　유일표는 속으로 '선희야……' 하고 여동생의 이름을 부르면서 연화라는 한자에서 눈을 떼지 못했다. 그 생소한 이름은 여동생의 모습과 겹쳐지면서 자꾸 흐려지려 하고 있었다.

　"이만하기 참 다행이다."

　유일민은 잠긴 목소리로 말했다.

　"글쎄……." 유일표는 편지를 놓고 담뱃갑을 꺼내며, "애가 생각보다 지독해. 어디 있는지는 알려야지" 하는 그의 목소리도 축축했다.

　"그래, 보통 맘으로야 그런 길을 갈 수나 있었겠냐. 일단 무사한 걸 알았으니 기다리기로 하자."

　유일민이 한숨을 쉬며 평소에 피우지 않는 담배를 빼들었다.

　"차암……, 가끔 여승들을 보면서 어떤 여자들이 여승이 되나 했더니……."

　유일표는 성냥을 켜서 형의 담배 끝에 대며 한숨을 쉬었다.

　"안쓰럽고 괴롭기는 하지만……, 어쩌면 잘되었는지도 모른다. 제 말마따나 시집가서 그런 고통받고 사는 것보다는 낫지 않겠냐. 어떻게 보면 선희가 현명한 것인지도 모른다."

　"하긴 그렇기도 하지. 괜히 시집가서 구박당하고 살면 지옥이 따로 없을 테니까. 우리가 해결해 줄 수도 없는 노릇이고."

그때 유일표의 아내 서경혜가 밥상을 가지고 들어왔다.

"그 편지 저도 읽어봐도 되지요?"

서경혜가 자리잡고 앉으며 남편을 쳐다보았다.

"그럼. 이따가 읽어봐."

유일표가 편지를 아내에게 넘겨주었다.

"어서 식사들 하세요. 저는 속독이니까 금방 읽고 밥 먹을게요. 궁금해서 밥 먹은 다음까지 못 참아요."

서경혜는 밥상에서 몸을 좀 틀어돌렸다.

"사람 성질하고는……."

유일표는 아내에게 눈흘김을 하며 숟가락을 들었다.

"야, 네가 읽어보라고 했던『전환시대의 논리』저자 있잖냐?"

유일민이 국을 뜨며 이야깃거리를 바꾸었다.

"응, 리영희 씨."

"그분이 반공법 위반혐의로 구속된 모양인데, 사실이냐?"

"응, 한 달이 좀 넘은 것 같은데."

"『전환시대의 논리』때문이냐?"

"아니. 새 저서『8억 인과의 대화』때문이야. 그 내용 일부를 문제삼은 모양이야. 근데, 형이 어떻게 그런 걸 나한테 묻지?"

"글쎄, 그것도 사업이라고 벌이고 있으니까 점점 더 신문 읽을 시간도 없어지고 그런다."

"그거 참 잘됐네. 사업 잘되어가니 좋고, 읽을거리 없이 시시껄렁

한 신문들 안 읽어 눈 보호하니까 좋고."

"그래, 신문들이 갈수록 특색 없이 똑같아지는 게 문젠 문제다. 히틀러시대에 그랬다던데. 그나저나 그『8억 인과의 대화』를 빨리 사서 읽어봐야 되겠구나. 8억 인이라면 중공에 관한 얘기겠지?"

"형, 참 순진하긴. 저자를 구속한 지 한 달이 넘었는데 그 책이 지금까지 서점에 있겠어? 이 친구들이 그런 일만은 타의 추종을 불허하도록 속전속결이잖아."

"아, 그렇구나. 그게 무슨 내용인데 구속까지 되지? 너 혹시 읽었냐?"

"응, 나도 구속 발표를 보고 나서 집사람이 구해와서 읽었는데, 대목대목이 얼마든지 트집 잡힐 만해. 중국 공산당이 일으킨 문화혁명을 중심으로 다루고 있거든."

"문화혁명……? 이런 상황에서 그 문제를 다루는 책을 내다니, 리영희 그분 참 대단하구나. 난『전환시대의 논리』를 읽으면서도 아슬아슬하고 위험하다는 느낌을 여러 번 받았다. 그런데 결국 구속이 됐으니……."

"형 말이 맞어. 그때부터 노리고 있었던 거지. 어쨌든『전환시대의 논리』는 대단한 책이야. 책이 지식을 주고, 스승 노릇을 한다는 거야 상식이지만 사람의 의식을 그렇게 바꾸는 힘을 발휘한다는 건 처음 느낀 체험이었어."

"그래, 우리의 왜곡된 현실을 정면으로 다루고 있으니까."

"아가씨도 참 야속하네요. 어느 절인지나 좀 밝힐 일이지."

서경혜가 편지를 접으며 물기 젖은 음성으로 말했다. 그녀의 눈시울이 붉어져 있었다.

"이젠 아가씨가 아니야. 연화 스님이지. 승려든 수녀든 목사든 아무리 나이가 어려도 모든 성직자들에 대해선 '님' 자를 붙여 존칭하는 것 알지? 선희가 속세의 모든 인연을 끊었다고 한 것처럼 우리도 여동생 하나 잃은 거야. 언젠가 머리 깎은 선희를 보게 될 것도 걱정이지만, 선희를 보고 연화 스님이라고 해야 할 것을 생각하면 지금부터 큰 걱정이야."

유일표의 얼굴에 서글프고 허전한 웃음이 스쳐 지나가고 있었다.

"참 기막혀요……."

서경혜가 눈을 훔쳤다.

"괜찮아요. 상처받으며 사는 것보다는 선희가 잘 생각했는지도 몰라요. 승려로 좋은 일하면서 살면 그것도 의미 있는 일이고요. 우리 다같이 선희의 뜻을 따라 감정을 정리하도록 합시다. 그래야 선희도 마음 편해질 테니까요."

유일민이 담담하게 말했다.

"그게 현명한 방법이지 뭐. 자아, 당신도 그만 밥 먹어."

유일표는 아내를 끌어당겼다.

"내가 한 가지 의논할 게 있는데 말이다. 사업상 일본에 좀 갔으면 하는데, 어떻게 생각해?"

유일민은 분위기를 바꾸려는 듯 다른 이야기를 꺼냈다.

"일보온……?"

형을 쳐다보는 유일표의 눈에는 '신원조회는 어쩌고?' 하는 말이 담겨 있었다.

"응, 한 2~3년 전부터는 사업상 외국에 나가는 것에 대해서는 규제가 풀렸어. 딸라는 많이 벌어들여야 하고, 규제당하는 사람들은 너무 많고 하니까 노리 없이 완화를 시킨 거시."

"참, 엿장사 맘대로라니까. 형은 왜 일본에 가야 하는데?"

"응, 기계 때문이야. 플라스틱 산업이 본격화되는데 언제까지 하청업에만 매달려 있을 수는 없고 새로운 상품들을 개발해 일반 시장을 상대해야만 사업이 도약할 수 있는데, 그러자면 새 기계들이 필요하단 말야. 국내서 구입하면 기계값이 비쌀 뿐만 아니라 기계도 한정되어 있어. 일본에 가서 다양한 기계들을 직접 살펴보고, 그쪽 플라스틱 시장도 돌아보면 여러모로 도움이 클 거야."

"그 말 다 일리가 있는데……, 그렇지만 난 형이 일본에 가는 건 반대야. 아니, 그냥 반대가 아니라 절대 반대야."

유일표는 고개까지 내저으며 완강하게 말했다.

"아니 여보……."

서경혜는 민망해하는 얼굴로 남편을 쳐다보며 다리를 질벅였다.

"절대 반대?"

유일민은 의아스럽게 동생을 쳐다보았다.

"형이 일본에 가는 건 위험천만이야. 사업상 이익이 얼마나 될지는 모르겠는데, 잘못하다간 사업 다 거덜나고 인생까지 망가질 수도 있어. 형, 그때 당한 일 잊어버렸어? 일본에서 왔다는 사람이 연락한 사건 말야. 그리고 요 몇 년 사이에 일본을 왕래한 사람들과 조총련이 얽힌 사건들이 부쩍 많이 터지고 있는 것도 보고 있지? 형이 일본에 갔다 하면 그 올가미에 얼마든지 걸려들 수 있어. 형은 사업상 일만 보고 왔는데, 잡아다가 조총련과 내통했다고 얽어대면 어떻게 할 거야? 특히 일본 쪽 사건에 조작이 많다는 소문 듣고 있어? 빌미를 줘선 안 돼. 빈틈을 보여선 안 된다구. 값이 비싸더라도 기계를 그냥 여기서 사. 플라스틱 산업의 전망이 무한하다는 말 나도 얼핏얼핏 듣고 있는데, 사업 크게 할 욕심도 내지 말어. 플라스틱 제품 찍어내서 어차피 재벌 되긴 틀린 거고, 좀 적게 벌더라도 더는 당하지 않게 철저하게 방어하면서 살아야 돼. 이 시점에서 조총련과 엮어져 당해봐. 어떻게 되겠어? 이 정권이 갈수록 궁지에 몰리면서 탈출구로 삼는 건 반공이고 간첩 사건이라는 걸 알 만한 사람들은 다 알고 있잖아. 그러니까 난 절대 반대야."

유일표의 말은 뒤로 갈수록 흥분기를 띠며 빨라졌다.

"그래요, 말 듣고 보니 그러네요. 아주버님, 가시지 마세요."

서경혜가 두려운 얼굴로 유일민을 쳐다보았다.

"그래요. 나도 무언가 께름칙해서 얘기를 꺼냈던 것인데……, 둘 다 생각이 그렇다면 가지 않는 게 좋겠지요."

유일민은 무겁게 고개를 끄덕였다.

"네에, 위험은 미리미리 피하는 게 좋지요. 세상이 갈수록 무시무시해지고 있으니까요. 요샌 택시에서도 맘놓고 말을 못한다는 소문이잖아요. 박 통에 대해 욕을 하거나 정부를 비판하다가 그대로 남산으로 실려간 사람이 한둘이 아니라는 거예요. 이런 험하고 살벌한 세상에서는 꼬투리 잡힐 일은 아예 안 하는 게 상책이지요. 왕복 비행기 요금, 호텔비, 식비 같은 경비를 다 계산하면 기계를 여기서 사나 별 차이도 안 날 거예요."

서경혜는 시아주버니를 위로하듯 말했다.

"예, 일본 구경하는 게 덤이라는 말도 있어요. 일본 구경할 생각 별로 없으니 딱 안 가기로 결정을 내리지요." 유일민은 계수를 안심시키는 듯 웃음을 짓고는, "오나가나 그 소문이 부쩍 심해지고 있는데 그런 식으로 인심 잃어 언제까지 가려고 이러나 원. 딱한 노릇이야." 그는 밥상에서 물러나 앉으며 중얼거렸다.

"한마디로 수단 방법 가리지 않고, 인정사정 볼 것 없는 공포 정치지 뭐. 갈 데까지 다 간 독재의 말기현상이니까 그러다가 종말을 고할 때가 오겠지."

"아이고, 당신도 말조심해요. 거기가 코앞인 데서 살면서."

서경혜가 남편에게 눈을 흘겼다.

"염려 마셔. 난 택시 탈 돈 없는 몸이니까."

유일표는 담배를 빼들었다.

유일민은 며칠 동안 기계판매 상점들을 돌아보았다. 그러나 자신이 원하는 팸플릿은 구할 수 없었다. 기계들을 선전하는 팸플릿에서 일본 회사의 주소를 알아내려고 했던 것이다. 일본 회사에 직접 연락하면 일본에 가지 않고도 기계를 구입할 수 있는 길이 있지 않을까 싶어서였다.

유일민은 며칠을 망설이며 보내다가 대진의 심동환을 찾아가 보기로 했다. 종합상사 대진을 통하면 일이 쉽게 풀릴지도 모른다 싶었다.

　대진의 새로 지은 사옥 앞에서 유일민은 다시금 기가 질리고 잔뜩 위축되고 말았다. 전에 썼던 사옥도 예상보다 훨씬 크고 좋은 건물이었는데 새 사옥은 그보다 몇 배 엄청나고 멋부린 건물이었다. 몇 년 사이에 대진은 이름 그대로 또다시 대 약진을 이룩한 것이었다. 돈을 차곡차곡 쌓아올려 놓은 것 같은 그 위압적인 새 사옥은 재계의 새 별로 꼽히는 손진권의 존재를 유감없이 드러내고 있는 증거물이었다. 회충 한 마리에 1달러씩 수출을 하던 손진권 사장이 불과 10년 동안에 이렇게 거부가 되었다는 것은 도저히 믿을 수도 없었고 상상할 수도 없었다. 마치 고속도로를 질주하는 것 같은 그의 비약적인 발전에는 이런저런 말들이 따라다니지 않는 것이 아니었다. 권력이 철저하게 봐주고 있다느니, 남달리 은행 특혜를 누리고 있다느니, 8·3조치의 최대 수혜자라느니 하는 것들이었다.

　사실 그다지 오래 겪어본 것은 아니지만, 손진권은 무슨 묘술을 지닌 탁월한 인간이 아니었다. 그의 장점을 꼽자면 일류대학을 나온 머리와 의욕, 그리고 부지런함이었다. 그러나 그는 사업가로서 치명적이라고 할 수 있는 자본이 없었다. 그런데도 그는 단 10년 동안에 나이 든 세대들이 형성하고 있는 재벌 대열에 거침없이 끼여든 것이었다. 역시 위대한 것은 권력의 힘이었다. 권력의 힘을 잘 이용한 손진권은 어떤 의미에서는 사업가라기보다는 정치인이었다. 자신의 신원조회에 문제가 생기자 지체 없이 내친 것도 손진권이 발휘한 예민한 정치 감각이었다.

유일민은 그런 생각들을 지우며 자신의 몰골을 내려다보았다. 수시로 공장에 드나들기 편히도록 입은 점퍼 차림은 자신의 눈으로 보아도 구지레하고 궁상스러워 보였다. 그런데 대진의 새 사옥에 드나드는 많은 사람들은 거의가 매끈매끈한 양복 차림이었다. 그 사람들에 비하면 자신은 거지꼴이나 다름없었다.

손진권 사장이 자신을 필요로 하지 않았듯 그 우람한 사옥도 거부의 손을 내밀고 있었다. 회사가 이렇게 커졌으면 상무였던 심동환은 얼마나 더 높은 자리로 올라가 있을지 모를 일이었다. 높은 자리에서 거액의 일만 처리할 그가 자신의 부탁을 귀찮아하지 달가워할 것 같지가 않았다. 그때 찾아갔을 때도 반기는 기색이라고는 전혀 없었다. 이제 세월도 더 흘렀고, 회사도 엄청나게 변모해 있었다. 그와 자신은 서로 가까워질 수 없는 딴 세상에 살고 있었다. 대학 동문이라는 것도, 잠시 한 회사에 있었다는 것도 인간 관계를 이어주거나 인연이 될 수가 없었다. 그는 경제적으로나 사회적으로나 귀족이 되어 있었고, 자신은 천민이었다.

유일민은 앞으로 10년이 더 지나면 어떻게 변해 있을까를 생각하며 천천히 발길을 돌렸다.

"더 이상 개발독재에 순응해선 안 돼. 정치와 경제가 결탁해서 전체 민중들을 갈취하는 이런 구조는 하루빨리 부셔야 돼. 신흥 재벌들이 생겨나는 걸 경제 기적이라고 떠들어대는데 그거야말로 고등사기 선전술이야. 그건 권력의 비호와 노동자 착취가 얼마나 극심하게 이루어지고 있는지를 단적으로 보여주고 있는 거야. 세계 어느 나라에도 단 몇 년 사이에 신흥 재벌들이 생겨나는 일이란 없어. 지금부터 노동자들을 조직화해서 개발독재의 구조를 깨고, 노동자의 몫을 제대로 찾아야 할 때야."

동생 일표의 말이 쟁쟁히 울려왔다.

유일민은 길을 건너다가 섬찟 놀랐다. 저쪽 길로 승려 한 사람이 걸어가고 있었다. 그 승려가 여동생일 리 없는데도 가슴이 뛰었다. 선희의 저런 모습을 어떻게 대해야 할 것인지……, 그는 깊은 한숨을 쉬었다.

아직 아무 말도 하지 않았지만 일표의 일도 걱정이었다. 일표가 재건대에서 불쌍한 아이들을 가르치고, 취직시키고 하다 보니 자연히 노동문제에 관심을 쓰게 된 것은 충분히 이해할 수 있었다. 또 기업들이 노동자들을 착취하고 있는 것도 분명 해결해야 할 사회적 문제였다. 그러나 일표가 노동운동에 나선다는 것은 참 난처한 일이었다. 그것은 바로 정권에 대한 정면 도전이었고, 정권에서는 노동운동을 사상불온으로 몰아가고 있었다. 일표는 너무나 위험한 길로 접어들고 있었다. 일표 스스로 그 위험을 모를 리 없는데, 어떻게 그 길로 가는 것을 막아야 할지 알 수가 없었다. 4·19 때 데모를 못하게 하려고 무작정 찾아나섰던 방식으로는 통하지 않을 거였다.

일표야, 우리 없는 것처럼 살자. 나를 일본에 가지 못하게 한 것을 보면 너도 세상의 위험을 환히 꿰뚫고 있는데, 네 앞에 놓인 위험도 좀 피해 서라. 네가 하는 것이 올바른 일인 줄은 안다만, 딴사람이 하는 것하고는 다르니까.

유일민은 대진의 신사우을 밀리 바라보며 버스를 닸다.

며칠 동안 생각한 끝에 유일민은 플라스틱으로 생활용품을 개발하고 싶은 욕심을 일단 보류했다. 일본에 가고 싶었던 것은 기계 구입뿐만 아니라 다양한 생활용품들을 살펴보고 싶었던 것이다. 이미 물통, 바가지, 장바구니, 조리까지 플라스틱으로 만들어져 양철과 나무, 대 제품들을 시장에서 몰아내고 있었다. 전국적인 그 시장은 엄청났고, 플라스틱으로 대체할 수 있는 생활용품은 수없이 많았다. 그러나 시장이 넓은 만큼 제품을 대량으로 공급할 수 있는 자본이 필요했다. 그리고 유통과정에서 생길 수 있는 도매상들의 부도 위험도 부담이었다. 그런 어려움들을 쉽게 피하려면 제품이 남다르게 특이해야 했다. 색다른 상품으로 인기를 끌게 되면 도매상에서 절반이라도 현찰을 받게 되고 그러면 자본의 부족도 해결할 수 있었다. 그러나 우리보다 플라스틱 활용이 훨씬 앞서 있는 일본 시장을 둘러볼 수 없는 처지이니 새 사업 구상은 헛꿈이 된 셈이었다.

유일민은 습관처럼 체념을 했지만 우울한 마음은 며칠이고 계속되었다. 사업 범위를 넓혀보고 싶은 것은 하루이틀 생각한 것이 아니었고, 그것은 삶의 새로운 의욕이었다. 플라스틱 제품들에 파묻혀 지낸 것도 어느덧 5년째였다. 2년이 지나면서 어음을 할인해서 쓰지 않아도 될 만큼 숨통이 트였다. 어음 할인으로 없어지던 이자가 이익으로 남게 되자 돈이 모아지기 시작했다. 원료 구입도 현찰로 하면서 어음 기한만큼의 이자를 깎으니 그 돈은 그대로 이익으로 돌아왔다. '돈은 쓰지 않는 것이 모으는 것이다'라고 하는 말을 철칙으로 지켰다. 말의 효과는 스스로 놀랄 만큼 컸다. 2년 동안 저금만 하고 축내지 않은 돈은 새 사업을 꿈꾸게 할 정도로 많았다. 비록 보잘것없는 것이었지만 사업에 성공했다는 것이 형용할 수 없이 기쁘고 자기자신에게 너무나 떳떳했다.

플라스틱 시장은 이제 시작되고 있다. 제품 개발만 앞서면 큰 회사로 키울 수 있다!

이런 자신감으로 가슴의 떨림을 느꼈다. 그리고 손진권 사장의 대진에서 생각했던 기대가 또 떠올랐다. 많은 돈이 나를 보호할 수도 있다……. 이 기대가 새 사업 구상을 더욱 자극했다.

유일민은 납품업체에서 수금을 해가지고 돌아오자 경리 아가씨가 쪽지를 내밀며 말했다.

"이분한테서 전화가 왔었는데 빨리 좀 연락해 주십사고요."

쪽지에는 임채옥의 이름과 전화번호가 적혀 있었다.

유일민은 곧바로 다이얼을 돌렸다.

"여보세요, 임채옥 씨 부탁합니다."

"오빠, 저예요."

자신의 목소리를 금방 알아듣는 것에 유일민은 가슴이 찡 울리는 것을 느꼈다.

"응, 전화했다면서."

"오빠, 저 좀 빨리 만났으면 해서요."

"왜, 무슨 일 있어?"

유일민은 임채옥의 목소리에서 어떤 불길한 느낌을 받았다.

"뵙고 말씀드릴게요."

"알았어. 어디로 나갈까?"

"바쁘진 않으세요?"

"괜찮아, 괜찮아. 나 곧 갈 테니까."

점점 물기가 느껴지는 임채옥의 목소리에 유일민은 마음이 다급해지고 있었다.

공장을 나선 유일민은 평소에 멀리하는 택시를 잡아탔다. 왜 채옥이가 울먹이는 것 같은지……, 여러 가지 불길한 생각들이 엇갈리고 있었다. 채옥이는 여간해서는 속상하는 감정을 드러내는 일이 없었다. "이 세상에 오빠만큼 억울하고 원통하고 속 터지는 사람이 어디 있겠어요." 채옥이가 더는 참기 어렵다는 듯 가끔 하는 말이었다. 그런 사람의 심중을 헤아려 채옥이는 속상하는 일을 감추고 될 수 있으면 즐거운 이야기만 하려고 애썼는지도 모른다. 그런데 무슨 일이 있기에……, 아무리 더듬어보아도 딱히 잡히는 것이 없었다.

유일민은 다방에 들어서며 금방 임채옥의 자리를 알아보았다. 임채옥은 창가 구석자리에 머리를 숙이고 앉아 있었다.

"채옥이, 무슨 일이야?"

유일민은 의자에 앉으며 대뜸 이렇게 물었고,

"오빠, 저 좀 도와주세요."

눈에 눈물이 크렁한 임채옥은 이렇게 말을 받았다.

"그래, 뭘 어떻게 도와야지? 어서 말해 봐."

"돈 좀 빌려주세요."

"그래. 얼마나?"

"좀 많아요."

"아무 걱정하지 마. 나 돈 모아놓은 것 꽤 많으니까. 무슨 일이지?"

"오빠한텐 면목없고 죄송한 일인데……, 남편이 위독해요."

"아니, 왜? 그 간 때문인가?"

"네, 결국 간암 수술을 했어요. 20일쯤 전에요. 근데 의사의 말대로 날이 갈수록 병세는 급속도로 나빠지고 있어요. 의사는 시한부라며 수술을 단념하라고 했고, 수술을 하는 경우 병세가 더 악화될 수도 있다고 했거든요. 남편은 자신의 병을 모르고 있어서 수술하기를 강하게 원했구요. 의사는 앞으로 길어야 두 달 정도라고 하면서 그만 퇴원을 하라는 눈친데……, 그럴 수는 없어요. 환자 본인이 완치해서 병원을 나가겠다는 생각을 굳히고 있고, 저도 마지막까지 최선을 다하고 싶어요. 근데 병원비가 너무 비싸요. 그래서 아파트를 내놨는데, 그게 팔릴 때까지만 돈을 좀 빌려주세요."

"이거 참 큰일났군. 아파트 내놓을 것 없어. 빌려주긴 뭘 빌려줘."

유일민은 지체 없이 말했다. 자신이 가지고 있는 돈은 임채옥의 돈이나 마찬가지였다.

"오빠한테 이런 말 안 하려고 했었는데……."

임채옥이 손수건으로 눈물을 훔쳤다.

"그런 소리 하지 마. 내가 당장 가서 돈을 가져올 테니까."

유일민은 곧 일어날 기세를 취했다.

"오빠, 커피나 드시고요. 모레까진 괜찮아요."

유일민은 고개를 끄덕이며 아가씨를 손짓으로 불렀다. 임채옥은
또 눈물을 닦아내고 있었다.

39

타국의 하늘 아래서

이른 아침인데도 더위는 변함없이 후덥지근했다. 그런데 다른 날과는 달리 근로자들은 작업복 대신 가지각색의 남방셔츠를 걸치고 샤워장으로 잇따라 가고 있었다. 그들의 거동은 한가로웠고, 진한 흑갈색으로 그을린 얼굴 얼굴마다 웃음과 흥겨움이 담겨 있었다. 확성기에서도 단조롭고 건조한 〈새마을노래〉가 아닌 감미롭고도 축축한 애상조의 유행가가 흘러나오고 있었다. 어떤 사람들은 콧소리나 휘파람으로 그 노래를 따라 부르고 있었다. 아침마다 작업장으로 빨리 나가기 위해 분주하고 소란스러웠던 분위기하고는 전혀 달랐다.

"어이 최 씨, 어젯밤에 딸딸이 잡고 생고생시키더니 거긴 깨끗이 씻었어?"

어떤 사람이 샤워장에서 막 나오는 사람에게 말을 던졌다.

"얼씨구. 딸딸이 잡고 용을 써댄 건 누군데 그래. 난 아무리 마누라 궁뎅이가 그리워 환장하겠어도 설 전날 밤엔 그따위 짓 안 해. 조상님 뵐 면목을 차려야지, 양심도 없이. 이래뵈도 최 씨가 양반인 것 몰라?"

그 남자기 수건으로 머리를 털이대며 맞대거리했다.

"거 말 한번 쌈빡하게 하네. 허긴 어젯밤에 딸딸이 잡고 흔들어댄 놈들은 사람도 아니다. 제삿날 앞두고는 몸을 정히 해야 하니까."

샤워장 앞에 줄을 서 있던 다른 남자가 받았다.

"아이구, 왜들 이래. 차례상에 절 올리려면서 딸딸이 타령이나 해대는 그 입들은 뭐지?"

또다른 남자가 퉁을 놓았다.

"아이고 그렇네. 에튀튀, 이빨 세 번 닦아야겠다."

"으ㅎㅎㅎ……, 그거 말되네."

"히히히……, 조상님들도 우리 애로 잘들 아실 거라."

"그나저나 이렇게 샤워해 대면 물 모자라지 않겠어? 중간에서 끊어져버리면 그거 김새잖아."

"글쎄, 그럴 수도 있겠는데."

"그리 되면 볼 거 있나. 급수조는 몰매 당하는 거지."

"별걱정들 다 하고 앉았네. 급수조는 물탱크마다 이빠이(가득의 일본말)로 채우고도 물차에는 물차대로 이빠이로 채워두는 것 몰라서 그래?"

"아이고, 뉘집 아들인지 잘났다."

"허허허허……."

"좌우지간 오늘 기분 째지네."

음력설이었다. 그래서 휴일이었다. 회사에서 휴무를 한 것이 아니었다. 근로자들 스스로가 이틀 간의 휴일을 만들어낸 것이었다. 그들은 음력설을 쇠려고 하루에 두 시간씩 8일 동안 야근을 자청했다. 하루에 여덟 시간 근무, 이틀 간의 일을 앞당겨 한 것이다.

몸을 깨끗하게 씻은 근로자들은 옷을 차려입고 식당으로 갔다. 그들은 차분하고 숙연하기까지 했다.

식당 한쪽이 넓게 치워지고, 벽면으로는 보통 차례상보다는 대여섯 배나 큰 차례상이 차려져 있었다. 차례상의 크기만큼 제물들도 제각기 모양 갖추어 푸짐했다. 그 차례상은 회사에서 일삼아 차려준 것이었다. 음력설이면 기를 쓰고 고향을 찾아가는 것이 한국사람들이 지닌 뿌리깊은 관습이었다. 그 관습은 어쩌나 끈질기고 집요한지 연어가 사생결단하며 제가 태어난 하천으로 되돌아오는 귀소본능과 별로 다를 것이 없었다. 회사에서는 고향에 가지 못하는 근로자들의 그 마음을 위로하려고 신경 써 차례상을 차린 거였다.

"이거 지방을 써붙여야 되는 거 아니겠어?"

"어쩌지? 지방은 어른들이 쓰셨는데."

"솔직하게 말해. 무식해서 한문을 쓸 줄 모른다구."

"그렇게 말하는 사람은 한문에 유식한가?"

"우리 노가다들 중에서 지방 척척 쓸 줄 아는 것들이 몇이나 되겠어?"

"그거 한글로 쓰면 안 될까?"

"이런, 격식이라는 게 있지. 가만있자, 사무실 직원들 보고 좀 써 달랠까? 그 사람들은 다 대학물 먹었잖아."

"그렇잖아도 무시당하고 사는 판에 곱빼기로 무시당하고 싶어서 그래? 어차피 야식이니까 그냥 하자구. 지방이야 고향에서 어른들 이 근사하게 써붙이시지 않겠어?"

"맞어, 맞어. 괜한 걱정할 것 없어. 마음만 정성스러우면 되는 거야."

근로자들의 수군거리는 말이었다.

"근데 말이야, 차례상에 술이 없어서야 되나? 이건 앙꼬 빠진 찐 빵이지."

"그야 그런데, 여긴 사우딘데 어쩌겠어."

"우리 싸대기를 살짝 따르면 안 될까?"

"이거 왜 이래. 당장 비행기 타고 싶어서 안달났어, 지금?"

"그래, 조상님들도 우리 딱한 처지 다 아시겠지 뭐."

근로자들은 합동 차례상 앞에 절을 올리기 시작했다. 식당에는 근로자들이 빼곡하게 들어차 있었지만 여느 때와는 다르게 분위 기는 고즈넉했다.

한 사람이 끄익끄익 하는 괴상한 소리와 함께 손등으로 이쪽저 쪽 눈을 훔치며 차례상에서 물러나고 있었다. 누가 들어도 그 이상 한 소리는 울음을 참아내느라고 짓눌리다 못한 소리가 삐어져나오 는 것임을 금방 알 수 있었다.

"저 친구 왜 저래? 남들 다 심란해지게시리."

"응, 저 사람 그럴 만도 해. 과부로 다섯 자식을 키운 어머니가 돌아가신 지 미처 1년이 안 됐다거든. 자기가 장남인데 타국에서 이 꼴을 하고 있으니 그 심정이 어떻겠어."

"그거 참 고약하네."

두 사람이 속삭였다.

근로자들이 모두 차례를 마친 다음 나온 아침 식사는 떡국이었다.

"이거 참, 사람 환장하겠네. 떡국 보니 고향 생각 더 간절해지네."

"그러게 말야. 눈물이 나려고 해."

"별수 있나. 이놈의 가난을 면하려면 눈물의 떡국을 먹을 수밖에."

"허, 그거 그럴듯한 유행가 가사 같네."

"그나저나 이 떡국은 어떻게 된 거야? 여기서 만들었나?"

"여기에 떡국 빼는 기계가 있어? 비행기 타고 온 거겠지."

"비행기? 그럼 이놈 이거 세계에서 젤 비싼 떡국일세."

"그러고 보니 맛이 더 삼삼한데 그래?"

"좌우간 떡국 먹으니까 설 기분은 좀 나네."

"이거 가지곤 안 되지. 이따가 싸대기 한잔씩 살짝살짝 걸치고 화투판이 벌어져야 기분이 제대로 돌지."

"거럼, 거럼. 명절 때 술하고 화투판 없으면 명절 기분 나나, 어디."

떡국을 맛있게 먹고 있는 그들 사이에서는 어느덧 명절 기분이 돌고 있었다.

날마다 백광 쏟아지는 폭염 속에서 시달리고 있는 근로자들에게 가장 즐거운 때가 음력설이고 추석이었다. 그들은 그때만은 한 덩어리로 똘똘 뭉쳐 일을 하지 않고 쉬려고 들었다. 공기 단축을 위해 일요일도 별로 없이 일을 몰아대는 회사에서도 그 기세만큼은 꺾지 못해 큰 차례상을 마련해 주고는 했다. 집에 갈 수 없는 근로자들을 위해 명절에 대형 차례상을 최초로 차린 것은 포항제철이었다. 공기 단축을 위해 밤낮은 물론이고 일요일도 없이 사력을 다하고 있는 형편에 명절 휴식이 있을 리 없었다. 그래서 회사에서는 공사 현장에 대형 차례상을 차리고 사장부터 큰절을 올리게 되었다. 그것이 화젯거리가 되어 이제 사우디아라비아에 나와 있는 모든 회사들이 음력설과 추석이 오면 당연한 것처럼 차례상을 걸게 차리고 있었다.

"김 부장, 나 오늘 관리부장하고 제다 좀 나갔다 올 테니 캠프 잘 부탁해요. 저쪽에서 눈치 없이 우리 둘만 초대를 했으니 어쩌겠소."

소장이 미안한 척 말했다.

"예, 전혀 신경 쓰지 말고 다녀오십시요. 저는 원래 서양식 초대 같은 것이 어색한 사람입니다. 오히려 잘됐습니다."

김기돈은 흔쾌하게 대꾸했다. 그러나 '저쪽에서 눈치 없이' 한 짓이 아니라 눈치가 너무 빨라 두 사람만 부른 것을 잘 알고 있었다. 그리고 그 인원 제한은 어쩌면 소장이 직접 한 것일 수도 있었다. 관리부장에 비해 공사부장은 돈과 거리가 멀어 공사만 차질 없이 해내면 되는 존재에 지나지 않았다.

"그 대신 김 부장은 내일 제다 구경을 나가도록 해요. 근로자들 단체 쇼핑을 인솔할 겸해서요."

"예, 알겠습니다."

김기돈은 언뜻 기분이 상했지만 전혀 내색하지 않고 웃었다.

"내가 노무과에 지시해 놨지만 김 부장도 이 점을 좀 신경 써주면 좋겠소. 오늘만은 밀주 단속과 화투판을 적당히 눈감아 줘도 좋지만, 외출은 절대 금지요. 그놈의 싸대기 마시고 제다 시에 나가는 날에는 우린 망쪼 들어요. 술기운에 차를 마구 밟아대면 제다 시까지는 한 시간 반밖에 안 걸려요."

"예, 염려 마십시요."

"그리고 쥐약 생각나면 저기 있어요."

소장은 눈을 찡긋하며 돌아섰다.

'쥐약'이란 관리직과 대사관 직원들 사이에 통하는 술의 은어였다. 현장에서 제왕으로 군림하는 소장은 대사관의 노무관이나 건설관과 긴밀하게 통하는 사이였다. 서로의 필요에 의해서 맺어진 그들은 또 하나의 잘 어울리는 악어와 악어새였다. 노무관이나 건설관은 격려라는 이름으로 현장 사무실을 주기적으로 순회했고, 그들이 거쳐가면 '이번에는 얼마를 걷어갔다'는 수군거림이 직원들의 귀를 간지럽히고 쑤석거리고는 했다. 소장이 알뜰하게 간수하며 어쩌다가 관리직원들에게 딱 한 잔씩 맛보여 주는 양주는 바로 그들의 손을 거쳐왔다. 대사관의 면책특권이 부리는 마술이었다. 특히 명절 때 위로의 뜻이라며 사무실에 양주 선물이 오는 것은 당연한 것처럼 되어 있었다. 실무자 선에서 소장이 그들과 돈독한 관계를 유지하는 데 빈틈없이 뒷바라지하는 인물이 관리부장이었다.

김기돈은 술을 한 잔씩 얻어마시는 것으로 족할 뿐 두 사람의 은밀한 업무 관계에 대해서는 전혀 신경 쓰지 않았다. 돈을 가지고 요령 부리는 일들이 비위에 맞지 않았고, 자신의 공사부장 일만을 추슬러나가기에도 정신이 없었다.

김기돈은 소장의 캐비닛에서 양주병을 꺼내 학처럼 목이 긴 유리잔에 술을 따랐다. 양주 특유의 황갈색이 입 안에 물큰 군침이 돌게 하면서 집생각을 몰아왔다. 집생각은 언제나 그리움과 외로움을 함께 자극했다. 그는 술을 조금만 입에 넣고 그대로 머금고 있었다. 양주의 진하고 독특한 향기와 독한 기운이 혀를 알알하게 하면서 입 안에 두루 젖어들고 있었다. 싸아한 독한 기운과 함께 코로 나오는 향기를 다시 음미하며 그는 눈을 사르르 감았다. 입 안에 화아하게 번진 술은 거의 별다른 느낌 없이 목으로 넘어가고 있었다. 술이 보약처럼 귀한 곳에 와서 한 잔을 오래 그리고 맛있게 '먹으려고' 개발해 낸 방법이었다. 여기서 술은 확실히 '마시는 것'이 아니라 '먹는 것'이었다. 씹어야 하는 밥도 그렇게 오래 입에 담고 있을 수는 없었다.

김기돈은 담배를 피워 물었다. 담배연기를 한 모금 깊이 들이마셨다가 내뿜자 술맛은 더욱 깊어지고 아련했다.

그래, 산다는 것은 참 복잡미묘하지. 국내에서만 권력과 재력이 얼크러지고 설크러지는 줄 알았더니 수만 리 밖에 나와서도 마찬가지야. 소장은 노무관이나 건설관을 상대하고, 사장은 대사나 영사를 상대하고, 누이 좋고 매부 좋고로 잘들 돌아가는 거지. 그런데 딴 나라에서 권력과 그렇게 유착해서 사업상 얻는 게 뭐가 있지? 공사를 따낼 때 사우디 쪽에 무슨 작용이라도 해주는 걸까? 들리는 말로는 기름을 한푼이라도 싸게 사다 써야 하는 한국의 대사관은 늘 사우디 눈치를 보는 입장이지 별 힘이 없다고 하던데. 그런데도 회사들이 꼼짝을 못하는 이유가 뭐지? 약점이 많기 때문인가? 권력이면 무조건 굽실거리는 속성 때문인가? 권력에 밉보여 좋을 것 없고, 권력에 잘해서 손해 볼 것 없다는 한국식 풍조 때문일까? 그런데 한 가지 묘한 현상은 있었다. 대사관에서 사람이 나오면 소장은 더욱 위세등등해졌고, 근로자들은 표나게 조심스러워지고 움츠러들었다. 권력이라는 것은 무엇인지. 아니, 인간이라는 것은 무엇인지. 근로자들은 자기네 일만 열심히 하면 되는데도 어찌 그리 민감하게 반응하는지 모를 일이었다. 어쨌거나 공사부장 자리를 차지하고 있는 덕으로 외롭고 힘든 타국에서, 그것도 술을 엄금하고 있는 나라에서 심심찮게 술잔을 얻어마시며 고달픔을 풀고 있으니 산다는 것은 참 복잡미묘했다.

김기돈은 다시 술을 조금 머금었다. 그런데 한 가지 모를 것이 있었다. 왜 사우디에서는 술을 금하는가 하는 것이었다. 길거리에서 여자를 쳐다보지도 못하게 하고, 버스·식당·상점·은행은 말할 것도 없고 심지어 비행기에서도 남녀의 자리를 따로 구분하는 엄격함은 쉽게 이해가 되었다. 사악한 인간들이 품고 있는 간음의 충동을 미리미리 막아 사회의 기본질서를 똑바로 세우고자 하는 이슬람의 율법이었다. 우리나라에서도 몇십 년 전에는 남녀칠세부동석이 엄연히 살아 있었으니 그 이해는 더 쉬웠다. 그리고 돼지고기를 금하고, 짐승들의 내장을 먹지 못하게 한 것도 충분히 이해할 수 있었다. 그건 무슨 미신이 아니라 과학이었다. 무더위가 기승을 부리는 땅에서 기름기 많은 돼지고기와 더러운 것이 많이 낀 짐승들의 내장은 그만큼 빨리 부패하기 때문이었다.

그런데 술은 왜 그리도 철저하게 금하는 것인지 그들 자신도 명쾌하게 설명하지 못했다. 다른 것들은 분명하게 이유를 밝히면서도 술에 대해서는 그저 '알라신의 뜻'이라거나 '율법'이라고만 했다. 더위가 심한 기온에서 술은 인체에 피해를 심하게 끼치는 것인지? 아니면, 술은 마시기 시작하면 으레 과하지 않기가 어렵고, 그리 되면 엄한 이슬람의 율법을 어기는 실수를 하기 때문인지? 과한 술은 곤란하지만 알맞게 마시는 술은 얼마나 좋은가. 술을 자유롭게 마실 수 없으니 술이 더 그리웠다.

김기돈은 또 술을 핥으며 언뜻 유일민을 생각했다. 유일민은 참 좋은 술벗이었다. 그는 술을 맛있게 마실 줄 알았고, 술을 많이 마시고도 술주정하는 일이 없었다. 거기다가 불행한 처지도 같으니 흉금을 털어놓기가 더없이 좋았다. 그가 옆에 있으면 여러모로 좋을 것 같아 편지를 보냈었다. 자신을 특채해 준 선배한테 얘기해 관리부에 자리를 언질받았던 것이다. 그러나 유일민은 사양하는 편지를 보내왔다. 집안 사정이 불안한 점이 있고, 플라스틱 사업이 사회적으로 차츰 나아지고 있으니 그 기반이나마 키워가고 싶다는 내용이었다. 그가 사우디에 오지 않고 사업이 튼튼해질 수 있다면 그보다 더 좋은 일은 없었다.

갑자기 밖에서 호루라기 소리가 날카롭게 울렸다. 그리고 고함치는 소리와 함께 여러 개의 작업화들이 뛰어가는 소리도 들려왔다.

놀란 김기돈은 반쯤 남은 술을 입에 왈칵 붓고 잔을 책상 서랍에 숨겼다. 그리고 다급하게 공사부장실 문을 열어젖히며 넓은 사무실로 나갔다.

"무슨 사고난 모양인데, 빨리 좀 나가보시오."

막 일어서고 있는 네댓 명의 직원에게 김기돈은 일렀다.

"예, 나가는 참입니다."

직원들이 우르르 밖으로 뛰어나갔다.

김기돈은 혀를 차며 담배를 빼물었다. 자신이 책임자가 된 터에 하루가 무사하게 지나가지 못하게 되어 입맛이 썼다. 술을 한잔했으니 혹시 표가 날지 몰라 직접 나가보기도 거북했다. 그리고 에어컨바람 시원한 사무실에서 열기 끼치는 밖으로 나가기도 싫었다.

외출은 금지되어 있고, 노무과에서 경비를 서고 있었으니 무슨 큰 사고는 아니리라 싶었다. 또 사소한 일로 싸움을 벌이지 않았을까 생각하면서도 김기돈은 연거푸 담배를 빨아댔다.

이상하게도 근로자들은 주먹다짐을 자주했다. 머리가 깨져 피가 흐르는 싸움도 정작 그 이유를 따지고 보면 하찮기 일쑤였다. 양말을 슬쩍 가져다가 신었다거나, 세탁을 하다가 비눗물을 튀겼다거나, 샤워를 하다가 그 물건이 작다고 놀렸다거나, 마누라 흉을 보았다거나 하는 것들이었다. 그저 웃어넘길 수 있는 농담까지도 주먹을 휘두르는 싸움거리가 되고는 했다. 서로 짜증과 신경질을 부리고, 걸핏하면 다투는 게 이유가 없는 것이 아니었다. 매일 무더위를 참아내야 하고, 힘겨운 일을 참아내야 하고, 그러면서 또 술 마시고 싶은 것을 참아내야 하고, 여자를 품고 싶은 것을 참아내야 하고, 그리다 보니 근로자들은 욕구불만이 쌓일 대로 쌓여 신경이 날카로워져 있다가 사소한 일에도 감정을 폭발시키고는 했던 것이다. 그런 증상을 그들은 '사막병'이라고도 했고, '사우디병'이라고도 했다. 근로자들은 자기네가 앓고 있는 병이 무엇인지 알면서도 고치지는 못했다. 하긴 그 병은 근로자들 스스로 고칠 수 있는 병이아니기도 했다. 사우디를 떠나 귀국을 해야 나을 병이지 사우디에있는 한 점점 더 심해질 수밖에 없는 일이었다. 그런 근로자들을 매일매일 말썽 없이 다스려나가야 하는 것이 관리자들의 고충 중의 하나였다.

"이새끼들, 똑바로 못 걸어!"

노무과장이 세 남자를 앞세우고 사무실로 들어서며 외쳤다.

그들 셋 중에 한 남자는 코피를 흘려 입 언저리가 피범벅이었다. 다른 두 남자도 헝클어진 머리에 싸운 흔적을 남기고 있었다.

"무슨 일이오?"

김기돈은 버티고 서며 엄한 얼굴로 그들을 쏘아보았다.

"공사부장님, 이새끼들을 당장 비행기 태워버려야 합니다. 이새끼들이 글쎄 싸대기 퍼마신 것도 죄고, 화투 친 것도 죈데, 패를 속였다고 패싸움까지 했다니까요. 요런 것들은 더 둘 필요 없이 쓴맛을 보여야 합니다."

노무과장이 결기 세워 말했다. 장교 출신인 그는 군대식 말버릇을 그대로 쓰고 있었다.

"알았소. 처벌에 대해선 이따가 소장님 돌아오시면 결정할 거요."

김기돈은 노무과장의 말을 무지르듯이 말했다. 그는 노무과장이 자랑하듯 하고 있는 상스러운 군인티에 언제나 거부감을 가지고 있었다. 그건 오랜 군사독재의 그늘 아래서 터무니없이 특권계급 취급을 받으며 위세를 떠는 모든 직업군인들에 대한 반감이기도 했고, 제대를 하고 나서도 취직의 특혜를 누리며 군대식 통솔을 팔아먹고 있는 꼴들이 영 마땅찮기도 해서였다. 그런 감정의 밑바닥에는 신원 때문에 계속 불신을 받아가며 군대생활을 남들보다 몇 배 고달프게 해야 했던 지난날의 아픔이 도사리고 있었다.

"이건 가볍게 생각할 문제가 아닙니다. 일벌백계, 엄하게 다스리지 않으면 질서가 안 섭니다."

노무과장이 마땅찮은 듯 기를 세웠다.

"노무과장, 당신의 임무는 끝났소. 처벌과 징계는 부장 이상에서 논의, 결정한다는 것 몰라요? 나가서 당신 임무를 계속 수행하시오."

김기돈은 한껏 상급자인 것을 과시하며 사무적으로 잘랐다.

노무과장은 주춤하더니 불쾌한 얼굴로 돌아섰다.

단세포 같은 놈! 또 제대 계급을 따지고 싶겠지? 그래, 나 병장 제대했다. 위대하고 거룩하신 육군 중위께서 병장한테 당하는 맛이 어떠셔? 이놈아, 세상이란 이렇기도 한 거다.

화가 나서 꼿꼿하게 선 노무과장의 뒷덜미를 바라보며 김기돈은 이렇게 야유를 보내고 있었다.

노무과장은 말썽을 부린 근로자들을 다룰 때면 으레 '너 제대 계급이 뭐냐!' 하고 따지고 들었다. 대학 나온 사람이 진무하듯이 근로자들 대답은 하나같이 '병장입니다'였다. 그러면 노무과장의 입에서는 '이새끼, 그럴 줄 알았어. 신성한 육군 중위의 맛 좀 봐!' 하는 말이 터져나가며 거침없이 '쪼인트를 깠다'. 노무과장의 육군 중위 위세는 이상하게도 잘 먹혀들었고, 언제부턴가 그의 별명은 '제대 계급'이 되고 말았다.

"이거 어떻게 된 거요?"

김기돈은 고개 떨구고 있는 세 사람에게 눈길을 돌렸다.

"공사부장님, 잘못했습니다. 용서해 주십시요."

코피 범벅인 남자가 느닷없이 시멘트바닥에 무릎을 꿇으며 울음 터지는 소리로 말했다.

"공사부장님, 저희들도 잘못했습니다. 용서해 주십시요."

다른 두 남자도 무릎을 꿇고 앉았다.

"아니, 아니, 왜들 이래요. 다들 일어나요. 잘못은 잘못이고, 이럴 것까지 없어요. 빨리들 일어나요."

김기돈은 당황스럽게 말했다. 노무과장이 아까 한 말에 겁먹은 그들은 이제 자신에게 매달리고 있었다. 근로자들이 제일 두려워 하는 것이 '비행기 태운다'는 말이었다. 그 강제 귀국 조처를 당하게 되면 돈벌이를 못하게 될 뿐만 아니라 항공료도 본인이 내야 하기 때문에 근로자들의 손해는 막심했다.

"공사부장님, 정말 잘못했습니다. 한 번만 용서해 주십시요."

그들은 일어날 생각을 하지 않고 그저 머리를 조아렸다.

"자, 자, 어서 일어나요. 일어나서 얘기해요. 딴 나라 사람들이 보기라도 하면 어찌 되겠어요. 어서 일어나요."

김기돈은 측은한 마음으로 그들을 잡아 일으켰다. 자기들끼리는 피가 터지게 주먹다짐을 하면서도 회사의 힘 앞에서는 그리도 허약한 그들이 딱하고 안쓰럽기만 했다.

"자아, 여기 앉아서 시말서들을 쓰세요. 아까 노무과장이 말한 대로 자기가 저지른 잘못들을 숨김없이 쓰고, 끝에다가 진심으로 반성한다는 것도 쓰세요. 설이면 기분 좋고 즐겁게 놀 일이지 어린 애들도 아니고 이게 뭡니까."

김기돈은 혀를 차며 세 사람에게 종이와 볼펜을 나눠주었다.

"저어……, 시말서만 쓰면……, 용서해 주시는 겁니까?"

코피 범벅인 사람이 잔뜩 움츠린 채 더듬거렸다.

"그건 아직 몰라요. 소장님이 출타 중이시니까 이따가 돌아오시면 회의를 해야 돼요. 빨리 시말서나 똑바로 쓰도록 해요."

혹시 방심하거나 지레짐작을 할지 몰라 김기돈은 엄한 표정으로 말하며 냉정하게 외면을 했다. 그러나 속으로는, 일단 사고를 냈으니까 전체의 질서를 위해 그냥 넘길 수는 없고, 설날인 것을 빙자해서 한 이틀쯤 '보약을 먹이는' 것으로 마무리하면 어떨까 생각했다.

술주정, 싸움, 노름 같은 사고를 저지르면 대개 3일에서 5일 동안의 작업정지 징계를 내렸다. 그 작업정지를 흔히들 '스탠바이 먹는다'고 했다. 작업정지를 당하면 일당 계산이 안 되니까 그만큼 월급이 줄어들 뿐만 아니라 야근까지 못하게 되니까 이중으로 손해를 보게 되었다. '나 스탠바이 먹었어.' '그거 몸에 좋온 거니까 많이 먹어라.' 이런 말이 오가다가 언제부턴가 작업정지 징계는 '보약 먹는다'는 말로 변하고 말았다.

"……이들 세 명은 싸대기를 마시고, 노름을 하고, 싸움까지 벌였습니다. 세 가지 죄를 한꺼번에 저질렀으므로 이들은 당장 비행기를 태워야 마땅합니다. 그러나 어제가 설날이었기 때문에 특별히 선처하여 5일 동안 보약을 먹이는 것으로 조처했습니다. 세 사람은 오늘 제다 시 외출도 금지됩니다. 여러분들도 이들 세 사람의 처벌을 명심하여 오늘 외출에서는 처음서부터 끝까지 철저하게 질서를 지켜 아무 말썽도 일어나지 않게 해야 하고, 특히 대한민국의 국민으로서 대한민국의 명예를 손상하는 일이 없도록 행동하기 바랍니다. 만약 오늘 사고를 낸 사람은 나라 망신을 시킨 죄로 무조건 비행기를 태운다는 것을 분명하게 알아두기 바랍니다."

다음날 아침 근로자들을 모두 모아놓고 소장이 한 훈시였다. 말썽을 일으킨 세 근로자는 앞으로 끌려나와 고개를 푹 떨구고 서 있었다.

작업복을 말끔하게 차려입고 버스를 타는 사람들은 절반이 좀 넘었다. 단체 쇼핑을 나가면서도 작업복을 입게 하는 것은 사고 방지를 위해서였다. 그리고 한국 근로자라는 표시를 해서 보호받을 수 있는 이점도 있기 때문이었다. 지난 몇 년 동안 일한 결과 한국 사람들에 대한 인식이 무척 좋아 상인들이 친절한 것은 말할 것도 없고, 경찰들도 '꼬리'라고 하면 검문소를 무조건 통과시킬 정도였다. 아시아의 다른 나라 사람들에 비해 한국사람들은 이슬람 율법을 거의 어기지 않는 사람들로 소문나 있었다.

다섯 대의 버스는 서부해안 고속도로를 질주하고 있었다. 앞자리에 앉은 김기돈은 멀리 뻗어가고 있는 산줄기를 하염없이 바라보고 있었다. 산은 산이되 그 산들은 한국의 산과는 사뭇 달랐다. 나무를 찾아보기 어려웠고, 뼈대가 억세게 드러나 있었다. 강우량이 너무 적어 나무들을 키워낼 수 없는 산들은 강렬한 태양열에 오랜 세월 동안 부대끼면서 푸석푸석 풍화되어 가고 있었다. 평지가 반사막 상태의 황무지인 것처럼 산들도 강한 암석층이 뼈대를 형성하며 이 땅 특유의 풍광을 이루어내고 있었다.

짙푸르고 맑은 홍해와 맞닿은 서부해안을 따라 북쪽에서 남쪽으로 수천 리 뻗어내리고 있는 산줄기는 헤자즈산맥이었다. 태백산맥이 동쪽에 뻗어내려 한반도의 등뼈 노릇을 하듯이 헤자즈산맥은 서쪽에서 1천 개가 넘는 산봉우리들을 거느리며 사우디아라비아 반도의 등뼈 노릇을 하고 있었다. 아라비아산맥이라고도 부르는 그 산악지대는 동쪽을 향해 차츰차츰 낮아져 황량한 대평원을 이루어내면서 세 개의 거대한 사막지대를 품고, 동부해안에 이르러 드넓은 목초지대와 함께 유전지대를 펼쳐놓고 있었다. 마치 석유는 높은 지대에서 흐르고 흘러내려 낮은 지대에 모여 고인 듯했다. 그 동부해안에서부터 내륙을 거쳐 서부해안까지 한국의 근로자들은 넓은 길 닦기에 나서고 있었다.

김기돈은 이런 생각을 하며 자신을 되돌아보고 있었다. 몇 년 전까지만 해도 전혀 몰랐던 이 불볕의 나라에서 자신이 팥죽땀을 흘리고 있는 것이 기이하고도 새삼스러웠다. 자신은 불온시되는 신원 때문에 평생토록 딴 나라는 구경조차 못하고 한국이라는 땅이 감옥이 될 줄 알았었다. 그런데 나라에서는 경제활동에 한해서 그 족쇄를 풀어준 것이다. 말이 좋아 경제활동이지 가장 솔직하게 말하면 다급하니까 어서어서 밖에 나가 외화를 벌어오라는 것이었다. 간단하게 말해 나라도 가난을 면하기 위해 법을 느슨하게 풀었고, 자신도 가난을 면하기 위해 낯선 땅으로 뛰어든 것이다. 가난이라는 것, 그것은 잘살고 싶은 욕구에 불을 붙이고, 그 욕구는 목숨을 내거는 힘을 발휘하게 했다. 한국의 근로자들은 하나같이 그 욕구에 사로잡혀 살이 타는 백광 속에 몸을 내던지고 있었다.

누가 이기나 보자 하는 식으로 밤낮없이 억척스럽게 일을 해대는 한국사람들을 보고 '사람이 아니다'라는 말에 뒤따라 '철인들'이라는 말도 생겨났다. 철학하는 사람들이란 뜻이 아니라 쇠로 만든 사람들이란 뜻이었다. 사우디인들의 그런 평가는 기술과 성실을 인정하는 신뢰의 표현이니까 그지없이 고마운 일이지만, 한국사람들 입장에서 보면 더없이 서글프고 가슴 아픈 칭호이기도 했다.

한국사람들이 쇠로 만들어졌을 리 만무하고, 봄·여름·가을·겨울 사계절이 뚜렷뚜렷한 땅에서 나고 자랐으니 더위에 강할 수 있는 체질도 아니었다. 더위에 강하기로는 더운 나라 태국이나 필리핀사람들일 것은 더 말할 것이 없었다. 그런데 한국사람이 구덩이를 서너 개 팔 때 태국사람은 구덩이를 한 개밖에 파지 못하고, 한국사람들이 일하는 식으로 필리핀사람들에게 시키면 하루 일하고 사흘을 앓아눕는다는 말은 어디서나 들을 수 있었다. 태국이나 필리핀사람들은 대개 대만 회사들에 고용되어 있었다. 한국사람들은 오로지 가난을 면하겠다는 일념으로 사우디사람들조차 피하는 살인적인 더위를 무릅써가며 사생결단 일에 나서고 있었다. 그러다 보니 몸이 허약해져 계약기간을 채우지 못하고 비행기에 실리는 사람들도 있었고, 석회 성분 많은 물 때문에 요로결석증으로 고생하는 사람이 한둘이 아니었다.

"공사부장님, 저기 순찰차가 세우라는 신호를 하는데요?"

운전수가 김기돈에게 눈길을 보내며 빠르게 말했다.

"아, 젯다에 거의 다 와서 그런 모양이오. 천천히 잘 세우시오."

김기돈은 자리를 고쳐앉으며 말했다. 한국사람들은 된발음을 잘해서 그런지 누구나 제다를 '젯다'라고 했다.

버스가 순찰차 앞에 멈추었다.

"쌀람 알라이쿰! 하우 아 유? 위 아 꼬리. 투어 젯다."

차창 밖으로 상체를 내민 김기돈은 경찰을 향해 거수경례를 하며 말했다.

"오, 꼬리! 쌀람 알라이쿰!"

교통경찰은 환하게 웃으며 이렇게 대꾸하고는 곧 통과신호를 보냈다.

"땡큐. 인샬라!"

김기돈이 다시 거수경례로 인사했고,

"해브 굿 타임, 마이 프렌드. 인샬라!"

교통경찰도 거수경례로 인사를 받으며 외쳤다.

김기돈은 손을 흔들며 '쌀람 알라이쿰'과 '인샬라' 두 가지 말이 나타내는 신효한 효과에 또 빙그레 웃고 있었다. 13억 이슬람 교도들이 언제 어느 곳에서나 그 한곳을 향해 기도하는 성지 메카에 있는 알라신의 나라 사우디아라비아에서 필히 익혀야 하는 두 가지 말이 '쌀람 알라이쿰'과 '인샬라'였다. 그 두 가지 말만 잘 활용하면 사우디아라비아에서는 밥 굶을 일 없고, 사업도 술술 잘 풀린다는 우스갯소리가 있을 정도였다. 다른 종교를 절대로 인정하지 않는 이 나라에서는 알라신만이 유일무이한 거룩한 신앙이었고, 그 말씀을 담은 코란은 교리로서 끝나는 것이 아니라 나라를 통치하는 국법이기도 했다. 그런 종교의 나라에서 알라신을 숭배하고 찬양하는 최고의 경구가 여러모로 효과를 나타내는 것은 당연하기도 했다. 특히 외국사람이 그 경구로 인사를 했을 때 이 나라 사람들이 반색하고 환대하는 것은 알라신의 가르침을 실행하는 것이었다. 코란은 알라신께 경배하는 자들은 모두 형제요 벗으로 대하라고 가르치고 있었던 것이다. '쌀람 알라이쿰'은 '그대에게 알라신의 가호가 있기를' 또는 '그대에게 알라신이 내리는 평화가 있기를' 하는 뜻으로 첫인사를 할 때 썼고, '인샬라'는 '신의 뜻대로'라는 뜻으로 일상생활 속에서 일어나는 희로애락과 온갖 일들에 폭넓고 다양하게 쓰이고 있었다.

김기돈은 이 나라에 오기 전에 회사에서 주는 영문판 책 한 권을 다 읽었다. 그건 사우디아라비아의 역사와 종교, 문화에 대해서 자세하게 기록해 놓고 있었다. 그런데 그 두 가지 말의 쓰임새와 효과는 이곳에 와서야 실감 있게 체득했다.

"이 사람들이 열 번 인샬라 하면 우린 스무 번 인샬라 하는 훈련을 해야만 감정 교류가 이루어지고 여기에 적응할 수가 있어요. 예를 들어 집 계약을 하기로 시간을 정했는데 안 나왔어요. 다음날 만나니 인샬라 하고 그만이에요. 다시 시간 약속을 했는데 또 어겼어요. 그런데 또 인샬라 하고 그만이에요. 그럼 한국사람들은 어떻게 하지요? 보나마나 벌컥 화를 내고 싸우고 관계를 끊어버리지요. 그래선 사우디에서 못살아요. 사업할 자격이 없는 거지요. 그 사람은 세 번까지도 약속을 어기고 태평스럽게 인샬라인 겁니다. 그건 시간관념이 없어서도 아니고 신용이 없어서도 아닙니다. 이곳 사람들의 생활 자체가 그래요. 모든 게 신의 뜻대로, 그 시간에 못 나온 건 더 급한 일이 생겨서 그런 거니까 그건 다 신의 뜻이고, 집 계약은 내일 해도 되는 거니까 그것도 신의 뜻이다, 하는 의미라는 걸 이해해야 합니다. 한국식의 빨리빨리로 서둘러댔다가는 여기서는 아무 일도 성사시키지 못하고 백전백패예요. 2년 전에 어떤 회사에서 공사 잔금을 받으려고 간부가 왔었어요. 그 사람은 호텔 커피샅에 앉아 이야기를 시작한 지 15분 만에 자리를 박차고 나가버렸어요. 한국사람의 급한 성질을 그대로 부려 상담이 깨지고, 잔금 받기를 결국 포기해 버린 겁니다. 그때가 마침 오후 6시쯤으로 그 사람은 배가 고프던 참이었고, 상대방이 자꾸 인샬라 인샬라 하면서 확실한 말을 안 하니까 그 급한 성질이 그만 폭발해 버린 겁니다. 그 사람은 사우디를 몰라도 너무 몰랐던 거지요. 한국사람은 오후 6시면 지칠 시간이고, 사우디사람들은 낮잠 두세 시간 푹 자고 나서 점심 두둑하게 먹었으니까 한참 일할 시간이었단 말이죠. 그 사람이 알백이나 샤르망을 배불리 먹고 가서 질기게 버텼어야 하는 건데, 알아야 면장을 하지요."

여기 와서 첫날 소장이 한 말이었다. 알백은 사우디 빵에 닭고기 튀김과 채소를 섞어 싼 것이었고, 샤르망은 사우디 빵에 닭고기구이와 콩 찧은 것을 싼 고유음식으로 일종의 샌드위치였다.

이 나라의 문화가 한국과 다른 것이 너무 많은 가운데 김기돈은 특히 두 가지 사실에 놀라고 있었다. 사람들이 믿기지 않을 만큼 순박하고 인정이 많은 점이었고, 공무원을 비롯한 지식인들은 뜻밖에도 영어회화가 유창했던 것이다. 유럽이 가깝고 영국과의 오랜 관계 때문만이 아니라 회화 위주의 영어교육 결과라고 했다. 김기돈은 뒤늦게 회화 공부에 열을 올리지 않을 수 없었다. 영국인 감리를 상대해야 되는 데다가, 가끔 사우디 관리들과도 공사에 대해 얘기를 나누어야 했기 때문이다.

김기돈은 아까 교통경찰이 했던 '마이 프렌드'라는 말이 정겹게 가슴에 남아 있는 것을 느끼고 있었다. 그 말을 미국이나 서양사람들이 했을 때는 형식적인 예의를 갖추는 상투적인 어구일지 모르지만 사우디사람들의 경우에는 '우리는 형제'라는 뜻과 같은 신뢰와 절친함의 표현이었던 것이다. 사우디사람들에게 '형제'로 받아들여지는 것, 그것은 한국의 입장에서는 지금까지 벌어들인 돈보다 훨씬 더 큰 수확이고 고마움이 아닐 수 없었다. 그 신뢰는 바로 미래의 약속이기 때문이었다. 사우디가 추진하고 있는 국가적 현대화는 이제 시작의 단계에 불과했다. 고속도로 건설이 1단계라면 그 뒤로 항만시설, 도시개발, 공장건설 같은 사업들이 줄을 잇고 있었다. 그뿐이 아니었다.

"요르단, 시리아, 리비아, 이집트 같은 우리의 주변국들이 한국회사들의 능력에 대해 문의해 오고 있어요. 그래서 기술이나 성실성이 아주 믿을 만하다고 대답해 주고 있습니다. 사회범죄를 거의 저지르지 않고, 복종심과 책임감이 강한 한국사람들은 역시 아시아의 일등 국민이라 다른 나라에도 마음놓고 소개할 수 있습니다. 우리가 서로 믿는 형제국가가 된 것은 두 나라의 축복입니다."

어떤 고위관리가 한 말이었다.

거의 같은 내용의 말을 어떤 신문사의 부장한테서도 들었다.

이슬람의 중심국가인 사우디아라비아에서 그런 인정을 받은 것은 천행이 아닐 수 없었다. 그 인정은 바로 다른 중동국가들로 뻗어나가는 데 더할 수 없이 효과적인 보증서였다. 우리는 사우디의 석유를 팔아주고, 사우디는 우리 기술진으로 현대화 건설을 하고,

그거야말로 서로를 돕는 '경제적 형제' 관계가 아닐 수 없었다. 그런 식으로 잘해 중동 여러 나라에서도 지속적으로 돈을 벌어들일 수 있다면 한때 요란했던 '월남 경기'는 비교도 안 될 거였다.

"공사부장님, 다 왔는데요."

운전수의 말에 김기돈은 그런저런 생각에서 깨어났다. 버스는 제다 시내의 중심상가 앞에 멈추어 있었다. 김기돈은 서둘러 버스에서 내렸다.

다섯 대의 버스에서 내린 근로자들은 각 버스에 탔던 직원들의 지시에 따라 몸 빠르게 정렬을 해나갔다. 그들은 군대식 통솔에 완전히 숙달되어 있었다.

"여러분이 다 잘 알고 있으니까 길게 말하지 않겠습니다. 절대로 이슬람 율법에 어긋나는 행동을 해서는 안 됩니다. 이 점만 명심하고 쇼핑 잘하면서 즐겁게 하루를 보내기 바랍니다. 출발은 오후 5시 정각입니다. 이상!"

김기돈은 간략하게 훈시를 마쳤다.

"우 화아, 자유다, 자유!"

"가자, 전파상으로."

"젯다는 나올 때마다 확확 변하네."

"그래, 꼭 서울처럼 정신 못 차리게 변한다니까."

근로자들이 왁자하게 떠들며 상가로 흩어지고 있었다.

"두 사람씩 짝지어 사고 없도록 살피시오. 너무 표나게 하지는 말고."

김기돈은 직원들에게 일렀다.

"예, 그럼 이따가 뵙겠습니다."

"부장님도 쇼핑하실 거지요?"

직원들이 인사를 남기고 돌아서자 김기돈은 담배를 빼물었다.

"우선 어디 가서 커피나 한잔하실까요?"

옆에 선 공사과장이 작업모를 벗어들며 말했다.

"커피보다는 까와가 어떴소? 그거 위 강장제에다 맛도 꽤 괜찮던데."

"예, 그러시죠. 근데 그게 정력제이기도 하니까 마시고 난 다음은 책임질 수 없습니다."

공사과장이 킥 웃었다.

"그런 무책임이 어딨소. 예쁜 아가씰 대령해야지."

김기돈은 농담을 받으며 걸음을 떼어놓았다.

"젯다가 하루가 다르게 멋진 도시로 변해가고 있군요. 여기 미화 공사를 맡은 삼환기업은 아주 신바람나겠어요. 한 가지 공사를 따내 10년 넘게 하면서 떼돈 벌고, 기후 좋고 생활여건 좋은 해변도시라서 일하기 편코."

공사과장이 시가지를 둘러보며 부러운 듯 말했다.

"그래요, 삼환기업 안 부러워하는 회사들 없지요. 그러나 사우디 진출 개척자로서 삼환기업은 애 많이 썼고, 삼환이 세운 공을 알아주는 사우디 정부도 고맙고 그렇지요."

김기돈도 고개를 끄덕이며 시가지를 둘러보았다. 제다의 신시가지는 구시가지를 에워싸면서 사방으로 개발되어 나아가고 있었다. 현대도시를 탄생시키고 있는 그 변모는 가끔 보는 근로자들이 놀랄 만큼 속도가 빨랐다. 그런데 각양각색의 현대식 건물들이 들어서고 있는데도 색깔에 있어서는 어떤 동질적 조화를 이루고 있었다. 그건 우아하고도 고상한 상앗빛의 흐름이었다. 그 상앗빛은 비로 이슬람 사원들의 색깔이었다. 제다는 상앗빛의 도시였다. 그 은은한 색깔들의 다양하고 미묘한 조화는 종교적 경건함과 아름다움을 함께 느끼게 해 제다를 인상 깊게 만들고 있었다.

계절로 우기인데도 햇볕은 따갑고 날씨는 땀이 끈적일 정도로 더웠다. 이곳에서는 35도 정도로 시원해진 날씨였지만 한국으로 보면 한여름이었다. 그들은 호텔로 들어가 로비라운지에 자리잡았다. 까와라는 고유차는 아주 고급이라서 아무데서나 마실 수가 없었다.

"아유, 살 것 같네요. 저는 돈 모으기는 틀렸어요. 더위에는 영 병신이거든요."

공사과장은 작업모를 벗으며 이마의 땀을 훔쳤다. 금방 선뜩함을 느낄 정도로 호텔에는 냉방장치가 잘 되어 있었다.

"더위 앞에서 어디 장사 있겠소? 다들 이 악물고 참는 거지."

김기돈은, '그래도 근로자들에 비하면 우린 신선놀음 아니겠소' 하는 말은 입 밖에 내지 않았다.

호텔 종업원은 정종잔만한 찻잔에다 까와를 조심스럽게 따랐다. 엷은 젖빛의 까와가 앙증맞은 잔에 차오르고 있었다. 최고로 귀히 여기는 손님에게만 대접하는 고급 차라서 잔도 작은 것인지 몰랐다.

김기돈은 차를 입에 머금었다. 생강맛 비슷한 향이 입 안에 가득 퍼졌다. 그 향은 목을 넘어가면서 더 선명해지며 더위 가득한 속을 뚫는 것 같은 느낌을 주었다.

"부장님은 이 맛을 아십니까?"

공사과장이 떫은 얼굴로 물었다.

"글쎄……, 맨날 마시는 커피보다는 낫지 않소? 사우디 고유 차맛을 익혀두면 나중에 추억도 될 거고."

그뿐이 아니라 까와는 더위를 다스리는 데 신효하다고 했다. 그러나 김기돈은 과장이 믿을 것 같지 않아 그 말을 하지 않았다.

종업원은 예쁘고 작은 바구니에 담은 팜츄리 열매 말린 것을 놓고 갔다.

"예, 이건 먹을 만하지요."

공사과장이 얼굴이 밝아지며 그 대추야자를 얼른 집어들었다.

"많이 먹어요. 하루에 세 개씩만 먹으면 무병장수한다니까."

김기돈도 진갈색의 엄지손가락만한 크기의 열매 하나를 집었다.

사우디 대추라고도 부르는 그 열매의 맛은 곶감 맛과 흡사했다. 그 열매는 부드럽고 졸깃졸깃 씹히면서 단맛이 진하고 깊게 느껴졌다. 그것을 까와에 곁들여 먹으면 더 맛이 좋아졌다. 그것은 영양이 풍부해서 옛날에 사우디사람들은 주식의 하나로 먹었다고 했다.

언제 나타났는지 종업원은 빈 찻잔에 다시 까와를 따랐다. 차를 더 마시기 싫으면 찻잔을 가볍게 좌우로 흔들어 보이는 것이 사우디 고유의 의사 표시였다. 그렇지 않으면 잔이 빌 때마다 차를 계속 따랐다.

"부장님, 부장님, 저 친구 또 나타났네요."

공사과장이 무슨 신기한 것이라도 발견한 듯 갑자기 생기 도는 소리로 말했다. 김기돈은 얼결에 고개를 돌렸다.

"아, 초록색 신사."

김기돈이 씩 웃었다.

그들의 눈길이 머문 로비에는 위아래 초록색 양복을 빼입은 남자가 바쁜 걸음을 옮겨놓고 있었다. 그는 양복만이 아니라 넥타이까지도 초록색으로 매고 있었다.

"참, 구두는 왜 초록색이 아닌지 모르겠어요. 머리야 어쩔 수 없지만."

공사과장은 어이없다는 것인지 희한하다는 것인지 구분하기 모호한 표정으로 말했다.

"그야 초록색 가죽이 없었으니까 그렇지 만약 그런 가죽이 있었으면 저 사람이야 당장 초록색 구두를 맞춰 신지 않았겠소?"

김기돈이 찻잔을 들며 웃었다.

"아, 그랬겠는데요. 좌우간 저 사람은 배짱 한번 좋아요. 저렇게 눈에 띄는 옷을 입고 사우디 큰 도시들을 누비고 다니니."

"내가 보기엔 저 사람이야말로 남들이 못 따라갈 기발한 아이디어를 지닌 천재적인 상사원이오. 물건을 파는 건 질이 좋고 나쁘고 이전에 상대방에게 호감을 사고, 상대방의 마음을 사로잡아야 한다는 말이 있는데, 그런 점에서 저 사람은 사우디사람들의 급소를 찔렀고, 그래서 성공한 거 아니오. 우리가 흔히 말하는 기발한 아이디어, 그게 얼마나 중요한 것인지 저 사람이 잘 보여주고 있는 거요. 어쨌든 저 사람 참 대단해요."

김기돈은 담배를 빨며 호감 어린 웃음을 짓고 있었다.

초록색의 남자는 저쪽 자리에서 사우디 고유 의상인 새하얀 소읍을 입은 두 남자와 친근한 악수를 나누고 있었다. 한국의 어느 무역회사 직원인 그 남자는 제다 시내를 드나드는 근로자들 사이에서 '사우디 명물'로 알려져 있었다. 그가 넥타이까지도 초록색으로 치장한 것은 사우디아라비아 사람들 모두가 가장 좋아하는 색깔이 초록색이라는 점에서 착안한 것이라 했다. 이 나라 사람들은 집에 손님 오는 것을 좋아해, 반갑고 귀한 손님에게는 마누라를 잡아서라도 고기를 대접한다는 말이 있을 정도였다. 그런데 그들이 손님보다 더 반기고 환호하는 것이 비였다. 비가 귀하고 귀한 땅에서 그건 너무 당연한 일이었다. 그와 마찬가지로 그들은 짙푸르고 울창한 초록색 숲을 늘 그리워하고 꿈꾸고 있었다. 그 소망이 얼마나 절절하면 국기의 바탕이 온통 초록색일 것인가. 손님이 오면서 뒤따라 비가 오면 최고의 경사라고 해서 그 손님은 특별히 우대를 받는다고 했다. 그런 그들의 심상에 초록색 양복을 입고 나타난 상사원, 그 상담(商談)이 잘 풀리지 않을 리가 없었다.

김기돈은 종업원이 다섯 번째로 차를 따르려고 하자 찻잔을 좌우로 가볍게 흔들었다. 그리고 공사과장에게 말했다.

"그만 슬슬 나가봅시다. 정오 쌀라(기도) 시간이 얼마 안 남았는데."

"예, 그러지요. 일한 것도 없는데 배가 출출하군요."

그들은 다시 상가 쪽으로 발길을 돌렸다. 햇살은 더 강렬해져 있었고, 사우디 남자들의 길고 하얀 옷들이 햇빛을 받아 눈부시게 빛나고 있었다. 그들의 특이한 남자 의상인 소읍은 머리에서부터 발목까지 하얗게 치렁거렸다. 그 흰색 속에서 머리에 두른 두건인 구트라를 고정시키는 두 줄의 테인 이깔만이 검은색이라서 유난히 선명한 대비를 이루고 있었다. 상앗빛 사원들과 새하얀 옷들은 강렬한 햇살 속에서 묘한 조화를 이루며 종교적 경건함과 신비스러움을 자아내고 있었다. 하얀 천에 빨간 실로 무늬를 수놓은 두건인 시마그를 쓴 사람들도 더러 보였다.

"오늘 또 여기 동대문시장 됐군요."

아까보다 훨씬 많이 불어난 버스들을 보며 공사과장이 말했다.

"공사장마다 휴일일 테니 여기밖에 올 데가 더 있겠소."

김기돈도 버스들을 둘러보며 고개를 끄덕였다.

1주일 동안에 사우디아라비아의 휴일은 일요일이 아니라 금요일이었다. 그 휴일이나 오늘처럼 특별히 노는 날에는 상가 앞에 스무 대에 이르는 버스가 멈추어 있기 예사였다. 몇백 리 밖에서 일하는 근로자들이 단체로 모여드는 거였다. 그 나들이가 근로자들에게는 유일한 낙이라면 낙이었다. 그리고 사우디 상인들에게는 그 단체 쇼핑객들이 엄청난 고객이기도 했다.

"부장님, 안녕하세요?"

콜라병을 들고 있는 네댓 명 중에 한 사내가 김기돈에게 인사를
했다.

"……?"

김기돈은 알 듯 말 듯 한 그 사내를 보며 '누구더라……?' 하고
생각했다.

"저 모르시겠어요? 몇 달 전에 여기서 만났잖아요. 그때 콜라까
지 사주셨잖아요."

그 사내가 눌러쓰고 있던 운동모자를 벗었다.

"아, 그래. 조국 근대화의 기수, 전기 기능사! 이렇게 사복을 입고
있으니 얼른 알아볼 수가 있나. 그간에 얼굴도 더 많이 탔고. 그래,
그동안 잘 지냈어?"

김기돈은 반갑게 악수를 청했다.

"네, 부장님도 안녕하셨어요?"

환하게 웃는 그 사내의 얼굴은 뜻밖에도 앳되어 보였다. 나이를
많이 잡아야 스무 살이 될까말까 했다.

"응, 덕택에 그럭저럭 지내지. 함께 일하는 친구들인가?"

김기돈은 그 젊은이 뒤로 선 사내들을 둘러보았다.

"예, 새로 온 신참들이 있어서 구경시켜 주려고 나왔어요. 야, 느
네들 인사드려라. 우리가 부러워하는 공과대학 나오신 공사부장님
이시다."

젊은이의 말에 사내들이 모자를 벗으며 꾸벅꾸벅 인사를 했다. 그들은 하나같이 스무 살이 못 되어 보이는 앳된 얼굴들이었다.

김기돈은 그제서야 두 사내의 제복에 새겨진 빨간 기계 수 글씨를 보았다. 조국 근대화의 기수. 그 빨간 글씨는 어깨에도 박음질되어 있었다. 김기돈은 몇 달 전처럼 또 가슴이 찡 울리는 것을 느끼며 그들 둘이 신참이라는 것을 알아보았다.

"그래, 자네들도 전기 기능산가?"

김기돈은 인사를 받으며 제복을 입은 둘에게 물었다.

"아닙니다. 저희들은 전화 기능삽니다."

키가 좀 큰 사내가 부끄러운 듯 웃으며 대답했다. 웃는 그 얼굴이 더 어려 보였다.

"아, 전화 기능사. 좋은 기술 가졌군." 김기돈은 고개를 끄덕이고는, "그런데 어쩌지? 벌써 콜라를 마시고 있으니 오늘은 콜라를 사줄 수도 없고" 하며 처음의 사내를 쳐다보았다.

"아니에요. 오늘은 제가 부장님한테 콜라를 사드릴게요. 더운 사우디에서 시원한 콜라 마시는 건 와따잖아요."

그 젊은이는 돈을 꺼내려는 듯 바지주머니에 손을 넣었다.

"아니야, 아니야. 우린 지금 차 마시고 오는 길이야."

"그거 정말이세요? 제가 콜라 사드리려고 알은체한 건데."

젊은이가 아쉬운 표정을 지으며 뒷머리를 긁었다.

"그래, 다음에 만나면 사줘. 더위에 몸조심하고."

김기돈은 작별의 손을 내밀었다.

"예, 부장님도 건강하세요."

김기돈은 나머지 세 젊은이하고도 차례로 악수를 했다. 그때마다 더위에 몸조심하라는 말을 덧붙였다. 나이 어린 그들이 건성으로 듣건 어쨌건 간에 그로서는 진정 염려해서 한 말이었다.

김기돈은 상가로 들어서 한참이 지나도 어린 그들의 잔상이 지워지지 않았다. 그들은 공업고등학교 과정에서 기능사 자격증을 획득하고 졸업을 하자마자 이곳으로 오는 거라고 했다. 그들에게는 국가적 특전이 주어져 있었다. 병역 면제가 그것이었다. '조국 근대화'라는 큰 짐은 어린 그들의 어깨에까지 실려 있었다.

상가는 아까 공사과장이 말한 대로 동대문시장이나 다름없었다. 상점마다 한국 근로자들이 바글거렸고, 풍선 부풀듯이 왁자지껄 떠들어대고 있는 소란도 전부 한국말이었다.

"안 비싸, 안 비싸!"

"더 깎지 마."

"일제 최고야."

"이거 이태리 금, 저거 사우디 금."

"거울 저기."

"잘 어울려. 선물용?"

"영수증 가짜 해줘?"

사우디 상인들이 흥겨워 외쳐대는 이런 말들도 소란을 더욱 부풀리고 있었다. 돈은 귀신도 부리더라고 사우디 상인들이 물건을 파는 데 필요한 짤막짤막한 한국말들을 수십 가지씩 익힌 것은 이미 오래전이었다. 그들은 가짜 영수증 해주는 것까지 알고 있었다. 그건 관리직원들이 회사명의의 선물을 사면서 돈을 슬쩍 하느라고 가르쳐준 것이었다. 알라신의 나라에서까지 한국식 버릇을 못 고치고 오히려 나쁜 물을 들여놓은 셈이었다.

"쌀라, 쌀라!"

"쌀라 시간 장사 안 해."

"쌀라 가. 이따가 와."

이 상점 저 상점에서 이런 외침이 퍼지고 있었다. 기도하러 가니까 장사를 중단한다는 거였다.

"자아, 나갑시다, 나갑시다."

"자아, 밖에 나가서 시원한 것 마시며 잠깐들 쉬세요."

몸을 바삐 놀리며 상점에서 근로자들을 몰아내는 사람들이 있었다. 그들은 각 회사에서 나온 관리직원이었다. 김기돈도 제복으로 자기 회사 근로자들을 구별하며 빨리빨리 밖으로 나가도록 하고 있었다. 하루에 다섯 번의 기도 시간을 지키는 것은 이슬람 교도들의 어김없는 철칙이었다. 그런데 상인들은 가까운 사원으로 기도하러 가면서 상점문을 닫지 않고 그대로 열어두었다. 수많은 외국사람들을 상대하면서도 도둑 없이 살아온 오랜 습관이 바뀌지 않은 거였다. 그건 또한 도심이 없는 자기네들 마음처럼 외국사람들을 믿는다는 표현이기도 했다. 그러나 견물생심이라고 혹시 무슨 일이 생길지 몰라 각 회사마다 단체 쇼핑을 나올 때는 직원들이 미리 경찰관 노릇을 해오고 있었다.

상가 밖 그늘복도로 밀려나온 근로자들은 다투어 콜라를 사느라고 정신이 없었다. 콜라는 근로자들이 제일 좋아하는 청량음료였다. 그런데 사우디에는 펩시콜라뿐이었다. 코카콜라는 무엇이 서툴렀는지 사우디 시장을 잃고 있었다.

"부장님, 이거 한 병 드시지요."

어떤 직원이 김기돈에게 콜라병을 내밀었다.

"이런, 내가 선수 놓쳤네. 고맙소."

김기돈은 콜라병을 받아들고 그늘에 자리잡고 앉았다.

사람들은 구트라와 소읍을 펄럭거리며 사원으로 황급히 달려가고 있었다. 달리던 자가용들이 멈추며 운전석에서 사람들이 내리고 있었다. 택시들도 예외 없이 정거하고 운전수들이 사원을 향해 뛰어가고 있었다. 외국 손님을 태웠더라도 쌀라 시간에는 운행 정지였다. 손님은 무엇을 하며 시간을 보내든지 간에 무조건 20여 분을 기다려야 했다. 로마에 가면 로마의 법을 따르라는 말은 이 경우에 잘 들어맞는 말이었다. 사원은 쌀라하기에 편하도록 시내 도처에 수없이 많았다. 쌀라 시간이 되면 그들은 가까운 사원으로 달려가 알라신 앞에 엎드렸다.

김기돈은 건너편 사원으로 달려가고 있는 많은 사람들을 물끄러미 바라보고 있었다.

"너희가 저지르는 가장 큰 죄는 무작정 지옥에 가지 않고 천국에 가게 해달라고 기도하는 것이다."

김기돈은 책에서 읽은 코란의 한 구절을 생각하고 있었다. 지당

한 가르침이고, 지고한 일깨움이었다.

그들은 하루에 다섯 번씩 기도하면서 자기에게 복을 달라고 기도하는 일은 없다고 했다. 20여 분 동안 알라신께 죄짓지 않고 살겠다고 약속하고, 더불어 화평하게 살겠다고 다짐하고, 실천해야 할 코란의 구절구절을 염송한다고 했다. 하루도 빠짐없이 다섯 번씩 기도하며 평생을 살다보면 이마에 군살이 박힌다고 했다.

그런 지극정성의 신앙심이 어디서 비롯되는 것인지, 악조건의 기후와 무슨 연관이 있는 것인지, 김기돈은 풀 수 없는 의문을 또 되짚고 있었다. 그전에 이슬람교에 대해서 전혀 아는 바가 없어 궁금증이 많았고, 교도들이 결코 기복을 하지 않는다는 것이 신기하기 이를 데 없었다.

근로자들은 그동안에 산 물건들을 다시 풀어보느라고 분주했다. 그들이 산 것은 녹음기 겸용인 일제 트랜지스터가 가장 많았다. 그것을 어찌나 많이 사가지고 오는지 김포공항에서 규제하게 될지도 모른다는 소문이 여기까지 퍼져와 있었다. 그런데 그 소문이 물건을 더 사게 만들었다. 규제당하기 전에 사가지고 가야겠다는 심리를 자극하기 때문이었다.

정오 쌀라 시간이 끝나자 근로자들은 다시 상점으로 들어가지 않고 식당을 찾아가기 바빴다. 규칙적인 생활을 하는 그들에게 배는 정확하게 시장기를 부르고 있었다.

김기돈은 서너 명의 직원들과 함께 아구살을 먹으러 갔다. 생양고기에 소금을 쳐서 쇠꼬챙이에 꿰면서 그 사이사이에 양파와 피망을 섞어 꿰어 이글거리는 불에 구워내는 음식이었다. 흔히 양고기는 노린내가 난다고 하는데 그 꼬챙이구이는 전혀 냄새가 없이 노릇노릇 익은 고기가 짭조름하면서 연하고 고소해 감칠맛이 그만이었다. 그 고유 음식은 레바논식이라고 했다.

"여기다 소주 한잔 카악 하면 얼마나 좋을까."

한 직원이 고기를 우물거리며 소주맛 어린 얼굴로 말했다.

"괜히 사람 미치게 만들지 말어."

다른 직원이 김기돈의 눈치를 보며 쏘아붙였다.

"그래, 참는 것도 수양이랬지. 석 달만 참으면 웬수 갚을 날 오니까."

"그런데 부장님, 여기 젯다에다 한국음식점 차리면 재미보지 않겠어요?"

다른 직원이 불쑥 말했다.

"글쎄, 그것도 괜찮긴 하겠지."

김기돈은 그저 고개를 끄덕였다.

"왜, 맘에 있어?"

"아니 뭐, 그렇다 그거지."

"그보다는 우리나라 배추와 무를 길러 각 회사마다 납품하는 게 훨씬 낫지. 지금 여기 와 있는 사람들 숫자가 얼마야. 대충 15만은 될 텐데, 그 많은 입들이 삼시 세 끼를 먹어대 봐. 떼돈을 버는 거지, 떼돈."

"좋아하고 있네. 이런 땅에서 우리나라 무·배추가 되기나 한대?"

"물만 잘 주면 되는 거지 왜 안 돼. 날씨가 더우니까 우리나라에서보다 더 쑥쑥 잘 자라겠지. 그렇지요. 부장님?"

"글쎄, 그거 참 알쏭달쏭하네. 토양에 안 맞을 수도 있고, 뜻밖에 잘될 수도 있고. 실험 재배를 해보지 않고선 그 누구도 뭐라고 장담하기 어렵겠는데."

김기돈은 또 빙긋이 웃었다.

"괜히 헛꿈 꾸지 말어. 떼돈 벌 망상에 사로잡혀 알거지 되는 수가 숱하니까. 그저 시키는 일이나 하고 월급 받아먹는 게 제일 안전빵이야."

"헛꿈이라고 그렇게 단정하지 말어. 인생은 기발한 아이디어 경쟁이야. 삼환기업을 보고, '초록색 신사'를 봐. 여기 나와 있는 모든 회사들이 삼환기업을 부러워하는데, 삼환이 횃불을 켜들 아이디어를 내지 않았으면 오늘의 도약이 있었겠어? 그리고 그 상사원이 초록색 양복을 입을 기발한 착상을 하지 않았으면 월급쟁이들 중에서 최고의 월급에 계속 특별 보너스를 받을 수 있었겠느냐구. 꿈이 있는 곳에 길이 있다, 그 위대한 말씀 몰라?"

"그래서, 채소장사 해보겠다 그거야?"

"어떻게 자본만 좀 있으면 생각을 달리 해볼 수도 있겠는데……, 빈털터리라 파이야."

"이런 참, 그러니까 결국 헛꿈이잖아. 안 그렇습니까, 부장님?"

"글쎄, 그런 생각을 해보는 건 나쁠 게 없지. 실현이 되든, 안 되든 그런 남다른 생각은 우선 흥미롭고 사람을 즐겁게 해주니까. 오늘 얘기도 소화제치고는 아주 좋은 소화제니까 말야. 그리고 그런 아이디어는 내가 직접 못하면 능력 있는 다른 사람에게 팔 수도 있는 일 아니겠어?"

김기돈은 채소를 기른다는 것이 꼭 허황한 것 같지만은 않아 아이디어 처리 방법을 넌지시 일깨웠다.

"예, 그것도 한 방법이겠네요."

그 직원은 반색을 했다.

오후 쇼핑을 끝내고 그들은 모두 5시에 버스에 올랐다. 다른 회사 버스들도 출발을 서두르고 있었다.

버스가 달리기 시작하자 보퉁이를 한아름씩 안은 근로자들은 하나둘씩 잠이 들어갔다. 하나같이 햇볕에 검게 그을리고 기름기 없이 마른 그들의 얼굴은 풍성해 보이는 보퉁이들과 이상하게도 슬픈 대조를 보이고 있었다.

김기돈도 아내와 아이들 꿈을 꾸다가 언뜻 잠이 깼다. 그는 눈을 비비며 창밖을 내다보았다. 차는 고속도로를 질주하고 있었고, 해는 어느덧 먼 산줄기 뒤로 넘어가 자취가 없었다. 그의 눈길은 저 앞쪽 한곳으로 모아졌다.

한 남자가 자가용을 고속도로 옆으로 바짝 붙여놓고 땅바닥에 엎드려 기도를 올리고 있었다. 그의 이마가 닿는 부분에는 머리에 썼던 빨간 두건 시마그가 깔려 있었다. 마을도 없고 사람도 없는 허허벌판 고속도로 옆에서 메카를 향해 기도를 하고 있는 한 남자, 그의 모습이 그렇게 경건하고 순수할 수가 없었다. 고속도로를 달리다 보면 흔히 볼 수 있는 광경이었다. 그러나 그런 모습을 볼 때마다 김기돈은 새롭게 긴장하고는 했다. 고속도로를 달리다 말고 기도시간에 꼭꼭 맞추어 땅바닥에 엎드리는 그들의 견고한 신앙심이 볼수록 불가사의하고 신비스럽기만 했다. 그 외롭고도 진지한 모습은 사우디아라비아의 독특한 인상으로 가슴에 담기고는 했다.

"내일부터는 다시 일을 시작합니다. 이 시간부터 명절 기분은 깨끗이 털고 오늘 밤에 일찍 자고 내일 아침 일찍 일어나기 바랍니다. 노무과에서 밤새도록 막사마다 감시한다는 것을 미리 알립니다. 만약 불미스러운 짓들을 하다가 적발될 시는 가차없이 비행기를 태운다는 것을 명심하기 바랍니다."

저녁을 먹고 나서 소장이 전체를 모아놓고 한 훈시였다.

소장의 말은 지나가는 엄포가 아니었다. 노무과 직원들은 새벽 2시까지 수시로 막사들 문을 열어젖히고는 했다. 명절 뒤끝에는 으레 취하는 강경조치였다.

김기돈은 다음날 아침부터 작업 현장으로 나갔다. 이틀 동안 일이 중단된 현장을 단속하고 근로자들을 긴장시키기 위해서였다. 공사부장의 출동은 직원들의 행동부터 민첩하게 만들었다. 젊은 기사들이 눈을 빛내며 이리저리 뛰고, 능구렁이로 소문난 십장들도 눈치 빠르게 작업을 서둘러대고, 근로자들도 어물거릴 틈 없이 재빠르게 각자의 일을 맡고 나섰다. 김기돈은 점심시간까지 잠시도 쉬지 않고 이 작업장, 저 작업장으로 차를 몰아댔다. 긴장이 풀렸던 다음날에는 사고가 잦기 예사였다.

그늘집에서 직원들과 함께 점심을 먹은 김기돈은 땀으로 척척하게 젖은 옷을 여기저기 잡아당겨 몸에서 떼면서 담배를 피워 물었다. 황량한 벌판에 쏟아져내리는 햇살은 눈부시고, 더위는 여전히 사나운데 그래도 우기라고 거친 황무지에는 낙타 먹이인 헤나가 드문드문 자라나고 있었다. 더위가 극심한 건기에는 그 가시 돋힌 억센 풀마저 모습을 감추었다. 김기돈은 인적 없는 황무지에 눈길을 던진 채 푸르른 한국의 들판을 생각하다가 스르르 잠이 들었다.

김기돈은 소스라쳐 잠이 깼다.

끼아악, 끼아악.

쇳소리를 내며 몸집이 꽤 큰 새가 낮게 날아가고 있었다. 들쥐나 뱀 같은 것을 잡아먹고 사는 이곳의 새들은 이상하게 날카로운 쇳소리를 내며 울었다.

김기돈은 하품을 하며 시계를 보았다. 그늘집의 기둥에 기댄 채 한 20분 잔 것이다. 기분이 상쾌하고 몸이 가뿐했다. 낮잠이 발휘하는 효능이었다. 낮잠은 5분만 자도 피로를 말끔하게 씻어내고 새 기운을 돋게 하는 신통한 효과를 나타냈다. 이곳에 와서 느끼게 된 낮잠의 가치였다.

근로자들이고 직원들이고 모두 단잠에 빠져 있었다. 땀을 쏟으며 일하는 것이 힘들기도 했지만, 그들은 어느덧 사우디 체질이 되어 있기도 했다. 낮잠은 사우디의 기본생활 패턴이었다. 사람이든 짐승이든 꼭 낮잠을 잤다. 양들은 낮잠 잘 시간이 되면 아무리 때리고 끌어도 눈을 딱 감고 꼼짝을 하지 않았다. 베두인(유목민)들도 양들이 깰 때까지는 자는 것이 현명한 방법이었다. 낮잠은 사람에게나 짐승에게나 혹독한 더위를 이겨내게 하는 자연의 섭리인 셈이었다.

김기돈은 조금 멀리 떨어져 있는 포크레인 작업장으로 차를 몰았다.

"들어갔어, 들어가!"

"빨리 막아. 철망 가져와!"

"여기, 여기. 어, 어, 놓칠라!"

김기돈이 포크레인 작업장에 도착하자 대여섯 사람이 낮잠을 자지 않고 불볕 속에서 소리를 지르며 야단법석이었다. 그들이 또 무엇을 잡고 있는 것을 안 김기돈은 천천히 그쪽으로 걸어갔다. 그들이 둘러싸고 있는 것은 눕혀놓은 드럼통이었다. 김기돈은 도마뱀 사냥이라는 것을 알았다.

"됐어, 철망 막았어."

"철망 잘 묶어. 이게 기운이 엄청 세서 튀는 수가 있다구."

"히야, 아주 대짜네. 우리들 몸보신하긴 넉넉하겠구먼."

"쭈아, 쭈아. 이게 개고기는 저리 가라 아닌가. 맛본 지 꽤 됐으니까 잘 걸렸어."

근로자들은 신바람이 나고 있었다.

"어디 봅시다. 나도 좀 얻어먹을 만한가."

김기돈은 큰소리로 농담을 던지며 그들에게로 다가갔다.

"아이쿠, 공사부장님!"

"지, 지금은 근무시간 아닙니다."

그들은 하나같이 놀라고 당황해 어쩔 줄을 몰라했다.

"예, 괜찮아요. 어서 저놈을 달아나지 못하게 해놓고 낮잠들 좀 자세요. 낮잠 못 자면 오후에 너무 피곤하잖아요."

"예, 예."

김기돈은 웃으며 드럼통 안을 들여다보았다. 두 개를 연결시킨 드럼통 안에는 1미터가 넘는 살찐 도마뱀이 툭 튀어나온 눈을 디룩거리며 기운차게 요동치고 있었다. 그리고 드럼통 저 안쪽에는 썩는 냄새 지독하게 풍기는 닭고기가 매달려 있었다. 도마뱀은 그게 함정인 줄 모르고 구미당기는 닭고기를 먹으려고 드럼통 속으로 들어갔다가 꼼짝없이 잡히고 만 것이다.

이렇게 드럼통을 용접해 붙이고, 닭고기를 썩히고 해서 사냥도구를 만든 것은 꽤나 머리를 쓰고 정성을 들인 것이었다. 이런 준비가 없이 도마뱀 굴을 발견했을 때는 굴에 차의 배기가스를 뿜어대거나 물을 마구 퍼넣었다. 그러면 도마뱀은 견디지 못하고 밖으로 튀어나올 수밖에 없었다. 몸집 큰 도마뱀은 기운이 엄청나게 셀 뿐만 아니라 몸놀림도 어찌나 재빠른지 생포하느라고 한바탕 소동이 벌어지고는 했다.

그 큰 도마뱀을 근로자들은 사족사(四足蛇)라고 불렀다. 그건 몸보신으로 개고기 못지않게 인기가 있었다. 근로자들은 생포해 온 도마뱀을 전깃줄로 목을 졸라 죽인 다음 배를 갈라 내장을 다 버리고 펄펄 끓는 물에 넣었다. 고기가 상하지 않게 하려고 꼭 생포를 했다. 그리고 내장은 다 버렸지만 두 가지는 소중하게 챙겼다.

쓸개와 허파 양쪽에 붙은 하얀 기름덩이 두 개였다. 기름덩이는 끓는 물에 넣었고, 쓸개는 약효가 크다고 해서 서로 먹으려고 다투었다. 절반으로 자른 드럼통 솥에서 푹푹 고아진 도마뱀은 노란 기름 둥둥 뜨는 사족사탕이 되었다. 그 국물은 소금으로 간을 맞추어 한 사발씩 마셨고, 연한 고기는 찢어서 소금에 찍어 먹었다. 국물은 시원하고 담백했고, 고기는 닭고기 맛이었다. 도마뱀을 보신용으로 삼은 것은 사우디 산모들이 산후조리로 그 탕을 끓여먹는다는 것을 알아냈기 때문이었다.

날마다 폭염 속에서 팥죽땀을 흘리며 몸무게가 줄어드는 근로자들은 몸보신에 유난히 신경을 많이 썼다. 그들이 보신용으로 삼는 것은 도마뱀만이 아니었다. 뱀과 개가 빠질 리 없었다. 다행이 이슬람교에서는 개와 뱀을 악마로 취급하고 있어서 근로자들이 개와 뱀을 닥치는 대로 잡아먹는 것은 아무런 문제가 되지 않았다. 오히려 악마 퇴치에 기여하는 셈이었다. 사우디사람들은 개를 집에서 기르는 일이 없으니까 사우디의 개들은 전부 황무지를 떠도는 야생 들개였다. 네댓 마리씩 떼를 지어 다니는 그놈들은 낮에도 소형차를 공격할 정도로 사납고 거칠었다. 근로자들은 일을 하다가도 들개를 보았다 하면 이쪽저쪽에서 차를 몰아댔다. 들개가 날쌔기 때문에 무지막지하게 차로 치여서 잡는 것인데, 그 일만은 작업 감독을 하고 있는 기사들도 뭐라고 하지 못했다. 모든 근로자들이 보신탕 먹기를 바라고 있는데 괜히 제지했다가는 큰 반발을 일으킬 위험이 있었다. 사람이 많다 보니 별의별 사람들이 다 많아

보신탕을 맛있게 끓이는 것은 걱정할 것이 없었다. 그들이 들개 사냥에 얼마나 극성인지 한국 근로자들이 일하는 현장의 사방 4킬로미터 이내에서는 들개를 찾아볼 수 없게 된다는 말이 사우디사람들 사이에서 오갈 정도였다.

야근 두 시간까지 끝내고서야 김기돈은 근로자들을 이끌고 숙소로 돌아왔다. 어제 같은 쇼핑의 즐거움을 위해 근로자들은 휴일 다음날 곧바로 실시된 야근도 마다하지 않았다. 사무실로 들어선 김기돈은 하루를 아무 탈 없이 보낸 것에 안도하며 의자에 허물어져내렸다.

밤이 깊어가고 있었다. 별들은 더 많이 돋아나고, 그 반짝임은 한층 싱그러운 생기로 빛나며 현란한 불꽃의 바다를 이루고 있었다. 사우디 밤하늘은 어찌 된 일인지 별들이 유난히 많고, 유난히 크고, 유난히 맑고, 반짝거림도 유난했다. 그 어떤 꽃밭도 그보다 더 아름다울 수 없고, 그 어떤 보석들도 그보다 더 찬란하게 빛날 수는 없었다. 명멸하는 별들로 휘늘어진 하늘은 신의 존재를 가리려는 듯한 휘황찬란한 커튼인지도 몰랐다.

"고향이 그리워도 못 가는 신세에……."

적막한 어둠 속에서 슬픈 노래가 흐르고 있었다. 그 노래는 이미 '사우디 주제가'로 이름 붙여져 있었다.

"어이, 이봐, 그만 내려오라니까! 지금 몇 시인지나 알아? 새벽 1시야, 1시. 내일 일 안 나갈 거야!"

어둠 속에서 울리는 외침이었다.

"······언제나 외로워라 타향에서 우는 몸······."

외침은 아랑곳없이 노래는 구성지게 이어지고 있었다.

노래가 흘러나오고 있는 곳은 숙소의 어느 곳보다 어두웠다. 정문에서 가장 멀리 떨어진 중장비 정비고 부근에는 누구나 밤에 발길을 할 필요가 없는 낯이었다. 정비고 옆에 높게 쌓아둔 자재더미 위에서 한 남자가 그렇게 노래를 부르고 있었고, 그 아래서 경비두 사람이 내려오라고 외치고 있었다.

"저 친구 저거 매일 밤 왜 저래?"

경비 한 사람이 투덜거렸다.

"저건 예삿일이 아닌데. 하는 꼴이 저러다가 비행기 타게 생겼어."

"저 친구 의무실에도 데려갔다면서?"

"저게 무슨 배탈인가? 마음병은 제가 알아서 해야지."

"왜 가끔 저런 친구들이 생기지? 마음 약하면 이런 델 오질 말아야지. 저 친구 얼마나 됐나?"

"5개월쯤 됐대지, 아마."

"아이구, 이대로 비행기 타는 신세되면 왕복 비행기값 물어내고 집안 쫄딱 망하겠네."

"다 팔자소관이야. 자아, 올라가자구. 오늘도 끌어내려야지 소리 질러봐야 우리 목만 아파."

"제기랄, 더러워서 경비도 못해먹겠네."

경비들은 자재더미 위로 올라갔다. 그 남자는 경비들에게 끌려 내려오며 더 슬프게 노래를 부르고 있었다. 그 소리에는 울음이 섞여 있었다.

열흘쯤 지나 김기돈은 소스라쳐 침대를 박차고 일어났다.

"부장님, 빨리 일어나세요. 사람이 죽었어요."

직원이 김기돈을 흔들어 깨우며 토해낸 말이었다.

"무, 무슨 소리야? 왜 죽어?"

잠이 덜 깬 김기돈은 허둥거렸다.

"아마 심장마빈 것 같습니다. 긴장이 풀리고 너무 흥분해서 말입니다. 그 사람 이틀 뒤에 귀국할 참이었거든요."

"그게 무슨 소리야, 도대체?"

김기돈은 바지를 꿰입으며, 무슨 말 같지 않은 소리냐는 듯 내쏘았다.

"예, 제가 여기 3년 있었는데 전에도 그런 일이 서너 번 있었습니다. 귀국을 앞두고 죽기도 했고, 어떤 사람은 첫아들 돌에 맞춰 휴가를 받아놓고 죽기도 했습니다. 이 사람도 너무 좋아하면서 며칠 전부터 통 잠을 못 잤다고 합니다."

김기돈은 그 허망함에 그만 말문이 막히고 말았다. 더구나 그런 허망한 죽음도 있다는 것이 더 말을 잊게 했다. 그는 긴 한숨을 쉬며 막사를 나섰다.

40

블랙리스트 〈1〉

젊은이들은 지하도에서 솟아올랐다. 동·서·남·북 네거리의 골목골목에서 나타났다. 사방으로 뻗은 넓은 도로에는 차들이 분주하게 달리고 있었고, 인도마다 사람들이 바삐 오가고 있었다. 그 번잡 속에서 젊은이들은 그저 길을 가는 행인일 뿐이었다. 네거리 한복판에 선 두 명의 교통순경은 지친 자동인형처럼 무겁고 느린 팔놀림을 하고 있었다.

그런데 세종문화회관 쪽에서 갑자기 플래카드가 펼쳐졌다. 하얀 천에 빨간 글씨로 적힌 여덟 글자.

"유신 철폐 독재 타도."

그 여덟 글자는 빨간 색깔의 자극적인 충동성과 함께 선명하게 돌출되어 보였다. 그 구호 아래는 검정 글씨로 '서울대학교'라고 적혀 있었다.

"와아 ─."

갑자기 여기저기서 함성이 일어나며 젊은이들이 플래카드를 향해 몰려들었다. 순식간에 행인들과 학생들이 분리되었다. 학생들은 플래카드를 에워싸며 한 덩어리가 되고 있었고, 행인들은 플래카드에서 멀어지며 흩어지고 있었다.

그런데 그 건너편 길에서도 똑같은 일이 벌어지고 있었다. 다만 다른 것은 플래카드에 적힌 대학 이름이 '고려대학교'였다.

"와아 ─."

"나가자아 ─."

양쪽에서 서로 힘을 돋우고 격려하듯 함성이 터져올랐다.

"유신 철폐 독재 타도!"

한쪽에서 구호를 외쳐댔다.

"유신 철폐 독재 타도!"

다른 쪽에서도 화답하듯 구호를 외쳐댔다.

수백 명의 젊은 목소리들이 한 덩어리로 뭉쳐진 느닷없는 외침에 대낮의 광화문 네거리는 일시에 한밤중의 정적을 맞은 것 같았다. 뒤로 물러난 행인들이 두려움에 찬 얼굴로 굳어졌고, 자동차들도 갑자기 굴러가기를 멈추었다.

"유신 철폐 독재 타도!"

"유신 철폐 독재 타도!"

양쪽의 대학생들은 더욱 크게 구호를 외쳐대며 차도로 들어서고 있었다.

그제서야 교통순경의 호루라기 소리가 숨가쁘게 허공을 찢기 시작했다. 행인들은 두렵고 겁 실린 얼굴들이면서도 갈 길을 가지 않고 대학생들을 지켜보고 있었다. 행인들은 자꾸 불어나고 있었다.

"저러다가 어쩔려고 저러나. 이 무서운 세상에."

"역시 대학생들밖에 없어. 믿을 건 대학생들뿐이야."

행인들 사이에서 흘러나오는 중얼거림이었다.

"유신 철폐 독재 타도!"

"유신 철폐 독재 타도!"

양쪽의 대학생들은 계속 우렁차게 구호를 외쳐대며 도로의 중앙선께에서 한 덩어리로 뭉쳐지고 있었다. 삽시간에 그들은 700여 명의 대군을 이루고 있었다.

교통순경들의 행동도 학생들 못지않게 기민했다. 광화문 쪽에서는 차들을 차단시키고 있었고, 네거리에서는 태평로로 차들을 빼내고 있었다. 얼핏 보기에는 교통순경들이 학생들에게 데모 장소를 제공하고 있는 것 같았다.

"유신 철폐 독재 타도!"

"유신 철폐 독재 타도!"

대학생들의 외침은 더욱 뜨겁고 어기차게 울려퍼지고 있었다. 어느새 대열을 이룬 그들은 청와대를 향해 서 있었다. 어쩌면 그들의 외침은 청와대까지 퍼져갈지도 모를 일이었다.

그런데 교통순경들만 동작이 빠른 게 아니었다. 세종문화회관 앞에서 네거리에 이르는 그 넓은 도로가 텅 비게 되었을 즈음 양쪽에 버스들이 밀어닥치며 데모진압대들이 뛰어내리기 시작했다. 방패와 몽둥이로 완전무장한 진압대들이 네 겹으로 도열했다. 그동안 양쪽 인도에 빽빽하게 몰려든 사람들 사이에 침묵의 긴장이 끼쳐졌다.

"유신 철폐 독재 타도!"

"유신 철폐 독재 타도!"

진압대가 앞뒤로 나타난 것을 안 대학생들은 더욱 결연하게 구호를 외쳐댔다. 그들의 기세는 곧 청와대를 향하여 앞으로 나아갈 것만 같았다.

그때였다.

펑! 펑!

펑! 퍼벙!

양쪽에 포진한 진압대에서 울리는 소리였다. 최루탄 발사였다. 연발로 발사되는 최루탄들은 데모대를 향해서만 날아가는 것이 아니었다. 양쪽 인도에도 마구 떨어지며 푸르고 매운 연기를 내뿜기 시작했다. 느닷없이 최루탄 공격을 받은 행인들은 갈팡질팡 흩어지고 있었다.

"저놈들이 어디다 대고 쏴. 저거 순 시로도로구만."

"모르는 소리 마슈. 사수치고는 명사수요. 우리 구경꾼 쫓으려는 건데."

어지럽게 흩어지는 행인들 속에서 들리는 소리였다.

학생들 쪽에는 최루탄 연기가 더욱 진하게 자욱한 안개밭을 만들고 있었다. 그런데도 학생들은 흩어지지 않고 한층 더 기운 뻗치는 소리로 구호를 외치고 있었다.

최루탄 발사가 멈추는 순간 양쪽에서 진압대가 학생들을 향해 내닫기 시작했다. 그러나 학생들은 피할 생각을 하지 않고 굳세게 구호를 외치고 있었다.

"유신 철폐 독재 타도!"

그 외침은 최루탄의 푸른 연기 속에서 슬프고 처연한 노래가 되고 있었다.

대학생들을 포위하듯 한 진압대는 몽둥이들을 무차별 휘두르기 시작했다. 그때서야 대학생들의 대열이 무너졌다. 맨주먹인 대학생들은 무지막지하게 휘둘러대는 몽둥이를 맞으며 나뒹굴고 고꾸라지고 쓰러져갔다. 몸이 날랜 학생들은 눈물 콧물 범벅인 얼굴로 도망치고 있었다.

아까보다 더 많은 데모진압대가 추가로 투입되었다. 학생들은 완전히 포위상태에 빠지고, 몽둥이들의 난무는 더 심해졌다. 눈물을 닦고 코를 풀면서도 그 광경을 지켜보고 있는 행인들도 적지 않았다.

데모대가 완전 진압되기까지는 별로 오래 걸리지 않았다. 학생들 절반은 진압대에 끌려 버스에 태워지고 있었다. 그들 중에는 머리가 터져 피를 흘리고 옆구리를 싸잡고 허리를 못 펴고, 다리를 절룩거리고 하는 학생들이 꽤나 많았다.

세종문화회관 앞에서 처음부터 전모를 지켜보고 있었던 유일표는 손수건에 코를 풀며 발길을 돌렸다. 천천히 걸음을 옮기며 그는 가슴이 심하게 요동치고 있는 것을 느꼈다. 그건 경이와 분노가 뒤

섞여 있는 감정이었다. 대학생들의 그 기발한 기습데모가 그렇게 경이로울 수 없었고, 진압대의 그 무자비함이 견딜 수 없이 분노를 치솟게 했다.

그동안 학교 안에서만 데모를 해왔던 대학생들이 기습적으로 서울의 한복판 광화문 네거리에서 데모를 벌인 것은 참으로 놀랍지 않을 수 없었다. 지금은 여느 때 없이 살벌한 상황이었다. 학교 안에서 데모를 해도 학교에 상주하는 기관원들에 의해서 무더기로 구속이 되는 판이었다. 그런데도 대학생들은 광화문 네거리에서 거침없이 유신 철폐와 독재 타도를 외쳐댄 것이다. 감옥 가기를 각오하지 않고서는 단행할 수 없는 과감함이었다. 그들을 보면서 유일표는 4·19 그때처럼 자신도 뛰어들고 싶은 용솟음을 느꼈다. 그러나 끝내 그러지를 못했다. 왜 그랬는지 한마디로 간추릴 수 없는 심정은 복잡했다. 다른 시민들처럼 구경꾼으로만 서 있었던 자신이 부끄러울수록 진압대에 대한 분노는 자꾸 커져가고 있었다. 그러나 그들은 아무 잘못이 없는지도 몰랐다. 그들을 그렇게 무자비하게 만드는 힘은 따로 있었다. 유신 이후 대학생들의 끈질긴 투쟁은 눈물겹도록 장하고 고마웠다. 더구나 갈수록 살벌해지고 있는 상황 속에서 오히려 더 강하게 광화문까지 뛰쳐나왔다는 것은 기적 같은 일이었다. 그러나 그런 가슴 저린 희생이 유신독재를 무너뜨릴 수 있을 것인가……. 유일표는 한숨을 쉬며 담배를 빼물었다.

"……!"

유일표는 담배에 불을 붙이려다 말고 멈칫 섰다. 서너 발짝 앞에서 버스에 실리고 있는 학생들을 바라보고 있는 남자, 그는 이규백이었다.

유일표는 잘못 보았나 싶어 다시 눈길을 모았다. 옆얼굴에 세월이 묻어 있기는 했지만, 그 사람은 틀림없는 이규백이었다.

유일표는 넘치는 반가움으로 이규백을 부르려다가 주춤했다. 저 사람이 왜 이러고 있을까 하는 생각과 함께, '규백이 형!' 하려는 호칭이 목에 걸렸다. 그 호칭을 스스럼없이 쓰기에는 그동안의 세월의 간격이 너무 벌어져 있었다. 그와 대면하지 않은 지가 얼마나 되었는지 언뜻 꼽아지지도 않았다.

"안녕하세요, 이 검사님."

유일표는 이규백 옆으로 다가섰다.

"어, 이게 누구야!"

이규백은 유일표를 금세 알아보았다.

"참 오랜만에 뵙겠습니다. 그동안 안녕하셨어요?"

유일표는 이규백의 손을 맞잡으며 인사했다.

"그래, 정말 오랜만이야. 도대체 이게 몇 년 만이지?"

이규백은 잡은 손을 놓지 않으며 무척이나 반가워하고 있었다.

"바쁘실 텐데 여긴 어쩐 일로……."

"응, 지나가다가 그저. 우리 어디 가서 시원한 거나 좀 마시도록 하지. 6월 말인데 벌써 덥군."

이규백이 끄는 대로 유일표는 가까운 다방으로 따라 들어갔다.

"자넨 어떻게 지내? 형은?"

이규백은 자리에 앉으며 연달아 물었다.

"예, 형은 조그만 플라스틱 제품공장을 하고요, 저는 재건대 넝마주이입니다."

유일표는 씩 웃었다.

"뭐, 넝마주이?"

이규백은 담뱃갑을 꺼내다 말고 눈이 휘둥그레졌다.

"예, 넝마를 직접 줍지는 않고요, 낮에는 분류작업을 돕고 밤에는 넝마주이 애들 야간학교를 맡고 있습니다."

"으응, 그렇겠지. 그런데……, 그 일을 해서 생활이 되나?"

이규백은 담배를 권하며 의아스러운 얼굴이었다.

"아니, 저어……."

"괜찮아, 피워. 서로 편하게 하는 게 좋은 거야."

유일표는 조심스레 담배를 뽑으며 입을 열었다.

"마누라도 맞벌이를 하니까 그럭저럭 살아갈 수는 있습니다."

"응, 다행이네. 애들은?"

"이제 임신 중입니다."

"결혼이 좀 늦었던 모양이지? 형이 하는 사업은 어때?"

"이제 좀 기반이 잡힌 것 같습니다."

"그래, 잘돼야지. 애들은 몇이나 됐나?"

이규백은 쉴새없이 궁금증을 드러냈다.

"아직 결혼 안 했어요."

"아니, 왜?" 이규백은 놀라는 기색을 보이더니, "일부러 피하는 건가?" 무슨 생각이 잡히는지 얼굴이 침울해졌다.

"글쎄요, 잘 모르겠어요. 그동안 결혼 같은 걸 생각할 겨를도 없이 힘들게 살아오기도 했고……."

"그래, 자네 형제 같은 사람들한테 뭐라고 할말이 없지. 참 고약하고 못된 세상이야."

이규백은 혀를 차며 냉커피잔을 들었다.

"검사생활은 어떠세요? 그동안 많이 승진하셨죠?"

"응, 내가 말하려던 참이었는데, 나 검사 그만뒀어."

"예에?"

유일표는 깜짝 놀라 자신도 모르게 목소리가 커졌다.

"사무실이 여기서 얼마 멀지 않으니까 가끔 놀러오고 그래. 검사 때하고는 달리 변호사 사무실은 출입이 자유로우니까."

이규백은 명함을 내밀었다.

"무슨 일이 있으셨던가 부죠?"

유일표는 이규백의 이름 위에 올라앉은 변호사라는 한자를 한 자, 한 자 뜯어보며 중얼거렸다.

"응, 그런 일이 좀 있었어. 세상살이란 복잡한 거니까."

이규백은 담배를 끄며 시계를 보았다.

"바쁘신데 그만 가시죠."

유일표는 명함을 남방셔츠 주머니에 넣고 조금 남은 냉커피를 후딱 마셨다.

"그래, 그냥 하는 소리 아니니까 꼭 들러. 형한테도 안부 전하고."

몸을 일으킨 이규백은 유일표의 어깨를 감싸잡았다.

유일표는 택시를 타고 멀어지는 이규백을 한참 바라보았다. 광화문 네거리에는 데모대의 흔적은 말끔히 지워지고 없었다. 이규백이 변호사였기에 데모 광경을 지켜볼 여유가 있었다는 것을 유일표는 되짚어 생각했다. 아까는, 저것도 검사 업무 중의 하나일까, 하는 생각을 얼핏 했던 것이다. 그가 검사일 때보다는 한결 더 가깝고 친근하게 느껴졌다.

유일표가 재건대로 들어서자 이용진 대장과 함께 넝마를 고르고 있던 두 사람이 먼저 인사를 했다.

"너희들, 어쩐 일이냐?"

유일표는 불길한 느낌이 앞서 대뜸 이렇게 물었다.

"얘들도 해고당했대요. 회사마다 노조 생기는 꼴을 안 보려고 발악을 해대니 이거 어쩌지요?"

이용진이 목장갑을 벗고 담뱃갑을 꺼내며 괴로운 듯 유일표를 쳐다보았다. 유일표의 노동운동에 적극 동조하고 있는 그는 책임감을 느낀다는 기색이었다.

"그게 언제지?"

유일표는 멋쩍은 듯 서 있는 두 사내에게로 눈길을 돌렸다.

"그저껩니다."

머리를 짧게 깎은 사내가 대답했다.

"몇 명이나?"

"노조 결성에 나섰던 24명 전원입니다."

"출근 투쟁은?"

"어제 시도했는데 우리보다 두 배가 많은 구사대가 정문 앞에서 몽둥이를 휘두르는 바람에 버틸 방법이 없었습니다. 파출소에서 나온 경찰들도 회사 편이었구요."

"그랬겠지. 자아, 서 있지 말고 저쪽 그늘로 가서 앉자."

유일표는 한 그루 서 있는 느티나무 아래로 걸어갔다. 느티나무의 풍성한 잎들은 짙은 그늘을 드리우고 있었다.

"그 회사에는 더 방법이 없다. 그렇다고 너희들이 헛일 한 건 아니야. 500명 공원들에게 그들 자신의 권익을 위해, 자기들이 사람답게 살기 위해서는 노조가 필요하다는 것을 깨우쳐준 것만으로도 너희들은 큰 공을 세운 거야. 앞으로 다시 노조를 결성하려고 할 때는 그들은 이번보다 훨씬 쉽게 호응하게 될 거야. 그리고 우리 도산(도시산업선교회)에서는 반드시 그 공장에 새 사람들을 넣을 거다. 너희들은 그 동지들을 위해서 희생적으로 길을 닦아놓은 거지. 무슨 말인지 알겠나?"

유일표는 마주앉은 두 사내를 응시했다. 그의 눈은 이글거리는 빛을 내쏘고 있었다.

"예, 평소에 선생님께서 가르쳐주신 말씀 명심하고 있습니다."

키 큰 사내가 대답했고,

"저희들이 어떻게 해야 되는지 말씀해 주십시요."

다른 사내가 찾아온 용건을 밝히듯 말했다.

"응, 어렵게 생각할 것 없어. 너희들 기술이면 채용하는 회사들이 얼마든지 있으니까 다른 회사로 들어가."

"근데 말입니다 선생님, 공단에 기술자 뽑는 회사들은 많은데요, 노조 관계로 해고되면 그 명단이 며칠 안으로 모든 회사마다 쫙 돌려지고 맙니다."

"예, 기관에서 만든 그 블랙리스트에 오르면 절대 새로 취직을 못하게 됩니다."

"알고 있어. 너희들은 일단 내일 중으로 회사를 골라 이력서를 내. 그래서 걸리면 그땐 새 방법을 강구할 테니까. 내가 지금 그 문제 때문에 도산에서 회의를 하고 오는 길인데, 기관에서 그렇게 악랄하게 나오면 우리한테도 방법은 얼마든지 있으니까. 아무 걱정하지 말고 마음 단단하게 먹어. 알겠지?"

"예, 그리 하겠습니다."

"자아, 시원한 칼피스나 한잔씩 해."

이용진이 물에 탄 칼피스에 얼음을 띄워 내왔다. 칼피스는 값싸고 간편해 여름 음료로 한창 인기를 누리고 있었다.

"그런데 말이오, 아까 말 들으니까 블랙리스트라든가 뭔가가 공원들 다 잡고 노동운동도 발을 못 붙이게 하게 생겼는데, 그거 문제 아닌가요? 나라가 언제까지 배부른 사람들 편들려고 그런 흉한 짓을 하고 그러지요?"

이용진이 칼피스잔을 유일표 앞에 놓으며 끌끌끌 혀를 찼다. 그런데 음료수 선전용을 공짜로 모아놓은 유리잔들은 제각기 모양이고 크기가 달랐다.

"그거 별로 걱정할 것 없어요. 일제시대에는 왜놈들 총칼 아래서도 독립운동을 했잖아요? 그따위 야비한 짓 이겨내는 방법은 우리도 다 갖고 있어요. 데모를 아무리 심하게 막아도 대학생들은 끝없이 일어나는 것처럼 정부가 제아무리 악랄한 방법을 써도 점점 단결되어 가는 노동자들의 힘을 꺾을 수는 없어요. 두고 보세요. 틀림없이 노동자들이 이기는 날이 올 테니까."

"하긴 그렇지요. 어떻게 일제시대에 대겠어요. 느네들도 선생님 말씀 믿고 힘내라. 우는 애한테 젖 주더라고 느네들 밥그릇은 느네들이 힘 모아 대들어야 찾게 되는 게야."

이용진은 자기가 제일 높게 받드는 독립운동과 비교되자 힘을 얻은 듯 두 사내에게 힘주어 말했다. 넝마주이를 하며 잔뼈가 굵은 그들에게 이용진은 부모와 다름없는 존재였다.

"예, 대장님 말씀은 백번 맞는데요, 근데 현장에서 뛰어보면 한심하고 골치 아픈 일이 한두 가지가 아니라구요. 결혼하고 나이 든 사람들은 아무리 알아듣게 얘기해도 실실 눈치 보며 빼거나 몸을 사리면서 애를 먹여요. 그 약은 꼴들이 너무 한심한데, 노조에 안 들고 그것으로 끝나면 그래도 괜찮아요. 우리 앞에서는 우리 편을 드는 척 능청을 떨고 있던 치들이 글쎄 며칠 뒤에는 구사대로 몽둥이를 들고 나선다니까요. 정말 기가 막혀 말이 안 나와요."

"그래요. 사람 속을 알 수가 없고, 사람이 겁나기도 해요."

"그래, 너희들 고생이 많은 것 잘 안다. 무슨 일이든지 처음에는 다 고생을 할 수밖에 없는 거야. 그러나 고생이 클수록 보람도 큰 거야.

그리고 지난번에도 말했지만 나이 든 사람들은 뒤로 제쳐두는 게 좋아. 처자식이 있는 사람들은 당장 살기 급하니까 노조에 가입하기 어렵고, 또 어떤 사람들은 회사 쪽에서 좋은 자리로 옮겨준다거나 직급을 올려준다거나 하며, 너희들이 잘 쓰는 말로 꼬셔대면 넘어가기도 하지. 그러나 운동에 앞장선 사람들은 그런 것을 다 이해하고 마음을 넓게 먹어야지 실망하거나 낙담해선 안 돼. 그들도 다 같은 노동자고, 그럼 사람들이 잘못을 깨닫고 우리 편으로 돌아서게 하는 게 우리의 운동 목적이기도 하니까 말이야. 알아듣겠어?"

유일표는 공부시간에 무엇을 가르치듯이 차분하게 설명했다.

"예, 그렇게 마음먹으려고 애쓰는데도 그런 꼴을 당하면 화가 나고 맥빠지고 그래요."

"그야 당연하지. 그렇지만 참고 이해하려고 자꾸 애쓰면 조금씩 나아질 거야. 실망되고 화가 날 때마다 너희들은 그저 스스로 불타 죽은 전태일만 생각해. 그 사람이 누구를 위해 분신자살을 했지? 자기자신의 이익을 위해서가 아니라 사람대접을 못 받고 있는 모든 노동자들을 위해서 아니냐? 남들을 위해 오직 하나뿐인 목숨을 버린 사람을 생각하면 못 참을 일이 없지 않겠냐? 그리고 얼마 전에 있었던 동일방직 사건을 생각해 봐라. 노조 대의원 선거를 막으려고 깡패들을 동원해 여공들에게 똥을 퍼부어댔는데, 여공들이 어떻게 했지? 똥 묻은 옷을 벗어던지고 속옷바람으로 데모를 나섰지 않냐. 여자들도 사람답게 살기 위해서 그렇게 맹렬하게 싸우고 있는 걸 똑똑히 봐야 해. 동일방직에서는 124명이 해고를 당했어. 해고를 당한 건 너희들만이 아니고 각 직장마다 수없이 많고, 노조운동은 앞으로 갈수록 격렬하게 일어날 거야. 그들이 모두 너희들의 동지니까 너희들도 더욱 힘을 내. 너희들 뒤에는 도산이 있고, 도산이 가는 곳에는 언제나 노동자의 승리가 있어. 알겠지?"

야간학교의 제자들을 쳐다보는 유일표의 눈은 이글이글 타고 있었다.

"그거 기업주들이 들으면 환장할 소리요. 지금 기업주들은, 도산이 가는 곳에 기업이 도산한다고 생판 난리들인데."

이용진이 쿡쿡거리며 웃었다.

"예, 그 말이 요새 한창 유행인데, 도산시킬 기업은 도산시켜야지요. 악질 기업들은 도산시켜서 노동자들이 직접 경영하는 게 사회에 훨씬 더 이익이 되니까요."

유일표도 웃으면서도 입에서 나오는 말은 이랬다.

"아이고, 그 말 한번 속시원해서 좋습니다."

이용진이 손바닥을 맞때렸다.

"선생님, 저희들은 이만 가보겠습니다."

두 사내가 몸을 일으켰다.

"그래, 힘내고, 상황이 달라지면 바로바로 연락해라."

유일표는 두 사내와 힘차게 악수를 나누며 그들의 어깨를 두들겼다. 부끄럼 타는 그들의 얼굴은 상기되어 있었다.

41

먹이 사슬

　박보금은 오가는 행인들에게 방해가 되는 것은 아랑곳없이 길 가운데서 양장점 간판을 눈부신 듯 올려다보고 있었다. 눈을 가늘게 뜬 그녀의 얼굴에는 부러움인 듯 시샘인 듯 묘한 표정이 어려 있었다. 루비 김 의상실―. 밤에는 형광등 조명을 받도록 된 아크릴 간판은 호화스러운 쇼윈도와 어울리게 한껏 멋을 부리고 있었다. 글씨체도 흔한 간판글씨가 아니라 특이한 데다가 두 가지 색깔이 선명하게 대비되어 사람의 눈길을 금방 끌었다. '루비 김'은 정말 루비 색깔을 연상시키는 해맑은 빨강색이고 '의상실'은 산뜻한 파랑색이었다. 그리고 어디나 '양장점'인데 거기만 '의상실'이라고 한 것이 색다르고 세련되어 보이게 했다.

　박보금은 그 간판 앞에 설 때마다 감정이 복잡했다. 버스 차장 김명숙이 대한민국하고도 서울특별시 그것도 명동에다 양장점을 차렸다는 것이 도무지 현실 같지가 않았다. 그나마 명동 한복판의 큰길이 아니라 좀 귀빠진 샛길이라는 것이 마음을 덜 상하게 했다. 그러나 샛길이나 뒷길이 따로 없이 온갖 상점들이 제 나름의 멋을 부리며 촘촘히 박혀 있는 명동은 역시 명동이었다. 멋쟁이란 멋쟁이는 다 모여들고, 최고급 물건은 없는 게 없고, 온갖 최신 유행을 전부 만들어낸다는 그 명동에 김명숙이 자리잡고 앉았다는 것은 아무리 생각해도 믿어지지 않았다.

양재학원을 다닌다고 했을 때 별수 있을라구 해버렸고, 일류디자이너로 이름을 날릴 거라고 했을 때 콧방귀를 뀌어버렸고, 명동의 양장점에 취직해서는 자기도 이 명동에 양장점을 차리는 게 꿈이라고 했을 때 꿈도 야무져 하며 비웃었던 것이다. 그런데 김명숙은 제가 말한 대로 하나하나 실천을 해냈다. 참 독하고도 악착스러운 계집애였다. 하긴 돈을 쉽게 벌 수 있는 술집으로 빠지지 않고 혼자 떨어진 것부터가 예사 것이 아니었었다.

김명숙이 양장점을 차렸으면 자신은 그 대신 술집을 차리지 않았느냐고 스스로를 위안하고는 했다. 그러나 살살 배아프고 부럽고 시샘이 나는 건 어쩔 수가 없었다. 양장점에 비해 술집이 천한 것은 더 말할 것이 없었고, 김명숙이 정말 일류디자이너로 이름을 날리게 되면 자신은 점점 나이 들어 가는 술집 주인일 뿐이었다. 일류디자이너가 되고 싶어하는 김명숙의 꿈은 헛꿈일 것 같지 않았다. 간판을 남들과 다르도록 특색 있게 해 단 것이 그렇듯 김명숙이 옷을 만드는 센스는 아주 뛰어난 데가 있었다. 개성이 있으면서도 세련되었고, 특히 신체의 약점이 되는 부분을 용케 '캄플라지' 해 내는 재주는 신통하고 놀라웠다.

"사람의 몸이란 옷을 입었을 때는 잘 모르지만 옷을 벗으면 각양각색이야. 우리들의 얼굴이 다 비슷비슷하지만 똑같은 얼굴은 하나도 없는 것처럼 사람의 몸도 비슷비슷하면서 다 달라. 옷을 만든다는 건 그 다른 몸들에다 천을 잘라 꿰매서 누구한테나 예쁘고 잘 어울리게 해내야 하는 일이야. 그 일을 실수 없이 잘해내려면 사람들의 몸의 생김생김을 눈으로 척 보고, 그리고 옷 위로 더듬어보고 척척 알아내야 해. 그 구별을 잘못하거나 엉터리로 해서 재단을 하면 가봉을 아무리 해보았자 그 옷은 망치고 말아. 그 요령을 터득하지 않으면 아무리 좋은 디자인도 멋지게 살려낼 수가 없어. 그래서 난 돈이 아깝지만 날마다 목욕탕에 가. 왠 줄 알어? 거기서는 발가벗은 여자들 몸을 맘껏 구경할 수 있거든. 근데 그냥 구경만 하는 게 아니야. 때밀이 노릇도 해. 거 있잖니, 서로 등 밀어주는 것. 몸이 별나게 생긴 여자들을 골라내 등을 밀어주면서 몸을 만져보는 거야. 가지각색 체형을 그렇게 손에 익혀나가면 옷 위로 슬쩍슬쩍 더듬어도 그 사람 어느 부분이 이상한지 금방 잡혀. 무슨 말인지 알아들으시겠어?"

언젠가 김명숙이 한 말이었다.

그 말을 듣고 김명숙을 더욱 다르게 보지 않을 수 없었다. 김명숙은 외국영화를 빼놓지 않고 보았다. 영화를 좋아해서가 아니었다. 여배우들이 입은 옷을 보기 위해서였다. 그런데 놀라운 것은 영화가 끝나고 나면 그 여러 가지 옷 모양을 종이 위에 똑같이 그려내는 것이었다. 그건 무슨 신통한 재주가 아니라 하도 많이 그리고 그래서 한번 눈여겨보면 그렇게 된다고 했다.

그런 일들을 알고 나서 김명숙을 시샘하지 않기로 했다. 그리고 김명숙의 그 묘한 재주를 이해할 것 같기도 했다. 자신도 화류계 생활 10년을 넘기다 보니 남자들을 척 보고도 직업이 무엇인지, 주머니 사정은 어떤지, 성격이나 마음씀은 어떨 것인지 꿰뚫을 수 있었다. 어차피 김명숙과 자신은 딴 길을 가게 되어 있었다. 진작 그렇게 마음먹었으면서도 김명숙의 양장점 앞에만 서면 왜 배가 사르르 아파지는 것인지 알다가도 모를 일이었다.

그래, 다 팔자소관이지. 이제 와서 엎겠어, 뒤집겠어. 이 명동에서 옷 척척 맞춰입게 됐으면 나도 폼나게 성공한 인생이니까.

박보금은 기분을 추스르며 양장점으로 들어갔다.

"어머 박 사장님, 어서 오세요."

무료한 듯 쇼윈도 옆에 앉아 있던 아가씨가 화들짝 반색을 했다.

"루비 킴 사장님은 뭐 하시나?"

박보금은 안쪽의 소파로 가며 목청을 높였다.

"응, 어서 와라. 보시다시피 파리 날리고 있다."

김명숙이 보고 있던 책을 덮으며 기지개를 켰다.

"또 소설책이냐? 넌 그놈의 소설들을 언제까지 읽을 작정이냐?"

박보금이 소파에 몸을 부리며 책에 눈을 흘겼다.

"괜히 책 무시하지 말어. 너나 나나 배운 것 별로 없는 신세에 재미있으면서도 면무식하기는 소설이 최고라니까."

"아이구, 시어머니 노릇 그만해. 나도 네 말 듣고, 너만큼은 지독을 못 부려도 더러더러 읽어서 손님들이 깜짝 놀라 달리 보게는 하고 있으니까 염려 놓으셔."

박보금은 핸드백에서 양담배를 꺼내 피워 물었다.

"그 담배도 끊으라니까."

"또 잔소리. 그나저나 왜 이리 썰렁하니? 가을도 됐는데."

"글쎄, 여름 내내 파리만 날리고 죽쑤면서 가을 오기만 기다렸는데, 가을 오자 세상이 또 시끌시끌해지니 될 게 뭐야."

김명숙이 아가씨가 가져온 커피잔 놓을 자리를 치우며 짜증을 부렸다.

"세상이 시끌시끌해?"

"그래, 대학생들이 또 데모해 대고 난리들이잖아. 이런 장사는 세상이 그저 잠잠해야 잘 풀려가는데 말야. 느네 쪽은 괜찮아?"

"글쎄, 난 잘 모르겠어. 하긴 사업하는 사람들은 사업이 잘 안 풀릴수록 빽을 더 쓰느라고 술을 더 많이 산다는 말도 있으니까. 근데 넌 어떡하면 좋으냐. 개업 때 내가 성냥 많이 사다줬는데, 확확 잘 풀려나가야 할 텐데 말야."

"커피 마셔라." 김명숙은 커피잔을 천천히 기울이며 한참이나 말이 없더니, "이게 솜씨만 좋다고 되는 게 아니야. 무슨 기회를 잘 잡아 화끈하게 유명해져야 하는데 말이지, 그게 영 어려워. 한두 번만 이름을 띄우면 그 다음부턴 손님 홍수가 나게 되는데, 그게 쉽질 않아." 그녀는 고민스럽게 중얼거렸다.

"얘, 그 무슨 기회란 게 뭐지?"

박보금은 그런 김명숙이 딱하고 안됐어서 소파 끝으로 나앉으며 목을 길게 뺐다.

"넌 몰라도 돼. 너하곤 상관없는 일이야."

김명숙은 고개를 저으며 엷게 웃었다. 그 수심 낀 웃음이 쓸쓸해 보였다.

"쌀쌀맞은 기집애, 친구 사이에 꼭 상관이 있어야 말하고 그러니? 속 답답할 땐 그냥 말을 하고 그러는 거지. 난 너하고 상관없는 얘기도 막 하고 그러잖아. 그러다 보면 속도 풀리고 말야. 넌 내가 친구로 안 보이는 모양이구나?"

박보금은 커피잔을 소리 나게 놓고는 거칠게 뒤로 물러나 앉았다.

"기집애, 애들처럼 토라지기는. 그러니까 그게 뭐냐면 말야, 멋진 멜로영화 같은 데 여배우 의상을 한번 맡는 거야. 영화가 히트를 치면 더 말할 것 없지만, 그렇지 않아도 그 다음부턴 손님이 밀려 들어. 내 옷을 입은 여배우 사진 몇 장만 여기 모셔놓고 보여주면 여자들은 사족을 못 쓰거든. 그렇게 해서 유명해지고 성공한 사람들이 몇이 있어. 근데 난 그쪽에 줄이 있어야 말이지."

김명숙은 하르르 한숨을 쉬었다.

"얘, 그런 일은 누가 정하는 거지? 감독?"

"그렇지 뭐. 영화에선 감독이 왕이니까."

"어머 얘, 그럼 됐다!"

박보금은 엉덩방아를 찧으며 무릎을 쳤고,

"뭐가……?"

김명숙은 박보금을 멀뚱하게 쳐다보았다.

"뭐긴. 우리 집에 가끔 오는 감독이 하나 있거든. 그 사람한테 화끈하게 해줘서 내가 꼬시겠다 그거지."

"그래? 그 사람 유명한 감독이니?"

김명숙의 얼굴이 금세 환해졌다.

"글쎄, 그건 잘 몰라. 자주 오는 것도 아니고, 큰 손님도 아니라별 관심이 없었거든."

"그게, 시시한 사람이면 소용없어. 감독 명함 가진 사람들은 수없이 많은데, A급은 안 되더라도 B급은 돼야지. C급은 몇 년이 가도 영화 한 편 못 찍는 일이 수두룩해."

김명숙의 얼굴이 다시 시무룩해졌다.

"얘, 알아보기도 전에 실망부터 하지 말아. 내가 관심이 없어서 그렇지 그 사람이 뜻밖에도 A급일 수도 있잖니? 안 그래?"

"그리만 되면 얼마나 좋겠니. 내 팔자 피는 거지."

김명숙은 어깨한숨을 쉬며 커피잔을 들었다.

"기다려봐, 내가 곧 알아볼 테니까. 근데 말야, 그 일이 뜻대로잘 풀리면 넌 어떡할래? 맨입으론 절대 안 되고, 나한테 뭘로 은혜를 갚겠어?"

"요런 얌체, 서울내기 다 됐다니까. 그래, 그 일만 착 해내면 한 철에 한 벌씩, 평생 공짜로 옷 맞춰줄게."

"어머머, 너 그거 정말이지? 됐어, 됐어, 그 일은 나한테 맡겨. 그 사람 아니더라도 내가 무슨 수를 써서든 그 일을 해결해 줄 테니까. 오만 손님 많은데 맘먹고 덤비면 안 될 것 없어. 이리저리 줄대서 영화사 사장을 직접 꼬시는 수도 있으니까."

박보금은 감독을 넘어 한발 더 나가며 자신만만하게 말했다.

"괜히 큰소리치지 말어. 나 실망하기 싫으니까."

"얘, 너 술집 우습게 보지 말어. 양주나 맥주만 파는 우리 같은 고급은 싸구려 니나노판하고는 애저녁에 달라. 손님들도 전부 유명짜한 고급들이라구. 말이 나왔으니까 하는 말인데 돈 많은 사업가, 권세 좋은 판검사에 공무원 나으리들, 다 우리 애들 품에서 놀아. 그 빽이 너 보통 빽인 줄 아니? 베갯머리송사 당할 게 없더라고, 그게 안방마님하고만 통하는 줄 아니? 천만에. 술 알딸딸하게 취해 있을 때 뜻 잘 받아줘가면서 살살 꼬셔대면 그보다 더 잘 통하는 건 없어. 너도 앞으로 세무서 같은 것 상대하다가 일이 꼬이고 골치 아프면 제때 나한테 말해. 쌈빡쌈빡하게 해결해 줄 테니까. 아니 참, 너 내가 이런 말하는 거 더럽고 추하다고 생각하지? 넌 지금까지도 처녀 좋아하니까."

박보금은 불현듯 창피스러운 생각이 들었는지 김명숙을 쏘아보듯 했다.

"걱정 마. 내가 뭐 지금도 열아홉 순정판 줄 아니? 나도 이젠 세상 돌아가는 것 알 만큼 다 알고, 닳아질 만큼 닳아져 있어. 내가 명동에서 버티는 걸 봐라."

"하긴 그래. 명동이 어디라고. 너, 그렇게 말하니까 아주 철들어 보이고 더 정이 든다 얘."

박보금이 깔깔거리며 웃었다.

"기집애, 말도 징그럽게 하네. 근데, 쪽발이들 경기 한물갔다는 소문이 있는데, 넌 이제 쪽발이들은 상대 안 하는 거야?"

"얘 좀 봐, 들을 소문은 다 듣고 앉았네. 쪽발이들 이제 별 볼 일 없게 됐어. 기생관광이 한풀 꺾인 데다가, 쪽발이들도 약아져서 처음처럼 돈을 잘 안 쓰고 짠돌이들이 됐거든. 그 대신 우리나라 하이칼라들이 씀씀이가 커졌으니 애들도 치사하게 쪽발이 상대하려고 안 해. 나도 자존심으로도 그렇고, 기분상으로도 그렇고, 우리끼리 노는 게 훨씬 정답고 속 편해. 외상이 좀 깔리는 게 골치 아프지만 말야."

"그래, 쪽발이들 상대 안 하고 살 수 있으면 안 하는 게 좋지. 딴 것도 아니고……, 난 그게 늘 속상했거든. 그건 그렇고, 어쩐 행차셔?"

김명숙이 꼬고 있던 다리를 바꾸며 말머리를 돌렸다.

"가을이잖아. 새 옷 입고 새 기분으로 손님맞이 해야지. 그래도 나이 먹는 것 가려주는 건 옷밖에 없더라구."

"당연하지. 의복이 날갠걸. 일어나라, 옷 재게. 이 옷부터 공짜다."

김명숙이 몸 가볍게 일어났다.

"뭐라구? 벌써부터 빽 쓰는 거야?"

박보금이 놀라며 몸을 발딱 일으켰다.

"그래, 빽 쓴다. 일이 되게 하려면 미리미리 바쳐야 되는 것 너 몰라?"

김명숙이 줄자를 목에 걸며 딴사람 얘기하듯 능청스럽게 대꾸했다.

"아이구, 요런 내숭. 세상 사는 요령에 아주 도통했구나."

"그쯤이야 대한민국 국민 기본 아니니? 자아, 이쪽으로 와서 똑바로 서."

김명숙은 박보금을 긴 거울 앞으로 끌어당겼다.

"얘, 근데 옷을 맞출 때마다 몸은 꼭 재야 되는 거니?"

"그야 당연하지. 옷을 날마다 해입는 것도 아니고, 사람 몸이란 자기도 모르게 자꾸 변해가는데, 5년, 10년 전 옷 지금 입어봐. 안 맞는 데가 한두 군데가 아닐 테니까. 옷 폼나게 멋지게 입고 싶으면 몸 재는 것 귀찮아하지 말어."

"그래 글쎄, 그 말이 맞기도 해. 나이 먹어가니까 가슴은 줄고 엉덩이는 커진다니까. 허리는 없어지고."

"그건 나이 때문만은 아니야. 술 때문이니까 넌 특히 조심해."

"어머, 그렇기도 하겠구나. 그게 술살이야. 안주까지 주섬주섬 먹어대니 살이 안 찔 수가 없지. 웬수들이 술은 왜 자꾸 권하는지 몰라. 즈네들이나 실컷 퍼마실 일이지. 술을 팔자면 안 받아마실 수도 없고."

"엄살떨지 마. 이 정도면 날씬하니까."

김명숙은 빠른 손놀림으로 줄자를 부리고 있었다.

"됐어. 디자인 고르자."

김명숙은 줄자를 옆에 서 있는 아가씨에게 건네며 박보금의 어깨를 쳤다.

"어쩌니? 많이 퍼졌지?"

박보금이 불안한 얼굴로 물었다.

"괜찮아. 허리가 좀 굵어졌는데, 아침마다 잠자리에서 일어나자마자 허리 굽어펴기 스무 번씩만 해. 그 살 놔두면 금방 아줌마꼴 되고 마니까."

"아유 징그러. 시집도 못 가보고 아줌마꼴이라니."

박보금이 과장되게 어깨를 떨어댔다.

김명숙은 주문장에 몸 부분부분의 치수를 적고 나서 백지를 꺼내 디자인을 그려나가기 시작했다. 볼펜 끝이 빠르게 움직일 때마다 날렵한 선들이 그어지고, 그 길고 짧은 곡선들은 서로 이어지고 엮어지며 옷 모양새를 이루어내고 있었다. 팔과 다리까지 매끈하고 날씬하게 그려내는 그 세련된 그림은 미처 1분이 걸리지 않았다. 세 개의 디자인이 백지에 나타나는 동안 박보금은 아무 소리도 내지 않고 종이 위에 눈길을 모으고 있었다. 그건 새 옷의 디자인에 관심을 쓰고 있다기보다는 김명숙이 풍기고 있는 분위기에 압도되고 있다고 해야 옳았다. 몸을 딱 사리고 앉아 디자인 스케치에 몰두하고 있는 김명숙은 아까 수다를 떨 때와는 전혀 다른 딴사람이었다. 굳어진 듯한 얼굴, 이상한 빛이 서린 눈, 그녀한테서는 범접할 수 없는 묘한 기운이 뻗쳐나오고 있었다.

"자아, 가을 기분 담은 팻숀이니까 이 셋 중에서 하나 골라."

김명숙은 종이를 박보금 앞으로 돌려놓았다.

"내가 뭘 알아? 셋 다 예쁘네. 난 셋 다 해입고 싶은 욕심쟁이니까 밤새 골라도 못 골라. 네가 하나 콕 찍어."

박보금이 허리를 펴며 담배에 불을 붙였다.

"누가 여자 아니랠까 봐. 그래 그럼, 이것하고, 이것, 두 벌을 해. 하나는 아까 말한 대로 그냥 해줄 테니까."

"아니, 너 그것 정말이야?"

박보금의 눈에 빛이 반짝했다.

"넌 그럼 거짓말했어?"

"싫어 얘, 친구 사이에. 일이나 되면 그때부터 해."

"그건 나도 싫어. 네가 아쉬운 소리하게 될 텐데 내가 너무 부담되고 미안해. 옷 안 받겠으면 그 일도 관둬."

김명숙은 정색을 하고 말했다.

"아이구, 저 고집통머리는 언제나 좀 수그러들지 몰라. 알았어, 그리 해."

"가봉은 특별히 빨리 서둘러서 모레 해."

"그 일 빨리 처리하라고 마구 몰아대는구나?"

"눈치 하나 빨라 좋네."

"알았어. 말 나온 김에 후딱후딱 해치울게. 그래도 우리 둘이가 이만큼 된 건 성공한 셈인데 서로 도와야지. 그럼, 성공한 거지. 이 피도 눈물도 없는 서울바닥에서." 박보금은 지난날을 회상하는 듯 얼굴에 슬픈 기색이 스치더니, "얘, 이게 돈벌이는 좀 되니? 자리는 잡힌 거야?" 하며 걱정스럽게 김명숙과 양장점 안을 둘러보았다.

"어느 판이나 그렇겠지만 이 판은 특히 신참은 서러워. 이게 단골 장사고, 소문 장사고, 유명세 장사거든. 근데 신참은 그 세 가지 중에 하나도 잡히는 게 없잖아. 그래서 솜씨 좋아도 고전을 면치 못해. 나 좀 심각한 형편이야. 그동안 감추어왔었는데, 조금씩 까먹어 온 본전이 이제 얼마 안 남았어. 일을 해도 가게세나 인건비 같은 게 워낙 많이 들어가거든. 아니, 내가 미쳤어. 이런 소리는 왜 하고 앉았지?"

김명숙은 문득 정신이 든 듯 앉음새를 고치며 손으로 입을 가렸다.

"괜찮아, 이것아. 사업이라는 게 그리 힘드는 거야. 이 선배님이 환히 아는 것 아니니? 나도 첨엔 죽을 똥 쌌어. 우리가 어떻게 해서 여기까지 왔는데, 여기서 주저앉을 수는 없는 일 아니야? 걱정 마, 내가 그 일을 화끈하게 끝낼 테니까. 힘내고, 조금만 기다려."

"그래, 고생 지긋지긋하게 했는데……."

입을 꾹 다무는 김명숙의 눈자위가 붉어졌다.

"그렇다니까. 이 세상에 원수 갚아야 하니까 이 악물고 힘내. 참, 너 그 얘기 들었니? 차장이 버스 안에서 음독자살 한 거."

박보금의 목소리가 갑자기 낮아졌다.

"응, 라디오에서 들었어. 나쁜놈들이 지금까지도 그놈의 몸수색을 해왔던 모양이지?"

아가씨를 의식해 김명숙의 목소리도 가늘어졌다.

"그놈들이 제 버릇 개 줬겠니? 차장들이 있는 한 10년 후에도 마찬가질 건데. 난 말야 그 소식을 듣고 나서 죽은 그 아가씨가 너무 불쌍하고, 꼭 나 같은 생각이 들어서 며칠 혼났어. 너 그때 생각해서 힘내야 해. 우리도 사람답게 한바탕 살아봐얄 것 아니니?"

"그래, 몸수색당하는 창피를 얼마나 견디기 어려웠으면 그런 유서를 품고 자살을 했겠니. 나도 남의 일 같지가 않았어. 그때 우리도 차라리 죽는 게 더 낫다고 한두 번 생각한 게 아니니까. 어쨌거나 사람답게 한번 살아보긴 살아봐야 되겠는데, 이놈의 세상이 첩첩산중이야."

"괜찮아. 여기까지 오기가 힘들었지 이젠 한두 고비만 넘기면 순풍에 돛 달게 돼 있어. 내가 발벗고 나설 거니까 조금만 기다려. 얘, 나 장사시간 다 돼서 저녁 같이 못 먹고 그만 가야겠다."

"그래, 어서 가거라."

김명숙은 박보금이 사람들 속에 섞여 안 보일 때까지 양장점 앞에 서 있었다. 일이 되든, 안 되든 답답한 속마음을 털어놓을 수 있는 친구가 하나라도 있다는 것에 그녀는 위안받고 있었다. 그런 속내는 언니에게도 내비칠 수가 없었다. 양장점을 차리기만 하면 금세 일류디자이너가 되고, 떼돈을 벌 것처럼 너무 큰소리를 쳤기 때문이다. 그리고 언니는 새로 시작한 간호원생활을 하면서 YWCA에 발길을 하는 눈치더니 언제부턴가는 여권신장을 내세우는 여성운동에 열중하느라고 양장점에는 관심도 없었다. 언니의 그런 무관심이 오히려 마음 편하기도 했다. 아무것도 생기는 것이 없는 여성운동에 언니가 왜 그렇게 열을 올리고 있는지 모를 일이었다. 언니의 독신주의와 여성운동이 무슨 관계라도 있는 것인지 알 수가 없었다. 어쨌든 언니가 그 일로 세상 살맛이 나는 것 같은 것만은 다행이었다.

"얘, 됐어, 됐어. 내가 알아보니까 그 감독이 A급은 못 돼도 B급 중에서는 알아주는 상질이래. 곧 우리 집에 오기로 했으니까 조금만 더 기다려."

이틀이 지나 가봉을 하러 온 박보금이 신바람나게 한 말이었다.

"아주 급행열차로구나."

"당연하지. 친구 의리가 있는데. 그리고 말야, 내가 또 알아보니까 감독만 가지고는 안 된대. 더 빠른 건 제작자를 잡아야 된다는 거야. 영화사는 영화를 계속 만들지만 감독들은 영화사에 뽑혀야 하는 입장이래거든. 그래서 영화사 사장 쪽으로도 지금 길을 뚫고 있어. 양쪽에 다리를 걸면 일이 그만큼 빠르고 틀림없는 거거든."

"보금아, 아니 혜미야……."

김명숙은 눈물이 핑 돌며 더 말을 하지 못했다.

"얘, 얘, 가봉 망칠라."

박보금이 김명숙의 등을 두들기며 장난스럽게 분위기를 돌렸다.

"얘, 일이 잘 풀릴 것 같다. 그 감독한테 코가 비틀어지도록 술대접을 하면서 부탁을 했거든. 좀 두고 보자고 했는데, 느낌이 아주 좋아. 내 감이 거의 틀린 적이 없으니까 조금만 더 기다려. 내 수완에 지가 안 넘어가고는 못 배길 테니까."

나흘 후에 옷을 찾으러 와서 박보금이 말했다.

"난 뭐라고 할말이 없어······."

김명숙은 또 말을 어물거렸다. 마음으로는 고맙다는 말을 하고 싶은데 그 쉬운 말이 목에 걸려 나오지 않았다.

"넌 역시 재주꾼이야. 아니, 일류디자이너야. 어쩜 이리 이쁘고 날씬하게 옷을 쏙 뽑을 수가 있니, 그래. 잘됐어, 참 잘됐어. 루비 킴의 솜씨가 이렇다 하고 그 감독한테 이 옷들을 보여줘야지. 지도 눈이 있으면 꼼짝 못할 거야."

박보금은 새 옷을 번갈아 입고 거울 앞에서 이리 돌고 저리 돌며 웃음꽃 환하게 흡족해하고 있었다.

"맘에 드니 다행이다."

김명숙은 가슴 두근거림과 기쁨을 동시에 느끼며 속감정과는 달리 무덤덤한 듯 한마디했다. 다 된 옷을 손님들이 입어볼 때마다 가슴이 두근거리고 긴장이 되고는 했다. 그 긴장은 옷을 자꾸 만드는데도 조금도 가시지 않고 처음과 똑같이 되풀이되고 있었다.

"네 옷 맘에 안 드는 사람도 있겠니. 넌 정말 디자인 솜씨는 타고 난 모양이야. 어쩜 이리 옷을 멋지게 만들어낼 수가 있니."

"그렇지도 않아. 어쩌다 맘에 안 들어하고 트집 잡히고 할 때는 너무 진땀나고 나를 믿을 수가 없고 그래. 이것도 쉽게 해먹을 수 있는 직업이 아니야."

"하긴 그래. 이 세상 직업치고 냉수 마시듯 쉽게 할 수 있는 게 뭐가 있겠니. 다 된 술 그냥 팔아먹는 술장사도 애먹고 속상할 때가 한두 번이 아닌데. 더구나 양장점은 말 많고 까탈 잘 부리는 여자들만 상대하는 거잖아. 그런 손님들 기죽이기 위해서도 그 일이 빨리 풀려야 하겠지?"

"말해 뭘 해. 트집 잡기 좋아하는 사람들일수록 유명한 것 앞에서는 꼼짝을 못해. 사람 맘 참 이상하지."

"간사하고 요사스러운 게 사람 맘 아니니. 똑같은 술도 고급 집에서 비싸게 마시면 더 맛있어하는 게 사람의 얄팍한 마음이라니까. 며칠만 더 기다려."

김명숙은 날마다 초조하게 보냈다. 내가 왜 이러나 하다가 보면 박보금의 연락을 기다리고 있는 자신을 발견하고는 했다. 손님들을 위해 매달 갖추어두는 여성지들을 뒤적거리다가도 파르르 신경질이 일어났다. 칼라판 화보를 호화롭게 장식하고 있는 이달의 '뉴 패션'이니 '뉴 모드'니 하는 것들이 여느 때 없이 신경을 자극했다. 이름난 디자이너의 눈여겨볼 만한 작품에는 마음이 다소곳해지는데, 어떤 잡지에는 얼토당토 않은 옷들이 버젓하게 실려 있기도 했다. 그런 것을 보면 그만 걷잡을 수 없이 감정이 상했다. 그 잡지를 펼쳐놓고 으스대며 손님들을 끌고, 손님들은 그 앞에서 수다스럽게 감탄하고 주눅드는 모습이 눈에 환히 보였다. 그런 화보에서는 빽 냄새가 물씬거렸다.

김명숙은 개업을 한 다음부터 세상의 뒷면을 차츰차츰 알아가면서 신경질이 심해지고 자신감이 없어져가고 있었다. 자기 실력만 있으면 될 줄 알고 자신만만하게 양장점을 차리고 나섰던 것이 철

없고 순진한 짓이었다. 그런 너절한 화보를 보면서 짜증이 나고 마음이 상하는 것은 결국 그 분야에 연줄이라고는 아무것도 없는 자신에 대한 짜증이고 속상함이었다. 그동안 큰오빠의 빽을 몇 번 생각해 보기도 했었다. 그러나 망설이다가 마음을 접고는 했다. 보잘 것없는 형제긴들을 늘 감추고 싶어하는 큰오빠가 그 일을 도와줄 것 같지가 않았다. 그리고 무슨 수를 써서든 일류디자이너로 출세해 그동안 무시당해 온 만큼 큰오빠 앞에서 뻐기고 싶은 오기가 창창하게 살아 있었다.

"얘 명숙아, 아니, 아니, 루비 킴 사장님, 기회가 왔어. 내일 있지, 내일, 그 감독하고 너랑 만나기로 약속했어. 우리 집에서 오후 7시. 쎄련되고 멋지게 뽑아입고 와. 개성 있고 매력적인 디자이너라고 내가 선전 잘해놨으니까. 시간 잘 지키고. 나 바빠서 끊는다."

박보금은 한달음에 쏟아놓고 전화를 끊었다.

김명숙은 오른손에 송수화기를 든 채 왼손으로 가슴을 눌렀다. 가슴은 심하게 벌떡거리고 있었다. 얼마나 고대했던 기회인가……, 그녀는 눈물까지 솟구치려는 것을 느끼고 있었다.

보금아, 고마워……, 정말 고마워…….

그녀는 송수화기를 바라보며 목이 메이고 있었다. 날마다 기다리면서도 이렇게 빨리 기회가 오리라고는 생각하지 못했다. 박보금이가 그저 듣기 좋게 빈말을 한 게 아니라 얼마나 애를 썼는지 알수 있었다. 차장 시절의 옛정이 이다지 뜨거울 줄을 몰랐다. 그녀는 진정 미안한 마음으로 가슴 한구석에 도사리고 있는 박보금에 대한 경멸적 감정을 몰아냈다. 그동안 친구로 지내오면서도 차장의 고생에서 손쉽게 벗어나려고 술집으로 들어갔던 것이 무슨 불결한 찌꺼기처럼 마음 한쪽에 남아 있었던 것이다. 그런데 그 덕을 보게 되다니⋯⋯, 김명숙은 세상살이의 얄궂음을 또 느끼고 있었다.

"미스 정, 나 미장원에 좀 다녀올 테니까 가게 잘 봐."

김명숙은 서둘러 핸드백을 들며 말했다.

"어머, 곧 퇴근시간 되는데요⋯⋯."

아가씨가 의아하게 김명숙을 쳐다보았다. 손님 발길 잦아질 시간에 그게 무슨 소리냐는 뜻이었다.

"혹시 맞춤손님이 있으면 어디 디자이너 모임에 갔다거나 적당히 둘러대서 다시 오게 만들어. 맞춤손님 열보다 더 중대한 일이 생겼으니까."

김명숙은 미장원에 길게 누워 얼굴 마사지를 맡겼다. 개성 있고 매력적인 디자이너라고⋯⋯. 박보금의 말이 들리고 있었다. 이번 기회를 놓칠 수는 없었다. 열다섯 살에 가출을 할 때 막연한 꿈을 품고 있었다. 시골 촌구석에서 평생 찌들려 살아야 한다는 것이 가위눌렸다. 도시로 나가 돈을 벌어 더 배우고 남부럽지 않게 살고 싶었다. 그때만 해도 그 정도의 막연한 생각뿐 디자이너는 꿈도 꾸지 못했었다. 그런데 어찌어찌 몸부림을 치다 보니 오늘에 이르러 있었다. 이건 스스로 생각해도 엄청난 변화고 대단한 성공이었다. 어떻게 해서든 이 자리를 지키고, 일류디자이너가 될 발판을 튼튼하게 만들어야 했다. 여기서 허물어진다는 건 있을 수 없는 일이었다.

김명숙은 다음날도 미장원에 가서 마사지에 고데를 하고, 화장도 미용사를 시켜서 했다. 돈 많이 드는 그런 사치를 하기는 처음이었다. 옷도 대여섯 차례나 바꿔 입어가며 잔잔하면서도 세련된 것으로 골랐다.

"어머 사장님, 꼭 새 신부 같애요. 좋은 일 있으신 거죠?"

외출 준비를 다 끝내고 나선 김명숙을 보며 아가씨가 의미 깊은 눈길을 보냈다.

"괜히 넘겨짚고 그러지 말어. 우리의 생사가 걸린 문제로 나가는 거니까."

김명숙은 나무라듯 무표정하게 말했다.

"우리의 생사요……?"

"그래, 우리의 생사. 이따가 문단속 잘하고 가."

불쑥 나온 '우리의 생사'라는 말을 다시 강조하자 이 기회를 절대 놓쳐서는 안 된다는 마음이 더 강해졌다.

김명숙은 박보금의 술집 앞에서 주춤 멈춰섰다. 술집과 음식점이 많은 그 뒷길은 가끔 오는데도 언제나 낯설었다. '나포리'라는 박보금의 술집 간판도 낯설기는 마찬가지였다. 나포리……, 나포리……, 김명숙은 속으로 나포리를 뇌어보았다. 나포리가 이태리 어디라는데, 어디인지도 모르는데 그 이름이 근사하게 느껴졌다. 그래서 그런지 양장점이고 술집이고 새로 생기는 것은 외국 이름들을 따오기에 바빴다. 무슨무슨 장이라고 이름 붙은 술집에 나다니던 박보금이 제 술집을 차리고 나서면서는 '나포리'라고 한 것이

제법이고 신통했다. 나포리는 그만두더라도 프랑스의 파리와 이태리의 로마는 꼭 한 번씩 가보고 싶은 마음이 간절했다. 세계 패션의 으뜸이라는 그곳에 가고 싶어하는 것은 디자이너라면 누구나 갖는 꿈이었다. 그곳의 패션거리를 한번 구경하는 것만으로도 눈이 달라지고 생각이 바뀐다고 했다. 그건 백번 옳은 말이었다. 패션잡지로만 보는 것보다는 직접 옷들을 살펴보고 만져보면 훨씬 더 실감이 날 수밖에 없는 일이었다. 그러나 양장점이 자리잡히지 않은 형편에 그런 곳은 아득하게 멀고 먼 외국일 뿐이었다.

"어머 사장님, 어쩐 일이세요?"

"누구……?"

김명숙은 알은체하는 여자를 뜨악하게 쳐다보았다.

"저 미스 오예요. 전번에 인사드렸잖아요. 여기 나포리에 있어요."

"아, 그렇든가. 미안해, 못 알아봐서."

"괜찮아요, 우리 같은 시시한 것들. 근데 여긴 어쩐 일이세요?"

"응, 박 사장하고 약속이 있어서."

"그럼 어서 올라가세요. 저도 지금 나오는 길이에요."

"그래, 가지."

김명숙은 2층으로 발길을 옮겼다.

"저어……, 사장님……."

김명숙의 옆에서 걷는 아가씨가 무슨 말인가를 망설였다.

"왜, 무슨 말인데 그래? 어서 해봐."

"아니에요. 창피해서……."

"창피? 괜찮아. 흉보지 않을 테니까 해봐. 나한테 하고 싶은 얘기인 모양인데."

"네, 그럼 정말 흉보지 마시고 들어주세요. 저어, 다른 게 아니라요, 사장님 양장점에서는 외상은 안 되나요? 그냥 전부 외상이 아니라 월부책처럼 몇 달로 나눠 갚는 거요. 다달이 시골집에 돈 보내고 나면 명동에서 옷 해입을 만큼 목돈이 없거든요. 변두리에서 해입으면 싼 대신 촌스럽게 폼이 안 나고, 쎄련되고 폼 나게 명동에서 해입으려면 너무 비싸고 그렇거든요. 월부로만 해주면 우리 애들이 전부 맞출 거예요."

그 아가씨는 창피스러움을 줄이기라도 하려는 듯 숨도 쉬는 것 같지 않게 빨리 말을 해치웠다.

"홍, 떼먹지만 않는다면 그것도 괜찮은 방법이네."

김명숙은 모호한 느낌으로 호호호 웃었다.

"네에, 그럴 염려도 있겠네요. 그럼 그걸……, 예, 좋은 수가 있어요. 우리 사장님이 보증 서게 하면 되잖아요."

아가씨가 눈을 빛냈다.

"응, 그럴 수도 있겠는데……, 그건 미스 오가 사장님하고 의논해 가지고 와. 사장님이 오케이면 나도 오케이니까."

김명숙의 말은 부드러웠다. 그러나 그 내용에는 사업가의 차가운 칼날이 번뜩이고 있었다.

"어머, 그렇게만 해주시면 너무 고맙지요. 우린 사장님 밑에서 꼼짝을 못하는 신세니까 사장님이 보증을 서는 건 틀림없거든요."

아가씨는 신바람을 냈다.

"고향에서는 이런 데서 일하는 것 아니?"

"아아니요. 그걸 알면 벼락치게요. 이런 데서 일하는 애들 집에서는 다 회사나 공장에 취직해 있는 줄 알아요."

아가씨는 불현듯 한숨을 쉬었다.

김명숙은, 아가씨가 유난히 힘을 준 '아아니요' 하는 말이 가슴에 걸리며 괜한 말을 꺼냈다고 후회했다. 관심을 쓴다는 것이 그런 식으로 나타나고 말았다. 어쩌면 박보금의 집에서도 여지껏 그녀가 무슨 일로 돈을 벌어 보내는지 모를지도 몰랐다.

"어머나, 너 아주 딴사람으로 변했구나! 어쩜 좋으니. 넌 장미꽃이고 난 호박꽃이 돼버렸으니."

박보금은 김명숙을 보자마자 호들갑스럽게 손뼉을 쳤다.

"애들 보는데 사람 놀리지 말어."

김명숙이 창피해하며 눈을 흘겼다.

"놀리긴, 사실인걸. 아직 시간이 이르니까 내 방으로 들어가자."

박보금이 저쪽 주방 옆에 붙은 방으로 앞장섰다. 그 술집은 양쪽으로 방들이 줄지어 있었고 가운데 꽤 넓은 면적은 통로로만 쓰도록 비어 있었다. 그 바닥에 깔린 새빨간 양탄자와 싱싱한 잎들을 드리운 화초들이 고급 술집 분위기를 자아내고 있었다.

"얘, 너는 역시 디자이너답게 쎄련되고 고상한 멋쟁이고, 난 천상 술집에서 굴러먹는 야하고 천한 삼류야. 직업은 못 속이나 부지? 최 감독이 첫눈에 너한테 반하게 생겼다."

박보금이 소파에 앉으라는 손짓을 하며 말했다.

"얘가 왜 자꾸 이래. 거북하게."

김명숙이 눈을 더 맵게 흘겼다.

"근데 얘, 너 술은 좀 마실 줄 알어?"

"조금. 맥주 두 병 징도."

"어머나, 그럼 됐다. 근데 너, 저번에 네가 한, 이젠 열아홉 살짜리가 아니라는 말 믿어도 돼니?"

"왜, 촌스럽게 굴까 봐 걱정돼서?"

"눈치는 빠르네. 난 말야 사실은 걱정이야. 뭐라고 말하기 곤란한데, 네가 빡빡하게 굴다가 일 파토날까 봐."

"네 걱정 알어. 허지만 안심해. 난 지금 숨이 턱에 닿아 있고, 이젠 세상 돌아가는 것도 알 만큼 알고 있으니까. 그쪽에서 날 속이지만 않는다면 내가 파토나게 할 일은 없을 거야."

"됐어, 그럼 안심이야. 아휴, 이 말 하기 진땀난다 얘."

박보금은 과장되게 휴우 숨을 내쉬며 손부채 부치는 시늉을 했다.

"그 사람은……, 어때?"

김명숙은 눈길을 딴 데로 돌린 채 거북스럽게 물었다.

"이따가 보면 알겠지만 뺀질이가 아니라 털털이야. 멋부리는 일도 없고, 얼핏 보면 감독 같지도 않아. 근데 사람은 진중해 보이고, 술 마실 때 보면 성질이 날카로운 데가 있어. 그럴 때는 감독 같애. 영화 평할 때 보면 되게 유식하고. 넌 그동안 읽은 소설 얘기만 풀어놔도 점수 딸 거야."

박보금은 담배에 불을 붙였다.

"글쎄, 그 사람이 아는 디자이너들도 많을 텐데……."

"너무 걱정 말어. 이 일만 잘해주면 내가 평생 술 공짜로 주기로 했으니까."

"어머머……."

김명숙은 박보금을 쳐다보며 어이없어했다.

"왜? 네가 나한테 옷을 공짜로 해줄 판인데 난 공짜술 못 줄 것 없잖아. 그래도 난 본전으로만 따지면 술값 그거 얼마 안 되니까 염려 놔. 사실 술장사 이거 엄청 남는 거거든. 외상을 떼이지만 않으면 떼돈 벌기는 잠시야."

"기집애, 차암……."

콧등이 매워진 김명숙은 더 말을 못하고 고개를 돌렸다.

그때 손기척이 울리고 문이 열렸다.

"최 감독님 오셨습니다. 말씀하신 대로 특실로 모셨습니다."

나비넥타이를 맨 건장한 청년이 고개를 숙이며 말했다.

"알았어. 안주 준비 잘해."

"예, 신경 쓰고 있습니다. 물러가겠습니다."

청년이 돌아서자 박보금이 일어서며 말했다.

"긴장 풀고 편안하게 해."

"몰라. 나 화장실에 갔다 가야겠어."

김명숙이 울상을 지었다.

"호호호……, 고집 세고 잘난 루비 킴도 별수없구나. 너 그러니까 아주 여자다워 보인다, 얘. 가자, 나도 화장실 가야 하니까."

박보금이 김명숙의 등을 토닥거렸다.

그들이 특실로 들어서자 담배를 피우고 있던 남자가 엉거주춤 몸을 일으켰다.

"안녕하셨이요, 최 감독님. 제가 말씀드렸던 루비 킴이에요. 얘, 인사드려라."

박보금이 두 사람을 번갈아 보며 말했고,

"처음 뵙겠습니다. 루비 킴이라고 합니다."

김명숙은 두 손을 앞으로 모아잡고 공손하게 머리를 숙였다.

"예에, 최라고 합니다."

그 남자는 엉거주춤한 자세처럼 말도 어물거리듯 했다. 그런데 눈은 재빠르게 김명숙을 위아래로 훑고 있었다. 그 눈빛이 텁수룩한 차림하고는 다르게 예리해 보였다. 갈색 홈스펀에 노타이 차림인 그는 곱슬거리는 느낌의 머리가 더부룩했다.

박보금이 자리 배치를 했다. 김명숙과 최 감독을 마주보고 앉게 하고, 자기는 두 사람의 가운데인 탁자의 옆구리를 차지하고 앉았다.

"술은 감독님이 좋아하시는 맥주로 하시죠. 마시다 맘에 있으면 양주도 좀 하시구요."

박보금이 평소와 다른 모습으로 애교를 부리며 말했다.

"예에, 뭐……"

최 감독은 담배를 피우며 빠른 눈길로 김명숙을 살피고는 했다. 김명숙은 눈길을 탁자 위 그 어디엔가 둔 채 다소곳이 앉아 있었다.

곧 술과 안주가 나오고, 박보금이 술을 따랐다. 박보금의 잔에는 최 감독이 따랐다.

"자아, 우리 일이 잘 풀리기를 빌면서, 건배!"

박보금이 맥주잔을 내밀면서 카랑하게 목청을 높였다. 세 사람은 잔을 부딪쳤다.

김명숙은 잔을 기울이며 어찌해야 하는가를 생각했다. 반만 마셔야 하나, 다 마셔야 하나……. 주량으로는 다 마시면 힘겹고, 첫 잔은 다 마시는 거라는 말이 있고……. 다 마시면 괜히 술고래로 인상이 나빠질 수도 있고, 반쯤 마셨다가는 분위기에 안 맞을 수도 있고……. 그녀는 얼른 박보금을 곁눈질했다. 절반쯤 마신 박보금이 막 입에서 잔을 떼고 있었다. 자신도 거기에 맞추기로 했다.

"난 아무래도 박 사장한테 잘못 걸린 것 같애요. 사람을 꼼짝 못하게 몰아대니 원."

최 감독이 빈 술잔을 놓으며 퉁명스럽게 말했다.

"네에, 잘못 걸렸다마다요. 저는 마음먹은 일은 꼭 해내야 직성이 풀리는 극성이고, 쟤는 내 형제 같은 친구거든요. 쟤 형편이 급하니까 뜸들이고 어쩌고 할 새가 없잖아요. 마구 몰아대는 수밖에." 박보금은 상글상글 웃으며 농담인 것처럼 말하고는, "얘, 주도 좀 배워라. 잔이 비면 돌아가면서 제때제때 술을 따르고, 내 잔이 비면 술을 권하고 그러는 거야. 자아……." 그녀는 술병을 들어 김명숙에게 내밀었다.

김명숙은 얼떨결에 술병을 받아들고 몸을 일으켰다.

"저어……, 제가……."

"예에, 감사합니다."

김명숙은 숨을 몰아쉬며 술을 따랐다. 남자의 잔에 술을 따르는 것이 처음이 아닌데도 이상하게도 손떨림이 심했다.

"술 따르는 폼이 아주 멋지네."

박보금이 쿡쿡 웃었고, 김명숙은 술병을 놓으며 박보금에게 눈총을 쏘았다.

최 감독은 잔을 반쯤 비우고 나서 입을 열었다.

"박 사장이 뜸들일 새 없다니까 먼저 내 생각을 말씀드리지요. 박 사장의 말을 들은 다음부터 박 사장이 입은 옷들을 유심히 살펴보았고, 오늘 김 사장의 옷도 눈여겨보았습니다. 우리는 옷을 만들 줄은 모르지만 직업상 약간 볼 줄은 압니다. 내가 보기로는 김 사장의 솜씨는 그만하면 연예인들이 입기에 아무 손색이 없어요. 감각적이고 세련되었으면서도 어딘가 품위 있어 보이는 점이 특히 좋아요."

"어머나, 고마우셔라. 넌 이젠 됐다!"

박보금이 최 감독의 말 가운데 뛰어들며 환성과 함께 손뼉을 쳐 댔다.

잔을 비운 최 감독이 빈잔을 박보금에게 내밀었다.

"에이, 절 주지 마시고 루비 킴한테 주셔야지요."

"초면이니까 차차 돌려야지요."

"어쩜……, 영국 신사셔."

박보금에게 술을 따르는 최 감독을 조심스럽게 훔쳐보면서 김명숙은 그가 표나지 않게 멋을 내는 세련된 멋쟁이라고 생각하고 있었다. 양복보다 엷은 갈색의 남방 셔츠와 그보다 약간 진한 갈색으로 목을 두른 머플러는 아무나 쉽게 갖출 수 없는 조화였다.

담배를 두어 모금 빤 최 감독이 말을 이었다.

"그런데 문제가 한 가지 있습니다. 아니, 두 가지라고 해야 되겠군요. 박 사장의 적극적인 부탁을 받고 내가 무엇을 도울 수 있는지를 여러모로 생각해 봤어요. 그런데 첫 번째 문제는 김 사장 사정이 급한 만큼 내가 요새 영화를 찍을 계획이 없다는 점입니다. 그리고 또 하나 문제는, 이건 좀 듣기 거북한 말이지만, 뭐랄까……, 영화 한 편의 의상을 전부 맡기는 김 사장이 너무 무명이라는 사실입니다. 그래서 내가 곰곰이 생각하다가 두 가지 방법이 어떨까 골라봤어요. 하나는 내가 잘 아는 선배 감독들이 지금 찍고 있는 영화에 출연하는 조연급 신인배우들에게 옷을 입혀 내보내는 겁니다. 당장은 셈에 차지 않을지도 모르지만 배우들과 인연을 맺을 수 있고, 그들이 갑자기 주연급으로 부상할 수도 있으니까 그때는 만족한 결과를 얻을 수 있지요. 또 하나는 여성지 화보를 이용하는 건데, 내가 영화 관계로 통할 수 있는 어떤 여성지 편집장이 한 사람 있어요. 잘하면 거기에 한두 페이지 정도는 올라갈 수 있어요. 죄송하지만 내 능력은 이 정도밖에 안 돼요."

최 감독은 정말 죄송하기라도 한 듯 술을 들이켜기 시작했다.

"얘, 이걸 어쩌지?"

박보금은 실망한 기색이 역연한 얼굴로 김명숙을 쳐다보았다. 그 얼굴이 일그러지며 울상이 되고 있었다.

"감독님, 저는 제가 무명인 것을 잘 압니다. 그리고 첫술에 배부르기를 바라지도 않습니다. 그렇게 도와주시면 감독님 체면 깎지 않게 최선을 다하겠습니다. 저를 좀 도와주십시오."

김명숙은 박보금의 반응을 묵살한 채 최 감독을 처음으로 똑바로 바라보며 이렇게 말했다. 그런 그녀의 얼굴은 손님의 몸을 재고 디자인을 스케치할 때처럼 진지했다.

"아니, 실망하지 않으셨어요?"

뜻밖이라는 듯 최 감독이 불그스레하게 술기운 돋아오르기 시작하는 얼굴을 훔쳤다.

"실망하긴요. 사람이 제 푼수를 알아야지요. 그렇게만 도와주셔도 저로서는 큰 영광입니다."

김명숙은 곱게 웃으며 나부시 고개를 숙여 인사했다.

어머머머 저 내숭, 저 내숭. 저게 사람 여럿 잡겠네. 저거 아주 맹랑하네. 단수가 보통이 아닐세.

박보금은 김명숙을 보며 너무 놀라고 있었다. 그러면서, 김명숙이 남자를 대하는 것을 처음 보는 것이고, 자신만 산전수전 다 겪은 것이 아니라는 사실을 깨닫고 있었다.

"아, 오늘 참 기분 좋습니다. 난 무시당할 작정을 하고 솔직하게 털어놨는데 그렇게 말씀하시니 그 범위 내에서 적극 돕도록 하겠습니다. 허풍 들지 않고 성실한 그 태도가 아주 맘에 들었습니다.

박 사장, 친구 한번 잘 뒀어요. 오늘 술맛나게 생겼으니까 지금부터 술 좀 마십시다."

최 감독이 빈잔을 김명숙에게 불쑥 내밀었다.

"어머머, 나 어쩌지? 질투 나려고 하는데. 나한테는 그런 칭찬 한 번도 안 해주구선."

박보금이 콧소리를 내며 최 감독의 어깨를 때리는 시늉을 했다.

"하하하하……, 친구 칭찬이 박 사장 칭찬 아니오."

최 감독이 목의 머플러를 풀며 고개를 젖혀 웃어댔다.

"그래요. 직접 돈 들이대서 내 손으로 영화 만들 수 없는 형편이니까 그리라도 해서 차츰 커나야지요. 천리길도 한 걸음부터니까요."

"영화를 직접 만들어도 일류 주연급 배우들한테 자기 옷 다 입히기는 어려워요. 일류배우들은 자기네가 믿고 좋아하는 디자이너의 옷이 아니면 안 입으려고 해요. 그건 자기 관리거든요."

"그런가요? 영화에서는 감독하고 영화사 사장이 왕 아닌가요?"

"그렇지 않아요. 배우도 왕이지요. 배우 없이 영화가 되겠어요? 제작자, 감독, 배우가 삼위일체가 돼야 좋은 영화가 탄생하지요. 그러니까 제작자나 감독이 좋은 의상을 배우에게 권할 수는 있어도 특정한 디자이너의 옷만 입으라고 강요할 수는 없어요. 그랬다간 영화 망쳐요."

김명숙은 엉뚱한 소문을 곧이곧대로 믿어왔던 잘못을 수정하며 최 감독의 방법을 충실히 따르리라 다시금 마음먹었다. 그렇게만 되더라도 손님을 끌고 유명해지기도 하는 두 가지 이익을 요령껏 취해나갈 자신이 있었다.

"근데 말예요, 감독님……, 이 말을 여쭤봐야 되나 어쩌나……?"

박보금이 최 감독과 김명숙의 눈치를 살폈다.

"술자리에서 못할 말 뭐 있어요? 맨정신으로 하기 거북한 말 하려고 술을 마시는 법인데. 무슨 말이든지 하세요."

불콰해진 최 감독이 여유롭게 웃으며 담배연기를 내뿜었다.

"그럴까요, 그럼. 그 조연급 있잖아요, 신인들한테도 옷을 무료봉사 해야 하나요?"

"아, 그거 말인가요? 그거 뭐……, 차차 얘기하죠."

최 감독의 반응이 어색스럽고 떨떠름해졌다.

"얘, 그게 무슨 소리야. 입어주는 것만도 고맙지. 그리고 신인들이 무슨 돈 있어? 나는 옷 선전해서 좋고, 신인들은 옷 얻어 입어서 좋고, 서로 그보다 더 좋은 일이 어디 있어. 감독님, 얘가 저를 너무 생각하다 보니 그런 말을 한 거예요. 없었던 걸로 싹 잊어버리세요. 저는 몇백 벌이든 그때마다 새로운 디자인으로 얼마든지 제공할 수 있어요. 전혀 신경쓰지 마세요."

김명숙이 숨가쁘게 말하고는 반쯤 남은 술을 단숨에 비웠다. 그리고 잔을 최 감독 앞으로 내밀었다.

"하하하하……, 김 사장은 됐습니다. 사업가로서 완벽해요. 그 정도로 작정하고 있으면 디자인 감각 뛰어나겠다, 틀림없이 일류로 출세할 수 있어요. 앞으로 힘닿는 데까지 밀어드릴 테니까 잘해봅시다."

최 감독은 술이 다 차오른 잔을 놓더니 '잘해봅시다'에 맞추어 김명숙의 앞으로 손을 불쑥 내밀었다. 김명숙은 아무 거리낌없이 그 손을 맞잡으며 악수를 했다.

어머머, 저거 정말 사람 잡는 내숭이네. 남자 다루는 수완이 나보다 훨씬 고수야. 저게 처녀라는 건 거짓말 아닌가? 아니, 마음이 급하다 보니 저런 요령이 생기는가?

박보금은 술기운과 함께 정신이 헷갈리고 있었다. 그러나 최 감독이 먼저 악수를 청할 만큼 일이 잘 풀리고 있어서 마음이 흐뭇하고도 개운했다. 철따라 공짜 옷 얻어입을 것을 생각하면 더욱 신나기도 했다.

"내가 2~3일 안으로 박 사장과 함께 양장점 구경을 가도록 하지요. 위치도 알아두고 해야 자신 있게 소개를 할 수 있으니까요."

술기운 거나해진 최 감독은 몸을 편하게 부리며 말했다.

"네에, 언제든지 대환영입니다. 도와주시면 꼭 은혜를 갚겠어요."

김명숙은 야릇한 눈웃음으로 최 감독을 끌어당기며 이렇게 말했다. 한 번 공짜로 입히고 열 벌을 팔면 그게 어디냐. 또, 옷을 계속 입고 다니며 '루비 킴의 옷'이라고 해대면 그 선전 효과가 얼마냐. 일이 잘 풀리기만 하면 그 이익 절반은 널 줄 수도 있어. 그녀는 흔들리는 술기운 속에서 이런 계산을 하고 있었다.

"은혜는 무슨……, 이렇게 만난 것도 다 인연인데 서로 도와가며 사는 거지요. 세상 다 그렇고 그런 거니까요. 박 사장, 우리 다같이 건배합시다. 화통하고 세련된 사람 소개해서 기분 좋아요. 어서 내가 근사한 작품 하나 찍을 수 있도록 기도하시오."

최 감독이 술잔을 들었다.

"네에, 좀 기다려보세요. 감독님과 루비 킴을 위해서 영화사 사장님 한 분을 잘 꼬실 테니까요. 나 아직 그 정도 매력은 남았잖이요?"

박보금이 술잔을 들며 야한 눈웃음을 지었다.

"좋아요, 좋아요. 아직도 젊으니까 걱정 말아요."

최 감독이 껄껄거렸다.

김명숙은 일류호텔에서 패션쇼를 하며 수많은 사람들에게 박수 갈채를 받는 자신의 모습을 그리며 두 사람과 술잔을 부딪쳤다.

42

세파에 뜬 조각배

"아빠, 우리도 테레비 사."

"응……?"

화장실에서 나오던 이상재는 아들의 쨍한 목소리에 엉거주춤했다. 다섯 살인 녀석은 늦잠 찌꺼기를 털어내는 듯 눈을 비벼댔다.

"우리도 테레비 사자니까."

아들의 목소리가 더 강한 쇳소리로 울렸다.

"테레비는 무슨 테레비?"

녀석이 또 엉뚱한 소리를 한다 싶어 이상재는 건성으로 대꾸하며 고개를 돌렸다.

"아빠 테레비도 몰라? 내 친구 상규네도 샀단 말야. 우리도 빨랑 사."

아들의 목소리는 더욱 카랑카랑하게 솟고 있었다.

"애 주혁아, 아침부터 아빠한테 그러면 못써. 아빠 회사에 나가셔야 하는데."

그의 아내가 부엌에서 뛰쳐나오며 아이를 나무랐다.

"싫여, 싫여. 우리도 테레비 사. 테레비 없는 집은 이젠 우리 집뿐이라니까. 상규새끼가 막 폼 잡고 놀리니까 난 챙피하단 말야."

아들은 제 엄마의 앞치마를 잡고 마구 흔들며 울음 섞어 외치고 있었다.

"알았어, 알았어. 울긴 왜 울어. 우리도 아빠가 돈 벌면 곧 살 거야. 우리 주혁이 착하지. 조금만 기다려, 응?"

아내가 아들을 안아올리며 등을 토닥거렸다.

"싫여, 싫여. 나 챙피하다니까."

아들은 제 엄마를 떠밀며 떼를 썼다.

"너 이러면 엄마가 맴매할 거야. 매 맞아도 좋아?"

아내의 목소리가 차가워지며 눈을 부라렸다. 아들은 그 서슬에 기가 꺾였다.

"갑자기 왜 테레비 성화야."

이상재는 손에 들고 있던 신문을 접으며 뚱하게 말했다.

"당신은 이 나라 사람 아니에요? 무허가 판잣집에서도 월부로 테레비 들여놓고 있는데, 애비 노릇 제대로 못하는 것 창피한 줄이나 아세요."

그의 아내가 눈을 흘기며 통을 놓았다.

"그거 아동교육에 백해무익이라니까."

"맙소사, 끝까지 무능하단 말은 안 하고."

이상재는 애를 안고 돌아서는 아내의 뒷모습을 멍하니 바라보았다. 아이를 갓 낳았을 때는 신문의 마력에 휘말려 텔레비전은 안중에 없었고, 아이가 커서 텔레비전을 원하니까 생활은 궁기에 절어 있었다. 아내의 말마따나 신문 없이는 못살 정도로 매일 아침 눈을 뜨자마자 신문부터 집어들었다. 그러나 유심히 보는 것은 정치면이고 그 다음은 문화면이었다. 문화면에 신경을 쓰는 것은 출판사를 한 다음부터였다. 날이 갈수록 볼만한 것이라고는 없이 닮은꼴이 되어가고 있는 신문들인데도 눈에 보이기만 하면 펼쳐들게 되었다. 정치적 불안이 심해질수록 통제가 강화되고 있으니 신문들은 특종도 없고 특색도 없이 시들시들해지고 있었다. 그런데도 신문을 외면하지 못하는 것은 오래 습관된 신문 중독증인지, 아직도 끊지 못하고 있는 신문에 대한 향수 때문인지 알 수가 없었다.

이상재는 밥상을 받고 앉아서도 밥맛이 하나도 없었다. 또 애비로서 체면이 구겨진 게 영 언짢았다. 그동안에도 애비의 체면이 안서는 일을 당한 것이 한두 번이 아니었다. 아들이 이웃에 친구를 갖게 되면서부터 그런 일은 빈번하게 일어났다. 세발자전거에서부터 가지가지 장난감까지 아들이 사내라는 것은 많기도 했다. 그런데 장난감이라는 것들이 옛날하고는 달리 정교하게 상품화되어 있어서 턱없이 비쌌다. 특히 아들이 좋아하는 앙증맞은 미니카들은 전부 외제라 비싸서 애비 체면 깎기에 딱 알맞았다.

그뿐이 아니었다. 남편으로서 체면을 세울 수 없는 일이 그 위에 겹쳐지고 있었다. 가까스로 생활비 갖다주기도 벅찬 형편에 남편 노릇이란 엄두를 낼 수가 없었다. 해묵은 옷은 고사하고 헌 구두마저 새로 사주기가 어려웠다. 신문사 기자에게 시집온 아내는 그 혜택을 얼마 누려보지도 못하고 고생길로 들어선 것이었다. 기자들의 월급이 자꾸 올라가고 있으니 아내의 심정은 어떨 것인가. 그러나 아내에게 면목없고 미안한 것은 그래도 사리분별을 할 줄 아는 아내가 남편의 사회적 행동을 이해하리라는 믿음으로 어물어물 넘길 수가 있었다. 그렇지만 철없는 아들에게 애비 노릇을 못하는 것은 그때마다 가슴 아리고 마음을 그늘지게 했다. 특히 유치원에 보내지 못했을 때는 그 괴로움이 이만저만이 아니었다. 그때 불현듯 언론 투쟁에 나섰던 것이 후회되기도 했었다. 세상은 달라진 것 없이 독재는 건재하고 있었고, 신문사에서는 딴사람들을 받아들여 보란 듯이 신문을 찍어내고 있었다. 그런 철벽의 현실 앞에서 자유언론의 깃발을 들었다는 것은 정말 갈 데 없는 돈키호테들이었는지도 몰랐다.

그러나 세 끼 밥 굶지 않으며 어렵사리 출판사를 꾸려가고 있는 자신은 그나마 나은 편이었다. 취직도 마음대로 할 수 없이 감시당하고 방해받아 이런저런 장사로 나선 기자들은 그동안 과로로 쓰러져 세상을 떠나기도 했고, 병들어 눕기도 했고, 망해서 맨주먹이 되기도 했다. 자식들의 입에 밥을 넣어줄 수 없는 애비의 처절함……, 그런 막다른 길에 몰려 있는 동료들이 한둘이 아니었다. 그들에 비하면 자신은 가장 노릇을 너무나 잘하고 있는 셈이었다.

그리고 철없는 아들의 텔레비전 투정에 의기소침해지는 것은 사치였다. 아직 텔레비전도 없는 사람들이 수두룩한 것이 현실이었다.

"당신이 주혁이 좀 잘 달래. 녀석이 일곱 살만 됐어도 말귀를 알아들을 텐데 말야."

이상재는 아내한테 이르고 집을 나섰다. 아내가 아무 대꾸도 하지 않는 것이 신경에 거슬렸다. 당연히 '알았어요' 하는 답이 나와야 하는데 어찌 된 일일까. 그럼 아내도 텔레비전 사기를 바란다는 것인가? 그는 울컥 부아가 치밀다가 괜한 일에까지 소심해지고 있는 자신을 발견했다. 아내는 그렇게 소갈머리 없는 여자가 아니었다. 어린것을 기죽게 키우기는 싫고, 뜻을 들어줄 수는 없고, 아내도 이래저래 속이 상해 그러리라 싶었다.

이상재는 애써 다스리고 단순화시켜 온 감정이 또다시 헝클어지고 복잡해지는 것을 느꼈다. 사회와 정의와 명분과……, 현실과 가정과 궁핍과……. 그 갈등은 끊임없이 되풀이되고 있었다. 의지를 꿋꿋이 세우려고 하면서도 생활의 어려움에 부딪힐 때마다 마음은 흔들리고 허물어지려고 했다.

내가 정말 다혈질이고 돈키호테였던가? 우리가 언론자유를 위해 나섰지만 이루어진 것은 무엇인가? 이루어진 것은 아무것도 없고, 신문사에서 내쫓겼을 뿐 독재는 오히려 기승을 부리고 있었다. 어이없고 비참하게도 자신들의 행동은 독재자들에게 독재를 강화하도록 자극하고 깨닫게 해준 역할을 한 셈이었다. 더 어처구니없는 것은 자신들이 내쫓긴 자리를 마치 기다리기라도 했다는 듯이 며칠이 못 가 이런저런 사람들이 메우고 만 일이었다. 그들도 다 배울 만큼 배우고 사리분별을 할 능력을 갖춘 지식인들이었다. 그런데 그들은 거기서 끝나지 않았다. 처음 얼마 동안은 슬슬 피하고 몸을 사리는 눈치더니 차츰 해가 바뀌어가자 기를 세우기 시작했다. 당당하게 맞대면하기를 어려워하지 않았고, 술 한잔하자는 말을 서슴없이 내놓기도 했다. 그러다가 마침내는, '어차피 누군가는 채워야 할 자린데 그나마 저 같은 사람이 들어가 선배님들 뜻 지키는 것이 낫지 않습니까' 하는 말을 하기에 이르렀다. 그 희한한 논리에 말을 잃을 수밖에 없었다.

"이봐, 어디서 그따위 논리 변조야! 그게 바로 친일파 민족반역자들이 써먹었던 뻔뻔스럽고 파렴치한 괴변이야. 얻어터지기 전에 당장 꺼져!"

술 취한 원병균 선배가 빈 막걸리잔을 치켜들며 외친 소리였다.

그런 얍삽한 논리 변조는 소위 지식인들의 전유물이었다. 또, 그런 괴변이 어물어물 통해가는 것이 세상이었다. 그런데 원병균 선배는 그 합리화를 전혀 용납하지 않았다. 그가 허둥지둥 술자리를 떴기에 망정이지 만약 무슨 말대꾸를 했더라면 원 선배는 막걸리잔으로 그의 면상을 후려쳤을지도 몰랐다. 원 선배의 그 단호함 앞에서 술자리의 후배들은 또다시 마음을 가다듬지 않을 수 없었다.

"난들 왜 갈등이나 회의가 없겠어. 성인이나 군자가 아니라 평범한 인간일 뿐인데. 허지만 한 가지 분명한 사실은 자기 진실을 스스로 더럽혀서는 안 된다는 점이야. 자기 진실을 더럽히는 것은 자기 부정이고, 자기 부정은 인간이기를 포기해 버리는 마지막 행위 니까. 우리가 권력의 억압에 고립되어 있는 것은 분명하지만 우리 의 존재가 없어진 것은 아니야. 그리고, 우리가 했던 저항도 어디로 증발하거나 사라진 게 아니야. 우리가 이렇게 존재하는 것으로 그 저항도 이어지고 퍼져나가고 있다 그 말이지. 대학생들의 저항이 갈수록 격렬해지고 있는데, 그 힘에는 우리의 성명서 한 장, 한 장 도 어떤 힘으로 작용하고 있거든. 모든 사회운동은 직접 간접으로 상호작용을 일으키고, 서로서로 자극하고 의지하면서 그 힘이 배 가되는 거니까. 그리고 생활이 고달프다고 괴로워하거나 의기소침 해선 안 돼. 지금 고문을 당하거나 감옥살이를 하고 있는 대학생들 을 생각해 봐. 그들에 비하면 우린 얼마나 편하고 고통 없이 지내 는지. 조금만 더 참고 기다려. 망하지 않는 독재는 없으니까."

원병균 선배는 오갈 데 없는 실직자 동료들에게 자장면이며 싸 구려 백반을 지치지 않고 사주는 것처럼 그런 굳은 의지도 줄기차 게 지키고 있었다.

원 선배야말로 그런 의지가 흔들리거나 허물어지기 딱 좋은 여 건 속에 놓여 있었다. 재벌로 굳건하게 자리잡은 처가에서는 '문어 발식 경영'이라는 새 유행어에 어울리도록 해마다 족벌회사들을 늘려 이제 마흔 개가 넘게 거느리고 있었다. 그런 회사가 생길 때 마다 원 선배는 고위간부로 자리를 옮기라는 압력을 받고는 했다. 그러나 원 선배는 끄떡도 하지 않았다. 장인의 압력에 못지않게 부 부 싸움도 숱하게 많이 한 눈치였는데, 결국 지치고 만 것은 원 선배의 아내 쪽이었다.

그뿐만이 아니었다. 신문사에서는 은밀하게 원 선배에게 접근해온 일이 두어 번 있었다. 직책을 올려 우대할 테니 신문사로 돌아오라는 것이었다. 이미 서너 명이 어물쩍 뒷손을 써 신문사로 다시 들어간 것에 비하면 그런 제의는 이쪽 입장이 딩딩해지고 자존심이 서는 것이기도 했다. 그런데 원 선배는 "너희 신문사가 망하기를 바란다"는 한마디를 던지고 돌아서 버렸다.

그 이야기는 원 선배가 한 것이 아니었다. 신문사 쪽에서 흘러나와 퇴직기자들은 뒤늦게 알게 되었다. 그들은 놀람과 통쾌함으로 그 사실을 원 선배에게 확인하려고 들었다. "그거 뭐……, 어차피 전원 복직이 안 될 바에야 무슨 소리를 못해." 원 선배는 이렇게 말하며 쓰디쓰게 웃고 말았다. 원 선배의 그런 태도는 언제나 그들 모두를 격려하는 힘이었고 뒤를 받치는 버팀목이었다.

원 선배처럼 꿋꿋하게 버티자. 내 스스로 선택한 길이니까…….

이상재는 다시금 마음을 다잡으며 버스에서 내렸다. 세종문화회관을 지나 샛길로 꺾어드는데 문득 가전제품 판매점이 눈에 들어왔다. 그 길을 날마다 자주 오가면서도 눈길이 가지 않던 곳이었다. 모든 가전제품 상점들이 그렇듯이 그곳의 쇼윈도도 눈길 끌리게 화려했다. 그런데 번들거리는 큰 유리창에 나붙은 붉은 글씨가 사람들을 향해 나 좀 보라고 소리치는 듯 유난히 크게 돋보였다.

"텔레비전 특별 할부판매 실시!"

그 선전문과 아들의 얼굴이 겹쳐지는 것을 느끼며 이상재는 고개를 돌렸다. 아무리 할부라 해도 그것을 사줘 애비의 체면을 세울 여력은 없었다. 남편 노릇이 부실한 것보다 애비 노릇을 제대로 못하는 것이 더 속상하다는 것을 그는 또 느끼고 있었다. 철모르는 자식에게 번번이 '시시한 아빠'가 되어야 하는 것은 혼자만 앓아야 하는 속쓰린 괴로움이었다. 부모가 자식을 사랑하는 것이 어찌할 수 없는 본능이듯 애비가 자식 앞에서 당당하고 싶은 것도 막을 길 없는 욕구였다.

그러나 난 배를 곯리진 않으니까.

이상재는 다른 동료들을 생각하며 그런 감상을 털어냈다. 나날이 끼니 걱정을 하고 있는 동료들에 비하면 그런 감정은 너무 호사스러운 것이었다.

"아니, 어쩐 일이세요? 이렇게 일찍."

이상재는 사무실로 들어서며 먼저 와 있는 원병균을 의아하게 쳐다보았다. 으레 자신이 먼저 출근하는 입장이라 그의 손에는 열쇠가 들려 있었다.

"이거 탈났소."

원병균이 보고 있던 책을 뒤집어놓으며 쓴 입맛을 다셨다.

"뭐가 잘못됐습니까?"

이상재는 뒤집어진 책과 원병균에게 눈길을 빨리 돌렸다.

"책이 좀 팔린다 싶더니 결국 베껴먹기 하는 놈이 나타났소."

"우리 번역소설 말입니까?"

"어제 내가 퇴근하기 직전에 도매상에서 전화가 왔었소. 그 소설이 막 베스트셀러가 될 판인데 똑같은 책이 나왔다고. 자기가 얼핏 보기엔 베껴먹기 한 것 같은데, 빨리 구해서 대조해 보고 베껴먹은 것이 사실이면 즉각 조처하라고 말이오."

"빌어먹을, 대조해 보셨습니까?"

이상재는 책상 위에 뒤집어져 있는 책을 다급하게 집어들었다. 그 책의 표지는 자기들이 낸 책의 표지와 구분이 안 되게 똑같았다. 그럴 수밖에 없는 것이 그 표지는 원작의 표지였던 것이다.

"100페이지 정도까지 대조를 해봤는데 베껴먹은 건 더 말할 것도 없소. 번역이 좀 어색해서 내가 손질한 몇 군데까지 그대로 똑같으니까."

"100페이지까지요? 그럼 어젯밤 꼬박 새우셨군요?"

이상재는 어제 인쇄소에서 바로 퇴근했던 것이 미안해 이 말부터 했다.

"그건 마음 쓸 것 없고, 더 대조할 필요 없으니까 빨리 대책을 강구해야 되겠소."

원병균이 소파로 옮겨앉으며 담배를 빼물었다.

"어떤 빌어먹을 자식이 베껴먹을 책이 없어서 하필 우리 책을……."

이를 갈아붙이듯 하며 이상재도 담배에 불을 붙였다.

"내가 곰곰이 생각해 봤는데, 수습책은 세 가지 단계가 있지 않을까 싶소. 첫째, 저쪽 사장에게 책을 전량 수거하게 하는 것. 둘째, 신문을 총동원해 기사화시키는 것. 셋째, 법적 조처를 취하는 것.

근데, 베껴먹기 하고 나선 자가 책을 순순히 수거할 리가 없을 것이오. 그러니까 기사화와 법적 조처를 동시에 하겠다고 압력을 가할 필요가 있소. 내 생각은 이런데 더 좋은 무슨 방법이 없겠소?"

"글쎄요, 더 좀 생각해 봐야겠지만……, 지금으로선 그 방법이 완벽한 것 같은데요. 그럼 제가 저쪽 사장을 만나볼까요?"

이상재는 궂은일을 자신이 먼저 맡아야 된다고 생각했다.

"이 형이? 그거 언쟁이 벌어지고 감정이 상할지도 모르는데?"

"예, 그런 일은 원래 쫄병이 하는 것 아닙니까. 그거 보나마나 뻔뻔스럽고 낯짝 두꺼운 인간일 테니까 선배님은 만날 필요도 없습니다."

"그럼 그렇게 합시다. 이 형이 그자를 만나는 동안 난 신문사 쪽을 맡을 테니까. 잠시 틈도 주지 말고 몰아붙입시다. 이거야 원, 책이 좀 팔려 어떻게 숨을 돌리나 했더니, 내 참……."

원병균이 꽁초를 비벼 끄며 몸을 일으켰다.

"이 책은 제가 가져가겠습니다."

"그러시오. 문장을 고치고 바꾼 데를 다 표시해 놨으니까."

원병균은 신문사들 전화번호가 적힌 수첩을 펼치고 송수화기를 들며 대꾸했다.

사무실을 나온 이상재는 공중전화로 유일표의 아내 서경혜에게 전화를 걸었다.

"글쎄요……, 출판사 이름은 들어본 것 같은데 사장이 누군지는 잘 모르겠어요. 왜, 무슨 일 있으세요?"

서경혜의 눈치 빠른 반응이었다.

"지난번에 낸 우리 소설을 베껴먹었어요."

"어머나, 그게 요새 잘 나가고 있잖아요? 베스트셀러 될 거라는 말이 있던데요."

"그러게 말입니다. 뭐가 좀 되나 싶으니까 그따위 얌체족이 나타났지 뭡니까."

"세상에 베껴먹을 책이 따로 있지. 선생님네 출판사가 어떤 출판사라고. 그래, 어떡하실 거예요?"

"예, 복잡하게 다 말씀드릴 수는 없고, 모든 방법을 총동원해 그 못된 버릇을 고쳐놓을 작정입니다."

"네, 그래요. 그런 얌체족들이 더는 나타나지 못하게 이번 기회에 아주 혼쭐을 내주세요. 그건 개인의 문제가 아니라 우리 출판계 전체의 문제잖아요."

"예, 출판계의 큰 병폐지요. 근데, 낭군님께오서는 잘 있습니까? 그 노동운동이 신바람이 나는지 어떤지 요새 통 볼 수가 없어서요."

이상재는 이야기를 마무리지으려고 유일표의 안부를 물었다.

"네, 노동운동으로 바쁘기도 하지만, 그이 요새 정말 신바람나는 일이 한 가지 생겼어요."

"그래요? 그게 뭐지요? 생남 하긴 아직 이르고……."

"가출한 여동생이 승려 된 건 아시죠? 그 여동생이 얼마 전에 다녀갔거든요."

"아, 그래요? 그것 참 반갑고 잘된 일이군요. 일표가 늘 걱정하고 괴로워한 일이었는데. 일표한테 축하한다고 전해주세요."

"네, 감사합니다. 일 잘 처리되기 바라겠어요."

전화를 끊은 이상재는 한동안 하늘을 하염없이 바라보고 있었다. 항시 그늘진 수심과 슬픈 우울에 잠겨 있던 유일표의 여동생 선희. 그녀가 푸른색 감도는 빡빡머리의 여승이 된 모습을 그려낼 수가 없었다. 속세를 등지고 머리를 깎은 대신 얼굴이 밝고 명랑해졌는지 모를 일이었다. 어쩌면 더 그늘지고 우울해졌을 수도 있었다. 유일표는 여동생이 혹시 못쓰게 되지나 않았는지, 어디서 죽지나 않았는지, 못내 애를 태웠었다. 그나마 여승으로 다시 만나게 되었으니 그런 다행이 없었다.

이상재는 마포에 있는 그 출판사를 찾아갔다.

"이거 왜 이래요? 우리도 번역료 줄 것 다 주고 책 낸 거라구요."

다방으로 자리를 옮긴 그 출판사 사장은 대뜸 이렇게 기를 세웠다.

"아니, 그걸 말이라고 합니까? 여기 이렇게 엄연한 증거가 있어요. 이걸 똑똑히 봐요. 이러고도 번역을 했다고 거짓말을 할 수 있는 것인지."

이상재는 성질이 곤두서는 것을 느끼며 책을 그 사람 앞으로 불쑥 내밀어 넘기기 시작했다. 책장마다 빨간 줄이 수없이 그어지고 잔글씨들도 공백 여기저기에 많이 적혀 있었다.

"말조심하시오, 거짓말이라니. 난 모르는 일이니까 따질 게 있으면 번역자한테 따지시오."

"뭐요? 그런다고 발뺌이 될 것 같소?"

군대의, 그것도 월남에서 썼던 욕이 터져나가려는 것을 이상재는 가까스로 참았다. 상대방은 베껴먹기를 태연하게 자행하는 자라는 것을 다시 생각하며.

"뭐, 그쪽도 큰소리칠 건 없어요. 해적출판 해먹는 거야 다 똑같은 처신데."

그 사람은 담배를 빼들며 입가에 비웃음을 물었다.

이상재는 그만 울화가 솟구쳤다. 그자는 악랄하게도 이쪽의 약점을 찔러 제 잘못을 상쇄하려고 들고 있었다. 우리나라가 국제저작권협회에 가입하지 않고, 외국 저작물들을 무단으로 번역·출판하는 것은 분명 해적출판이었다. 그러나 그건 우리나라만이 아니라 후진국들의 일반적인 현상이었다. 이상재는 숨을 몰아쉬며 화를 눌렀다.

"사장님께오서는 아주 유식하시군요. 그러나 하나만 알았지 둘은 모르고 있소. 무슨 말인고 하면, 우리가 해적출판한 것은 국제법도 어쩔 수 없지만, 당신네가 우리 것을 베껴먹은 것은 재산권 침해로 국내법에 걸려요. 여러 말 할 것 없이 내 말 똑똑히 들으시오. 도매상에 나가 있는 책들을 당장 수거해서 내일까지 우리가 확인할 수 있도록 하시오. 만약 이 말을 듣지 않으면 베껴먹기 한 사실을 모든 신문에 터트려 아예 출판계에 발을 붙이지 못하게 할 것이오. 그뿐만이 아니라 법적 조처도 취할 것이오. 똑똑히 기억해 두시오."

이상재는 벌떡 몸을 일으켰다.

"헹, 공갈 한번 삼삼하게 치시네. 신문에 내? 신문이 뭐 즈네 안방인 줄 아나? 법으로 한다구? 그래, 좋아. 법 무서웠으면 진작 이 세상살이 작파했다. 얼마든지 해보라구."

그는 다방을 나가는 이상재의 뒤에다 대고 목청을 높이고 있었다.

이상재는 또 치솟는 울분을 애써 참아냈다. 감정대로 하자면 그 나불거리는 주둥아리를 당장 으깨놓고 싶었지만 이건 감정을 앞세워 해결될 문제가 아니었다. 그는 원 선배가 안 오기 잘했다고 생각하며 다방을 나섰다.

"그럴 줄 알았소. 전화 가지고는 안 되겠으니까 신문사를 나눠서 직접 뜁시다. 이 기회에 우리를 돕고 싶어하는 눈치들이었으니까 직접 만나 자세한 정보를 제공할 필요가 있소. 우리가 도움을 받는 것만이 아니라 베껴먹기라는 출판계의 악습을 제거하는 계기로 삼게 해야 되겠소. 어서 서두릅시다."

원병균은 기사가 커지게 할 수 있는 객관적 명분을 일깨우고 있었다.

"예, 알겠습니다. 그따위 짓들을 하면 어떻게 망신을 당하는지 꼭 보여줄 필요가 있습니다. 그자가 그렇게 큰소리를 치는 것도 호되게 당해보지 않았기 때문이거든요."

"그렇소. 그리고 신문이 이런 사회적 병폐에 주목하지 않는 것은 일종의 직무유기고, 건전한 독자들의 피해를 외면하는 무책임이오. 이 점도 환기시킬 필요가 있소."

"예, 알겠습니다."

이상재는 점심도 거르며 신문사를 돌았다. 입 안이 쓰도록 지쳐 있었지만 기분은 좋았다. 그 이유가 무엇이든 간에 기자들의 반응이 적극적이었던 것이다.

다음날도 하루 종일 분주했다. 번역자까지 사무실에 나와 신문들의 취재에 응해야 했기 때문이다. 그런데 기자들의 말로는 저쪽 출판사의 사장은 물론 편집장까지 종적을 감추어버렸다는 거였다.

사흘째 되는 날부터 기사가 나오기 시작했다.

"허허……, 이거 인심들 한번 후하군."

원병균은 신문들을 펼치며 흡족해했다. 크게 다루어진 기사는 문화면 머릿기사로 올라 있었다. 그 내용들은, 출판계의 고질적인 악습을 이제 그만 청산하지 않고는 문화사회를 기대할 수 없다는 쪽으로 방향을 잡고 있었다. 그리고 제목의 글씨체만 다른 두 권의 책 사진이 베껴먹기의 행태를 실감나게 보여주고 있었다.

"이거 신문들이 어쩐 일이야? 아주 화끈하게 봐줬는데 그래?"

"글쎄 말야, 이러다가 초베스트셀러 탄생하게 생겼어."

"봐주긴 뭘 봐줘. 비겁하게 웅크리고 있는 저희들 죄를 이번 기회에 속죄하느라고 그런 거지."

"뭐, 그렇게 콕 찍어서 말할 건 없지. 우리에 대한 미안함의 표현이기도 하고, 옛 동업자들에 대한 신의의 표현이기도 하고, 두루두루 그런 거지."

"좋아, 그런저런 의미가 다 뭉쳐진 결과일 거야. 어쨌거나 이번 기회에 책이나 수십만 권 팔려 사무실 좀 넓게 옮기고, 짜장면이 갈

비탕으로, 막걸리가 맥주로 바뀌었으면 좋겠다."

"그거, 그거 옳은 말이야."

신문을 보고 모여든 투위 회원들의 방담이었다.

원병균이 내놓은 화제에 따라 그들의 이야기는 법적 조처로 옮겨 갔다. 자기 나름으로 논리를 갖추고 있는 그들은 공동 화젯거리가 생기자 허기진 참에 입맛 도는 음식을 앞에 둔 것처럼 앞다투어 의견을 쏟아내기 바빴다. 그 의견들을 간추리면 두 가지였다. 내친김에 법적으로 몰아 그런 짓을 뿌리뽑는 계기로 삼아야 한다는 쪽과, 그쪽에서도 혼이 났고 출판계 전체에 경종을 울리는 효과도 거두었는데 그런 식으로까지 몰아서는 우리 사회의 정서상 너무 심하다고 오히려 욕을 먹을 수 있으니 좀더 두고 보자는 쪽이었다.

"그래, 우리도 피곤하니까 좀더 두고 보는 게 좋을 것 같소. 그쪽에서 책을 더 못 찍게 하는 게 목적이지 법정에 세우는 게 목적이 아니니까."

원병균이 결론을 내렸다.

"속전속결로 아주 잘하셨어요. 누워서 베스트셀러 되게 생겼으니까 5천 부 더 빨리 찍어주세요. 책 끊기면 안 되니까 급행열차로요."

다음날 아침 도매상에서 걸려온 전화였다.

"전화위복이란 말 생각나는데요."

이상재는 원병균을 보고 웃었고,

"이거, 저쪽 사장한테 감사장 줘야 하게 되면 어쩌나."

원병균도 웃으며 오랜만에 농담을 했다.

이상재는 '급행열차'를 운전하느라고 종이집, 인쇄소, 제본소로 사흘 동안 정신없이 뛰어다녔다. 그동안 저쪽에서는 아무 반응도 없었다.

"허진이라는 친구한테서 전화가 왔었소. 할머니가 돌아가셨다고. 빈소는 살고 계시던 집이라 했소."

이상재가 사무실로 들어서자 교정을 보고 있던 원병균이 일에 묻힌 표정 없는 얼굴로 말했다.

"그래요?"

이상재는 문득 놀랐지만, 결국 가셨구나 하는 생각이 놀람을 지워냈다. 허진의 할머니는 노환을 오래 앓아왔다. 허진보다는 허미경의 얼굴이 더 강하게 떠올랐다. 그동안 할머니를 모신 건 허미경이었다. 오로지 할머니에게 마음을 의지해 왔던 그녀의 슬픔이 얼마나 크랴 싶었다.

이상재는 유일표에게 전화를 걸었다.

"너, 허진한테서 전화 받았나?"

"아니. 그 자식이 나한테 전화할 일이 뭐 있어. 잔뜩 유감을 품고 있는 놈인데. 왜?"

"허진 할머니께서 돌아가셨다."

"……가셨구나. 어디서?"

"사시던 데지 뭐."

"그래……, 그 할머니도 참……."

이상재는 유일표가 삼키고 있는 것이 무슨 말인지 대충 짐작하고 있었다. 허미경의 작은 아파트에 비해 허진의 집은 으리으리한 단독주택이었다. 그리고 허진은 장자였다. 친구들이 내놓고 이야기 하지는 않았지만 누구나 그 점을 의아하게 생각하지 않을 수가 없었다. 할머니가 평생에 걸쳐 모진 고생을 한 것을 생각할수록.

"어떡할래?"

"어떡하긴. 가서 밤샘해야지."

"그럼 우리 사무실로 와. 같이 가게."

"그래, 곧 갈게."

이상재는 담배를 피워 물었다. 허미경이 더 가까이 다가와 있었다. 그녀는 앞으로 어떻게 살려는 것인가. 평생 양품점을 하면서 혼자 살아가려는가. 그렇지 않으면 달리 무슨 방법이 있는가. 그런 과거를 지닌 여자가. 결혼을 하고서도 연애한 과거가 드러나면 이혼을 당하는 세상에서. 단순히 처녀가 아니라는 사실도 용납이 안되는데 애까지 낳았으니. 기껏 해봐야 후처 자리가 있을 뿐이다. 그녀는 이런 현실을 다 정리했는지도 모른다. 자신에게 입술 이상을 허락하지 않는 걸 보면 혼자 살기로 단단히 작심한 것이 분명했다. 다시는 상처받을 짓을 하지 않겠다는 단호함. 그 차가운 거부 앞에서 자신은 남자의 욕심을 지탱할 수가 없었다. 내가 결혼하지 않았더라면 그녀는 나와 결혼했을까? 이 말을 물어보고 싶었던 것이 한두 번이 아니었다. 그러나 그거야말로 어리석고 부질없는 일이었다. 그 물음은 그녀를 더 불행하고 비참하게 만들 뿐이었다. 또 그녀가 지금이라도 결혼을 할 수 있다고 한다면 나는 이혼을 할 수 있는가? 그럴 수 없는 바에야 그녀와의 사이에는 영영 건널 수 없는 강이 흐르고 있었다. 그동안 한 가지 확인한 것은, 한 남자가 진정으로 두 여자를 사랑할 수 있다는 사실이었다. 그녀가 입술을 허락하는 것은 여자도 아내 있는 남자를 사랑할 수 있다는 것을 보여준 것이었다. 그녀와의 사랑은 거기까지였다. 그래서 더 목마르고 안타까웠다.

어느 상가나 그렇듯 허미경의 아파트 문도 열려 있었다. 그리고 옆벽에는 상가를 알리는 검은 등이 낡은 만큼 두꺼운 때가 낀 채 걸려 있었다. 돈 벌기에만 눈을 밝히는 장의사의 인색이 그 등에 끈끈하게 묻어 있었다.

이상재와 유일표는 그 등 앞에서 옷깃을 여미며 안으로 들어섰다. 좁은 현관에는 구두들이 어지럽게 널려 있었다. 거실로 앞서 들어가던 이상재는 부엌에서 무엇을 들고 나오는 허미경과 눈이 마주쳤다. 소복을 한 그녀는 주춤하더니 목례를 보이고는 걸음을 옮겼다. 이상재는 그녀의 눈에 눈물이 번지는 것을 보며 가슴이 찡 울렸다. 그녀가 너무 슬프고 외로워 보였다.

이상재와 유일표는 허진의 할머니 영정 앞에 나란히 서서 절을 올렸다. 그리고 동생과 나란히 선 상제 허진에게 예를 갖추었다.

"동생 미경이가 일어나 보니 밤새……."

허진이 중얼거리듯 낮게 말했다.

"주무시다 가셨으니 복받으셨군. 참 다행이야"

이상재가 대꾸했고, 유일표는 영정을 물끄러미 바라보고 있었다.

평생 고생만 하다 가셨군요…….

유일표는 이런 속말을 하며 어머니를 생각하고 있었다. 자신의 어머니나 허진의 할머니나 기구하기는 마찬가지의 일생이었다.

다른 문상객이 와서 이상재와 유일표는 옆방으로 자리를 옮겼다. 그러나 집이 좁아 앉을 자리가 마땅치 않았다.

"그냥 나갔다가 이따가 다시 오지."

유일표가 이상재의 귀에 대고 말했다.

"그게 낫겠지? 사람들 발길이 좀 뜸해진 다음에."

이상재가 고개를 끄덕이며 발길을 돌렸다.

"벌써 가시게요?"

당황스럽게 이상재 옆으로 다가선 건 허미경이었다. 눈물로 붉게 젖어 있는 그녀의 눈에 새로운 눈물이 번지고 있었다.

"아니오. 지금 복잡하니까 좀 나가 있다가 문상객 뜸해질 시간에 맞춰 다시 올 거요."

"네에, 죄송해요. 집이 너무 좁아서."

허미경이 눈물을 훔쳤다.

"편히 가셨다니 다행이오."

"아니에요. 저희들은 다 불효자식이에요. 아무도 임종을 못 지켰는데, 할머니가 얼마나 외롭고 힘드셨……."

허미경의 말은 북받치는 울음에 묻혀버렸다.

"괜찮아요. 할머니가 손자 손녀들 안 괴롭히려고 그렇게 혼자 가신 거니까."

유일표가 구두를 신으며 말했다.

"예, 이 말이 맞아요. 너무 죄스럽게 생각하지 마요. 미경 씨는 최선을 다했으니까."

이상재도 구두를 찾아 신으며 위로했다. 허미경은 소리 없이 울며 연이어 눈물을 훔치고 있었다.

"그래도 아파트가 5층짜리라 다행이다."

이상재가 계단을 걸어 내려가며 말했다.

"글쎄 말이다. 그나저나 관이 이 계단을 무사히 돌아 내려갈 수 있을지 걱정이다."

유일표가 계단을 돌아보며 혀를 찼다.

"힘이 좀 들겠지만 어떻게 되겠지."

"그렇지도 않아. 얼마 전에 우리 재건대 대장 친구 아버지가 돌아가셨는데, 엘리베이터로 관을 옮길 수 없어서 소방차를 동원해 달아 내리는데, 10층 높이에서 관이 공중에 대롱대롱 매달려 있는 걸 보니까 끔찍스럽더라. 아파트생활 이거 문제야."

"그것 참 아슬아슬하고 곤란한 문젠데. 허지만 어쩌겠어. 땅은 좁고 사람은 많고, 차곡차곡 쌓아올릴 수밖에."

"하여튼 세상이 변해가면서 별일이 다 생겨. 난 촌놈이라서 그런지 어쩐지 아파트는 딱 질색이야."

아파트를 나서며 유일표는 담배를 빼물었다.

"나도 촌놈이지만 아파트에 산다. 편리 내세우는 마누라 등쌀에 시달려봐. 싫고 좋고가 없게 되니까."

"못난 소리 하지 마. 나처럼 양처를 얻으면 만사형통이야."

"도둑놈, 남 마누라 괜히 악처 만드네. 너, 자식 자랑 반편이고, 마누라 자랑 뭔지 알기나 해?"

둘은 서로를 바라보며 헤식게 웃었다.

그들은 가까운 술집으로 들어갔다.

"여기서 아예 저녁이 되도록 배도 든든히 채우고 들어가자."

이상재가 손짓으로 사람을 부르며 말했다.

"새끼, 어떻게 해서든 내연의 처 힘 덜 들게 해주려고 애쓰고 앉았네."

"짜식, 넝마만 뒤지더니 속까지 지저분해졌네. 아무 관계도 안 맺고 있는데 내연의 처가 뭐냐? 고상하게 연인이라고 해야지."

"연인? 너, 정신적 간음이 더 음탕하고 무서운 죄인 줄 몰라?"

"병신, 도산에 관계하더니 예수꾼 냄새까지 풍기냐?"

"얼씨구, 잘 걸고 넘어진다."

그들은 또 마주보며 실없는 웃음을 흘렸다.

이상재는 소주에 돼지고기볶음과 감자탕을 시켰다.

"너, 그 일 위험하지 않아?"

첫 잔을 반쯤 비운 이상재는 유일표를 쳐다보았다.

"위험……?"

유일표는 새삼스럽게 무슨 소리냐는 눈길을 보냈다.

"난 아무래도 불안불안해. 넌 자꾸 깊이 빠지는 것 같고, 저쪽의 감시는 갈수록 심해지고 있고. 넌 입지가 남들과 다르니까 말야.

잘못하면 엉뚱한 죄 뒤집어쓸 수도 있거든."

이상재의 얼굴은 신중하고도 진지했다.

"그래서 조심하고 있어."

유일표의 대꾸도 무거웠다.

"그동안 망설여왔던 말인데 말야, 그만 거기서 손떼고 야학만 하는 게 어떠냐?"

"글쎄, 네 말도 일리가 있는데, 그렇지만 현실은 그렇게 한가하지가 않아. 노예가 중세에만 있었던 게 아니야. 지금 우리나라 노동자들은 다 노예야, 노동노예. 죽도록 일을 하고도 최저생활이 안 돼. 의·식·주 생활이 해결이 안 된다구. 그러니 자식들 교육을 원하는 대로 시킬 수 없고, 중병에 걸리면 그대로 죽을 수밖에 없어. 그런데 기업주들은 떼부자가 되고 있는 거야. 다 똑같은 사람이 사는 세상이 이래서야 되겠어? 이런 모순을 몰랐으면 모르지만 알고서야 눈을 감을 수는 없잖아? 나도 내 여건을 많이 생각했지. 그렇지만 내가 야학에서 가르쳐 사회에 내보낸 애들이 나 자신처럼 생각되는데, 그들이 착취당하고 있는 걸 모르는 척한다는 건 말이 안돼. 그래서 정치성을 피해가면서 몸조심하려고 애쓰고 있으니까 너무 걱정하지 마."

"정치성을 피한다고 피해지냐? 정부가 막는 일을 조직적으로 대항하고 나서는 게 바로 정치성이지."

"넌 역시 너무 유식해 탈이야. 그런 속에서도 얼마든지 몸조심을 할 수 있으니까 내 걱정 말고 넌 출판사나 잘해."

"참 이놈의 세상이 문제는 문제다. 정치는 점점 더 험악해져 가고, 부익부 빈익빈의 골은 갈수록 깊어지기만 하고, 이러다가 이놈의 나라가 어찌 될지 모르겠다."

이상재가 술을 단숨에 비웠다.

그들은 밤 9시가 넘어 다시 아파트의 계단을 밟아올랐다.

"이것들, 아주 시절 좋네. 벌써 얼큰하게 취해서."

두 사람을 맞이한 건 최주한이었다.

"형님들 보고 이것들이라니. 아우는 언제 온 거지?"

이상재가 최주한과 반갑게 악수하며 웃었다.

"이 형님을 좀 기다릴 것이지 동생놈들이 버르장머리 없기는. 내가 오니까 나간 지 한두어 시간쯤 된다고 하는데, 어디로 간지 알아야 말이지."

최주한이 유일표의 어깨를 툭 쳤다.

"차라리 잘됐어. 넌 술 잘 못하니까."

유일표가 최주한의 귀를 잡고 흔들었다. 악수를 대신하는 두 사람의 몸짓에는 어린 중학 시절부터 이어져온 우정이 묻어나고 있었다.

이제 문상객의 발길은 끊겨 있었다. 영정을 모신 방에는 상제들이 피곤한 모습으로 앉아 있었고, 그 옆방에는 젊은 사람들이 빼곡하게 둘러앉아 화투판을 벌이고 있었다. 좁은 그 방에는 더 들어앉을 틈이 없었다.

"회사 직원들인가?"

유일표가 최주한에게 눈짓하며 물었다.

"응, 오늘 밤 밤샘할 팀이래. 우린 저 방에서 허진하고 보내기로 했어."

최주한이 어서 방으로 들어가자는 손짓을 했다.

"야 일표야, 여기 상가인 것 알지?"

이상재가 유일표의 귀에 대고 속삭였다. 유일표가 무슨 소리냐는 표정으로 이상재를 바라보았다.

"허진 곤란하게 하는 얘기는 꺼내지 마. 사원들도 있는데."

"내 참, 별걱정을 다 하네. 기대를 해야 입을 열 맘이 생기지. 그 대목은 이미 포기한 지 오래야. 내가 여기 온 것도 허진 때문이 아니야. 할머니가 우리를 언제나 따뜻하게 대해주셨던 정 때문이지. 허진 저 새끼, 제놈이 철공소에서 그 고생했던 것을 까맣게 잊어버리고 사장족들 편들고 나서는 걸 생각하면 얼굴을 대하고 싶지가 않아."

"알았어, 알았어. 그렇게 해줘."

이상재가 유일표의 등을 두들겼다.

그들이 둘러앉자 허미경이 술상을 봐왔다. 망자가 고령이라 상가는 호상이라는 분위기인데 그녀 혼자서만 슬픔에서 헤어나지 못하는 것 같았다.

"넌 어떠냐? 승진 좀 됐어?"

이상재가 최주한의 잔에 술을 따르며 물었다.

"말도 마라. 지연이 나쁘니 학연도 맥을 못 쓰는 판이라 되는 일이 하나도 없다."

최주한이 한숨을 푹 내쉬고는 왈칵 술잔을 비웠다.

"아니, 일반 회사에서도 그게 그렇게 심해?"

"너 화성에서 왔냐? 규모가 있는 회사일수록 관리들 상대하는 일이 많아지잖아. 그때 가장 막강한 빽이 지연이라는 것 몰라? 그러니 나 같은 놈은 찬밥 신세가 될 수밖에. 그래서 사우디에나 한바탕 나가볼까 어쩔까 한다."

"사우디? 거긴 공대 출신들이나 활개치는 데 아니냐?"

"상대 출신도 필요하긴 해. 관리자가 없어서는 안 되니까."

"그렇지만 너무 더워서 그거 문제 아니냐? 벌써 더위로 병을 얻어 와 앓는 사람들이 적지 않다는 소문이던데. 치료 방법도 마땅찮고."

"그건 폭염 속에서 일한 노동자들의 경우고. 관리직은 에어컨 나오는 사무실에서 일하니까 그럴 염려는 없어. 물론 천지가 다 더우니까 여기서보다야 고생이 되겠지만, 거기 다녀오면 경제적으로도 이익이고 경력도 쌓이고, 일거양득이거든. 어떻게 생각해?"

최주한은 유일표를 쳐다보았다.

"그렇다면 빨리 가는 게 좋아. 한 살이라도 더 먹기 전에."

기다리기라도 했다는 듯 유일표의 대답은 분명했다.

"그래, 그렇기는 하지. 중동 경기라는 것도 언제까지나 가는 게 아니니까."

이상재도 고개를 끄덕였다.

"느네들 말 들으면 우리 마누라 좋아서 춤추게 생겼다. 어떻게 된 여편네가 돈이야 하면 사족을 못 써. 남편은 고생을 하거나 말거나."

최주한이 떫은 입맛을 다시며 쓴웃음을 지었다.

"복잡하게 생각하지 말고 갔다 와. 그게 돌파구가 된다면 좀 좋으냐. 너라도 좀 시원시원하게 풀려봐라."

유일표는 최주한에게 술잔을 내밀었다.

"그래, 가긴 가야겠다. 우리가 한강 건너올 때 이렇게 비실거리려는 게 아니었는데."

최주한은 술잔을 받으며 또 쓰게 웃었다.

그들은 통금이 해제되는 것을 따라 아파트를 나섰다. 밖에는 안개가 자욱하게 끼어 있었다.

"허진이 할머니를 안 모신 거냐, 할머니가 신세 망친 손녀딸 데리고 산다고 하신 거냐?"

최주한이 느닷없는 말을 꺼냈다.

아무도 대답이 없었다. 그들은 한동안 안개 속을 걸었다.

"가정사니까 그걸 알 수가 있나. 아마 둘 다일지 모르지."

이상재가 한숨 섞어 말했다.

보름쯤 지나 이상재는 최주한의 전화를 받았다.

"너 돈 쓸 일 생겼다. 이 형님 덕에."

"돈……?"

"빨리 송별회 차리라구."

"송별회?"

"이새끼, 나한테 아무 관심도 없구나. 나 사우디로 떠나, 임마!"

"뭐야? 이거 번갯불에 콩 볶아먹어도 유분수지."

"야가 정말 세상 어떻게 돌아가는 줄 모르고 산다니까. 난 고민하다가 늦은 거야. 일반 노동자들도 서류 내고 1주일이면 사우디행 비행기 타는 것 몰라? 이젠 '싸우면서 일하고 일하면서 싸우자'가 아니라 '돈이면 최고다 돈을 향해 돌격이다' 하는 세상이야."

"너도 드디어 외화 획득의 역군이 됐구나. 그래, 송별회 거창하게 해야지."

"근데 왜 한숨은 쉬냐?"

"모르겠다. 날짜나 불러."

"부르고 말고 할 것도 없어. 내일 당장 해치워야지. 사흘 후면 떠나."

이상재는 최주한이 떠나는 날 공항에 나가지 못했다. 전혀 예상하지 못했던 사고가 터졌던 것이다.

"잘 나가던 책이 어째 지방에서 시들시들 풀이 죽는 감이 들더라구요. 근데 글쎄 이번에 우리 부장이 지방 출장을 가서 보니까 저쪽에서 책을 왕창 찍어 50프로로 떰핑을 쳐버렸더라는 것 아닙니까. 전에도 그런 일 생기면 한 2만 부 찍어 40~50프로로 지방에 쫙 깔아버리면 지방에선 마진 크니까 그 책만 팔고 께임 끝나요. 이쪽에서 신문에 내자 저쪽에선, 그래 좋다, 하고 뒷방 까고 나온 건데, 신문에만 낼 것이 아니라 그놈이 그 짓을 못하게 미리 막았어야지요. 이거 원, 베스트셀러 되긴 그른 것 같고, 창고에 있는 책이나 재고 없이 팔아치워야 될 텐데 골치 아프네요, 이거."

도매상에서 걸려온 전화였다.

"허, 이거 참 무법천지로군."

원병균이 소파에 털썩 주저앉으며 토해낸 소리였다. 그 모습이 너무 허탈하고 절망적이어서 이상재는 저쪽을 향해 화를 낼 수도 없었고 욕을 할 수도 없었다.

원병균은 담배 한 대를 다 피울 때까지 말이 없었다. 이상재도 담배를 빨며 생각을 한곳으로 모았다. 그러나 울분만 부글부글 끓어오를 뿐 저쪽을 가격할 신통한 방법은 떠오르지 않았다.

"나 변호사한테 좀 가야 되겠소. 늦을지도 모르니 기다리지 말고 시간 되면 퇴근하시오."

원병균이 자리를 차고 일어났다. 그의 얼굴은 차게 굳어져 있었다.

이상재는 말없이 원병균을 문 밖까지 따라 나갔다가 들어왔다. 그런 기막힌 일을 당하고도 분을 억누르는 원 선배가 대단하다 싶었다. 퇴근시간이 지나고 한 시간을 더 기다렸지만 원 선배는 돌아오지 않았다.

"별수가 없소. 고등 사기꾼한테 사기당한 셈 칠 수밖에. 법으로 해봤자 형사 입건이 되는 것도 아니고 천상 민사라는데, 민사 소송을 하면 시일만 질질 끌어 시간 낭비에 정력 낭비만 했지 얻는 건 없다는 거요. 이런 풍토에서 출판을 하다니……."

이튿날 아침에 원병균이 한 말이었다.

이상재는 원병균에게 담배를 권했다.

"……법으로 한다구? 그래, 좋아. 법 무서웠으면 진작 이 세상살이 작파했다. 얼마든지 해보라구."

그자의 외침이 쟁쟁하게 들려오고 있었다. 그자는 괜히 큰소리를 친 것이 아니었다. 이미 법의 허점을 환히 알고 있었던 것이고, 이쪽의 신문 공세를 오히려 책 선전으로 역이용해 가며 덤핑 판매에 열을 올린 거였다.

원병균은 2~3일이 지나도 기분이 회복되지 않고 우울했다. 이상재도 따라서 침울한 수밖에 없었다. 새 번역물의 교정지가 나와도 교정 볼 마음이 생기지 않았다.

그런데 뜻밖의 일이 생겼다.

"시경에서 나왔소. 이 성명서 원병균 당신이 작성했다며?"

갑자기 들이닥친 형사 두 명은 이미 원병균의 얼굴을 알고 있었다.

"서(署)로 좀 갑시다."

그들은 양쪽에서 원병균의 팔짱을 끼었다.

이상재는 밖으로 끌려나가는 원병균을 보며 허공을 잡는 듯한 빈 손짓만 했다. 그러다가 허둥지둥 돌아서 투위 회원들의 연락처를 펼쳤다.

〈10권에 계속〉

한강 9

제1판 1쇄 / 2002년 2월 15일
제1판 49쇄 / 2006년 12월 30일
제2판 1쇄 / 2007년 1월 30일
제2판 36쇄 / 2020년 5월 5일
제3판 1쇄 / 2020년 11월 30일
제3판 4쇄 / 2024년 11월 30일

저자 / 조정래
발행인 / 송영석

발행처 / (株)해냄출판사
등록번호 / 제10-229호
등록일자 / 1988년 5월 11일(설립일자 | 1983년 6월 24일)

04042 서울시 마포구 잔다리로 30 해냄빌딩 5·6층
대표전화 / 326-1600 팩스 / 326-1624
홈페이지 / www.hainaim.com

ISBN 978-89-6574-399-6
ISBN 978-89-6574-466-5(세트)

파본은 본사나 구입하신 서점에서 교환하여 드립니다.